*Tote kriegen keinen Sonnenbrand* in der Presse:

»Hilke Sellnick gelingt mit *Tote kriegen keinen Sonnenbrand* ein amüsanter und fesselnder Auftakt zu ihrer neuen Krimi-Reihe um Henriette von Kerchenstein.«

Außerdem von Hilke Sellnick lieferbar:

*Tote kriegen keinen Sonnenbrand*

HILKE SELLNICK

# Bergab geht's tot am schnellsten

ROMAN

PENGUIN VERLAG

MIX
Papier aus verantwortungsvollen Quellen
FSC® C014496
FSC
www.fsc.org

Verlagsgruppe Random House FSC® N001967

PENGUIN VERLAG



2. Auflage 2019

Umschlaggestaltung: Favoritbüro
Umschlagabbildung: canadastock, Kotenko Oleksandr,
Mascha Tace, mRGB/Shutterstock
Redaktion: Lisa Wolf
Satz: GGP Media GmbH, Pößneck
Druck und Bindung: GGP Media GmbH, Pößneck
Printed in Germany
ISBN 978-3-328-10398-1
www.penguin-verlag.de

Dieses Buch ist auch als E-Book erhältlich.

Dieses Mal hat Walter von Stolzing keine Chance. Kaum hat er angefangen, eine seiner lästigen Arien zu singen, schmettern wir schon mit. Eine Weile hält er tapfer dagegen, aber dann gibt er auf. Zwei Frauen sind eben zu viel für einen einzelnen Kater.

»Aaabendsti-hille ühüber-all …«, grölen wir mit Hingabe.

Zweistimmig natürlich. Cindy singt die Melodie, ich improvisiere eine zweite Stimme. Mein roter Corsa brummt und klappert den Takt dazu. Wir nähern uns dem schönen Taunus, genauer gesagt, wir steuern in Richtung Schloss Kerchenstein. Zum Weibertreff bei Oma.

»Das Lied hab ich zuletzt als Schulkind gesungen«, stöhnt Cindy. »Bei diesen schrecklichen Wandertagen …«

Cindy spielt Cello. Wir kennen uns noch vom Konservatorium, wo sie seinerzeit im Gegensatz zu mir ihr Examen abgelegt hat. Sie sieht genauso aus wie Audrey Hepburn. Man darf es ihr aber nicht sagen, weil sie sonst einen Wutanfall bekommt. Sie sagt, es sei ätzend, als Double eines toten Filmstars herumzulaufen.

»Wandertage!«, rufe ich voller Abscheu. »Jugendherberge mit Stockbetten und Schlangenfraß. Da haben wir der Lehrerin mal 'ne echte Kreuzotter ins Bett gelegt.«

»O Gott. Und dann?«

»Nix. Sie hat das arme Tier zerdrückt mit ihrem dicken Hintern, die Tierquälerin!«

Ach ja. Die schönen Kindheitserinnerungen. Zeiten, die nicht wiederkehren. Herzergreifend …

»… nuuur im Tahaaal die Nahachtigaaal …«

Unsere Stimmen füllen das Innere des Corsa so mächtig, dass mir die Ohren brummen. Cindy sitzt neben mir auf dem Beifahrersitz, hinten steht der Katzenkorb mit Walter, daneben Cindys Cello.

»Sag deinem Kater, er soll das Maul halten …«, stöhnt Cindy irgendwann. »Klingt ja furchtbar …«

»Walter?«, verteidige ich meinen kleinen Liebling. »Der hat seit mindestens zwanzig Minuten keinen Mucks mehr getan …«

»Aber da ist doch was …«, meint Cindy verwirrt.

»Was soll denn da sein?«

»Mozart!«

»Mozart?«

»Mozart, Wolfgang Amadeus. Türkischer Marsch.«

»Mein Smartphone«, kreische ich. »In meiner Handtasche.«

Dideldideldum ...

»Hinten auf dem Boden ...«

Dideldideldum ...

»Da ist bloß unser Futterbeutel ...«

Dideldideldum ...

»Dann hinter dem Katzenkorb ...«

Dideldidel...

Cindy hängt zwischen den Sitzen und wühlt auf der Rückbank herum. Walter knurrt böse, weil das Cello umkippt und auf den Katzenkorb fällt. Nur mit Mühe kann ich das Steuer halten, weil Cindy mir in ihrem Eifer einen Fußtritt verpasst. Der Corsa schlingert bei hundertfünfzig Sachen auf der Schnellstraße. Genau in dem Moment, als der »Türkische Marsch« abbricht, hat Cindy meine Handtasche gefunden.

»Das war Claudia«, meldet Cindy. »Ich ruf mal schnell zurück ... Ihr Zug hält gerade in Limburg, sie will wissen, ob sie aussteigen soll ...«

»Nein«, brülle ich.

»Zu spät, sie ist schon draußen ...«

Ich stöhne auf. Immer diese Weiber – machen, was sie wollen, und nie, was sie sollen. Hoffentlich finden Ricci und Atzko allein nach Kerchenstein. Mit Atzko habe ich gar nicht gerechnet, hatte sie auch nicht eingeladen, aber meinetwegen soll sie halt kommen.

»Oh, verdammt!«, fluche ich. »Jetzt müssen wir wieder zurück.«

»Das ist doch nicht dein Ernst, oder?«

»Dauert nicht lange …«

»Aber es riecht hier so komisch. Mir ist schon ganz schwummerig …«

Aus dem Katerkorb steigen stechende Gerüche auf, mein grauer Liebling setzt chemische Kampfstoffe gegen die akustische Übermacht ein.

»Halt durch«, rate ich Cindy. »In Limburg wechsele ich das Katerkissen. Keine Sorge, ich hab ’ne Plastiktüte untergelegt.«

»Dein Kater gehört in eine schall- und wasserdichte Kassette aus nicht rostendem Stahl«, mault Cindy.

»Tierquälerin!«

»War’n Witz …«

Cindy reckt die Nase so hoch wie möglich. Katerpisse ist penetrant.

»Wenn bloß nix an mein Cello kommt!«, nörgelt sie.

Autobahnabfahrt Limburg-Süd – jetzt rieche ich es auch. Cindy lässt das Fenster runter und schweigt beleidigt. Ich kurve zweimal am Bahnhof vorbei, dann finde ich die Zufahrt, Claudia ist im grauen Mantel beinahe unsichtbar vor der Betonmauer des Bahnhofsgebäudes, das lange braune Haar steckt unter einer braun-grauen Baskenmütze, die Brille fehlt. Richtig: Sie trägt inzwischen Kontaktlinsen und auch keine Zahnspange mehr. Neben ihr steht ein überdimensionaler braun-grau karierter Rucksack.

»So ein Brummer!«, stöhnt Cindy. »Was hat sie da reingepackt?«

»Wäsche, Nachthemd, Fitnessgeräte, Möbel, Eigenheim, Swimmingpool …«, zähle ich auf.

»Den Lover nicht zu vergessen ...«

»Für jeden Wochentag einen. Und sonntags hat sie zwei ...«

»Ausgerechnet die Claudi!«

Ich stelle mich ins Halteverbot, und wir reißen die Autotüren auf, um Claudia gebührend zu begrüßen. Ich umarme sie und stelle wieder einmal fest, dass man eigentlich nur ihre Kleider, aber kaum etwas von Claudia selber spürt, weil sie so dünn ist. Seit unserem Abenteuer in der Toskana hat sie kein Gramm zugenommen, außerdem kommt sie mir leicht deprimiert vor. Vermutlich hat sie es sich zu Herzen genommen, dass sie beim Verdi-Gesangswettbewerb nur den zweiten Platz gemacht hat. Nun – wir werden sie schon aufpäppeln. Seelisch und auch sonst. Ehrensache. Während nun auch Cindy die Freundin an sich drückt, zerre ich das nasse Kissen aus Walters Korb.

»Wir sind bald da, Walterchen«, flüstere ich. »Nur noch ein Viertelstündchen ...«

Er glurrt mich mit bösen grünen Augen an – die Singerei hat er mir übel genommen. Nun ja – auf Kerchenstein wird er ein paar samtpfötige Dorfschönheiten antreffen, das wird ihn versöhnen.

»Auf, Mädels. Einsteigen! Der romantische Taunus wartet auf uns!«

Ich schaue sorgenvoll auf den Benzinstand und hoffe auf starken Rückenwind, der uns kraftstoffarm die Taunushügel hinaufschieben wird. Vergesse nicht, die Mädels auf den romanischen Dom hinzuweisen, der auf einem Felsen über der Stadt Limburg thront, und nehme die Straße in Richtung Hochtaunus. Die Straße führt durch rauschende Wälder in spätsommerlichem Grün, an lieblichen Wiesentälern vorbei, die von mäandernden Bachläufen durchzogen werden. Hie und da ein einsames Gehöft, ein Hinweisschild: »Frische Bachforellen« oder »Kaffee und Quetschekuche« oder auch »Parken verboten«. Claudia hinter mir hält Walters Katzenkorb mit beiden Armen umfangen, neben mir sitzt Cindy. Sie sieht sehr blass aus und starrt mit Audrey Hepburns großen braunen Augen an mir vorbei auf die Straße.

»Könntest du bitte etwas ... langsamer fahren, Henni?«

»Klar.«

»Nur weil es hier so viele Kurven hat ...«

»Klar.«

Das kommt davon. Eben noch Theater gespielt – jetzt haben wir den Ernstfall. Cindy verträgt das Autofahren auf kurvigen Straßen nicht. Ich lasse den Corsa die Hügel hinaufkriechen, bremse gefühlvoll beim Hinabrollen, bleibe gelassen, wenn man uns anhupt, überholt, freundlich zuwinkt.

»Der hat uns den Stinkefinger gezeigt, der Drecksbauer!«

»Ach was, der hat nur in der Nase gebohrt. Machen alle Männer beim Autofahren.«

Sorgenvoll beobachte ich einerseits den Benzinanzeiger, andererseits Cindys bleiches Gesicht, das auf eine nahe Ohnmacht hinweist. Claudia versucht, am Katzenkorb vorbei ihre Handtasche zu öffnen, um eine Rolle Pfefferminzbonbons herauszunehmen.

»Geht's wieder?«

Keine Antwort ist auch eine Antwort. Die angebotenen Pfefferminzdrops verbessern Cindys Zustand überhaupt nicht. Claudia wühlt in ihrer Handtasche nach einem Plastikbeutel. Die Lage spitzt sich zu, als wir die geschotterte Straße nach Kerchenstein erreichen. Ein Schlagloch folgt auf das nächste, für einen autokranken Magen genau das Richtige.

Die Wetterfahne von Schloss Kerchenstein ist schon zu sehen, Walter hat sie durch die Ritzen des Katzenkorbes erspäht und fängt prompt an zu singen. Oder zu jaulen. Nur das feine Ohr hört den Unterschied.

»Wir haben's gleich geschafft«, vermelde ich triumphierend.

Omas Melisandenfabrik taucht linker Hand aus dem Wald auf, ich fahre vor lauter Freude voll in eines der zahlreichen Schlaglöcher, meine Mitfahrerinnen reißt es nach vorn, der Katzenkorb knirscht, weil er zwischen Claudia und ihrer Handtasche eingeklemmt ist.

»Anhalten!«, kreischt Cindy.

Ich rolle die wenigen Meter bis zum Hof und bremse. Drei Türen werden gleichzeitig aufgerissen, Claudia hält krampfhaft den Katzenkorb fest, ich helfe Cindy aus dem Auto und leiste ihr schwesterlichen Beistand.

»Besser?«

Sie nickt, stöhnt, akzeptiert ein Papiertaschentuch, das Claudia ihr spendet. Drüben am Bürofenster von Omas Melisandenfabrik sehe ich die Glatze mit rotem Haarkranz vom Guckes Willi, der das Geschehen interessiert verfolgt. Gleich darauf ist er schon an der Tür.

»Ei Gude!«, schreit er uns entgegen.

Das ist hessisch und bedeutet so viel wie »Guten Tag«. Willi Guckes, der Chef und die gute Seele der Melisandenwerke KG, läuft o-beinig und grau bekittelt auf uns zu.

»Ja, die Henni vom Schloss!«, freut er sich. »Jetzt kommt mal wieder Leben in den alten Geisterkasten. Und die erste Leiche haben Sie auch gleich mitgebracht. Hehe ...«

Ich grinse mühsam. Seit einigen Jahren verbreitet der Guckes Willi die Sage, ich zöge Mordgeschichten wie magisch an. Was vermutlich mit dem toten Dachdecker auf Kerchenstein zu tun hat, für den ich aber wirklich nichts kann.

»Lassen Sie die Witze, Herr Guckes. Das ist meine Freundin Cindy, sie ist nicht tot, ihr ist nur schlecht geworden ...«

»Kein Wunder bei den Zufahrtsstraßen ...«

Oma weigert sich immer noch standhaft, die Wege ausbessern zu lassen, weil sie der Ansicht ist, das sei Angelegenheit der Gemeinde. Inzwischen kann man in einigen Schlaglöchern schon seltene Biotope bestaunen.

»Heute schon jemand zum Schloss hochgefahren?«, will ich wissen.

»Klar. So ’ne Dicke mit viel Vorbau und ’ne kleine, dünne Schwarzhaarige mit Schlitzaugen …«

Ricci und Atzko sind vor uns da. Uh. Hoffentlich war Oma höflich, sie mag keine Fremden auf Kerchenstein.

»Hätten Sie ein kleines Kanisterchen Super für uns, Herr Guckes? Wirklich nur ein Tröpfchen, damit wir noch bis zum Schloss kommen.«

»Lässt sich machen …«

Er dreht ab und verschwindet in einem der vier grauen Gebäude, aus denen Omas Melisandenfabrik besteht. Ursprünglich war besagte Melisande eine Fee, die im dichten Wald nach Schlehen suchte, um daraus ihren überirdischen Trank zu brauen. So oder ähnlich geht die Sage. Kann aber auch sein, dass Oma die ganze Geschichte erfunden hat, um ihr Schlehendestillat werbewirksam zu verkaufen. Auf jeden Fall hat die schöne Melisande unserer Familie feenhaften Reichtum beschert. Melisandes und Omas Geschäftssinn.

»Geht’s dir besser?«, frage ich Cindy, die erschöpft auf einem Mäuerchen sitzt.

»Ja, ja …«

Sie macht nicht den Eindruck. Ich zerre an der Tür des leicht verbogenen Katzenkorbs herum und entlasse Walter in die Freiheit. Mein schöner Freund kennt sich hier aus, früher oder später wird er in Li Yangs Küche auftauchen, um die Vorräte an Fisch und frischer Leber zu überprüfen. Omas Koch Li Yang und Walter kennen und fürchten einander. Hinten beim Fabrikeingang erscheint jetzt der Guckes Willi mit einem hellblauen Kanister, er kippt ein wenig vom Inhalt in ein Wasserglas, prüft die gelbliche, leicht ins Rötliche gehende Farbgebung, nickt zufrieden und schraubt den Kanister wieder zu, läuft zu uns und reicht mir das Teil.

»Da!«

»Danke!«

Der Umgangston hier im Taunus ist harsch. Nix mit »Bitte sehr, gnädige Frau« oder gar »Frau Baronin von Kerchenstein«. Für den Guckes Willi war ich schon immer die Henni vom Schloss. Vielleicht trägt er mir noch die alte Geschichte nach, als ich mit zwei Freunden aus dem Dorf seine Destillieranlage gesprengt habe. Du liebe Güte – damals war ich elf und nur vermindert schuldfähig. Und Tote gab es auch nicht. Nur einen Scheintoten, den Guckes Willi. Den hat es vor Schreck umgehauen.

»Nehmen Sie mal ’nen Schluck, das bringt Sie wieder auf die Beine«, sagt er zu Cindy und hält ihr das Wasserglas vor die Nase. Bevor ich sie warnen kann, hat sie das Zeug schon hinuntergekippt. Sie hustet und bekommt Farbe im Gesicht.

»Schön vorsichtig fahren«, warnt mich der Guckes Willi, grinst und dreht ab. Mir schwant Übles. Entweder hat Cindy jetzt eine Benzinvergiftung, womit wir tatsächlich die erste Leiche in dieser Geschichte hätten – oder meinen Corsa erwartet ein rauschhaftes

Erlebnis. Ich gieße den Inhalt des Kanisters todesmutig in den Tank, schnüffle, zweifle und schraube den Tank wieder zu.

»Hauch mich mal an«, bitte ich Cindy, die mit glasigen Augen auf dem Mäuerchen hockt.

»Zuerst dachte ich, ich explodiere gleich«, sagt sie und lächelt schwach. »Aber jetzt geht's mir prima!«

Schlehen. Entwarnung. Der Guckes Willi ist ein Filou. Hat mir einen Schrecken einjagen wollen. Jetzt steht er drüben am Bürofenster und lacht sich ins Fäustchen, weil der Corsa so komische Schlangenlinien fährt. Eine Alkoholvergiftung ist für ein betagtes Auto sehr ungesund.

Schloss Kerchenstein im finsteren Hochtaunus ist ein gut verstecktes Kleinod spätmittelalterlicher Baukunst. Vier Gebäudeflügel, von Türmchen und kleinen Giebeln gekrönt, gruppieren sich um einen malerischen Innenhof, in dessen Zentrum sich ein alter Ziehbrunnen befindet. Der älteste Flügel geht nach Süden und wurde um fünfzehnhundertsowieso erbaut, die anderen sind jüngeren Datums, wobei jeder Erbauer eine andere Stilrichtung wählte. Die Mitglieder meiner Familie waren schon immer eigenwillige Persönlichkeiten, vor allem meine geliebte Oma – Anna Augusta von Kerchenstein –, die seinerzeit den Opi wegen permanenter Schürzenjagd zum Teufel schickte und das Schicksal der Familie in die eigenen Hände nahm. Auch meine Mama – Anita von Kerchenstein – hielt nicht viel von der Ehe, nach einer kurzen, aber folgenreichen Geschichte mit einem Unbekannten, angeblich dem Reitlehrer, entschwand sie nach München und genießt das Leben seitdem an der Seite wechselnder Liebhaber. Wem ich meine Existenz verdanke, habe ich bis heute noch nicht herausgefunden, in diesem Punkt hält sich Mama sehr bedeckt, und Oma behauptet beharrlich, keine Ahnung zu haben. Ungeachtet dessen hat sich meine liebe Oma lange Jahre mit meiner Erziehung herumgeplagt, wofür ich ihr unendlich dankbar bin. Auch wenn das adelige Fräulein Henriette Sophie von Kerchenstein, genannt Henni, sich nicht nach Omas Wünschen entwickelte und auch keinesfalls bereit ist, einen von ihr auserwählten hochadeligen Kandidaten zu ehelichen – ich liebe meine Oma über alle Maßen, und auch sie ist mir von Herzen zugetan. Was nicht immer offen zutage tritt, denn wer Ömchens goldenes Gemüt verspüren will, muss erst ihre harte Schale knacken.

Über dem Eingang zum Schlosstor prangt heute ein buntes handgemaltes Schild, das unser Familienwappen – drei Blutstropfen um ein Lindenblatt – mildtätig verdeckt.

*Herzlich willkommen auf Schloss Kerchenstein!*

Die liebe Oma! Gerührt lenke ich den Corsa über die schmale Brücke durch das Eingangstor, wobei ich rechts den Torpfosten streife, weil der Wagen im Melisandenrausch heftig schlingert. Na warte, Guckes Willi. Das zahl ich dir heim.

Neben dem Ziehbrunnen, den eine Mädchenfigur aus Sandstein ziert, steht Butzi, unser achtzigjähriges Faktotum, um unser Gepäck in Empfang zu nehmen. Auch er ist eine Seele von einem Menschen und seit seiner Geburt mit Kerchenstein verbunden. Welch schöne Kindheitserinnerungen sind mit dem lieben Butzi verknüpft! Am Fenster meines Kinderzimmers stehend, sah ich seine lange, dürre Gestalt in mondhellen Nächten gleich einem Gespenst durch das Dickicht streifen. Ich glaube, er hatte drüben im Dorf ein Mädchen, das er nachts besucht hat. Jedes Mal ist er über die von mir listig aufgespannte Stolperschnur gefallen.

»Seien Sie herzlichst gegrüßt, meine Damen«, ruft er uns entgegen und macht Anstalten, den Kofferraum des Corsa zu öffnen. Ich eile ihm zu Hilfe, weil seine rheumatischen Finger den Drücker ganz sicher nicht ertasten. Als ich jedoch den braun-grauen Megarucksack mit anfassen will, wehrt er sich energisch.

»Ich bitte Sie, Comtesse … Das ist meine Aufgabe …«

Er hebt sich beinahe einen Bruch an Claudias Monstrum, das wie ein großer aufgeblasener Hintern aussieht. Ich bekomme schon Angst um den guten alten Butzi, aber dieses Mal scheint er seinen Traubenzucker rechtzeitig inhaliert zu haben. Der arme Kerl leidet unter Sekundenschlaf, der ihn jederzeit überfallen kann, wenn sein Zuckerspiegel absackt.

Cindy geht es inzwischen prächtig, rotwangig und redselig steht sie neben Claudia am Ziehbrunnen und versucht, in der rundgemauerten Öffnung das blinkende Wasser zu entdecken.

»Wie tief geht es da denn runter?«, will sie wissen.

»Gute fünfzehn Meter mindestens.«

»Wie aufregend! Kann man mal etwas hinunterwerfen, damit man hört, wenn es unten auftrifft?«

Die Mädels benehmen sich mindestens so albern wie diese Touristengruppen, die Oma früher ins Schloss gelassen hat.

»Was immer du hinunterfallen lässt«, erkläre ich nachlässig. »Du siehst es nie wieder.«

Hinter uns klirrt etwas verdächtig, Butzi hat Claudias Rucksack kurz abgestellt, um sich noch weiteres Gepäckstück aufzuladen.

»Seien Sie bitte vorsichtig damit«, warnt Claudia.

»Sehr wohl, junge Dame …«

»Ich habe deiner Oma einen Schwan aus Meißner Porzellan mitgebracht«, flüstert Claudia mir zu. »Für ihre Sammlung. Was schaust du denn so? Hast du nicht gesagt, sie sammelt Schwäne?«

»Äh … doch, doch. Wie lieb von dir, Claudi …«

»Meine Tante hat ihn mir vor Jahren zum Geburtstag geschenkt. Weißt du, ich konnte nie etwas damit anfangen …«

Inzwischen ist auch Pauline, das Hausmädchen, aus der Tür des Südflügels getreten, um die Comtesse Henriette und ihre Freundinnen ganz allerherzlichst willkommen zu heißen. Pauline ist wesentlich jünger als Butzi, kaum siebzig, und nach wie vor noch sehr ansehnlich in ihrem schwarzen Kleid mit dem weißen spitzengeränderten Schürzchen. Nur dass sie immer etwas nach Mottenpulver riecht, stört ein bisschen.

»Wenn die Damen sich erst ein wenig frisch machen wollen … Ich führe Sie gern in Ihre Räume. Frau von Kerchenstein erwartet Sie anschließend im Saal zum Gabelfrühstück …«

Meine Freundinnen zeigen sich beeindruckt. Cindy erkundigt sich, was das sei, ein Gabelfrühstück, ob man da Gabeln zu essen bekäme. Das arme Ding ist immer noch im Melisanden-Vollrausch. Kein Wunder – so ein halbes Wasserglas auf leeren Magen, das haut die stärkste Frau um. Und Cindy ist ja nur Audrey-Hepburn-Format.

»Ein Gabelfrühstück, gnädiges Fräulein, ist eine kleine Zwischenmahlzeit, bei der neben Messer und Kaffeelöffel auch eine Gabel zum Einsatz kommt«, erklärt Pauline geduldig. »Man sagt heutzutage auch Brunch dazu.«

»Oh, wie schön!«

»Sind Frau Fröhlich und Frau Suomi schon angekommen?«, erkundige ich mich nach Ricci und Atzko.

»Aber ja«, lächelt Pauline und nimmt den leeren Katzenkorb aus dem Wagen. »Sie sind drüben im Saal. Zuerst wollte Ihre Frau Großmutter sie ja einer polizeilichen Kontrolle unterziehen und hat sie im Turm festgesetzt. Aber dann fiel ihr ein, dass ja heute ihre liebe Enkelin mit Freundinnen zu Besuch kommt …«

Gott wie peinlich! Oma wird mit dem Alter immer misstrauischer. Wir folgen Butzi, der unter dem vielen

Gepäck kaum noch zu erkennen ist, die Wendeltreppe des Südostturms hinauf. Oben haut Claudia mit dem Kopf gegen den niedrigen Türbalken, ich bücke mich rechtzeitig, nur Cindy betritt den Ostflügel erhobenen Hauptes, das Cello im Arm. Sie hat die perfekte Mittelalterstandardgröße.

»Sie erinnern mich die ganze Zeit an jemanden, den ich kenne«, meint Pauline nachdenklich. »Wer könnte das sein?«

»Keine Ahnung!«

Omas Gästezimmer sind liebevoll mit altertümlichen Möbelchen eingerichtet, die ein Eigenleben führen. Die Schränke knacken, die Fußböden ächzen, die alten Betten zeugen knarrend von jahrhundertelanger Beanspruchung zu den unterschiedlichsten Zwecken. Einer meiner Vorfahren soll im Himmelbett des Erkerzimmers mit Rattengift ermordet worden sein, andere hat es hier auf ganz natürliche Weise dahingerafft, und wieder andere wurden auf diesen Lagerstätten mit Eifer und Freude gezeugt. Meine Freundinnen, die weder das eine noch das andere im Sinn haben, sind begeistert von der authentischen Atmosphäre, den grünen und gelben Butzenscheiben in den Fensterchen und dem hochmodernen Badezimmer, das Oma seinerzeit auf Mamas Betreiben hat einbauen lassen. Ich lasse sie für ein Weilchen allein, damit sie sich restaurieren können, und eile hinüber in mein gemütliches Jugendzimmer, das gleich neben dem Südostturm über der Toreinfahrt liegt. Butzi hat meinen alten Rucksack schon auf dem marokkanischen Hocker abgelegt, den einer meiner Vorfahren einmal von einer Orientreise mitgebracht hat. Ach, mein liebes weiches Himmelbett – wie oft habe ich mich nach dir gesehnt. Unter deinem dunkelblauen Stoffgewölbe voller goldener Sterne habe ich mich seinerzeit beim Lesen der blutigen Krimis aus Omas Bibliothek so sicher und geborgen gefühlt.

»Aaaaaarrrrr!«

Ein grässlicher Schrei reißt mich aus den zarten Erinnerungen, ich reiße das Fenster auf und schaue in den Innenhof hinunter. Drüben im Ostflügel werden die Köpfe meiner Freundinnen sichtbar.

»Was war das?«, fragt Cindy entsetzt.

»Da wurde jemand gewürgt, glaub ich«, vermutet Claudia.

»Das war Li Yang«, erkläre ich. »Walter ist auf Kerchenstein angekommen.«

Zur Bestätigung schießt jetzt der graue Katerblitz aus dem Küchenfenster quer über den Innenhof und verschwindet im Fenster von Onkel Rudis Zimmer. Wenn mich meine Augen nicht täuschen, dann hatte er etwas im Maul, das verdächtig nach einem Fisch aussah. Ein Wurfgeschoss in Gestalt eines hölzernen Kochlöffels folgt ihm, prallt gegen die Sandsteinfigur des Brunnens, vollführt einen fulminanten Wirbel in der Luft und verschwindet in der Tiefe des Schachts.

»Einundzwanzig, zweiundzwanzig, dreiundzwanzig ...«, zählt Cindy. Bei dreißig hört sie auf. Das Teil ist einfach zu leicht, man hört den Aufschlag unten im Wasser nicht.

Ich schaue kurz in meinen venezianischen Kristallspiegel, stelle fest, dass ich für mein Alter noch recht gut aussehe. Ausdrucksvolle braune Augen, die ich angeblich von Papa habe, keine Augenfältchen, kein graues Haar in der langen blonden Mähne, auch die Figur sitzt noch perfekt, Busen und Po genau da, wo sie hingehören. Uff – der Zahn der Zeit hat mich bislang verschont. Glück gehabt. Mit neunundzwanzig muss man täglich mit den ersten Anzeichen des körperlichen Niedergangs rechnen.

Oma hat das Gabelfrühstück im unteren Saal anrichten lassen, dort, wo auch der Flügel steht, verschiedene alte Truhen vor sich hin rosten und mehrere breite Türen auf die Terrasse hinausführen. Der eigentliche große Festsaal des Schlosses liegt darüber, dort fanden in alter Zeit die Versammlungen der Lehensnehmer und Ritter statt, es wurden Hochzeiten und Krönungen gefeiert, und so mancher Streit mag mit Fäusten und Schwertern ausgetragen worden sein. Hier begeht meine liebe Oma jedes Jahr ihren Geburtstag, zu dem ich selbstverständlich erscheine, auch wenn diese Feier für mich mit allerlei Unannehmlichkeiten verbunden ist. Was an den gruseligen Heiratskandidaten liegt, die Oma nicht müde wird, jedes Jahr aufs Neue einzuladen.

Heute ist zum Glück Weibertreff – eine Idee, die Oma »ganz wunderbar« fand. Sie hat sich sofort bereit erklärt, meine Weiberhorde aufzunehmen, schon weil sie so ihre liebe Enkelin Henni einmal mehr an ihr großmütterliches Herz drücken kann.

Schick hat sie sich wieder gemacht, die alte Dame! Den grünen Lederrock, die bestickte Leinenbluse und die passende Jacke, dazu die Brosche mit der Elfenbeingemme. Das Haar wird zwar jedes Jahr ein wenig durchscheinender, die gesteckte Frisur sitzt jedoch immer noch wie gemeißelt, sie hat nur jedes Mal eine andere Farbe. Oma ist eitel.

»Meine kleine Henni!«

Ich werfe mich in ihre Arme und werde kraftvoll gegen die Elfenbeingemme gedrückt, gleichzeitig redet Oma davon, dass ich doch reichlich blass und dünn sei und offensichtlich in letzter Zeit nichts zu essen bekommen hätte.

»Für eine heiratsfähige junge Frau bist du zu untergewichtig, Mädel! Wir müssen dich erst mal wieder kräftig aufpäppeln.«

Ich küsse meine liebe Omi auf beide rougegefärbten Wangen und versichere ihr, dass ich weder untergewichtig noch heiratsfähig bin. Dass ich mich aber wahnsinnig freue, hier auf Kerchenstein mit meinen Freundinnen musizieren und feiern zu dürfen.

»Das ist so lieb von dir, Omi. Und das wunderschöne Schild über dem Eingang …«

»Ach das«, sagt sie lächelnd. »Das ist für die Damen, die nachher zum Kaffeekränzchen kommen. Ein paar ganz liebe alte Bekannte …«

Ich bin einfach zu naiv! Wieder einmal hat sie mich hinters Licht geführt, diese gerissene Großmutter.

»Doch nicht zufällig die liebe Olga Bereschkowa und die ebenso liebe Ludowiga von Klaffenau?«

»Erraten!«, strahlt Oma. »Und stell dir vor, sie sind in Begleitung ihrer zauberhaften Söhne angereist …«

Wenn es in meiner Familie eine Tugend gibt, die von Generation zu Generation weitervererbt wird, dann ist es die Beharrlichkeit. Der mollige Wladimir und der ungehobelte »Prinz von Hessen« werden mir also den Nachmittagskaffee versauen. Großartig ins Netz gegangen, Henni.

»Darf ich dir jetzt meine Freundinnen vorstellen?«, lenke ich vom Thema ab. »Dies ist die preisgekrönte Altistin Claudia Dickmann aus Pinneberg. Neben ihr mit dem Cello, das ist Cindy Schmidt, eine Ausnahmemusikerin aus Dresden.«

Bei Oma muss man ein bisschen dick auftragen, das macht sich besser. Wenn sie mich irgendwo vorstellt, bekomme ich auch alle möglichen Lorbeeren angeklebt, von denen ich bis dato keine Ahnung hatte. Prompt nimmt Oma die Vorstellung gnädig auf, sie reicht ihren Gästen huldvoll die goldberingte Hand und heißt sie herzlich willkommen. Fragt Claudia kurz, an welchem Opernhaus sie singt, und wendet sich dann Cindy zu.

»Haben wir uns nicht schon einmal irgendwo gesehen, liebe Frau Schmidt?«

Cindy schüttelt energisch den Kopf.

Oma gibt nicht so schnell auf. Sie legt das Haupt schräg, kneift die Augen schmal zusammen und schnippt mit dem Finger.

»Jetzt weiß ich! Sie sehen aus wie …«

Sie hält inne, weil ich auf ihrem Fuß stehe.

»Henni, mein Hallux valgus! Nein, junge Frau. Sie sehen aus wie …«

Dieses Mal verknüpfe ich den sanften Fußtritt mit einem warnenden Blick. Oma plinkert mit den Augendeckeln, dann hat sie begriffen. Fast alle Mitglieder unserer Familie sind von der schnellen Truppe.

»Sie sehen aus, als seien Sie sehr hungrig, wollte ich sagen. Dann bitte ich, neben Ihren Freundinnen Platz zu nehmen. Ich hoffe, dass sie noch etwas übrig gelassen haben, Frau Riccarda Fröhlich scheint eine ordentliche Esserin zu sein …«

Ricci und Atzko haben rücksichtsvoll das Ende der Willkommenszeremonie abgewartet, jetzt fallen wir einander in die Arme, knutschen und küssen uns, erinnern uns gegenseitig an die tollen Tage in der Villa Mandrini und tauschen die neuesten Klatsch- und Tratschgeschichten aus.

»Friedemann Bond?«, fragt Atzko, als habe sie diesen Namen noch nie zuvor gehört. »Ist lange vorbei. Hat eine Frau aus Schweden. Ist groß und stark und hat blaues Augen …«

Atzko hat jetzt wieder bei Koschinski Unterricht und ist dort sehr zufrieden.

»Alan ist in den kanadischen Wäldern verschollen«, vermeldet Ricci. »Einmal hatte ich ihn am Handy, da hat er gesagt, er baut sich jetzt eine Hütte an einem einsamen See …«

»Da kann er ja die Bären in den Schlaf singen …«

»Das ist doch ein Jammer«, meint Claudia. »Wo er so eine großartige Stimme hat.«

»Und was macht Basti?«

Alle schauen wie auf Kommando zu mir. Ich tue harmlos und zucke die Schultern. Woher soll ich das wissen? Bastian Poggenpohl, der moppelige nette Tenor mit der Jahrhundertstimme, schickt mir zwar regelmäßig lange E-Mails und manchmal auch Blumensträuße. Seine Anrufe landen aber auf der Mailbox. Er ist einfach nicht mein Typ.

»Du bist nicht befreundet mit Basti?«, fragt Atzko interessiert.

»Doch schon … aber so auf die Kameradschaftliche … Da läuft nix mit ihm …«

»Wie schade«, sagt Ricci, die selten ein Blatt vor den Mund nimmt. »Wo ihr beide so gut zusammenpasst.«

»Ich und Basti? Nee – wirklich nicht«, stöhne ich auf. »Und außerdem singt er zurzeit an der Deutschen Oper Berlin den Lohengrin.«

»Niiie sollst du mich befraaagen«, schmettert Ricci aus voller Brust.

»Genau! Ich hab jetzt Kohldampf!«, lenke ich vom Thema ab.

Omas Gabelfrühstück ist phänomenal. Alles da vom frischen Landbrot über die Schlackwurst, vom leckeren Handkäs mit Mussik bis zum Räucherschinken von glücklichen Weiderindern. Wer davon noch nicht satt ist, kann sich an Quellkardoffele mit Kräuterquark, Schaufelbug an Frankfurter Grien Soß und Bachforelle blau delektieren. Danach stehen Mousse au Chocolat, Erdbeercreme und Bratapfelparfait zur

Auswahl, dazu verschiedene süße Sößchen, eingelegte Früchte und Likörchen.

Wir schmausen, bis uns die Knöpfe von Bluse und Hosen springen, auch Cindy haut ordentlich rein, man glaubt kaum, welche Mengen an Nahrungsmitteln in ihrem schmalen Körper verschwinden können. Ricci jammert ein ums andere Mal, sie hätte schon wieder zwei Kilo zugenommen, was sie nicht davon abhält, fünfmal ihren Teller zu füllen und sich anschließend ausreichend am Nachtisch zu bedienen. Nur Atzko und Claudia halten sich zurück. Atzko achtet auf ihre Figur, sie joggt immer noch regelmäßig, und Claudia, die eine engagierte Tierfreundin ist, hat sich inzwischen entschlossen, sich vegan zu ernähren. Dadurch beschränkt sich ihre Mahlzeit heute auf Brot, Kartoffeln und eingelegte Früchte.

Nach dem Essen genehmigen wir uns ein Schnapsgläschen Melisandenlikör (vegan), der der Verdauung zuträglich sein soll, dann servieren Pauline und Sieglinde den Mocca, der die allgemeine Erschöpfung nach der üppigen Mahlzeit sofort vertreibt. Die mollige Sieglinde ist auf ihre Schwangerschaft sehr stolz, daher trägt sie einen eng anliegenden Pullover und schiebt ihren birnenförmigen Bauch so weit wie möglich vor.

»Achmed ist ja so stolz auf das Kind«, sagt sie strahlend, als ich ihr zur Hochzeit gratuliere.

»Wie schön!«, antworte ich, um etwas Nettes zu sagen. In Wirklichkeit geht mir diese zur Schau gestellte Fruchtbarkeit höllisch auf den Geist.

»Und die gnädige Frau hat gemeint, sie freue sich unendlich, in diesen Räumen wieder Kindergeschrei zu vernehmen …«

Da haben wir's. Ich breche das Gespräch hastig ab, denn Omas Sehnsucht nach dem Gebrüll der Nachkommenschaft betrifft vor allem mich, Henriette Sophie von Kerchenstein, die endlich heiraten und für adelige Babys sorgen sollte. Worauf besagte Henriette Sophie leider keine Lust hat. Schon gar nicht mit einem dieser adeligen Ladenhüter, die Oma mir regelmäßig zwecks Eheschließung vor die Nase setzt.

Nur keine überflüssigen Gewissensbisse, Henni. Ich stehe auf, kippe den vierten Mocca und bemühe mich, den Laden in Schwung zu bringen.

»Auf, Mädels! Lasst uns Musik machen. Claudia hat jede Menge toller Noten ausgeliehen, lauter Kompositionen von Frauen. Durch alle Jahrhunderte.«

Übergroße Begeisterung löst mein Vorschlag nicht gerade aus. Atzko würde gern eine halbe Stunde joggen gehen, Ricci sehnt sich nach einem kleinen Mittagsschläfchen, Cindy muss dringend ihren Freund in Hamburg anrufen. Nur meine liebe Claudia, die schon wieder Brille, Jesuslatschen und den Schlabberpulli trägt, ist geneigt, meine Idee gut zu finden.

»Na schön«, seufze ich. »Ein Stündchen Verdauungspause für alle. Atzko, bleib bitte auf dem Schotterweg, wenn du joggst – auf den Waldwegen könntest du dem Dullerdatsch begegnen.«

»Was ist Dullerdutsch …?«

»…datsch. Das ist einer unserer hessischen Waldgeister, der fängt die Jogger ein und zieht ihnen die Turnschuhe aus.«

Atzko glaubt mir nicht, sie lächelt asiatisch geheimnisvoll herablassend.

»Warum er das tut?«

»Er hat Hühneraugen und sucht seit vielen Jahren ein Paar Schuhe, die nicht drücken.«

»Danke für guten Rat«, sagt sie. »Ich werde laufen in Sneakers.«

Während Pauline und Sieglinde nun die Reste des Gabelfrühstücks in die Küche räumen, gehe ich mit Cindy und Claudia auf Schlosstour.

Menschenfreundlich, wie ich bin, fange ich im Keller an, wo man die sieben Meter tiefe Grube, das alte Schlossgefängnis, inzwischen mit einem Gitter abgedeckt hat. Ich leuchte mit einer Taschenlampe hinein und erkläre, dass es von dort unten kein Entkommen gab, man hatte nur eine Chance, das Licht der Welt wieder zu erblicken: wenn man an einem Seil hinaufgezogen wurde.

»Und wie kamen die Unglücklichen hinunter?«, flüstert Claudia, tief beeindruckt. Cindy muss pausenlos niesen, sie ist auf feuchte Luft mit Schimmelpilzen allergisch.

»Das konnte sehr schnell gehen«, erkläre ich mit sarkastischem Lächeln. »Ein Fußtritt genügte.«

»Was für eine grausame Zeit das Mittelalter doch war«, seufzt Cindy und beniest ihre Feststellung.

Ich verschweige vorsichtshalber die Geschichte mit dem Klumpe Hansi, den wir Mädels seinerzeit gefesselt und nur mit der Unterhose bekleidet in die Grube hinuntergelassen haben. Der Viertklässler war ein übler Grapscher, er hatte die Nacht in der Grube redlich verdient. Ach ja, die goldenen Kindertage auf Kerchenstein – wie rasch sie doch vergangen sind. Nur die schönen Erinnerungen bleiben.

Zum Ausgleich zeige ich den Freundinnen den großen Festsaal mit den Gemälden der Vorfahren an den Wänden und mein Jugendzimmer mit dem antiken Himmelbett. Natürlich spare ich auch nicht mit Familienanekdoten, Balthasar, der Humpler, Josefine, die Aussätzige, und Karl-August, der Plattfüßige – sie alle haben diese Räume mit ihrer Aura erfüllt und dazu beigetragen, dass Kerchenstein zu dem wurde, was es heute ist. Ein verwunschener alter Kasten in einer gottverlassenen Gegend.

Weil Claudia und Cindy erst noch mal schnell wohin müssen, bin ich die Erste unten im Saal. Das Gabelfrühstück ist weggeräumt, dafür hat die liebe Oma uns Kaffee, Tee, Kekse und Orangensaft bereitstellen lassen. Es ist großartig, ich sollte viel öfter Freunde und Kollegen nach Kerchenstein einladen. Vielleicht könnte man sogar eine kleine Konzertreihe hier veranstalten? Die Kerchensteiner Musiktage! Der Kunst großer Musikerinnen gewidmet, die die Musikwelt bisher immer noch so sträflich vernachlässigt – ja sogar ignoriert. Meine Zukunftspläne werden durch die Ankunft eines Kraftfahrzeugs gestört, das respektloserweise in den Innenhof des Schlosses rumpelt und gleich neben meinem Corsa parkt. Solch eine Dreistigkeit ist eigentlich nur dem Prinzen von Hessen zuzutrauen. Und tatsächlich erblicke ich gleich darauf die knochige Gestalt der Ludowiga von Klaffenau, der Butzi galant aus dem Wagen hilft. O weh, Henni – der Feind geht in Stellung! Jetzt kann auch Olga Bereschkowa mit ihrem glotzäugigen Wladimir nicht weit sein.

Nur ruhig Blut, Henni. Solange ich mit meinen Freundinnen zusammen bin, kann keiner der Herren zum Angriff – sprich Antrag – übergehen. Also werden wir jetzt Musik machen, mit Musik klappt bekanntlich alles besser.

Ich stelle vier Stühle plus Notenständer neben dem Flügel auf und überlege, dass wir mit Cello, Klavier, Klarinette, Flöte und Gesang ein recht annehmbares Ensemble bilden – da öffnet sich hinter mir knarrend die alte Saaltür.

»Wir brauchen noch zwei bis drei Stehlampen«, sage ich in der Annahme, dass es Pauline oder Sieglinde ist.

»Bring ich dir sofort, wenn du mir sagst, wo das Zeug ist!«, tönt es mit tenoralem Klang.

Vor Schreck schmeiße ich Claudias Notenständer um, dann drehe ich mich vorsichtig herum in der Hoffnung, einer akustischen Wahnvorstellung anheimgefallen zu sein.

»Jetzt bist du überrascht, was?«, fragt Basti stolz.

Da steht er, der Jahrhunderttenor, und strahlt mich liebevoll an. Immer noch der gleiche blonde Moppel mit dem Bäuchlein, das sich fröhlich über den Gürtel wölbt. Da ich vor Verblüffung verstumme und meine Miene kaum Wiedersehensfreude ausdrückt, wird er ein wenig unsicher.

»Du bist doch nicht sauer, Henni?«, fragt er besorgt.

Ich raffe mich zusammen. Er ist so glücklich, man kann ihm unmöglich böse sein.

»Öh … hürm … nun ja … du kommst so … plötzlich.«

»Nicht wahr?«, ruft er triumphierend aus. »Die Überraschung ist perfekt, oder? Atzko hat mir einen Tipp gegeben …«

Diese hinterlistige Person. Erst schleicht sie sich in meinen Mädelstreff ein, dann schleppt sie auch noch Basti an. Aber sie hatte schon immer eine Schwäche für Bonds Jahrhunderttenor.

»Und ich hab auch meine Trompete mitgebracht«, fährt er fort und zeigt mir den schwarzen Instrumentenkasten, der übersät ist mit bunten Aufklebern. *Atomkraft – nein danke.* Hat er das von seiner Oma?

»Du spielst Trompete? Wusste ich gar nicht …«

»Tja!«, sagt er stolz. »Es gibt vieles, was du noch nicht von mir weißt. Ich kann zum Beispiel hervorragend kochen, ich kann Haare schneiden und kenne mich auch mit Computern aus …«

Ich gebe mich beeindruckt. Haare schneiden? Ach ja – sein Papa ist Frisör.

»Dann bist du ja der perfekte Ehemann«, entfährt es meinem unvorsichtigen Mund.

O Gott! Was habe ich da gesagt, ich dummes

Huhn? Basti wird ganz rosig vor Freude und bekommt glänzende Augen.

»Dass *du* mir das sagst, Henni! Das bedeutet mir viel. Wirklich! Sehr viel!«

»Ach, weißt du …«

Der Versuch, die Lage glattzubügeln, wird durch das Geräusch eines weiteren Autos im Innenhof gestört. Olga Bereschkowa mit Anhang – hatte ich es doch geahnt. Auf dem Brunnenrand sitzt mein wundervoller grauer Kater und faucht Olga an, die sich gerade aus dem Wagen quält. Er mag ihren falschen schwarzen Dutt nicht, möglich, dass er ihn für einen monströsen Hamster hält.

In diesem Moment kommt mir eine Erleuchtung. Mimikri – das ist die Lösung.

»Sag mal, Basti«, wende ich mich an meinen Moppeltenor. »Würdest du mir einen großen Gefallen tun?«

Er ist hingerissen von der Möglichkeit, in meiner Gunst weiter aufzusteigen.

»Alles, was du willst, Henni«, ruft er und breitet die Arme aus. »Befiehl – und ich hüpfe aus diesem Fenster. Stürze mich in den Brunnen. Springe vom Turm hinunter!«

Typisch Mann. Nicht dass ihm mal etwas Nützliches einfiele … »Halb so dramatisch«, erkläre ich. »Nur eine ganz harmlose Kleinigkeit.«

»Ach, wie schade!«

»Ein kleiner Freundschaftsdienst …«

»Nun sag schon …«

»Verlobe dich mit mir!«

Da steht er mit offenem Mund, zu keiner Bewegung fähig, versteinert, zur Salzsäule erstarrt. Nur sein Kinn zittert ein wenig. Ich bekomme schon Angst um ihn. Das war vielleicht doch keine so tolle Idee, Henni. Wenn wir in dieser Geschichte schon gleich zu Anfang eine Leiche haben, dann muss das doch nicht ausgerechnet der arme Basti sein.

»Hast du … verloben … gesagt?«, stammelt er nach einigen quälend langen Sekunden.

»Nur zum Schein natürlich«, erkläre ich. »Ich brauche einen männlichen Schutz gegen die beiden Herren, die jetzt im Saal über uns mit meiner Oma Kaffee trinken.«

Es dauert ein Weilchen, bis er begriffen hat – Tenöre sind bekanntlich etwas langsam im Hirn.

»Aber klar, Henni«, sagt er dann. »Ich schütze dich. In aller Freundschaft. Versteht sich …«

Ich habe ein verdammt schlechtes Gewissen, weil man ihm die Enttäuschung deutlich ansieht. Ach, er ist so ein netter Kerl. Schade, dass er nicht der Mann meiner Träume ist.

Tatendurstig und mit ihren Instrumenten bewaffnet erscheinen meine Freundinnen im Saal. Bleiben verblüfft an der Tür stehen, als sie Basti entdecken.

»Große Überraschung!«, sagt Atzko und lächelt asiatisch geheimnisvoll.

»Da schau her!«, äußert Ricci grinsend.

»Basti!«, ruft Claudia. »Das ist aber schön, dich zu sehen!«

Basti sagt freudig allen Hallo, schüttelt Hände, umarmt, wird von Ricci geknutscht.

»Ja«, sagt er. »Ich musste meine Henni wiedersehen. Ohne sie halte ich es nicht lange aus.«

Leicht betretenes Schweigen. Fragende, strafende, verständnislose Blicke richten sich auf mich. Ich finde, dass Basti mit dem Possessivpronomen »meine« ziemlich übertreibt.

»Ach!«, sagt Ricci mit Betonung.

»Sagtest du nicht …«, setzt Claudia an und beißt sich dann auf die Zunge.

»War nicht Wahrheit, oder?«, äußert Atzko.

Ich zucke die Schultern und lächle geheimnisvoll kerchensteinerisch.

»Was ist Wahrheit?«, zitiere ich die Bibel.

»Nun ja«, sagt Basti und legt den Arm um mich. »Wir haben uns heute verlobt, Henni und ich.«

Verblüffung. Den Freundinnen bleibt die Sprache weg, Atzko beißt sich auf die Lippen, Claudia schiebt hektisch die Brille hoch, Ricci setzt sich überwältigt auf eine der mittelalterlichen Holztruhen. Ich hätte wissen müssen, dass Basti keine halben Sachen macht.

»Herzlichen Glückwunsch!«, sagt Cindy, die sich als Erste gefasst hat.

»Ja«, beteuert jetzt auch Ricci. »Alles Gute für euch beide …«

Hände strecken sich uns entgegen, Cindy will mich umarmen, Ricci hat schon Basti am Wickel. Claudia steht noch steif wie eine Marzipanfigur auf der Hochzeitstorte.

»Langsam!«, rufe ich und wehre ab. »Es ist keine richtige Verlobung. Nur zum Schein, versteht ihr?«

Wenn sie schon vorhin nichts begriffen haben – jetzt kapieren sie gar nichts mehr.

»Zum … Schein?«, erkundigt sich Atzko. »Was das heißt?«

»Wir tun so als ob«, erkläre ich. »Nicht wahr, Basti?«

»Na ja!«, ruft Basti aus. »Das schon. Nicht ganz echt, die Verlobung. Aber doch immerhin ein Anfang, oder Henni? Was nicht ist, das kann ja noch werden …«

Er zwinkert mir komplizenhaft zu, und ich muss notgedrungen zurückzwinkern. Henni, das war eine deiner dümmsten Ideen. Eine deiner allerdümmsten. Einfach grottig, dieser Einfall!

»Fangen wir jetzt einfach mal an zu proben«, rufe ich, um dieses peinliche Thema loszuwerden. »Dafür sind wir schließlich gekommen.«

Ricci ist der Meinung, dass sie mehr zum Feiern und Entspannen hier sei, aber ein wenig Musik könne nie schaden. Claudia ist entsetzt, sie hat extra jede Menge Noten kopiert und dachte an so was wie ein Arbeitswochenende. Die anderen befinden sich mit ihrer Meinung irgendwo dazwischen. Basti packt seine Tröte aus und übt ein paar Töne. Die Mauern des jahrhundertealten Gebäudes erbeben.

»Sachte«, stöhnt Cindy.

»Wir sind hier nicht in Jericho!«, meint Claudia und hält sich die Ohren zu.

»'tschuldigung …«, Basti zieht die Schultern ein.

Er ist halt ein kleiner Bulli, der Ausnahmetenor. Hat einen Blasebalg wie eine Dorfschmiede, da glüht der Trichter in Nullkommanichts.

Wir sortieren uns. Verteilen die Stimmen, Ricci und Claudia gehen an den Flügel, ich quäle meine Klarinette, Atzko findet die Flötenstimme unspielbar, Cindy schrubbt verbissen auf ihrem Cello herum.

Claudia versucht, Basti zu leisen Tönen zu überreden. Langsam kommen wir rein, finden zusammen, haben Spaß, fliegen wieder raus, diskutieren, streiten herum.

»Fanny Mendelssohn lasse ich mir noch gefallen. Aber diese Louise Farrenc, die hat sie ja nicht mehr alle …«, stöhnt Ricci und steht auf.

»Das ist geniale Musik, du musst nur die richtigen Töne spielen!«

»Das klingt doch scheiße!«

»Nur weil du lieber Mozart …«

Claudia bricht ab, weil jemand anderes am Flügel Platz genommen hat. Onkel Rudi ist leise murmelnd hereingekommen, hat sich auf den Schemel gesetzt, und jetzt spielt er. Einfach so. Als ob wir alle nicht da wären. Brummelt dabei vor sich hin, summt, murmelt, flüstert und spielt, was in den Noten steht. Auf einmal hören wir das Stück genau so, wie die Komponistin es gemeint hat.

»Eigenwillig«, sagt Onkel Rudi zu sich selbst. »Eigenwillig, aber gut. Recht gut. Wirklich nicht übel …«

»Hallo, Onkel Rudi«, unterbreche ich seine Rede. »Das sind meine Freundinnen, und das ist Basti. Wir sind hier zu Besuch …«

Er schaut sich irritiert um, nickt zerstreut in die Runde, schüttelt mir die Hand.

»Guten Morgen, liebe Henni. Wie schön, dass du wieder einmal hier bist. Wirst du länger bleiben?«

»Nur ein Wochenende …«

Meine Antwort hat er gar nicht mehr gehört, er geht murmelnd davon.

»Wer war denn das?«, flüstert Ricci, als sich die Tür hinter ihm schließt.

»Onkel Rudi ist Autist«, erkläre ich. »Er ist ein genialer Musiker, aber er lebt in seiner eigenen Welt – versteht ihr?«

»Klar«, sagt Basti. »Toller Typ. Schaut aus wie Einstein und spielt wie Lang Lang.«

Irgendwie hat sich die Stimmung gedreht. Wir streiten nicht mehr, jeder bemüht sich, sein Bestes zu geben. Wir hören aufeinander, ermuntern uns gegenseitig, haben Freude an unserem Spiel. Claudia findet den Mut, uns die Noten einer eigenen Komposition auf die Notenständer zu stellen, und sie ist ganz beglückt, als wir sie über den grünen Klee loben. Dann fängt Ricci an zu improvisieren, es swingt auf einmal, wir lassen alle Hemmungen fallen, pfeifen auf die Klassik und versuchen uns im Jazz. Mit unterschiedlichem Erfolg. Ricci kann es am besten, ich bin auf der Klarinette einsame Spitze, Cindy zupft und beklopft ihr Cello, Atzko flötet schrill und atonal dazwischen. Sogar Basti jazzt mit, hätte ich ihm gar nicht zugetraut, was er da auf seiner Trompete abliefert. Wenn das sein großer Mentor Friedemann Bond hören würde – den träfe auf der Stelle der Schlag.

»Meine Damen, meine Damen …«

Butzi muss mehrfach ansetzen, um unsere Geräuschkulisse zu übertönen. Schließlich hören wir auf zu spielen, nur Basti trötet unverdrossen weiter. Schließlich ist er keine Dame, und außerdem war er gerade so gut in Schwung.

»Der Herr bitte auch … vielen Dank … sehr freundlich … Frau von Kerchenstein bittet die Herrschaften zum Tee. Wenn Sie mir bitte folgen möchten …«

»Tee?«, fragt Ricci wenig begeistert.

»Selbstverständlich wird auch Kaffee serviert, gnädiges Fräulein. Dazu einige kleine Süßigkeiten nach Art des Hauses.«

»Na ja …«

Die Wendeltreppe hinauf, und meine Freundinnen bleiben verblüfft vor dem gut bestückten Tortenbüfett stehen. Oma hält wenig von trockenem Sandkuchen oder veganen Ökokeksen. Moccasahne, Käsesahne, Kirschsahne oder Eierlikörtorte – das ist die Art des Hauses von Kerchenstein. Unser Koch Li Yang hat sich mit den Jahren zu einem hervorragenden Sahnekonditor entwickelt. Mit heimischer Sahne von glücklichen Biotaunuskühen.

Weniger erfreulich ist die Teegesellschaft, die unweit des Kuchenbüfetts auf bequemen ledernen Klubsesseln sitzt und uns mit großem Interesse mustert. Nicht einmal Omas liebevolle Blicke können mich dieses Mal versöhnen. Da hockt der mollige Kindskopf Wladimir neben seiner Mama und mampft Käsesahne mit vollen Backen. Gegenüber sitzt der smarte Karl-August von Klaffenau, genannt »der Prinz von Hessen«, und glotzt mich und meine Freundinnen an, als sei er Harun al-Raschid im Harem, der sich die Dame für die Nacht ausspäht.

»Wenn der Typ da dich weiter so anstarrt«, flüstert

mir Basti zu, »dann nehme ich ihn mir gleich mal zur Brust!«

»Nur die Ruhe«, wispere ich zurück.

Oma erhebt sich aus den Tiefen ihres Ledersessels und winkt uns hoheitsvoll, in ihre Nähe zu treten.

»Meine lieben jungen Gäste«, sagt sie und lächelt dabei zuerst uns und dann Wladimir und Karl-August an. Gräfin Olga Bereschkowa wischt ihrem Sprössling rasch die Sahne von der Backe. »Sie haben uns mit Ihrer wundervollen und anregenden Musik erfreut, dafür möchte ich Ihnen ganz herzlich danken. Bereiten Sie uns nun das Vergnügen, an unserer kleinen Teegesellschaft teilzuhaben – wie Sie sehen, ist noch genügend Torte da, und falls es nicht reichen sollte, hat mein Koch gewiss noch Nachschub für uns. Bitte sehr! Henni, meine Liebe, komm zu deiner alten Großmutter, hier an meine rechte Seite ...«

Klar – dann sitze ich gleich neben Wladimir, und Karl-August glotzt mir in den Ausschnitt. Oh, diese heimtückischen Anverwandten! Aber auch ich habe heute einen Pfeil im Köcher.

»Gern, liebe Großmama«, flöte ich. »Aber zuerst muss ich dir noch meinen Verlobten vorstellen. Sebastian Poggenpohl, Tenor an der Deutschen Oper in Berlin.«

Omas Kinn senkt sich gefährlich tief hinab.

»Hast du ›Verlobter‹ gesagt, Henni?«

»Du hast ganz richtig gehört, Oma. Ich habe endlich den Richtigen gefunden und freue mich, dass er heute extra aus Berlin angereist ist, damit ich ihn meiner lieben Großmu…«

»Wie kannst du dich hinter meinem Rücken so einfach verloben?«, unterbricht sie mich in großmütterlichem Zorn.

Ich bleibe gelassen. Klar regt sie sich jetzt auf. Aber daran ist sie selbst schuld, meine geliebte intrigante Oma.

»Es geschah aus Liebe!«, rufe ich theatralisch aus.

Ludowiga fällt die Kuchengabel aus der Hand, der Prinz von Hessen grinst hämisch. Wladimir nimmt sich in dumpfer Trauer ein weiteres Stück Torte.

»So ist es«, kommt mir Basti schwungvoll zu Hilfe. »Wir lieben uns, gnädige Frau Großmutter. Es ist im Sommer in Italien passiert, der berühmte Blitz aus heiterem toskanischem Himmel. Gott Amor hat uns mit einem einzigen scharfen Pfeil durchbohrt. Und darum wollen wir so schnell wie möglich heiraten.«

Verflixt noch mal. Er spielt seine Rolle ja gut, aber er sollte es nicht übertreiben.

»Papperlapapp!«, schimpft Oma. »Liebe ist kein Grund, sich zu verloben oder gar zu heiraten. Liebe ist eine Krankheit. So wie Mumps oder Masern. Man muss sie durchmachen, um dagegen immun zu werden.«

»Genau das tun wir gerade, liebe Oma«, sage ich lächelnd. »Wir lieben uns, um dagegen immun zu werden.«

»Und wie lange werdet ihr dazu brauchen«, will Großmutter wissen.

»Oh«, sagt Basti und strahlt sie an. »Manche brauchen ein ganzes Leben dafür.«

Oma setzt sich wieder in ihren Sessel, ihre Miene ist mehr als missvergnügt.

»Dann hoffe ich, dass es bei euch beiden schneller geht. Zwei Wochen wären in Ordnung, denke ich.«

Meine Freundinnen stehen immer noch verschreckt neben dem Kuchenbüfett und verfolgen den Familienstreit mit entsetzten Augen. Weil Oma jetzt grollend vor sich hin schweigt, wagt sich Ricci ein wenig näher an die Torten heran.

»Dürften wir vielleicht ein Stück To…?«

»Aber bitte sehr, die Damen … Nehmen Sie Platz …«, flüstert Butzi dienstfertig und rückt die Sessel zurecht.

»Aber ich möchte ein Stück Torte!«, beharrt Ricci.

Ich nehme sie am Arm und ziehe sie zu einem Sessel.

»Sie bringen es uns«, erkläre ich. »Du musst nur sagen, was du willst …«

»Ach so … sorry …«

Wir lassen uns zwanglos in die Sessel fallen und äußern unsere Tortenwünsche. Claudia überreicht Oma einen handtellergroßen völlig unversehrten Porzellanschwan und erntet überschwänglichen Dank.

»Stell dir vor«, flüstert sie mir zu. »In meinem Rucksack sind zwei meiner Ersatzbrillen zerbrochen. Eine Katastrophe!«

»Oh, wie ärgerlich …«

Basti weicht nicht von meiner Seite, er geht völlig in seiner Rolle als Verlobter auf, reicht mir den Kuchenteller, gießt mir Tee ein, bedenkt mich mit verliebten Blicken. Währenddessen werden wir von Omas Heiratskandidaten und deren Müttern eingehend beäugt. Ludowiga zieht ein Lorgnon aus dem Busen, Olga kämpft mit der Brille, deren Bügel immer ihr Toupet verschieben.

»Wie heißt der Verlobte von Henriette?«, höre ich Ludowiga fragen.

»Roggenkohl, glaube ich«, meint Wladimir.

»Nein, Koggenhohl …«, sagt Olga und zuckt die Schultern.

»Aber nicht doch«, mischt sich der Prinz von Hessen ein. »Er heißt Pockenwohl. Seltsamer Name. Die Pocken waren im Mittelalter eine schlimme Plage …«

»Genau wie die Cholera …«

»Und die Pest.«

»Nicht zu vergessen: die Liebe«, werfe ich sarkastisch ein, aber niemand hört darauf.

»Hatte jemand in Ihrer Familie die Pocken?«, erkundigt sich der Prinz von Hessen mit großer Freundlichkeit bei Basti.

Basti läuft rot an, ich muss ihm fest auf den Fuß treten, damit er nicht ausflippt. Der arme Kerl kennt die Bosheiten der adeligen Gesellschaft nicht.

»Ich heiße Poggenpohl«, sagt er laut.

»*Von* Poggenpohl?«, fragt Karl-August amüsiert, weil sein Gegner sich aus der Reserve locken lässt.

»Nein«, schreit Basti aufgebracht. »Nur Poggenpohl. Ohne von. Verstehen Sie? Nicht Roggenkohl und auch nicht Koggenhohl und schon gar nicht

Pockenwohl. Ganz einfach Poggenwohl ... äh ... Poggenpohl.«

»Ach wirklich?«, lächelt Karl-August.

Basti wischt sich mit dem Taschentuch den Schweiß von der Stirn und flüstert mir zu, dass er jetzt endlich verstehen kann, warum Lohengrin nicht nach seiner Herkunft befragt werden will.

»Reg dich doch nicht so auf«, tröste ich ihn und streichle sein Knie, worauf er wohlig erschauernd verstummt.

»Und du hältst jetzt deine Dreckschleuder«, fauche ich Karl-August an. »Sonst hau ich dir in die Eier, dass du nicht mehr weißt, von welchem Ufer du kommst!«

Bei dem letzten Satz erbleichen beide, sowohl Basti als auch Karl-August. Wobei nur einer von beiden weiß, dass ich meine Warnung auch in die Tat umsetzen kann. Basti hat keine Ahnung. Er wird es vermutlich auch nie erfahren, der Gute. Karl-August weiß es dagegen ganz genau, der Mistkerl.

Inzwischen haben auch die übrigen Gäste Gespräche aufgenommen. Onkel Rudi unterhält sich angeregt mit sich selbst, Oma parliert mit Cindy und Claudia, Ricci widmet sich Wladimir, dem letzten Spross der adeligen Bereschkow, Atzko fragt den Prinzen von Hessen nach seiner Familie aus. Ich schiebe unauffällig Bastis Hand von meinem Oberschenkel und finde, dass meine Abwehrstrategie bis jetzt gar nicht so schlecht funktioniert hat. Meine Pseudoverlobung wird sich jetzt in Windeseile in den

Kreisen des verarmten Adels herumsprechen, damit bin ich fürs Erste alle Plagegeister los. Arme Oma! Sie kann dementieren, soviel sie will – man wird ihr nicht glauben.

Nur mit Basti muss ich noch ein ernstes Wort sprechen. Damit er sich nicht zu sehr in seine Rolle hineinsteigert.

»Poggenpohl?«, sagt da Ludowiga laut zu Oma. »Der Name ist doch bekannt.«

O nein. Nicht schon wieder. Ich dachte, wir sind damit durch.

»Tatsächlich?«, fragt Oma, die nur halb hinhört, weil sie mit Claudia über einen bekannten Musiker redet.

»Ja, kennst du denn nicht die Küchen von Poggenpohl?«, beharrt Ludowiga. »Meine Freundin Lauretta hat sich vor Jahren eine einbauen lassen. Und sie ist immer noch in Funktion.«

»Deine Freundin Lauretta oder die Küche?«, erkundigt sich der Prinz von Hessen.

»Beide!«

Claudia und Cindy müssen sich das Lachen verbeißen, Oma runzelt die Stirn und befragt Ludowiga, ob sie Lauretta von Steingerück meine, die vor zwanzig oder zweiundzwanzig Jahren einen von Ostern geheiratet habe.

»Aber nein, meine Liebe. Ich meine Lauretta Linz. Die Filmschauspielerin. Die hat anno 1952 den Giorgio Carboni geheiratet.«

»Ach die ...«, mischt sich Olga ein. »Eine fürchterliche Person! Vollkommen talentlos. Hat sich an den Produzenten Carboni gehängt wie eine Klette, damit er sie zum Film bringt.«

Was für ein langweiliges Gewäsch. Ich überlege, wie wir ganz diskret diese gastliche Runde verlassen können, um noch ein wenig zu musizieren und uns dann den Sektflaschen zu widmen, die in den mittelalterlichen Truhen verborgen auf ihren Einsatz warten.

»Sie feiert demnächst den hundertsten Geburtstag …«, hört man Ludowiga.

»Die ist schon hundert?«, wundert sich Olga. »Ich dachte immer, sie sei mein Jahrgang.«

»Sie doch nicht – Giorgio Carboni. Am 16. Dezember, glaube ich. Ach Gott – wie haben wir seinerzeit mit den beiden gefeiert. Der Champagner floss in Strömen …«

Oma schüttelt den Kopf über so viel Nostalgie.

»Giorgio Carboni ist seit über dreißig Jahren tot, wenn mich nicht alles täuscht«, stellt sie herzlos fest. »Wieso feiert er dann seinen Geburtstag?«

»Er doch nicht«, stöhnt Ludowiga über so viel Unverständnis. »Lauretta will ihn feiern. Posthum sozusagen. Seligen Angedenkens. Genau dort, wo sie sich seinerzeit verlobt haben.«

»Im Bordell!«

»Karl-August!«, tadelt Ludowiga, während Wladimir albern kichert.

»Wo dann?«, will Olga wissen.

»Im Grandhotel Alpenstern. Ein Luxushotel in den

Schweizer Bergen«, verkündet Ludowiga lächelnd. »Ich war selbst einmal dort, als mein lieber Eduard noch lebte.«

»Ihr verstorbener Ehemann, wie?«, flüstert Basti teilnahmsvoll.

»Der Fliesenleger«, murmle ich zurück.

»Ach Gott!«

Ich gähne. Dann entdecke ich Walter unter dem Kuchenbüfett und beobachte, wie mein kluger Kater die Lage peilt und dann aufs Fensterbrett springt. Von dort aus kann er spielend leicht auf das Büfett hüpfen, er muss nur aufpassen, dass sich die weiße Damastdecke dabei nicht verschiebt …

»… geschlossene Gesellschaft. Natürlich. Lauter Leute vom Film. Es soll ja eine rauschende Feier werden. Mit Musik … Ach ja, sie liebt die Schlager der Fünfziger und sucht noch Musiker …«

Schwups! Jetzt hat er den Sprung gewagt. Die dumme Tischdecke ist zwar ein wenig gerutscht, aber mein süßer Freund hockt nun genau vor den Resten der Moccasahnetorte. Er schleckt dreimal rasch nach Katzenart, schmatzt, verzieht die Nase, schleckt dann wieder dreimal. Hoffentlich bekommt ihm der Kaffee, der in der Sahne …

»Ein Trio würde genügen«, schwatzt Ludowiga. »Wie wäre es, meine Damen? Lauretta ist märchenhaft reich, und der Anlass ist ihr wichtig …«

»Ich muss zu meinen Eltern«, verkündet Ricci. »Und außerdem bin ich verlobt.«

»Was? Du auch?«, ruft Basti.

Wir gratulieren ihr überschwänglich. Den Verlobten hat sie uns bisher vorenthalten, er ist Grundschullehrer und ein sehr ordnungsliebender Mensch. Nun ja …

Basti muss Lohengrin und Turandot singen, Atzko ist in Japan, Claudia und Cindy haben jede Menge Gigs vor Weihnachten.

»Wie schade!«, meint Ludowiga. »Dieses Hotel ist ein wirklich reizender Ort. Völlig einsam im Gebirge gelegen. Wenn es schneit, ist man von der Welt komplett abgeschnitten. Was ist mit dir, liebe Henriette? Ein Skiurlaub in der Schweiz würde dir gewiss guttun …«

»Danke«, sage ich. »Ich hasse Schnee.«

Schnee! Glitzernde Welt aus Milliarden winziger, zu Sternen erstarrter Wassertröpfchen. Zarte Flöckchen, die die Wangen betupfen, an der Kleidung hängen, im Sonnenlicht einen wirbelnden Tanz in allen Regenbogenfarben aufführen. Du liebe Güte – die blau-weißen Bergriesen um uns herum schauen exakt so aus wie im Reisekatalog. Majestätisch. Gigantisch. Ein Spiel aus dunklem Fels und jungfräulichem Schnee, aus bläulichen Schatten und schimmernden Matten, aus schroffem Gestein und schön geschwungenen, leuchtenden Bergkämmen, über denen der kleine gelbliche Wintersonnenball steht.

»Schaut's euch nur um in unserer schönen Bergwelt!«, ruft der Sepp über die Schulter.

Die Glöckchen des Pferdeschlittens klingeln im Rhythmus der Huftritte der Fuchsstute, kleine weiße Flöckchen wehen uns in die heißen Gesichter, Cindy muss immerfort niesen, weil sie so kitzeln. Claudia fröstelt in ihrem Webpelz aus dem Kaufhaus, sie hat die Brille mit den getönten Gläsern aufgesetzt, um die prachtvolle Natur ohne Augenschaden in sich aufzunehmen. Es ist ein Traum, ein Wintertraum im Märchenland, mein Herz schlägt höher, und ich danke dem Schicksal, das mich zwang, diesen wundervollen Urlaub in der Natur anzutreten. Das Schicksal in Gestalt einer hässlichen Steuernachzahlung, die mein Konto in ungeahnte Minusbereiche abstürzen ließ.

Tatsächlich – mein Herzschlag ist beschleunigt. Möglich, dass es die Höhe ist – wir sind jetzt auf mindestens zweitausend Metern. Oder es liegt an den gigantischen schneebedeckten Gipfeln, die uns umragen. Es könnte aber auch der Charme dieses jungen Bergmenschen sein, der uns am Bahnhof Hispertal mit diesem altmodischen Pferdeschlitten abgeholt hat. Sepp Lustenberger heißt er, und er ist Skilehrer, Bergführer und außerdem Sohn des Bürgermeisters von St. Nikolaus – so etwa die Kurzfassung seiner detaillierten Vorstellung. Nun ja – vielleicht zeigt er ein wenig zu oft seine strahlend weißen Beißerchen, aber er hat schwarzes Kraushaar wie ein Italiener, und seine blauen Augen strahlen mit dem Himmel um die Wette. Ich habe eine Schwäche für Männer mit schwarzen Haaren und blauen Augen. Außerdem scheint er auch sonst gut ausgestattet – soweit die gefütterte Skijacke und die Hosen aus Thermostoff das erkennen lassen.

»Sind Sie hier geboren, Herr Lustenberger?«

Er dreht sich wieder zu mir um und lächelt. Täusche ich mich, oder ist da ein klein wenig Unsicherheit in seinen blauen Augen zu erkennen? Ist seine strahlende Selbstsicherheit nur Pose, und er verbirgt dahinter ein schlimmes Schicksal, das ihn schon als Kind gebeutelt hat? Ach, wie nett! Ihr Männer mit Untiefen in der Biografie.

»Natürlich«, meint er. »Mein ganzes Leben hab ich hier verbracht, siebenundzwanzig Jahr schon. Sie werden keinen finden, der sich in den Bergen besser auskennt als ich, der Lustenberger Sepp.«

»Da haben wir ja Glück ...«

Neben mir tippt Cindy hektisch auf ihrem Smartphone herum. Vorhin im Zug hat sie uns fast wahnsinnig gemacht, weil sie pausenlos telefoniert hat. Mit Ludwig, ihrem Ex-Freund. Sie haben sich vor drei Wochen getrennt, und das ist auch der Grund, weshalb sie mitgefahren ist. Claudia ist ebenfalls dabei, sie hat alles andere abgesagt, weil sie mich begleiten will. Das Mädel ist anhänglich wie ein Schatten, eigentlich müsste ich mir deswegen Gedanken machen ...

Walter hockt verdrießlich in seinem Katzenkorb, den ich vorsichtshalber mit einer flauschigen Wolldecke ausgerüstet habe. Mein armer kleiner Freund hatte daheim in München gerade eine heiße Mieze und ist nun sauer auf mich, weil ich ihn zwangsversetzt habe. Immerhin hat er sich auf der Zugfahrt einigermaßen benommen, nur zweimal fing er an zu singen, hörte aber gleich wieder auf, weil ich ihm klein geschnittene Weißwurst, mit einem beruhigenden Mittelchen präpariert, durch die Ritzen des Korbs geschoben habe. Claudia neben mir zittert wie Espenlaub – du liebe Güte, so kalt ist es doch gar nicht. Außerdem haben wir eine warme Decke über den Knien, die zur Ausstattung des Schlittens gehört. Ach, und die süßen Glöckchen, die bei jeder Schlittenbewegung bimmeln.

»Jingle bells, jingle bells, jingle all the way …«, summe ich vor mich hin.

»Ludwig?«, schreit Cindy ins Smarty. »Das schwarze Ledersofa bleibt stehen. Das ist von meiner Mama. Wehe, du fasst es an …«

Erstaunlich, wie energisch das zarte Mädel sein kann. Sepp Lustenberger hat sie vorhin am Bahnhof nachdenklich angeschaut, aber er hat nichts gesagt. Aus angeborenem Taktgefühl vermutlich. Kann natürlich auch sein, dass so ein Bergmensch, der immer in der schönen Natur herumturnt, noch nie etwas von Audrey Hepburn gehört hat.

»Ja, unser Hispertal«, sagt er und gibt der Stute einen kleinen Stups mit der Peitsche. Die Wirkung ist gleich null – die Dame lässt sich durch nichts aus der Ruhe bringen. »Das war früher eine der ersten Adressen für die Schönen und die Reichen. Der Toni Sailer war da und die Königin Beatrix mit ihrem Claus, die Romy Schneider und der Adolf …«

»Was? Der auch?«

»Der Adolf Wohlbrück, der berühmte Schauspieler.«

»Kenne ich nicht. Na ja, war wohl eine aufregende

Zeit, damals. Und wer kommt heute so ins Hispertal? Die Merkel mit dem Putin?«

Er lacht laut auf. Ein schönes, offenes Lachen hat er. So eines, das von den Bergwänden widerhallt. Lawinen von den Hängen löst.

»Mitnichten!«, sagt er und wirkt dabei verbittert. »Da haben uns andere längst überflügelt, und mit dem Bau des Gotthardtunnels war es dann endgültig aus. Jetzt rauschen sie alle an uns vorbei ins schöne Italien, und wir haben das Nachsehen. So ist das leider. Kann man nichts machen ...«

Wieder tupft er seiner Stute auf die umfangreiche Kruppe, ohne dass die Pferdedame davon Notiz nimmt. Wie schade, dass der Tourismus die Gegend offensichtlich links liegen lässt. Da wird er als Skilehrer und Bergführer wohl nicht gerade reich.

»Sind wir bald da?«, will Claudia wissen. »Ich brauche dringend ein heißes Bad mit Kräutern und einen Kamillentee.«

»Hinter der nächsten Biegung ist das Hotel!«, verspricht der Sepp.

Tatsächlich verlassen wir jetzt das hübsche Tal, und die Stute kämpft sich einen naturbelassenen Serpentinenweg hinauf. Kein Schneepflug hat hier in letzter Zeit die gute Bergluft verpestet, deshalb ist auch schwer auszumachen, wo der verschneite, ungesicherte Seitenrand endet und der Abgrund beginnt. In der Mitte des Wegs sind Hufabdrücke und eine Wagenspur zu erkennen – es muss also möglich sein, die Höhe zu erklimmen. Cindy bekommt die Gefahren dieses Aufstiegs gar nicht mit, weil sie telefonisch um ihr schwarzes Ledersofa ringt, Claudia starrt angestrengt nach vorn und zuckt bei jedem Schlingern und Knarren des Schlittens zusammen.

»Das arme Pferd«, flüstert sie. »Wir sind doch viel zu schwer.«

Als begeisterte Tierfreundin finde ich, dass sie recht hat.

»Vielleicht sollten wir besser aussteigen«, schlage ich vor.

Der Sepp schweigt sich aus, vermutlich ist es für ihn Ehrensache, den Schlitten samt Passagieren den Berg hinaufzubringen. Die Stute aber hat unsere Bereitschaft gespürt, sie wackelt freudig mit den Ohren und bleibt stehen. Rutscht ein wenig auf der Stelle, sodass wir richtig Angst bekommen, aber sie steht.

»Bei dem schönen Sonnenschein ist eine kleine Schneewanderung doch kein Problem«, sage ich leichthin. »Auf geht's, Mädels. Jetzt zeigen wir mal, was wir Stadtpflanzen so draufhaben.«

Ich und mein großes Maul. Schon bei den ersten Schritten zeigt sich, dass nur Claudia richtig beschuht ist. Was daran liegt, dass sie überhaupt gern klobiges Zeug an den Füßen hat. Meine schicken Lederstiefelchen für achtundzwanzig fuffzig sind schon nach drei Schritten durchfrostet, sodass sich meine unteren Gliedmaßen ab dem vierten Schritt wie Gefriergut anfühlen. Cindy, der der Schnee hin und wieder bis zum Bauch reicht, flucht leise vor sich hin, wobei schwer auszumachen ist, ob sie mich und meine blöden Vorschläge oder ihren sofalüsternen Ex meint. Nur mein fauler Kater sitzt da oben auf dem Schlitten in seinem Katzenkorb und lässt sich den Berg hinaufziehen.

»Da oben ist schon das Hotel!«, ruft uns der Sepp aufmunternd zu und deutet steil hinauf. Unsere Blicke folgen seinem Fingerzeig.

»Ich sehe kein Hotel«, sagt Cindy. »Diese komische Bretterhütte verstellt die Sicht.«

Betretenes Schweigen tritt ein. Cindy schaut mich irritiert an, Claudia rückt die Brille zurecht und blinzelt nach oben.

Sepp blickt mit ernster Miene vor sich hin. Er schweigt. Mir schwant Übles. Wie konnte ich mich nur von Ludowigas Geschwätz einlullen lassen!

»Könnte es sein, dass das einstige Grandhotel Alpenstern mit den Jahren ein wenig ... gelitten hat«, frage ich vorsichtig.

Er nickt düster. Schaut ganz kurz vom Kutschbock zu mir hinunter, und ich bin gerührt. Er schämt sich.

»Nun«, sage ich zu meinen Freundinnen. »Wir sind ja zum Musizieren hier, und außerdem lieben wir romantische Orte. Nicht wahr?«

»Tatsächlich?«, fragt Claudia, die stehen geblieben ist, um sich den Schweiß von der Stirn zu wischen. Na also, sie friert nicht mehr.

»Romantische Orte?«, sagt Cindy. »Ich dachte eher an Luxusbad mit Bewegungsdusche und Whirlpool. Sauna und Thermalbecken. Fünf-Gänge-Menü. Bedienung auf den Zimmern. Animation eingeschlossen.«

Meint sie das im Ernst? Ich grinse sie fröhlich an und erkläre ihr, dass zumindest die Animation kein Problem ist. Weil das nämlich unser Job sein wird. Dann erklimmen wir eine weitere Biegung, und unseren ungläubigen Augen präsentiert sich das Grandhotel Alpenstern in seiner ganzen Pracht. Zumindest das, was davon übrig geblieben ist.

»Heiliger Nikolaus!«, flüstert Claudia.

»Ich glaub's nicht«, stöhnt Cindy.

Ich nehme Rücksicht auf den armen Sepp und schlucke meinen Kommentar diskret hinunter. Das ehemalige Grandhotel ist ein dreistöckiger Bau mit eingesunkenem Dach, hie und da erkennt man die Reste der einstigen Holzbalkone, von denen die meisten abgestürzt sind. Ähnlich erging es den einst grün angestrichenen Fensterläden, die letzten ihrer Art hängen schief und vom Wetter gebeutelt neben den Fenstern, die Farbe ist fast vollständig abgeblättert. Auch der Eingangsbereich, den ein lang gezogener geschnitzter Holzvorbau mit Glaseinsätzen schmückt, war seinerzeit vermutlich hell beleuchtet und innen mit hübschen Möbeln ausgestattet. Jetzt sind mehrere Scheiben zerbrochen, andere erblindet, und die Schnitzerei hat Ähnlichkeit mit Termitenfraß – man kann nur hoffen, dass wenigstens die Eingangstür in halbwegs festem Zustand überlebt hat, damit Wind und Schnee nicht ins Haus gelangen.

»Wollen Sie uns tatsächlich erzählen, dass diese baufällige Hütte das Grandhotel Alpenstern ist?«, fragt Cindy.

Sepp Lustenberger windet sich. Es ist ihm unendlich peinlich, unsere schönen Hoffnungen zunichtezumachen, aber eigentlich hätte er uns schon unten am Bahnhof warnen müssen.

»Ist mal ein Schmuckstück gewesen«, murmelt er. »Aber hat sich keiner mehr richtig drum gekümmert. Der letzte Besitzer hat hier bis zu seinem Tod gewohnt, aber er war ein armer Schlucker und konnte keine größeren Reparaturen bezahlen.«

Ja, Kohle braucht einer schon, um solch einen großen Kasten zu erhalten. Allein die Winterstürme haben vermutlich ziemlichen Schaden angerichtet. Dazu die Einwirkung der Sonne, Regen, Erosion, Insekten, Nagetiere ... Ein Wunder, dass der Kasten überhaupt noch steht.

»Machen Sie sich nicht so viele Gedanken«, tröstet uns der Sepp. »Innen ist es recht gemütlich, auch wenn der alte Glanz verblichen ist. Die Frau Linz hat weder Kosten noch Mühen gescheut, um ihren Gästen ein unvergessliches Fest zu bereiten.«

Möglich, dass sie das tut, die ehemalige Filmdiva Lauretta Linz. Nur sind wir drei keine Gäste. Wir sind Musiker. Und die sitzen bekanntermaßen immer am untersten Ende vom Tisch.

Wir tauschen rasch ein paar Blicke, holen tief Luft und sehen ein, dass wir momentan sowieso keine andere Wahl haben. Besser in einer Ruine übernachten, als die Nacht unter freiem Himmel zu verbringen.

»Man könnte vielleicht ein Iglu bauen«, murmelt Claudia.

»Du hast doch gehört: Drinnen ist es warm und gemütlich.«

»Gemütlich hat er gesagt. Von warm war nicht die Rede.«

»Schluss mit dem Pessimismus. Wir sind Profis und spielen auch unter widrigen Bedingungen. Denkt an das Honorar!«

»Wenn bei der Alten die Euros genauso vermodert sind wie die Hütte …«

»Ruhe!«

Ich lächle aufmunternd und bewege meine gefrosteten Beine in Richtung Grandhotel. Der Sepp treibt die Stute an und bemüht sich, uns ein wenig aufzuheitern.

»Sehen Sie die kleine Kapelle«, sagt er und weist mit dem Finger auf ein winziges Kirchlein, das auf einer Anhöhe unweit des Hotels steht. Ein viereckiger Turm mit rotem Zwiebeldach und einem angebauten Zimmerchen – mehr ist es nicht. Immerhin schaut sie malerisch aus, so verschneit im Schein der untergehenden Sonne. Richtig romantisch regelrecht. Wenn man die kleinen Bogenfensterchen öffnen würde, könnte sie glatt ein Adventskalender sein.

»Erbaut wurde sie im 13. Jahrhundert«, erklärt der Sepp. »Wie vielen Stürmen hat sie getrotzt. Wie viele Blitze abgewehrt. Gewiss hat man an der ein oder anderen Stelle etwas ausgebessert – aber sie steht seit dem Mittelalter unerschütterlich auf dem Berg. Ein Zeichen des christlichen Glaubens.«

»Vermutlich ist sie dem heiligen Nikolaus geweiht?«, frage ich und schaufle ein wenig Schnee aus meinen Stiefeln.

»Richtig. Sie war in früheren Zeiten sogar ziemlich bekannt. Man hat Wallfahrten hierher unternommen, um die heiligen Reliquien zu ehren, die dort aufbewahrt werden.«

»Und heute nicht mehr?«

»Nein«, sagt er kurz angebunden.

Vermutlich hat er keine Lust, weitere Details des tragischen Niedergangs dieser Region preiszugeben.

Mit letzter Kraft erreichen wir die Anhöhe, auf der das einstige Grandhotel erbaut wurde, die Stute bleibt stehen, und der Sepp dreht die Bremse des Schlittens herunter, dann macht er sich daran, das Gepäck abzuladen.

»Das Cello nehme ich selbst!«, sagt Cindy unfreundlich und reißt ihm den Instrumentenkasten aus den Armen.

Auch die Klarinette wird von ihrer Besitzerin transportiert, dafür schleppt sich der Lustenberger Sepp mit einem Koffer, drei Taschen und zwei Rucksäcken ab, von denen einer ausschaut wie ein gewaltiger grau-brauner Hintern. Den Katzenkorb mit Walterchen trage ich natürlich persönlich.

»Was ist denn da drin?«, will Sepp wissen und deutet auf den Korb

»Geheimwaffe gegen fellige Nager …«

»Eine Katze?«, grinst er. »Das wird lustig. Die Frau Linz hat nämlich auch eine … So ein weißes Flauschbündel, das nur Ölsardinen und frische Leber zu sich nimmt …«

Eine verwöhnte Rassekatze. Vermutlich Angora. Es hört sich an, als stünden Walter aufregende Tage bevor. Hoffentlich nimmt das Mädel die Pille. Wenn es ein Mädel ist. Walter zumindest ist ein Kater. Ein richtiger. Mit allem dran.

Die Tür des Vorbaus ist offen, wir durchqueren den eiskalten, zugigen Raum, passen auf, dass wir in keine Glasscherbe treten, dann stellt Sepp das Gepäck ab.

»Bitte einzutreten«, sagt er und stößt die Tür auf. »Dies ist die große Halle mit Kamin und Portiersloge. Sie ist original aus den Dreißigerjahren erhalten.«

Wir haben keine Eile, den beeindruckend weiten Raum zu betreten. Holzvertäfelte Wände, auf jeder Seite eine wurmstichige Galerie, von der aus man fast den gesamten Raum im Blick haben kann, falls man sich hinauftraut. Ganz hinten bei der Treppe die Portiersloge, bis auf einige Spinnweben vollkommen leer. In der Mitte des Raums stehen die zerfledderten Reste einiger lederner Sitzgruppen, auf der linken Seite befindet sich auf einem gemauerten Podest eine Anordnung ausgestopfter Tiere, die offensichtlich einst zu dekorativen Zwecken arrangiert wurden.

»Wie scheußlich«, flüstert Claudia. »Eine Schneeeule, schon ganz mottenzerfressen. Und ein Marder im Winterfell.«

Während Sepp unser Gepäck abstellt und sich auf

die Suche nach unserer Auftraggeberin macht, nähern wir uns mit Neugier und Abscheu dem seltsamen Arrangement. Man hat offensichtlich versucht, den Waldboden nachzuahmen, und eine Matte aus künstlichem Grün untergelegt, die schon halb zerfallen ist. Das Prunkstück der Sammlung ist ein weißer Luchs, den man auf einem Steinbrocken sprungbereit dekoriert hat. Seine gläsernen Augen starren uns mordgierig an, er hat die rechte Pranke erhoben und das Maul zum Fauchen aufgerissen. Vor ihm liegt ein kleiner roter Gummiball, den irgendein Kind verloren haben muss.

»Ich bin gespannt, was Walter zu diesem Burschen sagt«, scherze ich mühsam.

»Er wird einen gewaltigen Schrecken bekommen«, vermutet Claudia.

Cindy hat schon wieder ihr Smarty am Ohr. Dieses Mal geht der Streit um eine schwarze Arbeitslampe, die sie unbedingt behalten will.

»Das Ende einer großen Liebe«, seufzt Claudia. »Wie traurig.«

»Tja«, meine ich sachkundig. »Der Anfang ist meist schöner.«

»Ja! Da glaubt man, es sei für immer.«

Diese Illusion habe ich inzwischen hinter mir. Andererseits soll es ja Paare geben, die durchaus ein Leben lang glücklich miteinander vereint sind. Wie diese Lauretta Linz mit ihrem Giorgio Carboni. Wie rührend, dass sie seinen hundertsten Geburtstag postum feiern will. Das zeugt doch von einer dieser harmonischen Lebensgemeinschaften, die so selten sind wie Schneeflocken in der Wüste Gobi.

Hinten im Raum sieht man den Lustenberger Sepp die Treppe hinunterlaufen, er winkt uns.

»Der Aufzug ist leider außer Betrieb. Ihre Zimmer liegen im dritten Stock, ich werde Ihnen mit dem Gepäck helfen.«

»Wer braucht schon einen Aufzug«, seufzt Claudia.

»Vielleicht Lauretta und ihre Gäste«, vermute ich. »Die sind doch alle schon um die achtzig, oder?«

Zerstreut hebe ich den roten Gummiball auf, drehe ihn um und lese die Botschaft:

*Fahr sofort zurück!*

An dieser Stelle bin ich meinen Lesern eine Erklärung schuldig.

Es geht um Papa. Wie bereits erwähnt, ist die Identität meines Vaters weitgehend unbekannt. Zumindest sind jene, die mehr darüber wissen – wie zum Beispiel Oma oder Mama, auch das Hauspersonal von Kerchenstein –, nicht bereit, mir Näheres zu verraten. Welchen Grund diese Geheimnistuerei hat, kann ich nur vermuten. Und vermuten heißt: Nichts Genaues weiß man nicht.

Aber auch ohne eindeutige Identität schafft es Papa immer wieder, sich auf seine ganz spezielle Art und Weise in mein Leben einzumischen. Nicht etwa in der Absicht, seine schützende väterliche Hand über das Töchterlein zu halten und ihren Lebensweg in liebevoller Fürsorge zu begleiten. O nein. Papa ist Egoist. Er benutzt sein eigen Fleisch und Blut als ahnungslose Komplizin für seine undurchsichtigen Geschäfte. So wie damals, als er mir die Abschlussprüfung am Konservatorium versaut hat und mich stattdessen mit einer Ladung Rauschgift im Instrumentenkoffer nach Frankreich geschickt hat.

Aber das ist eine andere Geschichte.

Auf jeden Fall habe ich mir damals geschworen, nie, nie, niemals wieder auf Papas Botschaften zu reagieren. Auch wenn sie noch so verlockend oder bedrohlich klingen und Anlass geben, über die zweifellos kriminellen Machenschaften meines Erzeugers nachzudenken. Nein, Papi, ich tanze nicht mehr nach deiner Pfeife! Henni entscheidet selbst über ihr Leben, und wenn ich ins Fettnäpfchen trete, trage ich dafür ganz allein die Verantwortung.

Und genau deshalb werde ich auch dieses Mal deinen wie auch immer gemeinten Rat nicht befolgen. Pech. Such dir eine andere Tochter, Papi. Bei dieser hier hast du verspielt.

Die Schrift auf dem roten Gummiball verblasst vor meinen Augen und löst sich auf. Wie albern, Papa. Geheimtinte haben wir schon in der Schule benutzt, um am Lehrer vorbei Verleumdungen, Schweinereien oder Liebesbotschaften zu verschicken.

»Kommst du, Henni?«, ruft Claudia. »Oder willst du hier unten bei Luchs und Eule übernachten?«

Ich stecke den Ball in die Jackentasche und greife den Katzenkorb, in dem es verdächtig still ist. Hoffentlich habe ich meinem Liebling nicht zu viel von der präparierten Weißwurst gegeben. Der erste Tote in dieser Geschichte sollte keinesfalls mein Katerchen sein. Lieber jemand, den ich nicht kenne. Oder vielleicht geht es ja dieses Mal ganz ohne Leiche?

Die Treppen sind überraschend luxuriös – vermutlich haben die Gäste sie seinerzeit benutzt, um sich in Skimontur oder Abendrobe der staunenden Umgebung zu präsentieren. Bis zur zweiten Etage hinauf sind die Stufen mit roséfarbigen Teppichläufern bedeckt, die mit Messingstangen gehalten werden. Natürlich hat auch hier der Zahn der Zeit genagt, der Flor der Teppiche ist ziemlich platt getreten, und an einigen Stellen zeigt sich Mäusefraß. Wach auf, Walter! Du bist im Paradies. Die Mäuslein werden dir ins offene Maul laufen.

Sepp Lustenberger, unser strammer Kutscher und Kofferträger, wirft während des Aufstiegs hin und wieder erklärende Worte hinter sich.

»Hier im ersten Stock ist der große Speiseraum. Den kann man mit Schiebetüren zum Saal erweitern. Es gibt auch einen Billardraum, eine Bibliothek, die für Filmvorführungen genutzt wird, und ein Musikzimmer … Passen Sie bei dem Teppich auf, da scheint eine Messingstange lose zu sein …«

Cindy, die schon wieder ihr Smartphone am Ohr hat, muss sich schnell an Claudias Webpelzmantel festkrallen, die Messingstange fällt mit metallischem Dröhnen die Treppe hinunter, mir genau auf den frisch aufgetauten Fuß. Claudia schwankt, bleibt aber stehen, ich stöhne auf, der Kater im Korb lässt zornig brummende Töne hören. Er ist aufgewacht, der kleine Mäusejäger. Gott sei Dank.

»Im zweiten Stock befinden sich die luxuriösen Gästezimmer«, fährt Sepp unverdrossen fort. »Alle mit angeschlossenem Badezimmer. Drei Suiten für besonders prominente Gäste. Ein Kaminzimmer und verschiedene kleine Räume für die Dienerschaft ... So war das halt in der guten alten Zeit. Keiner der Promis reiste ohne Angestellte, meist hatten sie einen ganzen Harem davon ...«

Der redet, als sei er damals schon mit dabei gewesen, denke ich amüsiert. Seltsamer Vogel. Scheint sich hier im Hotel recht gut auszukennen. Wieso eigentlich? Ich denke, das Etablissement ist seit Jahren geschlossen?

»Da ist was gehuscht!«, flüstert Claudia ängstlich.

»Vielleicht eine der Damen«, meint der Sepp und nimmt eilig die nächste Treppe in Angriff. »Die Herrschaften sind bereits heute Mittag eingetroffen, die älteren von ihnen haben sich zu einem kleinen Erholungsschläfchen zurückgezogen.«

»Das war kein menschliches Wesen«, sagt Claudia schaudernd.

»Was dann?«, staunt der Sepp.

»Das sah aus wie ein weißes Tuch, das über den Teppich geflattert ist ...«

Sepp schluckt trocken und erklärt, dass es sich in diesem Fall wohl um ein Gespenst handeln müsse. Vielleicht einer der lange verstorbenen Hoteldiener, dessen Seele sich von seinem ehemaligen Arbeitsplatz nicht lösen kann.

»Oder eine Katze«, vermute ich. »Sagten Sie nicht, dass Lauretta Linz eine weiße flauschige Katze besitzt?«

»Ja, natürlich! Das wird's gewesen sein!«

Sepp wirft mir einen dankbaren Blick zu, den ich mit einem Lächeln beantworte. Hallo? Willst du vielleicht mit diesem Bergmenschen einen Flirt beginnen, Henni? Lass das sein. Es kann nur eine Enttäuschung werden, weil der Typ deinen geistigen Ansprüchen in keinem Fall genügen kann. Das sieht doch jede, dass der es mehr im Body als im Hirn hat.

Jetzt endlich sind wir im dritten Obergeschoss, wo man die Zimmer für »normale« Hotelgäste findet – ohne eigene Badezimmer, aber immerhin mit Waschbecken. Einige dieser Zimmer sind verbarrikadiert, dort hat seinerzeit der alte Herr gewohnt, dem das Hotel gehörte. Er war viele Jahre lang mit Lauretta Linz eng befreundet und hat auch ihre Reservierung noch angenommen. Dann aber starb er ganz plötzlich.

»Und wem gehört das Hotel jetzt?«, will ich neugierig wissen.

»Einer Erbengemeinschaft. Es hat aus verständlichen Gründen jedoch niemand von ihnen so rechtes Interesse an dem Gebäude, sodass es vermutlich bei der Gemeinde landen wird. Bitte sehr, Frau von Kerchenstein – dies ist Ihr Zimmer, die Nummer dreizehn.«

Claudia wohnt auf Zimmer vierzehn, Cindy auf zwölf. Ich bin also von den Freundinnen umrahmt. Unser gemeinsames Badezimmer liegt gegenüber, hellgrün gekachelt mit mintgrünen Elementen. Echt retro. Es wurde in den späten Sechzigern eingebaut, eine der letzten Renovierungsmaßnahmen des Besitzers.

»Machen Sie sich frisch«, rät uns der Sepp. »Gegen halb sechs wird man Sie zum Abendessen abholen.«

Wir bedanken uns und verschwinden in unseren Zimmern. Als Erstes öffne ich das Türchen von Walters Katzenkorb. Ein struppiger und ziemlich missgelaunter Kater entsteigt dem Gefängnis, dreht mir den Rücken zu und beginnt, ausführlich sein Fell zu lecken.

»Walter? Walterchen ... mein schöner Ritter von Stolzing ...«

Sein linkes Ohr zuckt ein wenig, ansonsten zeigt der beleidigte Herr keine Reaktion auf meine Schmeichelei.

»Aber, Walterli ... denk doch daran, dass die Höhenluft deinen Lungen guttun wird. Und der wundervolle Schnee ...«

Er reckt das rechte Hinterbein steil in die Luft und beginnt mit seiner Intimpflege. Mir, seiner Herzensfreundin und Futterspenderin, gönnt er immer noch keinen einzigen Blick.

»Na schön, Kater«, knurre ich. »Ich rackere mich ab, um dir ein Adventswochenende auf höchstem kulinarischem Niveau in einem Luxushotel auf zweitausend Metern Höhe zu verschaffen, und du ...«

Da glurrt er mich an, kurz, aber intensiv. Ein Katerblick voll kalter Verachtung. Von wegen Höhenluft und Luxus, meine Liebe! Du schleppst mich mal wieder zu einem deiner albernen Gigs, damit ich dir hinterher, wenn der Mörder kommt, aus der Patsche helfe.

»Dieses Mal bestimmt nicht«, versichere ich ihm und wühle die Dose mit dem Katzenfutter aus der Tasche. Seine Lieblingssorte: Leber mit Hühnchen. Ich kratze etwas davon in einen leeren Aschenbecher und stelle ihm die Mahlzeit vor die Füße.

»Pffff!«, sagt er abfällig, hebt die Nase und stolziert davon.

Drüben bei Cindy klopft jemand an die Tür.

»Die Musikerinnen in zehn Minuten in den Speiseraum. Bitte pünktlich, Frau Linz wartet nicht gern«, ruft eine unbekannte Männerstimme. Ein Kellner? Hausdiener? Portier?

Gleich darauf klopft er bei mir und leiert den gleichen Satz herunter. Denkt er, wir wären taub?

Auf geht's, Henni! Die Arbeit ruft. Ich zerre die schwarze Konzertmontur aus der Reisetasche und werfe mich in Schale, kämme die Mähne und binde sie zum Pferdeschwanz, klaube drei ausgekämmte blonde Haare von der schwarzen Jacke – Haarausfall, igitt! – und suche fluchend meine schwarzen Pumps. Ach du Elend, ich habe sie vergessen!

»Claudia? Kannst du mir ein paar Schuhe leihen?«

Sie ist noch in Slip und Hemdchen, als sie öffnet, hält sich schamhaft ihr schwarzes Flattergewand vor den nicht vorhandenen Busen.

»Gern. Was hast du für eine Größe?«

»Achtunddreißig.«

Sie hat zweiundvierzig. Aber was soll's? Schließlich kann ich nicht in nassen braunen Fellstiefeln auftreten. Cindy hat Größe sechsunddreißig, da müsste ich Aschenputtels Stiefschwester spielen. Ruckedigu, Blut ist im Schuh …

»Barfuß mit schwarz angemalten Füßen wäre auch eine Möglichkeit …«, scherze ich und steige in Claudias elegante High Heels. Ich komme mir vor wie damals, als ich fünf war und heimlich Omas Stöckelschuhe probiert habe.

»Fall bloß nicht hin!«, warnt Claudia.

»Keine Sorge. Ich trage sie in der Hand und ziehe sie erst an, wenn wir unten sind. Danke dir. Bis gleich …«

Cindy steht schon fertig angezogen und gestylt mit Cellokasten, Notenständer und Notentasche im Flur. Ich husche mit den Schuhen in der Hand in mein Zimmer, um die Klarinette zu holen, und was sehen meine erstaunten Augen? Der Aschenbecher ist leer. Ha! Wenn das keine Maus war, dann hat mein beleidigter Dickschädel aber einen guten Appetit gehabt.

»Meine Damen, meine Damen …«, drängelt die lästige Männerstimme unten an der Treppe. Jetzt klatscht der Typ sogar in die Hände. Frechheit! Sind wir hier im Zirkus?

»Wir kommen schon«, ruft Claudia.

»Wenn der noch mal in die Hände klatscht, ramme

ich ihm den Notenständer in den Allerwertesten«, knurre ich.

»Vielleicht würde ihm das sogar gefallen?«, meint Cindy boshaft.

Wir sind schon eine miese Weibertruppe. Nie um einen Spruch verlegen. Im ersten Stock steht ein Glatzkopf mit Schnurrbart in altmodischer Dienerlivree, eine Erscheinung, die problemlos in jedem Panoptikum unterkommen könnte.

»Hier entlang. Frau Linz erwartet Sie. Bitte etwas schneller, die Gäste werden in zwanzig Minuten erwartet …«

Er öffnet zwei einstmals schön geschnitzte Flügeltüren mit Milchglaseinsätzen, und wir starren verblüfft in eine andere Welt. Wohlige Wärme strömt uns entgegen, weiches orangefarbenes Licht, kostbare Teppiche, Tannenduft, der sich mit leckeren Essensgerüchen mischt. Der Raum ist holzgetäfelt, wie es sich für ein Hotel in den Bergen gehört, doch hier ist nichts vermodert oder verwurmt, die Vertäfelung scheint sogar frisch poliert, und die rustikalen Möbel sind keine billige Kaufhausware. In der Mitte des Raums prangt eine schön gedeckte Tafel, Gläser funkeln, das silberne Besteck ist blank geputzt, die weihnachtliche Dekoration erlesen.

»Das ist eine Fata Morgana …«, murmelt Cindy.

»Schau mal, da hinten«, flüstere ich. »Neben dem Weihnachtsbaum.«

Unsere Auftraggeberin, der einstige Stern am Himmel des deutschen Films, steht neben einer gut zwei Meter hohen, mit Silberlametta und ebensolchen Kugeln geschmückten Tanne. Lauretta Linz trägt das kupferrote Haar kunstvoll aufgesteckt, ihr Gewand ist zartgrün und bodenlang, irgendwelche Körperformen darunter sind nicht erkennbar. Aus der Entfernung wirkt ihr Gesicht glatt, die Augen ausdrucksvoll, die Lippen jugendlich weich. Je näher man kommt, desto deutlicher wird das Maskenhafte, steht man vor ihr, bekommt man Angst, die schöne Fassade könne einem in einem Stück entgegenfallen.

Vor Schreck vergesse ich, Claudias Schuhe anzuziehen, was Lauretta zum Glück nicht bemerkt. Sie lächelt uns an. Erstaunlich – sie lächelt, ohne dabei eine Miene zu verziehen. Täte sie es, bekäme ihre Fassade Risse.

»Einen wunderschönen guten Abend, meine Lieben«, sagt sie mit erstaunlich kräftiger Stimme. »Ich freue mich sehr, dass ich drei so attraktive junge Musikerinnen für dieses Wochenende habe begeistern können. Zunächst hatte ich ja an den guten alten Plattenspieler gedacht, aber Livemusik ist einfach authentischer. Sie kennen den Anlass dieser Feier?«

»Gewiss«, antworte ich höflich. »Es ist sozusagen eine Geburtstagsfeier, nicht wahr?«

Sie schenkt mir ein weiteres Lächeln. Jetzt schaue ich genauer hin, um herauszufinden, wie sie das anstellt: Sie bleckt einfach nur die perlweißen ebenmäßigen Zähne. Guter Zahnarzt. Die Lippen sind ganz sicher aufgespritzt.

»Eine Gedenkfeier, meine lieben jungen Freundinnen. Vor über sechzig Jahren habe ich hier mit meinem lieben, unvergessenen Giorgio meine Verlobung gefeiert. Damals stand er in der Blüte seiner Jahre. Morgen jährt sich sein Geburtstag zum hundertsten Mal …«

Sie wendet sich ab, um eine Träne aus dem Augenwinkel zu wischen. Ich schaue gespannt – die Schminkschicht ist wasserdicht. Klar. Wir sind ja nicht mehr in den Fuffzigern, wo die Wimperntusche beim Heulen verwischt ist.

»Meine Gäste, die diese Feier verschönern, werden gleich erscheinen. Ich möchte Sie daher bitten, ein wenig zu musizieren. Dezent. Nur, um dem Raum die Atmosphäre unserer großen Zeit zu geben. Sie wissen, dass wir die Musik der Fünfzigerjahre bevorzugen. Keine Klassik bitte. Wir möchten die schönen alten Melodien hören …«

Wir nicken gehorsam und denken uns unseren Teil. Aber wir sind Profis, wir spielen, was ansteht. Auch wenn einem dabei der Mageninhalt in den Hals steigt. Was momentan allerdings ohnehin nicht möglich ist, weil unsere Mägen vollkommen leer sind. Von wegen Abendessen! So wie es ausschaut, werden wir hier stundenlang seichten Kitsch ableiern, während sich die Geburtstagsgäste die Bäuche vollschlagen.

»Wie alt mag sie sein?«, flüstert Cindy, während sie ihren Notenständer aufklappt und ich hastig in die Schuhe steige.

»Wenn sie sich vor sechzig Jahren verlobt hat und

damals nicht minderjährig war, dann muss sie jetzt an die achtzig sein«, überlegt Claudia. »Dafür hat sie sich doch gut gehalten.«

»Ja, für ein Gespenst sieht sie nicht schlecht aus …«

»Psst …«

Claudia hat inzwischen hinter dem silbrig schimmernden Fünfzigerjahre-Weihnachtsbaum ein großes schwarz lackiertes Klavier entdeckt. Es hat Rollen, die jedoch tief in den Holzfußboden eingesunken sind.

»Probier erst mal die Stimmung …«, rate ich ihr.

Das Klavier klingt laut und hässlich, ist aber kürzlich gestimmt worden. Also schieben wir das Monstrum ein Stück weiter vor, entblößen dabei ein grau beflortes Staubrechteck und ein erschrecktes Mäusepärchen. Die Mäuslein entfliehen unter einen bemalten Bauernschrank, wo sie vermutlich ihre Verwandten antreffen.

Wir machen uns spielbereit. Claudia am Klavier, ich an der Klarinette, Cindy spielt Cello. Wenn Claudia den Dämpfer tritt, schaffen wir es sogar, leise zu spielen. Cindy stimmt das Cello nach, Claudia mischt einen kleinen Chopin-Walzer unter, ich blättere in den Noten. Lauter Arrangements von alten Schlagern, frisch aus dem Internet gezogen und mit Tesafilm zusammengeklebt. Wären wir öffentlich, hätten wir jetzt die Gema auf dem Hals. Wir beginnen mit »Tiritomba«, gehen über zu »Tausendmal möcht ich dich küssen«, verweilen ein wenig bei »Marina« und schließen die schöne Melodie von »Heißer Sand« an.

Macht fast Spaß, weil wir ein wenig improvisieren, zur Hauptmelodie ein Gegenthema entwerfen und uns gegenseitig herausfordern. Claudia am Klavier ist wieder mal einsame Spitze, sie begleitet und greift ein, wo es gerade nötig ist, und schafft es sogar, drei Schlager miteinander zu verbinden. Die Frau ist ein Musikgenie. Sie kann so viel und macht nichts aus sich. Ein Jammer!

Gerade als wir uns warm gespielt haben, betreten Laurettas Gäste die Szenerie, und dieser Auftritt ist so spannend, dass Cindy und ich jegliches musikalisches Engagement hinter uns lassen und geistesabwesend vor uns hin dudeln.

Als Erster humpelt ein kleiner Mensch mit blond gefärbtem vollem Haar und O-Beinen in den Raum, er geht nach vorn gekrümmt, den rechten Arm angewinkelt im Rücken haltend, vermutlich um zu verhindern, dass er bricht. Der Rücken, nicht der Arm. Weil er krumm geht, muss er das Kinn anheben, um eventuelle Hindernisse vor sich erkennen zu können. Gleich hinter ihm taucht eine hagere Gestalt auf, eine Version des *Vollstreckers*, die seltsam hölzern voranschreitet. Tatsächlich muss sein eleganter Smoking aus einem Stoff sein, der weder knittert noch Falten schlägt und keinerlei Hinweise auf die darin enthaltene Figur zulässt. Der hagere Gast geht kerzengerade, sein Gesicht ist gebräunt, auf seinem schmalen Haupt sitzt ein hellbraunes Toupet. Was man daran merkt, dass ihm im Nacken ein dünnes weißes Haarbüschel heraushängt.

Lauretta begrüßt beide Herren mit herzlicher Umarmung, bei dem ersten muss sie sich bücken, weil er wegen der Rückenkrümmung ihr nur bis zur Taille reicht. Genauer gesagt: bis zu der Stelle an ihrem grünen Gewand, wo man eine Taille vermuten könnte. Was sie den beiden an warmen und herzlichen Worten gönnt, können wir leider nicht verstehen. Die Musik ist einfach zu laut.

»Was ist denn los mit euch?«, zischt Claudia, die am Klavier noch nichts vom Defilee der Schönen und Reichen mitbekommen hat. Da sie keine Antwort erhält, dreht sie sich um, rückt die Brille zurecht, starrt auf die Dreiergruppe, die zusammen über zweihundertfünfzig Jahre zählen mag, und wendet sich hastig wieder den Tasten zu.

Der Glatzkopf mit Schnurrbart erscheint mit einem Tablett, auf dem gefüllte Champagnerkelche stehen, die Herrschaften prosten einander zu, die Stimmung hebt sich. Die Nächsten kommen im Dreierpack, ein Typ hält an jedem Arm ein Altertümerchen, beide recht vollschlank, die kleine Blonde in ein pinkfarbiges Seidenetwas gewickelt, die Größere trägt Schwarz, die gleiche Farbe, in der die zarten, durchscheinenden Schafslöckchen auf ihrem rosigen Schädel gefärbt sind. Der Typ in der Mitte ist allerdings der Hammer. Höchstens dreißig, Muskeln wie ein Weltmeister im Freistilringen, schmale Taille, ausladende Beinmuskulatur. Unter seinem schwarzen Anzug hat er ganz sicher jede Menge Tattoos, das haben solche Typen immer. Sein Gesicht ist grob geschnitten, die Nase ähnelt einer Kartoffel, die Lippen sind wulstig. Erstaunlich, mit welcher Vorsicht er die beiden molligen Damen zu Lauretta führt, vermutlich würden sie ohne seinen stützenden Arm zu Boden gehen und durch die Gegend kullern. Überhaupt scheint er trotz seiner gewaltigen Muskelmasse ein sanftes Wesen zu haben. Jetzt umarmt Lauretta die beiden Hängepflanzen rechts und links des geduldigen Riesen, sie bekommen ein Gläschen Champagner, und es wird lustig miteinander geschnattert. Eigentlich nett, so eine Geburtstagsfeier für Hundertjährige – sie brezeln sich auf, trinken fleißig Alkohol, schwatzen allerlei Schwachsinn und haben einen Riesenspaß dabei. Ist doch besser, als im Altersheim trostlos vor sich hin zu mümmeln.

Ich variiere immer noch die Melodie der »Capri-Fischer«, Cindy wird schon ungeduldig und schrubbt ein Gegenthema dazwischen, Claudia versucht verzweifelt, uns miteinander zu verbinden. Musikalisch natürlich.

Die Gästeliste ist noch nicht abgearbeitet. Gerade als ich den Übergang zu den »Geisterreitern« erwischt habe, erscheinen zwei weitere Geburtstagsgratulanten. Eine weißhaarige Dame in edlem Grau, schlank, kaum Falten, das weiße Haar schlicht aufgesteckt, an Hals und Händen blitzen Diamanten. Ihr Alter ist schwer zu erraten, aber vermutlich ist sie nicht viel jünger als die übrige Gesellschaft. Nur dass sie sich wesentlich dezenter und geschmackvoller gibt. Sie ist kaum geschminkt, hat nur die Augen ein wenig betont. Der Hals wird diskret von einem Tüchlein verhüllt, das wiederum mit einer Brillantbrosche zusammengehalten wird. Ihr Gesicht ist hohlwangig, die Nase scharf und etwas gebogen, der Mund schmal. Sie hat etwas von einem blinzelnden Adler.

Der Adler wird von einem Papagei begleitet. Ihr Sohn? Ihr Enkel? Ihr Lover? Auf jeden Fall ist er zierlich und schwarz gelockt, trägt einen Anzug aus grünlich schimmerndem Stoff, eine gelbe Weste und einen knallroten Binder. Nein, ihr Lover ist der sicher nicht, so wie er geht und sich bewegt, steht er eher auf Männer. Vielleicht ist es eine Seelenfreundschaft. Auch diese beiden Gäste begrüßt Lauretta mit Herzlichkeit, wobei mir ihre Gesten etwas gekünstelt vorkommen. Aber möglicherweise ist sie jetzt einfach erschöpft, sie steht ja auch schon eine ganze Weile herum, was für eine Achtzigjährige bestimmt anstrengend ist. Tatsächlich nehmen die Gäste jetzt ihre Plätze an der Tafel ein – was für einige von ihnen gerade noch zur rechten Zeit kommt, sonst hätte der Champagner sie aus den Latschen gekippt.

Wir spielen uns die Finger wund, während vor unseren hungrigen Augen die feinsten Leckereien aufgetragen werden. Was für ein Elend, all diese wundervollen Düfte einzuatmen, die angereichten Platten und Schüsseln zu sehen und dabei gegen den eigenen knurrenden Magen anzuspielen. Mir läuft derart die Spucke im Mund zusammen, dass das Wasser in der Klarinette in Strömen fließt. Wie gut, dass ich nicht Trompete spiele, dann wäre mein Ansatz komplett hinüber. Ragout fin, Lachsfilet natur, zartes Gemüse, Bœuf Bourguignon, Salatvariationen, Eisbombe, erlesene Früchte, Petits Fours, Konfekt … mir ist schon ganz schwindelig vor Hunger, habe zuletzt heute früh im Zug eine mitgebrachte Käsestulle verdrückt und danach nichts mehr zu mir genommen außer der guten Bergluft, die bekanntlich Appetit macht. Was sind denn das für Tierquäler, die sich schmatzend und sabbernd mit Leckereien vollstopfen, als bekämen sie in diesem Leben nie mehr etwas zu essen? Ist doch ungesund für alte Leute, so viel in sich hineinzuschaufeln! Aber nein, die graue Adlerin futtert sogar weiter, als Lauretta nun eine Rede auf ihren Verblichenen hält und alle auf den seligen Giorgio Carboni trinken. Wir spielen verbissen, schließlich sind wir Profis, aber wir ziehen das Tempo, werden immer langsamer, erlauben uns Ritardandi, wiederholen so häufig, dass uns selbst ganz fade wird. Vielleicht hätte Lauretta doch besser den Plattenspieler bemüht, der braucht kein Abendessen. Ein wenig Strom, und er ist zufrieden.

Endlich beendet die Gastgeberin das Abendmahl, die Gäste stehen auf oder werden von den Stühlen gehoben, und man begibt sich in einen anderen Raum. Wir spielen wacker weiter, bis auch der Letzte draußen ist, dann genießen wir die wundervolle Stille. Atmen tief durch. Schließen genussvoll die Augen. Musik kann einem echt auf die Nerven gehen.

Der Glatzkopf mit Schnurrbart nähert sich und verkündet, dass die Herrschaften nun einen Film anschauen und wir herzlich dazu eingeladen seien.

»Danke«, sagt Cindy trocken. »Wir hätten dann gern eine Kleinigkeit zu essen.«

»Kein Problem«, sagt er leutselig. »Kommt runter in die Küche, es ist noch genug übrig.«

So schnell haben wir noch nie unseren Kram zusammengepackt. Wir eilen hinter dem Schnurrbärtigen her, rennen die Treppe hinunter, sehen schon die gebratenen Gänse vor unseren geistigen Augen. Ich dummes Huhn vergesse, die Stöckelschuhe Größe zweiundvierzig auszuziehen, und lege auf der Treppe einen fulminanten Salto hin. Eine dieser boshaften Messingstangen hat sich wieder mal gelöst, der Teppich wellt sich, und dabei tritt ein flacher Notizblock zutage, der darunter gelegen hat. Geistesgegenwärtig, wie Henni nun einmal ist, stecke ich das Teil in meine Notentasche, sammle Claudias High Heels ein, meine Klarinette, den leicht zerdellten Notenständer und humple hinunter, immer dem nahrhaften Duft folgend. Aua, mein Knie. Mein armer Knöchel. Blauer Fleck am Arm, vermutlich auch am Hintern. Das kommt davon. Eben habe ich noch über die Altertümerchen gelästert, jetzt krieche ich selbst wie eine Neunzigjährige zum Futternapf.

Eine knarrende Seitentür führt aus der gruseligen Eingangshalle in die Wirtschaftsräume. Die Hotelküche ist ein quadratischer Raum, ringsum sind Arbeitsplatten, Schränke und allerlei Regale eingebaut, auf denen die alten Gerätschaften vor sich hin rosten. In der Mitte wurde gekocht, drei oder vier mehrflammige Herde stehen noch bereit, ob sie funktionieren, ist eine andere Sache. In einer Ecke hat man einen großen runden Gartentisch aufgestellt, der von Stühlen und Schemeln jeglicher Sorte umgeben ist. Auf dem Tisch ist Walter von Stolzing eifrig damit beschäftigt, die Platte mit den Lachsröllchen zu leeren.

»Weg mit dir!«, kreischt eine Frauenstimme. »Mistvieh! Diebsgeselle!«

Ein Geschoss fliegt dicht an Walters Kopf vorbei, ich glaube, es ist ein Apfel oder eine Weihnachtskugel. Walter schnappt sich geistesgegenwärtig das letzte Röllchen, springt elegant auf eine der Arbeitsplatten und schleppt seine Beute hoch erhobenen Hauptes davon.

»Lachs wäre dann aus …«, bemerkt der Schnurrbart trocken. »Aber es gibt ja noch mehr. Setzt euch.«

Der Tisch ist bedeckt mit Tellern und Schüsseln, in denen die Reste des Festessens auf uns warten. Jetzt erscheint auch die Besitzerin der energischen Frauenstimme, eine breithüftige Dame um die fünfzig, Dauerwelle, kleine hellblaue Augen, rasche Bewegungen.

»Grüezi mitenand. Ich bin die Gitti Hütli. Für die Küche zuständig. Da schaut euch das an – die haben viel weniger gegessen, als ich gerechnet hab. Gut, dass ihr jungen Leut einen gesunden Appetit habt. Langt nur zu, das muss alles heute noch weg …«

Wir sind so hungrig, dass wir uns nicht einmal über die Rolle als Müllschlucker ärgern. Hat die vor, uns das gesamte Wochenende lang mit den verschmähten Speisen der Hundertjährigen zu füttern? Komische

Organisation! Schließlich sind wir hier angestellt und haben Anspruch auf anständige Verpflegung. Immerhin ist das Küchenpersonal redselig, und wir erfahren jetzt allerlei, was bisher im Dunkeln lag.

Der Schnurrbart heißt Sigmar mit dem schönen Nachnamen Sonntag, er ist nicht von hier, Lauretta hat ihn über eine Agentur eingestellt. Angeblich hat er früher in großen Hotels in den Niederlanden und in Spanien gearbeitet.

»Hab schon als Vierzehnjähriger gekellnert und mein Taschengeld aufgebessert«, erzählt er.

Auf einmal stellt sich heraus, dass er ein netter Kerl ist, gar nicht so hochnäsig und dümmlich, wie ich zuerst gedacht hatte. Jetzt, wo wir unter uns sind, herrscht kumpelhafte Stimmung, Gitti und Sigmar sitzen mit am Tisch, auch sie sind hungrig und sprechen den Speisen munter zu. Sigmar hat drei halbe Flaschen Wein und eine ganze Pulle Champagner abgezweigt, hochwillkommene Alkoholika, die jetzt brüder- und schwesterlich in unsere Gläser verteilt werden.

»Die Lauretta Linz sitzt auf dem Vermögen ihres lieben Verblichenen«, erzählt Gitti. »Millionenschwer ist die Frau. Zahlt sie euch wenigstens eine anständige Gage?«

Dreitausend Euro plus Spesen finden wir für ein Wochenende nicht übel, aber Gitti und Sigmar schütteln die Köpfe.

»Hättet ihr verhandelt – da ist gut das Dreifache drin!«

Cindy bekommt einen starren Blick, Claudia seufzt, ich koche vor Ärger. Verdammte Steuernachzahlung, die mich so erschreckt hat, dass ich in wilder Panik gleich den nächsten Strohhalm ergriffen habe. Heilfroh war ich, als ein Typ mir am Telefon erklärte, der Gig sei noch zu haben, aber mehr als dreitausend Öcken wären nicht drin.

»Vielleicht könnt ihr ja noch eine Weihnachtszulage raushandeln«, tröstet Gitti und verleibt sich den Rest des superleckeren Bœuf Bourguignon mit Weißbrot ein. Ich raffe schnell drei Scheibchen Roastbeef an mich und nehme noch ein Pastetchen mit Ragout fin. Leider schon kalt, aber trotzdem sehr schmackhaft.

»Sag mal«, meint Sigmar und fixiert Cindy mit wohlwollender Miene. »Kann es sein, dass wir uns schon einmal begegnet sind? Du kommst mir so bekannt vor ...«

Cindy schaut ihm kühl in die Augen, kaut Früchte mit Himbeergeist und schluckt. Räuspert sich und wirft uns böse Blicke zu, weil wir – alkoholbedingt – grinsen.

»Nicht, dass ich wüsste ...«

Sigmar mag es nicht glauben, man kann förmlich sehen, wie sein Hirn unter der Glatze arbeitet.

»Na, ich komm schon noch drauf. Auf jeden Fall bist du umwerfend hübsch, Cindy.«

Er ist nicht ihr Typ und außerdem zu alt, daher lächelt sie distanziert und bedankt sich für das Kompliment. Bevor uns weitere Entgleisungen unterlaufen, wechsle ich das Gesprächsthema.

»Diese netten älteren Leute«, beginne ich vorsichtig. »Wer war das eigentlich? Ich meine – sind das alles berühmte Filmschauspieler gewesen?«

Henni, du bist und bleibst eine naive Landpomeranze aus dem finsteren Hintertaunus. Auf meine Frage hin brechen Gitti und Sigmar in meckerndes Gelächter aus, und ich komme mir schafsblöde vor.

»Hat sie dir das erzählt, die Lauretta?«, kichert Gitti. »Ja, sie redet gern von ihrer großen Vergangenheit beim Film. Tatsache ist aber, dass sie nur in wenigen Streifen mitgespielt hat, die heute längst in den Archiven verschimmeln. Drittklassig eben. An Sonja Ziemann kam sie nie heran.«

»Na so was …«, staunt Claudia, die ebenso wie ich ein einfältiges Kind ist. »Und die beiden Herren? Der lange und der krumme?«

»Der lange heißt Anton Drechsler, und der krumme, das ist der Hansi Krauss. Haben früher wohl mal gut ausgeschaut, die beiden, und den jugendlichen Helden gegeben. Aber genau wie Lauretta waren sie nur dritte Wahl«, erklärt Gitti mitleidslos. »Dieser Giorgio Carboni, für den sie das alles hier arrangiert, hat immer auf grottigem Niveau gefilmt, nur selten kam mal einer seiner Machwerke in die Kinos. Er konnte sich das kostspielige Hobby leisten, weil er einen riesigen Konzern aufgebaut hatte. Hat mit Schokolade angefangen und später alles Mögliche dazugekauft. Bis hin zur Schifffahrtslinie und zur Privatbahn in Schottland.«

»Ach, so ist das«, meint Claudia enttäuscht. »Und

die anderen? Die Dame mit dem Silberhaar. War die auch beim Film?«

Inzwischen sind wir pappsatt, verdrücken aber noch die Reste der Eisbombe, die Gitti im Gefrierschrank aufgehoben hatte. Herd, Kühlschrank und Gefrierschrank sind nagelneu und wurden extra für dieses Wochenende ins Hotel geschafft. Ebenso wie Lebensmittel, Getränke, Geschirr, Bettwäsche und weitere Kleinigkeiten. Lauretta muss Zigtausende in die Sache investiert haben, diese dubiose Geburtstagsfeier scheint ihr sehr wichtig zu sein.

»Die Silberhaarige in Grau mit den Brillis«, lässt sich Sigmar vernehmen. »Das ist Maria Carrera. Die hat seinerzeit wohl tatsächlich ein paar Nebenrollen in großen Filmen ergattert. Ist eine schöne Frau gewesen, schaut auch jetzt noch ganz passabel aus. Die Brillis sind übrigens nicht echt. Klare Sache. Die echten liegen im Safe, was sie da trägt, sind Duplikate.«

Aha, denke ich. Das weiß der, weil er in großen Hotels gearbeitet hat und das Leben der Stars kennt. Sigmar lächelt Cindy zu, aber die ist von seiner Detailkenntnis unbeeindruckt. Sie hat zu viel gegessen und hängt träge im Stuhl.

»Die Maria Carrera und die Lauretta Linz können sich eigentlich nicht riechen«, vermeldet Gitti und steht auf, um weiteren Wein für uns zu besorgen. »Konkurrenzneid – versteht ihr. Es gibt da das Gerücht, Lauretta habe Maria Carrera einmal in einem Restaurant eine ganze Schüssel russischen Kaviar ins

Gesicht geklatscht. Muss heftig gewesen sein, die Ärmste war ganz schwarz, und die Brühe lief ihr in den Ausschnitt. Aber das ist lange her. Inzwischen haben die beiden wohl ihren Frieden miteinander gemacht. Kunststück. Lauretta ist dreiundachtzig und Maria nur zwei Jahre jünger …«

»Spannend«, bemerke ich und trinke gedankenverloren meinen Wein. Ob solche Hassgefühle tatsächlich im Alter verschwinden? Möglich wäre ja auch, dass sie unterschwellig weiterglühen und bei passender Gelegenheit ausbrechen. Vulkanmäßig, meine ich.

»Und die beiden molligen Damen, die kleine pinkfarbige und die größere mit den schwarzen Resthaaren auf dem Kopf?«

»Das sind Dietlinde Zuckerberg und Gerda Dupré. Die sind auch vom Film, aber keine Schauspielerinnen. Die Zuckerberg war Maskenbildnerin und die Dupré Garderobiere bei Carbonis Filmgesellschaft«, erklärt Gitti. »Zwei Lesben – was in den Fünfzigern und Sechzigern streng geheim gehalten werden musste. Sie hängen sehr an Lauretta, weil sie das Verhältnis der beiden immer gedeckt hat.«

»Mir schien, dass sie eher an diesem Bodyguard hingen, der sie in den Saal geschleppt hat«, feixe ich.

Wir lachen alle, und Claudia, die zu viel Wein hatte, lässt sich zu der Bemerkung hinreißen, dass dieser Mensch ja phänomenale Muskelkräfte haben muss.

»Der Bobo!«, sagt Sigmar und wackelt mit den Augenbrauen. »Ein Trumm von einem Mann, was?

Heißt eigentlich Boris Nochwas, kann mir den russischen Nachnamen nicht merken. Denisowitsch oder so ähnlich. Der gehört zu Lauretta. Ihr Lebenspartner, nicht wahr, Gitti?«

»Ja. Genau wie dieser bunt gekleidete Schönling. Axel Klumpe. Der gehört zu Maria Carrera. Alter schützt nicht vor Sex und Einsamkeit.«

»Sex mit dreiundachtzig?«, meint Cindy zweifelnd. »Das ist ja schon Mumienschändung.«

»Sag das nicht«, entgegnet Sigmar. »Charlie Chaplin ist noch mit über siebzig Vater geworden.«

»Der hat ja auch immer fleißig trainiert …«

Gitti steht auf und bringt eine Flasche Gebirgsenzian. Damit uns das Essen auch bekommt. Claudia hat schon glänzende Augen, ich fürchte, wenn sie das Wässerchen auf den übrigen Alkohol in ihrem Magen gießt, wird es ihr morgen nicht gut gehen. Cindy hingegen scheint ausgesprochen trinkfest, sie kippt ihr viertes Glas Rheinwein und nimmt ein gefülltes Gläschen Enzian aus Gittis fürsorglicher Hand. Ich eifere ihr nach – warum geizig sein, schließlich wird das ein hartes Wochenende.

»Auf eine gute Zusammenarbeit!«, sagt Sigmar und hebt das Gläschen.

»Auf ein wunderschönes, aufregendes und ungewöhnliches Wochenende!«, fügt Gitti hinzu.

»Auf die netten alten Krüstchen!«, ruft Claudia, die der Alkohol in eine glückhafte Stimmung versetzt hat.

»Auf die schöne Bergwelt!«, sagt Cindy.

»Auf das Grandhotel Alpenstern«, rufe ich aus. »Möge er sich noch lange gegen Wind und Schnee behaupten, der gute alte Klapperkasten!«

Wir kippen den Enzian gleichzeitig, ziehen die Luft ein, weil das Zeug im Hals brennt, und Gitti schenkt nach. Auf einem Bein kann man bekanntlich nicht stehen. Höchstens das Männlein im Walde, aber das hätte bestimmt auch lieber ein zweites Bein.

»Woher wisst ihr eigentlich so gut über Lauretta und ihre Kollegen Bescheid?«, wundere ich mich.

»Die Gitti weiß das alles«, meint Sigmar und stößt ihr mit dem Ellenbogen in die Hüfte. Sie kichert, es scheint ihr zu gefallen. Da schau an – haben die zwei was miteinander? Wenn ja, dann sind sie zu beneiden. Die Zimmer oben sind eiskalt, da liegt es sich wärmer zu zweit.

»Ich habe den alten Herrn, dem das Hotel gehört hat, gut gekannt«, sagt Gitti, während Sigmars streichelnde Hand sich ihren Arm entlang nach oben tastet. »Der Herr von Ottendorf, so hat er geheißen, war ein feiner Mensch. Ein ganz feiner. Hat mich sehr mitgenommen, wie er dann so schnell verstorben ist …«

Sie schiebt Sigmars aufdringliche Pfote beiseite und gießt sich noch einen Enzian ein. Wir halten mit. Das klare Bergwässerchen vertilgt das zu viel genossene Fett, darüber freut sich die Leber. Sagt man jedenfalls. Und überhaupt ist es ein Naturprodukt und daher gesund.

»Wohlsein!«

Wir stoßen miteinander an, die Gläschen klickern, Claudia verschüttet ein paar Tröpfchen, wischt die Lache mit dem Finger vom Tisch und leckt ihn anschließend genüsslich ab.

Wie wir uns gerade den Enzian einverleiben, kommt der Russe in die Küche. Bobo, der Bodyguard. Er bleibt an der Tür stehen und schaut stirnrunzelnd auf unser Tun, dann tritt er näher.

»Wodka für Seele«, sagt er. »Gut für kalte Nacht in altem Haus.«

Gitti weiß Bescheid, sie holt ein Wasserglas aus dem Schrank und füllt es zur Hälfte mit Enzian. Russen trinken solche Wässerchen nicht aus Schnapsgläsern, da müssen sie zu oft nachgießen.

»Na sdorowje!«

»Prösterchen.«

Unfassbar. Bobo trinkt das scharfe Zeug in einem Zug aus, als sei es klares Gebirgswasser.

»Wodka ist besser«, bemerkt Bobo, als er das leere Glas auf den Tisch stellt. »Aber das auch gut! Sigmar und Gitti – ihr beide jetzt mit mir kommen. Gäste schlafen. Müssen getragen werden in Heiabett …«

Ach je. Da sind die Altertümerchen doch während des Filmchens sanft und selig eingenickt. Kein Wunder nach dem anstrengenden Abendessen. Wir drei bieten unsere Hilfe an, werden jedoch abgewiesen, weil Claudia schon auf der Türschwelle in meine Arme sinkt.

»Ooooh, wie wooohl ist miiir am A-ha-bend …«, singt sie.

Cindy und ich haben Mühe, das glücklich besoffene Mädel die Treppen hinaufzuschleppen. Im ersten Stock vernimmt man noch die musikunterlegten Dialoge des Heimatfilms aus den Fünfzigern.

»Wenn er in die Silberbachklamm gestürzt ist …«, stöhnt die weibliche Hauptdarstellerin verzweifelt. Im Hintergrund wuselt ein Filmorchester mit wilden Geigenarpeggien.

»Dann hat er endlich den verdienten Lohn gefunden!«, dröhnt der Bösewicht in dumpfem Bass.

»Du Unmensch!«, schluchzt sie. »Ich lieb ihn doch …«

Dramatisch aufbrausende Musik verkündet den emotionalen Aufruhr, den dieses Geständnis im Gemüt des Bösewichts anrichtet. Wie schade, da bahnt sich der Showdown an, vermutlich der Kampf zweier kerniger Bergbewohner vor dem Hintergrund des reißenden Wassers. Da war damals noch nicht viel mit Trickaufnahmen, die mussten selbst den Hintern ins Bächlein hängen. Höchstens, dass sie mal gedoubelt wurden, wenn's lebensgefährlich wurde. Und natürlich stürzt der Böse in die Klamm, und der Gute kriegt das Mädel. Erst der Todesfall, dann die Hochzeit. Was dann kommt, will keiner mehr wissen.

»Ist das *Der Förster vom Silberwald*?«, fragt Cindy. »Das hab ich mal mit meiner Oma im Fernsehen angeschaut. Fand ich wunderschön. Na ja, da war ich acht …«

Es geht nicht anders, wir müssen Claudia zwischen uns nehmen, sonst läuft sie Schlangenlinien und fällt die Treppe gleich wieder runter. Hinter uns steigen Sigmar und Bobo hinauf, einen weich gepolsterten Sessel zwischen sich, an den man rechts und links Tragegriffe geschraubt hat. Darauf werden sie die müden Greise betten und in ihre Kojen schaffen. Zumindest jene, die nicht mehr zu Fuß sind, nachdem man sie geweckt hat. Lauretta hat an alles gedacht. Überhaupt ein Superservice hier im Grandhotel. Ob Gitti ihren Schützlingen auch einen Schlafanzug verpasst und ihnen das Gebiss herausnimmt?

Cindy und ich haben einige Mühe, die selig lächelnde Claudia in ihr Bett zu befördern.

»Hör auf zu singen …«, stöhne ich.

»Froinde, das Leben ist leeeeebenswert …«

»Bitte! Sei jetzt endlich still!«

Sie schaut mich unglücklich an und fängt an zu weinen. Ich muss ihr versichern, dass ich nicht böse auf sie bin. Dass ich sie gernhabe. Wirklich gern. Auch morgen noch. Jawohl. Und jetzt legst du dich hin und schläfst brav. Morgen haben wir einen harten Tag vor uns.

»Ich muss erst noch mal raus …«

Das mintgrüne Bad ist von Cindy besetzt, wir müssen warten. Unten hört man Lauretta nach einem gewissen Anton rufen. Wer war jetzt noch Anton? Ach ja, Anton Drechsler, der klapperdürre Vollstrecker. Er antwortet nicht, vielleicht hat er sein Hörgerät schon ausgeschaltet.

Als ich glücklich in meinem Zimmer bin, lasse ich mich erschöpft auf das Bett fallen. Puh, alles schwankt und kreist – die alte Hütte ist ja doch baufälliger als gedacht. Ich schiebe das graue Schmusekissen beiseite und krieche unter das Federbett. Das Schmusekissen niest feucht, ein Duft nach geräuchertem Lachs entströmt seinem Fell.

»Gerissener Dieb«, murmle ich. »Warum fängst du keine Mäuse?«

Das graue Schmusekaterkissen rückt ein Stück von mir ab, Walter kann es nicht leiden, wenn ich nach Alkohol stinke. Sorry, Kater, ich bin nun einmal lasterhaft. Aber wir lieben uns trotzdem. Leise schwankend bewegt sich mein Schifflein auf das große Meer der Träume zu, es schlingert, kämpft mit den Wellen und entschwindet schließlich in dunkelblauer Ferne.

»Henni? Henni! Schläfst du?«

Die blödeste Frage der Welt. Nein, Cindy, jetzt nicht mehr.

»Was ist?«, krächze ich.

»Mach bitte auf …«

Ich schalte die wackelige Nachttischlampe ein und warte ein paar Sekunden, bis sie nicht mehr flackert, dann krieche ich innerlich fluchend aus dem Bett. Cindy steht in Jeans und Sweatshirt vor meiner Zimmertür und sieht aus wie Audrey Hepburn in Panik.

»Komm rein. Was ist denn los?«

Sie huscht in mein Zimmer und lässt sich auf meinem Bett nieder, mein Kater geht den umgekehrten Weg, er schlüpft durch den Türspalt in den Flur hinaus und verschmilzt mit der grauen Dunkelheit.

»Da sind Leute draußen, Henni«, flüstert Cindy. »Ich hab Angst.«

»Wo draußen?«

»Bei der Kapelle.«

Hat sie schlecht geträumt? Wie will sie denn in stockdunkler Nacht sehen können, dass jemand drüben bei der Kapelle herumläuft?

»Schau doch selbst«, fordert sie mich auf. »Aber mach vorher das Licht aus. Sonst können sie uns sehen.«

Ich könnte umfallen vor Müdigkeit, aber wenn eine gute Freundin von Halluzinationen geplagt wird, bin ich voller Mitleid und gebe das Letzte. Also knipse ich das Flackerlämpchen wieder aus und gehe brav mit Cindy zum Fenster. Welch Luxus – es gibt einen Fensterladen, der sogar zugeklappt ist. Er ist trauriger Single, sein Kamerad und Gegenpart hat sich irgendwann aus den Angeln gelöst und ist senkrecht an der Hauswand entlang in den Tod gestürzt. Durch die gelbliche Tüllgardine der ungeschützten Fensterhälfte kann ich nun erkennen, dass draußen der Vollmond scheint. Schwarz zeichnen sich die Konturen der Berge im milchigen Licht ab, geheimnisvoll bläulich schimmert der Schnee, die Kapelle gegenüber auf dem Hügelchen wirft einen schmalen Mondschatten. Wie romantisch!

»Wer soll denn da herumgelaufen sein? Der Weihnachtsmann?«

»Das weiß ich nicht. Aber die Spuren kann man sehen. Da!«

Tatsächlich, jetzt erkenne ich es auch. In der Schneedecke gibt es mehrere dunkle Linien, gerade und gezackte, einige überkreuzen sich, andere führen seitab.

»Schon komisch«, meine ich und gähne. »Vielleicht war das der Sepp. Oder die Dorfbewohner. Ist morgen nicht Sonntag? Da hatten sie vielleicht eine Spätmesse.«

Cindy schüttelt eigensinnig den Kopf. Es seien zwei Männer gewesen, sie habe sie genau gesehen. Sie seien in der Kapelle verschwunden und nicht wieder herausgekommen.

»Vielleicht zwei arme Sünder, die dort ein Gebet verrichten wollen?«, mutmaße ich fröstelnd. »Wieso schaust du überhaupt aus dem Fenster, anstatt zu schlafen?«

Sie schnaubt ärgerlich und wickelt sich egoistisch in mein Federbett.

»Weil unter uns ständig Betrieb ist«, brummt sie. »Hast du denn nichts gehört?«

»Nö. Hab richtig gut geschlafen.«

Jetzt höre ich es auch. Leise Rufe im zweiten Stock, Türen werden geöffnet und wieder geschlossen. Jemand eilt die Treppe hinunter, man vernimmt verhaltene Flüche. Das muss Sigmar sein.

»Kamillentee ... Herztropfen ... Haferbrei ... ein frisches Bier ... Milch mit Honig ... Der Teufel soll sie alle holen!«

Tja – so ein Festessen am Abend kann bei alten Leutchen schon für eine unruhige Nacht sorgen.

»Wir brauchen den Rollator«, hört man Gitti kommandieren. »Frau Zuckerberg kann ihr Badezimmer sonst nicht benutzen.«

»Der ist bei Herrn Krauss, keine Ahnung, ob er ihn entbehren kann ...«

Ich schaue auf die Armbanduhr: halb drei in der Nacht. Da bin ich doch gespannt, wer nach diesen nächtlichen Capricen morgen zum Frühstück erscheint. Außer meinem Kater. Der ist allzeit zur Stelle, wenn es leckere Lebensmittel gibt.

»Bei dem Betrieb da unten brauchst du wirklich keine Angst zu haben«, sage ich zu Cindy. »Wer auch immer da draußen herumgeistert – er traut sich bestimmt nicht ins Hotel hinein.«

Cindy wirkt nicht überzeugt. Sie kuschelt sich noch ein wenig tiefer in mein Federbett und schaut mich mit Audrey Hepburns bezaubernd verängstigten Augen bittend an.

»Meinst du, ich könnte heute Nacht hier bei dir schlafen?«

»Klar!«

»Aber mach bitte deine Zimmertür zu, ja?«

»Okay!«

Ich krieche zu ihr in mein Bett, entreiße ihr einen Teil meines Federbetts und kringele mich in Schlafposition. Keine drei Minuten, und Cindy ist neben mir eingeschlafen. Sanft und regelmäßig geht ihr Atem – sicher wiegen sie nun süße Träume. Ich hingegen bin hellwach und wage mich kaum zu bewegen, um meine Beischläferin nicht zu stören. Unten geht der nächtliche Hotelbetrieb in seine Endphase, man vernimmt ein Streitgespräch zwischen Gitti und einem der beiden Herren – vermutlich ist es Anton Drechsler.

»Was haben Sie in meinem Zimmer zu suchen?«, fragt der Vollstrecker zornig.

»Bitte entschuldigen Sie. Ich brauche das Keilkissen für Frau Dupré. Sie kann nicht flach liegen wegen des Reflux, verstehen Sie?«

»Dann klopfen Sie gefälligst vorher an!«

»Bitt schön, das hab ich getan, Herr Drechsler ...«

Eigentlich hätte Lauretta für ihre Geburtstagsgesellschaft ein Rudel Krankenschwestern engagieren müssen. Arme Gitti, armer Sigmar. Müssen sich die Nacht um die Ohren schlagen und werden dafür noch angemacht. Allerdings lassen sich die beiden diesen Job wohl sehr gut bezahlen. Morgen frage ich Sigmar mal ganz harmlos, was er von Lauretta so an Kohle einsteckt. Es ist zum Heulen – jetzt ärgere ich mich wieder über dieses Dumpinghonorar, zu dem ich mich habe einfangen lassen, und kann erst recht nicht einschlafen. Ist das Lauretta, die unten nach ihrer Katze ruft? Blanche heißt sie. Möglich, dass Walterchen inzwischen dem Urlaub in den Bergen doch einiges abgewinnen kann. Ach ja – die Liebe!

Meinem übermüdeten Hirn entspringt plötzlich der Gedanke, dass es der Sepp sein könnte, der nachts bei der Kapelle herumturnt. Vielleicht muss er für morgen irgendetwas vorbereiten – steht nicht im Programm, dass wir morgen früh eine Totengedenkmesse für Giorgio Carboni in der Kapelle feiern? Ja, natürlich, warum bin ich nicht gleich darauf gekommen? Laurettas Personal ist Tag und Nacht für sie tätig.

Weil ich immer noch nicht einschlafen kann, schiebe ich mich vorsichtig aus dem Bett, ziehe meine wattierte Jacke an, weil es schweinekalt im Zimmer ist, und stelle mich ans Fenster. Mondlicht. Clair de lune! Wie romantisch. Falls der Sepp tatsächlich da draußen zugange ist, könnte man ja vielleicht …

Da! Eine Bewegung an der rundbögigen Eingangspforte des Kapellchens. Cindy hatte keine Hallus. Jemand schiebt die Tür langsam auf, eine Gestalt wird sichtbar, sie trägt eine Pudelmütze und einen hellen Skianzug. Ist es der Sepp? Ich kann das Gesicht nicht erkennen, aber jetzt entdecke ich hinter ihm eine zweite Person. Unglaublich, was hier so alles unterwegs ist zu nächtlicher Stunde. Von wegen Bergeinsamkeit. Hier ist Action nonstop.

Die beiden Unbekannten schauen angestrengt zum Hotel hinüber, dessen Fenster im zweiten Stock vermutlich noch beleuchtet sind. Stört sie die Betriebsamkeit? Sie reden miteinander, scheinen sich nicht einig zu sein, dann verschwinden beide plötzlich wie der Blitz in der Kapelle. Was ist jetzt los? Hat sie etwas erschreckt? Ich schaue mir die Augen aus dem Kopf, suche in der mondbeschienenen Landschaft nach Geistern, Gespenstern oder wenigstens nach dem dicken roten Coca-Cola-Weihnachtsmann und seinem Rentierschlitten. Aber ich kann nichts entdecken.

Doch! Da stakst ein Schatten hinüber zur Kapelle, ein Wesen in Schwarz mit Hut und Wollschal kämpft sich durch den hohen Schnee den Hügel hinauf. Steht jetzt vor der niedrigen Tür des Kapellchens und … was macht der bloß? Versucht er, die Tür aufzuschließen? Genauso schaut es aus. Er fummelt mit beiden Händen am Schloss herum, bekommt die Tür aber nicht auf. Ob die beiden anderen am Ende drinnen dagegenhalten, die Scherzbolde?

He, Leute. Das ist aber eine ziemlich pietätlose Nummer, die ihr da abzieht. Schließlich soll da morgen eine Totengedenkmesse gehalten werden, da treibt man nachts keinen Klamauk. Jetzt gibt der Typ in Schwarz auf, er steckt einen Gegenstand in die Manteltasche, vermutlich den Schlüssel, und macht sich auf unsicheren Füßen wieder auf den Rückweg. Gespannt verfolge ich jede seiner Bewegungen, er rutscht ein paarmal aus, setzt sich einmal auf den Hintern, läuft aber unverdrossen weiter und verschwindet im Schatten des Hotels. Jetzt könnten die beiden anderen ungehindert herauskommen und ihr Vorhaben ausführen. Welches auch immer.

Gespannt beobachte ich die Kapellentür, warte auf eine Bewegung, einen Schatten, der anzeigt, dass jemand in den Schnee hinaustritt. Es tut sich nichts. Offensichtlich haben die Besucher beschlossen, die Nacht in der Kapelle zu verbringen. Vielleicht haben sie es nötig, wer weiß?

Auf einmal bin ich todmüde, kann die Augen kaum noch aufhalten und bin geneigt, das ganze Theater für einen Traum zu halten. Beneide Cindy, die sanft und selig in meinem Bett schlummert und schon wieder das ganze Federbett an sich gezogen hat. Ich behalte die Jacke an und lege mich zu ihr, erobere einen Zipfel meines Federbetts und rolle mich zum Einschlafen zusammen. Kurz bevor ich weg bin, erscheint für einen Moment die Schrift auf dem roten Gummiball vor meinem geistigen Auge.

*Fahr sofort zurück!*

Väter wissen mehr.

Dingeling … Dingeling … Dingeling …

Verdammt! Das stand nicht im Vertrag. Es gibt eine Glocke in dem so harmlos aussehenden Kapellchen. Sie muss klein sein, denn sie hat einen hässlichen Ton. Ein schrilles Gebimmel, das über die dunkle, noch schlafende Bergwelt schallt. Ich knipse die Nachttischlampe an, warte, bis sie nicht mehr flackert, und schiele auf meine Armbanduhr. Sechs Uhr in der Früh. Haben die noch alle Löcher im Käse, die Schweizer? Um diese Zeit gehen einige von uns in München erst ins Bett.

»Mach bitte das Licht aus …«, krächzt Cindy neben mir und dreht sich auf die Seite, wobei sie das Federbett mitnimmt.

»Hörst du das?«, murmle ich.

»Was denn?«

Tatsächlich hat das Läuten jetzt aufgehört, dafür

tut es einen Schlag an der Zimmertür, der Cindy blitzartig im Bett hochfahren lässt. Walterchen hat seine nächtlichen Streifzüge beendet und ist auf dem Weg zu seinem Morgenschlummer. Ein Sprung auf die Türklinke, dann mit der Pfote probieren, ob die Tür aufgeht, aufdrücken und hineinschlüpfen. Wenn es nicht beim ersten Mal klappt, springt er noch einmal. Er hat Ausdauer, mein schlauer Grauer. Ich nutze Cindys Schrecksekunde, um mein Federbett wieder an mich zu ziehen, dann setzen wir den unterbrochenen Schlaf zu dritt fort.

Leider nicht allzu lange. Kurz nach acht klopft der unermüdliche Sigmar an unsere Türen. Da wir uns inzwischen näher kennen, verzichtet er auf höfliche Floskeln.

»Hopp, hopp, Mädels! Raus aus den Federn. Um neun ist Frühstück angesetzt, um zehn geht's rüber in die Kapelle zur Totenmesse.«

Job ist Job, und wenn du noch so müde bist. Neidisch betrachte ich meinen Kater, der sich zum atmenden Schmusekissen zusammengerollt hat und seligen Minne- und Mäuseträumen nachhängt. Cindy grunzt verschlafen und dreht sich zufrieden wieder um, weil ich ihr erkläre, dass ich als Erste ins Bad gehe.

»Claudia?«

Ich klopfe vorsichtig an ihre Tür. Ein Knarren ist zu vernehmen, das von dem antiken Bett stammt. Ein leises Ächzen.

»Ja?«, flüstert es.

»Bist du in Ordnung?«

»Alles bestens.«

Es klingt, als hauche sie gerade ihren letzten Atem aus, aber ich gehe trotzdem ins Bad und hoffe auf Claudias Arbeitsdisziplin.

Kurz vor neun hocken wir alle drei am Campingtisch in der Küche, genießen die Wärme zweier elektrischer Heizstrahler und füllen unsere Mägen mit Müsli und Früchten, frisch aufgebackenen Brötchen, Marmelade, Nussnougatcreme, Käse, Räucherwurst, Lachs und anderen Leckereien. Das heißt – Cindy und ich tun das, Claudia sitzt dabei, bleich wie eine Schneewehe, und trinkt kaltes Leitungswasser.

»Das war der Enzian, Claudi!«

»Sprich bitte nicht davon.«

»Heute Nachmittag geht es dir besser.«

»Macht euch keine Gedanken um mich.«

Gitti und Sigmar haben schon gefrühstückt, sie sind beschäftigt, den erlauchten Geburtstagsgästen das Frühstück zu servieren. An ein Büfett, wie sonst in Hotels üblich, ist wegen Gebrechlichkeit und Alterstremor der Herrschaften nicht zu denken. Sie erwarten, dass ihnen alle Köstlichkeiten des Schweizer Morgenmahls direkt vor die Nase gestellt werden.

»Sind alle recht fit«, vermeldet Gitti. »Man sollte es nicht glauben. Mir fallen vor Müdigkeit die Augendeckel runter, aber die Altertümerchen sitzen fröhlich und hellwach am Tisch, peppen sich mit Kaffee und Ovomaltine auf, und Appetit haben sie auch. Nicht zu knapp.«

Sigmar muss Lachs und Nussschinken nachholen, Frau Dupré hat nach Essiggürkchen gefragt, Axel Klumpe, Maria Carreras Papagei, verlangt es nach frischer Mango.

»Die haben ja einen Knall«, regt sich Sigmar auf. »Die Tante mit den schwarz gefärbten Kringeln auf dem Kopf, die Zuckerberg, vermisst die Gänseleberpastete. Schön fett und mit Zwiebelchen wie in Pommern ...«

Claudia steht abrupt vom Tisch auf, hält sich die Hand vor den Mund und läuft davon. Gänseleberpastete am frühen Morgen ist echt pervers. Und außerdem eine miese Tierquälerei.

»Was hat sie denn?«, wundert sich Sigmar.

»Sie verträgt die Höhe nicht«, erkläre ich.

»Ich koch ihr mal einen Kamillentee«, sagt Gitti mütterlich.

Beim nächsten fliegenden Küchenbesuch erzählt Sigmar, dass Maria Carrera schon in aller Frühe einen Schneespaziergang unternommen habe, sie hat ihm erzählt, dass sie zu Hause im Tessin täglich joggt und Judo betreibt.

»Eh ich's vergesse: Eine von euch muss nachher die Orgel spielen.«

»Es gibt eine Orgel drüben in der Kapelle?«

»Nee ... keine richtige. So'n Klavier, wo man unten treten muss.«

»Ein Harmonium?«, stöhnt Cindy. »Gott, wie furchtbar.«

Sie schaut mich mitleidig an, die liebe Kollegin. Behauptet, mehr Cellistin als Pianistin zu sein. Tja, da bin ich wohl am dransten, denn mit Claudia ist nicht zu rechnen. Job ist Job. Und Rossini hat eine wunderschöne Messe für Chor, Solisten und Harmonium geschrieben. Halte die Fackel der Kunst hoch, Henni. Auch wenn's schwerfällt.

»Gibt es spezielle Wünsche, oder spiele ich einfach, was ich will?«

Sigmar fischt einen Zettel aus der Weste und reicht ihn mir.

»Da ist der Ablauf der Feier. Die schwarzen Sternchen zwischen den einzelnen Abschnitten bedeuten, dass du Musik machen darfst …«

Ein schwirrendes, dröhnendes Geräusch erfüllt plötzlich den Raum, vor den Fenstern wirbelt der Schnee empor.

»Schon wieder so ein Dreckshubschrauber«, knurrt Sigmar.

Gitti zuckt die Schultern.

»Wahrscheinlich von der Bergrettung. Die machen immer mal wieder Kontrollflüge.«

Der Hubschrauber schwebt ein Weilchen über uns, dann entfernt er sich, kehrt wieder zurück und macht sich dann endgültig davon. Sigmar nimmt rasch das Tablett mit Lachs, Schinken und Mangoscheibchen und hat es so eilig, damit nach oben zu rennen, dass er es der zurückkehrenden Claudia beinahe in den Bauch rammt. Die Ärmste schwankt, hält sich rasch am Türrahmen fest und atmet mehrfach tief ein und aus.

»Ich mach mich dann schon mal fertig für die Messe …«, sagt sie kaum vernehmbar und geht davon.

Ich wappne mich für kommende Herausforderungen mit einem abschließenden Käsebrötchen, das ich mit Lachs garniere. Fast bin ich versucht, eines der leckeren Röllchen für Walter in meiner Rocktasche verschwinden zu lassen, aber ich bin schon in der schwarzen Konzertkluft, und der Geruch nach Räucherlachs würde bei der Totenfeier befremdlich wirken. Dieses Mal hat mir Cindy ihre schwarzen Stiefel geliehen. Größe sechsunddreißig, ich muss die Zehen einrollen. Ruckedigu.

Als wir gegen halb zehn in Sigmars Gefolge hinüber zur Kapelle stapfen, sind sämtliche nächtlichen Fußspuren verschwunden. Ist der Hubschrauber so tief heruntergegangen? Möglich. Sigmar kämpft mit dem verrosteten Türschloss und schließt uns auf, knipst Licht an und empfiehlt sich – der Ärmste muss einen Pfad von der Kapelle bis zur Eingangstür des Hotels frei schaufeln.

Kaum haben wir die Kapelle betreten, da beneiden wir ihn schon um diesen Job.

»Boa – wie muffig«, stöhnt Cindy.

»Und eiskalt ist es auch.«

Kunststück – für einen Ofen wäre hier kein Platz. Der kleine Raum ist bis zum Bersten mit allerlei Zeug angefüllt, kaum verbleibt etwas Platz für die Sitzbänke in der Mitte. Vorn steht der Altar, ein schlichter Tisch aus Stein, mit einer weißen Spitzendecke verschönert. Ein silbernes, reich ziseliertes Standkreuz thront darauf, flankiert von zwei silbernen Kerzenleuchtern. Davor liegt ein dickes in dunkelblauen Brokatsamt gebundenes Buch. Entlang der Seitenwände befinden sich goldverzierte Podeste, auf denen allerlei seltsame Dinge stehen. Reliquiare nennt man so was. Mehrere Köpfe aus Silber, Hände, Arme, seltsam geformte Monstranzen – alles sehr prunkvoll gefertigt. Die metallenen Reliquiare sind innen hohl und enthalten die echten Reliquien, Knochen eben. Früher glaubte man, durch die Berührung mit heiligen Reliquien von Krankheiten geheilt zu werden.

Die seltsamsten dieser Merkwürdigkeiten sind zwei Schneewittchensärge, die zu beiden Seiten des Raums zwischen all dem anderen Zeug ausgestellt sind. Jeder enthält einen ganzen mumifizierten Heiligen. Viel ist nicht von den Herren zu sehen, das meiste verdeckt das schon etwas verblichene Brokatgewand und die Kopfbedeckungen, die an eine Bischofsmütze erinnern. Bei dem einen kann man die Hände sehen, die sind dürr und braun und haben krallenartige Fingernägel. Der andere zeigt nur ein Stück seines Gesichts, das ist gelb und wächsern.

»›Der heilige Winfriedus‹ steht hier«, liest Cindy vor. »Und der da drüben soll der heilige Kasimir von Polen sein.«

Ich zucke die Schultern. Mit Heiligen kenne ich mich nicht aus, Oma ist evangelisch, da gibt's nur den Martin Luther, und der ist nicht heilig.

»Ich glaube, es hat früher mal einen schwunghaften Handel mit Heiligen und Reliquien gegeben. Da hat wohl jedes Kirchlein, das zum Wallfahrtsort werden wollte, nach Kräften zugeschlagen«, erkläre ich.

»Du meinst – die sind gar nicht echt?«

»Echt schon. Aber vielleicht nicht heilig.«

Da die Zeit drängt, verschieben wir die Diskussion um dieses Problem auf später. Claudia steht sowieso schon wieder an der offenen Tür, um frische Luft zu schöpfen, Cindy und ich entdecken das Harmonium ganz hinten an der Wand, ein hohes, altmodisches Teil, das bei der Kälte hier bestimmt eingefroren ist. Doch als ich den Deckel der Tastatur aufklappe und unten ein wenig trete, kommen tatsächlich Töne heraus. Sie klingen zittrig, larmoyant und sehr fromm.

»Na prima«, lobt Cindy boshaft. »Spiel bloß nicht zu laut, sonst wachen die beiden Herrschaften hier auf.«

»Nur das nicht ...«

Ich rücke das Bänkchen zurecht, trete wie eine Weltmeisterin, damit das Gebläse ordentlich Luft bekommt, und spiele eine Bach-Invention. Klingt komisch. Ungewohnt. Halb Orgel, halb sanfte Zitterflöte. Am besten gehen vierstimmige Choräle, die habe ich noch drauf, weil ich im Dorf Kerchenstein früher mal die Orgel gespielt habe. Für zwanzig Euro den Gottesdienst. Beerdigungen und Hochzeiten dreißig Euro. Damals war ich vierzehn und schwer reich. Ich versuche es mal mit »So nimm denn meine Hände«. Passt. Geht schräg durchs Ohr und mitten ins Herz. Und außerdem hören die meisten der Gäste sowieso nicht mehr gut.

Gerade probiere ich, ob sich ein paar alte Sachen wie »Purple Rain« oder Cohens »Hallelujah« verwenden lassen, da fasst mir jemand an die Schulter. Hinter mir steht ein hochgewachsener rothaariger Mensch mit überlangem Hals und einem gewaltigen Adamsapfel.

»Erschrecken Sie nicht, ich bin's nur«, sagt er mit sanfter Stimme. »Winterholler mein Name. Ich werde die Messe lesen.«

»Ach, Sie sind der Priester.«

»So ist es.«

Ein netter Typ. Ein wenig fahrig und ziemlich schüchtern. Anfänger halt. Wenn er erst mal zehn Jahre im Amt ist, wird er einen Bauch vor sich herschieben und eine Halbglatze mit Haarkranz wie ein Prophet haben.

»Wenn ich einen Wunsch äußern dürfte – es wäre schön, wenn Sie sich an die geistliche Musik halten würden. Wir haben hier ein Choralbuch ...«

Schon ist er mir überhaupt nicht mehr sympathisch. Was hat er gegen Cohen? Der ist tausendmal besser als das seichte Zeug in diesem zerfledderten sogenannten Choralbuch. Puh!

Während Hochwürden Winterholler noch rasch die Kerzen am Altar anzündet und Polster auf die Bänke legt, ruft Sigmar »Achtung. Sie kommen!« in den Raum. Ich schaue hastig auf das Programm. Aha, da ist ein Sternchen zu Anfang. Ich soll also den Einzug der Gäste musikalisch begleiten. Um den Priester zu ärgern, haue ich Mendelssohn in die Tasten, dann ein wenig Bach, der passt in jede Kapelle, zum Schluss aus reiner Bosheit das »Hallelujah« von Cohen, das sich auf dem Harmonium total geistlich anhört.

Als ich fertig bin und mich umdrehe, da sitzen sie tatsächlich alle brav auf den Bänken. Die Damen in Pelze gehüllt, die Füße in warm gefütterten Stiefeln, auch Maria Carreras Papagei Axel Klumpe trägt einen Nerzmantel samt Pelzmütze. Bobo bevorzugt seine Lederkluft, die beiden Herren kann ich nicht sehen, weil die ausladenden Pelze der Damen sie verdecken. Dafür entdecke ich einen unbekannten grau melierten Menschen in grünem Lodenmantel, der in der hintersten Reihe neben Maria Carrera Platz genommen hat.

Die Feierstunde zum Gedenken an den seligen Giorgio Carboni nimmt ihren geplanten Verlauf. Zunächst begrüßt Hochwürden Winterholler, inzwischen im lila Priestergewand, die versammelte Gemeinde, redet über die Kapelle, den Reliquienschatz, über den festen Glauben der Lauretta Linz, die heute für ihren verstorbenen Gatten eine Totengedenkmesse halten lässt. Dann geht der Graumelierte nach vorn, stellt sich als Bürgermeister Lustenberger vor, also ist er Sepps Vater. Er spricht über das Dorf, seine Gemeinde, das Hotel und schließlich auch über Giorgio Carboni, den er zwar nicht gekannt hat, der aber einigen Dorfbewohnern noch in Erinnerung sei. Ich schiele aufs Programm, ob da nicht irgendwo ein Sternchen ist – aber jetzt kommt Laurettas Rede, erst danach darf ich ein wenig in die Tasten greifen. Schweinekalt ist das hier, mir frieren die Finger ein, die Füße habe ich schon abgeschrieben. Cindy hockt auf einer Kirchenbank, gleich neben Bobo, und fröstelt vor sich hin. Claudia sitzt kerzengerade an der äußersten Ecke der letzten Bank, nur wenige Schritte von der Tür entfernt. Kluges Mädchen! Lauretta redet mit tränenerstickter Stimme und dem Pathos der schlechten Schauspielerin, schildert ihren verblichenen Gatten als Ausnahmemenschen und großen Künstler, ihre Ehe als einen Gang über eine duftende Blumenwiese, was bei Maria Carrera ein leichtes Zittern an den Schultern hervorruft. Ist ihr kalt, oder hat sie etwa gelacht? Schade, dass ich es von hinten nicht sehen kann. Ich schaue gelangweilt im Raum herum, bestaune die im unsteten Licht der Kerzen funkelnden Reliquiengefäße, die Särge mit ihrem gruseligen Inhalt und entdecke oben an einer Seitenwand einen verglasten Holzrahmen, in dem verschiedene kleine runde Gegenstände an Schnüren hängen. Geldstücke? Medaillen? Heiligenbildchen? Während ich noch darüber nachdenke, glaube ich eine Bewegung in dem linken Glassarg zu sehen. Eine Maus? Oder nur der flackernde Schatten der Kerzen? Ich schaue genauer hin und stelle fest, dass dem heiligen Kasimir von Polen die Mütze ins Gesicht gerutscht ist. Schluck. Habe ich doch zu laut gespielt? Schon komisch. Da liegen sie nun seit Jahrhunderten still in ihren Kästen, und dann fällt einem plötzlich die Mütze vom Kopf. Vielleicht ist ja der Stoff mit der Zeit mürbe geworden.

Beinahe hätte ich jetzt meinen Einsatz verpasst, denn Lauretta kommt mit ihrer Rede schneller als erwartet zum Ende, weil sie in Schluchzen ausbricht. Das Taschentuch auf die Nase gepresst, von Bobo gestützt, setzt sie sich wieder auf die kissengepolsterte Bank, während ihre Zuhörerschaft – Maria Carrera ausgenommen – tief gerührt zurückbleibt.

Ich gönne der versammelten Gemeinde das weltberühmte »Ave Maria«, das Gounod auf das bachsche Präludium Nr. 1 komponiert hat. Cindy ist hin und weg – sie hat mich noch nie singen gehört, Claudia zeigt keine Regung. Während ich die letzten Töne gefühlvoll von mir lasse, steht sie auf und rennt wie von der Tarantel gestochen aus der Kapelle.

Irgendwie habe ich heute mit meinen musikalischen Darbietungen kein Glück. Na egal – ich habe mein Bestes gegeben, wenn ich einen Job mache, dann mache ich ihn richtig.

Die Luft in der Winzkapelle ist inzwischen so dick, dass man sie schneiden und in Würfeln hinaustragen könnte. Vorn flüstert Lauretta ihrem Bobo etwas zu, der steht auf und öffnet die Eingangstür. Kalte, frische Bergluft weht hinein, sodass Hochwürden, der jetzt nach vorn schreitet, das lila Gewand flattert. Die Totengedenkmesse besteht im Vorlesen langer lateinischer Texte aus dem blauen Buch, in das man mehrere Lesezeichen eingelegt hat. Ich bin enttäuscht, habe mir die Sache viel spannender vorgestellt, so mit Licht aus, beschwörenden Sprüchen und funkelnden Kerzenleuchtern. Aber vermutlich sehe ich zu viele Gespensterfilme.

Nachdem Hochwürden geendet hat, schließt er

feierlich das blaue Buch und legt es zurück an seinen Platz. Dann schaut er mich auffordernd an, und ich spiele schön brav einen der Choräle aus dem zerfledderten Buch. Als ich merke, dass sich die Zuhörerschaft langsam davonmacht, weil die Messe vorbei ist, gehe ich zu ein paar alten Beatles-Songs über, die auf dem Harmonium sehr fremd und erstaunlich zahm klingen. Als ich fertig bin, ist außer mir kein Mensch mehr in der Kapelle. Zumindest kein lebendiger. Ich habe sie alle erfolgreich hinausgeorgelt.

Draußen scheint die Sonne, die Berge liegen in einem unwirklich klaren Licht, jede Felsnase, die aus dem Schnee heraussteht, jedes Gipfelkreuz, auch die verschneiten Fichten auf den unteren Hängen sind wie mit der Nadel gestochen scharf zu erkennen. Die weißen Hänge glitzern so intensiv, dass ich blinzeln muss und meine Sonnenbrille vermisse. Ach, wie dumm, die liegt in meiner Münchner Wohnung in der Schublade. Langsam gefällt es mir hier, diese schneebedeckten Berge haben etwas Majestätisches, man fühlt sich wie ein Zwerg angesichts dieser mächtigen Erhebungen, und trotzdem verspürt man den Drang, sich mit den weißen Riesen zu messen. Sportlich gesehen, meine ich. Schade, dass ich nicht Skifahren kann. Vielleicht haben wir ja mal ein paar Stündchen frei, da könnte ich den Sepp überreden, uns einen privaten Skikurs zu geben. Und wenn die beiden anderen keine Lust haben, darf er mich ganz allein unterrichten … wo ist er überhaupt? War wohl zur Totengedenkmesse nicht eingeladen, der Glückspilz.

Im Hotel duftet es verführerisch aus der Küche – Gitti bereitet das Galadiner vor, das heute Abend zu Ehren des hundertjährigen Wiegenfestes stattfinden soll. Mit Musik natürlich. Hoffentlich ist Claudia dann wieder auf dem Damm, sonst müssen Cindy und ich verflucht kreativ werden. Ich entdecke im Vorübergehen einen kleinen grünen Gummiball, den jemand genau zwischen den Krallen der ausgestopften Schneeeule positioniert hat. Keine Chance, Papa. Spar dir deine düsteren Mahnungen. Hier im Grandhotel Alpenstern ist die Bergwelt in Ordnung, alles läuft zwar etwas skurril, aber genau nach Plan.

Nur meine armen Füße sind leider etwas abgestorben, aber das liegt an meiner eigenen dämlichen Vergesslichkeit. Ich setze mich auf die unterste Treppenstufe und ziehe Cindys Stiefel von den Füßen. Das schmerzt! Jetzt tauen meine Zehen langsam wieder auf. Aua. Jammer. Ächz. Stöhn. Ich wackele mit den lahmen Zehen und fluche vor mich hin, da stürzt auf einmal die wilde Jagd an mir vorbei.

Zuerst kommt Bobo die Treppe hinuntergetrampelt, Sigmar ist hinter ihm, als Letzter stolpert der Papagei Axel Klumpe treppabwärts. Ich quetsche mich an das wackelige Holzgeländer und habe nur eine Sorge – nämlich, dass mir einer auf die Zehen treten könnte.

»Was ist denn los?«, schreie ich hinter ihnen her und raffe Cindys Stiefel an mich.

»Hansi Krauss ist verschwunden!«, brüllt Sigmar.

Hansi Krauss, der Typ mit dem krummen Rücken und der blond gefärbten Mähne? Verschwunden? Oha, Henni. Vielleicht hat Papa ja doch nicht ganz unrecht, die erste Leiche kündigt sich an. Schade um den netten alten Herrn, er war eigentlich nicht übel. Dem anderen, dem Vollstrecker mit dem höhensonnengegerbten Antlitz, hätte ich es mehr gegönnt. Aber leider kann man sich die Todesfälle nicht aussuchen, man muss sie nehmen, wie sie kommen.

Eigentlich müsste ich jetzt auf die Suche gehen, es ist immer von Vorteil, als Erste am Tatort zu erscheinen. Aber angesichts meiner lädierten Füße, steige ich erst mal auf Socken die Treppe hinauf und klopfe an Cindys Tür.

»Hier deine Stiefel. Und vielen Dank auch …«

Audrey Hepburn steckt in einem weißen Kuschelganzkörperanzug, der ihr unfassbar gut steht.

»Was ist da los?«, will sie wissen.

»Hansi Krauss wird vermisst.«

Sie zieht die Stirn in Runzeln und bemerkt, dass der Herr mit dem rechteckig genickten Rücken auch nicht in der Kapelle aufgetaucht ist. Sie dachte, dass er vielleicht unpässlich sei. Zu viel gegessen oder so …

»So ein Haufen alter Leute ist wie ein Sack Flöhe«, meint sie leichtherzig. »Hüpft immer einer nebenraus.«

Tja, denke ich. Und manchmal dem Tod genau auf die Schippe.

Aber das behalte ich für mich, der Schock wird sie noch früh genug treffen, das arme Mädel. Stattdessen erkundige ich mich nach Claudia.

»Keine Ahnung. Die ist wortlos in ihrem Zimmer verschwunden. Kann sich auskurieren, Sigmar hat vorhin gesagt, dass wir bis heute Abend freihaben. Weil die Gäste nachmittags eine Schlittenfahrt machen.«

»Mit dem Pferdeschlitten?«, frage ich dämlich und trete von einem Fuß auf den anderen, weil es kalt ist.

»Nein, mit dem Rodelschlitten«, sagt Cindy.

Dieser Audrey-Hepburn-Verschnitt hat einen trockenen Humor.

»Die ganze Gesellschaft wird auf zwei Pferdeschlitten verladen«, erklärt sie. »Dann kutschieren sie der Sepp und einer seiner Kollegen durch die verschneiten Wiesen und Wälder.«

»Wie romantisch!«

Sie zuckt die Schultern.

»Ich kann drauf verzichten. Sorry, mein Smartphone klingelt …«

Ach je! Ist der Kampf um das Ledersofa immer noch nicht ausgestanden? Was will sie mit dem Teil? Ledersofas sind ungemütlich. Frag meinen Kater.

Ich überlege kurz, ob ich bei Claudia anklopfen soll, lasse es aber bleiben. Soll sie ruhig schlafen, sie hat es nötig. In meinem Zimmer ziehe ich rasch meinen Norwegerpulli an und stecke meine armen Füße in die leider immer noch feuchten braunen Stiefel. Dann eile ich wieder hinunter ins Erdgeschoss, um rechtzeitig am Tatort zu sein. In der Eingangshalle kommt mir der Papagei Klumpe entgegen, er bibbert vor Kälte und klopft sich den Schnee von der pinkfarbenen Jacke und den grünen Hosen.

»Habt ihr ihn gefunden?«, will ich wissen.

Er schüttelt den Kopf und hustet mich wortlos an.

»Habt ihr daran gedacht, dass er in seinem Badezimmer sein könnte? Vielleicht ist ihm schlecht geworden …«, frage ich.

»Da hat Frau Linz schon gesucht«, sagt er und will an mir vorbei. Aber ich halte ihn am Arm fest.

»Moment noch. Wann und wo wurde er zuletzt gesehen?«

Axel Klumpe bleibt widerwillig stehen und schüttelt meine Hand ab. Richtig angeekelt schaut er dabei aus. Ihhh – ein Weib.

»Das weiß keiner so genau. Die einen sagen, sie hätten ihn noch in der Halle gesehen, als wir hinüber in die Kapelle sind. Die anderen glauben, er sei beim

Aufstieg zur Kapelle zurückgeblieben. Und Frau Dupré behauptet sogar, ihn heute überhaupt noch nicht gesehen zu haben. Entschuldigen Sie mich jetzt, ich werde die Suche im Jagdzimmer fortsetzen …«

Chaos pur also – der arme Kerl könnte überall sein. Ich gehe zum Ausgang und schaue mich suchend um, entdecke Bobo oben bei der Kapelle, wo er mit einer Schneeschaufel wütet. Sigmar ist nicht zu sehen, ich höre ihn jedoch drüben im Küchentrakt mit Gitti diskutieren.

»In der Wohnung von dem Alten? Das ist doch Unsinn. Was soll er dort gesucht haben?«, fragt Gitti.

»Ich habe keine Ahnung. Aber er wollte gestern gleich nach seiner Ankunft dorthin geführt werden.«

»Das hast du doch wohl nicht getan, oder?«

»Natürlich nicht. Hab ja gar keinen Schlüssel.«

Da schau einer an. Die besten Infos bekommt man immer noch ungefragt mit dem Ohr an der richtigen Tür. Ganz sicher ist die Wohnung des verstorbenen Hotelbesitzers gemeint. Wie hieß er noch gleich? Irgendwas Adeliges. Von Otto. Von Otter. Na, so was Ähnliches halt. Sagte Sigmar nicht, dass der alte Herr oben im dritten Stock gewohnt hat, genau gegenüber von unseren Zimmern? Vielleicht hat sich Hansi Krauss ja einen Nachschlüssel besorgt? Ist in die Wohnung eingedrungen, während wir in der Kapelle die Totenmesse gehalten haben. Vielleicht um etwas Wertvolles zu suchen? Wobei ihm dann irgendetwas zugestoßen ist, das seine Rückkehr verhindert hat.

Ich spurte zum Treppenhaus. Die Sache ist heiß,

Henni. Wenn mich nicht alles täuscht, werde ich jetzt gleich eine Leiche finden. Dideldideldum ... dideldideldum ...

Mozart. Rondo aus der Klaviersonate Nr. 11. Türkischer Marsch.

Mein Smarty ... Gott, wo habe ich das jetzt gelassen? In meiner Notentasche. Und wo ist die Notentasche? Drüben im Speisesaal geblieben. Mit meiner Klarinette. Immer diese Schlamperei, Henni! Wieso kannst du deine Siebensachen nicht beisammenhalten? Rede dich bloß nicht auf den Enzian hinaus, eine Musikerin lässt Instrument und Noten auch im volltrunkenen Zustand nicht im Stich.

Und ihr Smartphone schon gar nicht.

Dideldideldum ... dideldideldum ...

Der Speisesaal liegt im Dämmerlicht, weil die wenigen noch vorhandenen Fensterläden zugeklappt und bislang nicht wieder geöffnet wurden. Das Frühstücksgeschirr steht ebenfalls noch auf dem Tisch, auch die Kaffeekannen, mehrere Butterschalen, Marmelade und verschiedene Körbchen mit aufgebackenen und inzwischen vertrockneten Semmeln. Außerdem sitzt dort Hansi Krauss, die Arme auf den Tisch gestützt, den Kopf auf seinem Frühstücksteller.

Man hat ihn ermordet und hierher an den Frühstückstisch gesetzt – wie hässlich. Oder ist er am Ende gleich nach dem Frühstück beseitigt worden? Hier, an diesem friedlichen Tisch zwischen Marmelade und Butter?

Dideldideldum ... dideldideldum ...

Halt die Klappe, Mozart. Ich habe jetzt keine Zeit. Kann überhaupt nur Oma dran sein, niemand sonst hat solch einen langen Atem. Vorsichtig schlage ich einen Bogen, nähere mich dem Ermordeten von hinten, bin darauf gefasst, ein Messer zu entdecken, das im Stuhlrücken steckt. Und damit auch im Rücken des armen Verblichenen.

Ein Messer ist nicht zu sehen. Vielleicht haben sie ihn erschossen. Erwürgt? Oder hat ihn bloß der Schlag getroffen? Ich bewege mich nun seitlich auf ihn zu, sein Oberkörper wirkt verkrampft, was wohl mit dem verkrümmten Rücken zu tun hat, die Hände sind in die Tischdecke gekrallt, der Ärmste muss unter großen Schmerzen verschieden sein.

Dideldideldum ... dideldidel...

Jetzt bin ich ungeschicktes Huhn doch gegen eine Krücke gestoßen, die jemand an einen Stuhl gelehnt hat, und das Teil fällt polternd um.

»Hallo?«, sagt Hansi Krauss. »Ist da jemand?«

Er ist gar nicht tot, er hat geschlafen. Als er mich sieht, strahlt er vor Glück und jammert, dass er einen eingeklemmten Nerv habe und nicht vom Stuhl hochkäme. Na so was! Ich eile zu ihm, stütze ihn, zerre den Stöhnenden von seinem Sitz, verpasse ihm seine Krücken und staune, dass er nun recht gut zu Fuß ist. Dein Rücken, das unbekannte Wesen.

»Auf einmal waren sie alle weg«, erzählt er aufgeregt. »Wenn Sie nicht gekommen wären, junge Frau, dann hätte ich hier bis zum Sankt-Nimmerleins-Tag sitzen können.«

»Aber nein«, tröste ich ihn. »Spätestens wenn Sigmar das Frühstückgeschirr abgeräumt hätte, wären Sie ihm aufgefallen.«

»Sie sind wirklich ein ganz reizendes Mädel«, sagt er und hebt den Kopf, um mich anschauen zu können. »Und Sie haben gestern so wunderschöne Musik gemacht.«

Wie lieb er ist, ich bin richtig froh, dass er nicht tot ist. Wir schaffen es die Treppe hinauf, wo uns im zweiten Stock Lauretta im goldenen wattierten Morgenrock und mit einem Turban auf dem Kopf über den Weg läuft.

»Hansi«, kreischt sie. »O mein Gott, wir haben uns solche Sorgen gemacht …«

Ihre Wiedersehensfreude hätte den wackeligen Knaben umgehauen, wenn ich ihn nicht gestützt hätte. Jetzt erscheinen weitere Gäste im Flur, Anton Drechsler im weißen Saunamantel mit dürren grau behaarten Beinen, Dietlinde Zuckerberg mit dem Rollator, Maria Carrera schaut nur kurz durch den Türschlitz und schließt die Zimmertür. Ich geleite den glücklich Geretteten bis zu seiner Luxussuite, wo er eilig dem Badezimmer zustrebt, weil die erweiterte Prostata ihn bedrängt.

»Hier«, sagt er und greift in seine Jacke. Zieht ein Portefeuille heraus und entnimmt ihm zwei Scheinchen. »Das ist für Sie, liebe junge Frau.«

»Aber das ist doch nicht nötig«, wehre ich mich.

»Sie haben mir das Leben gerettet!«

Dafür sind zehn Euro schon angemessen. Ich nehme

die Kohle gnädig an mich, bedanke mich liebenswürdig und empfehle mich. Durch ein Treppenhausfenster kann ich Bobo sehen, der den Hügel, auf dem die Kapelle steht, beinahe frei geschaufelt hat. Jetzt stellt er die Schneeschippe beiseite und fummelt sein Smartphone aus der Jacke. Vollführt eine resignierte Armbewegung und geht breitbeinig den Hügel hinab zum Hotel. Aha! Lauretta Linz ist im Besitz eines Mobiltelefons und kann es sogar bedienen. Da staunt frau doch.

Ich merke auf einmal, dass ich todmüde bin. Henni, dieser Fall kommt nur schleppend in Gang, mit der ersten Leiche war es schon wieder nix. Vielleicht lege ich ein kleines Mittagsschläfchen ein. Die Nacht war kurz, und der Abend könnte sich in die Länge ziehen. Aber erst mal hole ich Klarinette und Notentasche mit Smarty aus dem Speisesaal, wobei ich auf Gitti und Sigmar treffe, die mit schuldbewussten Mienen das Geschirr abräumen.

»Wie ein Sack Flöhe, diese alten Leute«, murmelt Gitti. »Hüpft immer einer nebenraus. Bin gespannt, wer der Nächste ist.«

Ehrlich gesagt: ich auch.

Oben in meinem Zimmer erwartet mich ein opulentes Katerbüfett. Walter hat sechs ausgewachsene Mäuse erlegt und auf meinem Kopfkissen der Größe nach aufgereiht.

»Igitt!«

Manchmal sind wir Menschen doch merkwürdige Wesen. Enttäuscht schaut Walterchen zu, wie ich seine Liebesgaben mitsamt dem Kopfkissen aus dem Fenster werfe und das Bett nach weiteren Leckerbissen absuche. Nichts. Zum Glück. Bäh, wie eklig! Ich weiche Walters vorwurfsvollem Blick aus und kraule ihn zärtlich hinter den Ohren. Immerhin sechs Tote. Wäre dies ein Katzenkrimi, hätten wir einen fulminanten Beginn.

Zu zweit machen wir es uns auf dem Federbett gemütlich, und ich fummele am Smarty herum. Na klar. Oma. Außerdem mehrere E-Mails von Basti mit tollen Kritiken des Lohengrin. Ricci und ihr Verlobter schicken Grüße per WhatsApp mit albernen kleinen Filmchen. Atzko postet ein Foto mit einer verschneiten Tanne. Anton, mein Agent, sendet eine vorweihnachtliche Rundmail an alle seine lieben Freunde und Goldesel. Werbung ohne Ende: Ich soll im neuen Jahr endlich den Entschluss fassen, gesund zu leben und mein Gewicht zu reduzieren. Außerdem ein neues Auto kaufen, verschiedene Sexartikel ausprobieren, eine neue Klarinette erwerben, endlich die geerbte Million vom Konto abheben, für das Rote Kreuz spenden und eine Petition gegen Windkraft unterzeichnen. Löschen. Löschen. Löschen.

»Hallo, Oma? Ich bin's, Henni. Hab deinen Anruf eben gerade verpasst …«

»Das habe ich gemerkt. Na? Erholst du dich gut? Muss ja wundervoll sein, so in der reinen Bergluft? Was ist denn diese Lauretta für ein Vogel? Man kann Ludowigas Empfehlungen nicht immer trauen, weißt du?«

Das weiß ich sehr wohl. Aber Oma hat keinen blassen Schimmer von meinen Steuerschulden. Braucht sie auch nicht zu erfahren, weil sie mir sonst die Leviten liest.

»Ist ganz in Ordnung«, flöte ich. »Bisschen überkandidelt, wie die Leute vom Film halt so sind. Wie geht's auf Kerchenstein?«

»Alles bestens. Es hat geschneit, wir bekommen weiße Weihnachten. Alessandro kommt übermorgen, wir werden gemeinsam feiern. Ach ja, hier steht auch ein Paket für dich. Ohne Absender. Wir wissen ja, von wem. Aber immerhin doch nett, dass er an dich denkt, nicht wahr?«

Uh – Papa schickt mir ein Weihnachtsgeschenk. Hoffentlich ist da nicht das drin, was ich vermute.

»Stell es in den Keller, Oma. Am besten ins Verlies.«

»Aber nein, Henni. Ich glaube, der Inhalt darf nicht feucht werden. Ach ja – heute früh war dein Verlobter hier. Er wollte dich überraschen …«

»Was für ein Verlob… ach so, Basti. Ist er wieder zurück nach Berlin gefahren?«

»Ja, leider. Wir wollten ihn ja gern über Weihnachten hierbehalten und ihm ein wenig auf den Zahn fühlen, aber er ist gleich wieder davon. Ein ganz wilder Autofahrer. Der Guckes Willi war sehr beeindruckt.«

Richtig. Wenn mein Moppeltenor hinter dem Lenkrad seines Wagens sitzt, wird er zum Formel-1-Piloten. Hoffentlich passt er auf sich auf – seine Fans würden ihn vermissen. Ich wohl auch. Ich mag ihn ja gern. Menschlich. Kameradschaftlich. Ist ein richtig netter Kerl, der Basti.

»Tja, dann wünsche ich dir ein frohes Fest, Oma. Grüß Alessandro von mir. Und alle anderen sowieso. Vielleicht komme ich am Heiligen Abend vorbei – weiß noch nicht genau. Spätestens zu deinem Geburtstag ...«

»Pass auf dich auf, Henni! Und zieh dich warm an, in den Bergen ist es kalt. Im Januar kriegt Sieglinde ihr Kind. Ich habe dich als Taufpatin vorgeschlagen, Mädel.«

Auch das noch! Brüllende Babys sind mir ein Gräuel, hoffentlich wird es ein Junge, dann kann sie ihn nicht »Henriette« nennen. Puh – dieser Tag birgt mehr Aufregungen, als für meine Nerven gut ist. Ich werfe das Smarty ans andere Ende des Betts und ziehe die Notentasche an mich, um für heute Abend gewappnet zu sein. Ein Galadiner für Giorgio Carboni! Vermutlich werden wieder Reden geschwungen und im Anschluss einer dieser alten Filme vorgeführt. Heute Mittag gibt's wohl nur einen kleinen Imbiss, jedenfalls hört man, dass unten in den Luxuszimmern serviert wird. Riecht nach Süppchen und Omelett. Was Leichtes, das die Mägen der Herrschaften nicht übermäßig strapaziert. Es ist überhaupt erstaunlich, was die so alles verdrücken. Allein dieser Schweizer Räucherspeck – ein Gedicht.

Hoppla, da finde ich in der Notentasche doch den dubiosen Notizblock wieder, der unter dem Treppenteppich herausgerutscht ist. Ob der am Ende noch von diesem alten Herrn, dem von Otto-sowieso, stammt? Vielleicht verrät er mir, wonach Hansi Krauss in seiner Wohnung suchen wollte?

Das Teil ist häufig benutzt worden, zumindest dem zerfledderten grauen Deckblatt nach. Innen ist das Papier eng mit Bleistift beschrieben. Du liebe Güte, das muss uralt sein. Wer schreibt denn heutzutage noch mit Bleistift? Den benutzt man höchstens noch beim Einkauf in diesem schwedischen Möbelhaus. Und wie ordentlich die Schrift ist. Wie gedruckt! Das muss ein kompletter Pedant gewesen sein, der sich hier Notizen gemacht hat. Allerdings hat er einen ziemlichen Käse aufgeschrieben. Was steht da?

*Montag halb elf Zahnarzt. Wurzelbehandlung!!!*

Ach je. Armer Kerl.

*Moldawien ist ein Land in Osteuropa. Nachbar: Rumänien. Vielfältige Landschaft aus Wäldern, felsigen Hügeln und Weinbergen. Anbau von Rotwein. Einwohnerzahl: 3,5 Millionen*

Wozu schreibt einer so was ab? Hat der kein Internet?

*Speck, 300 g. Drei Sorten Käse. Tomaten. Zwiebeln, Kirschwasser, Weißbrot, Gurken …*

Ein Kochrezept. Oder eine Einkaufsliste.

*Dreimal täglich nach dem Essen. Keine Milchprodukte.*

Aha, da hat er irgendein Medikament einnehmen müssen. Ein Antibiotikum. Vielleicht gegen eine vereiterte Zahnwurzel? *Fünfundzwanzig Ochsenaugen.*

*Frisch. Am Montag früh abholen. Sezierbestecke reinigen.*

Das ist ja widerlich! Ein Psychopath. Seziert fünfundzwanzig Ochsenaugen hintereinander weg. Ich halte die Aufzeichnungen eines Wahnsinnigen in Händen. Was steht denn da noch?

*Alkalimetalle: Lithium, Natrium, Kalium, Rubidium, Caesium, Francium. Europium. Yttrium. Samarium. Aus dem arabischen Wort für Pottasche entstanden. Besitzen spezifische Flammenfärbung.*

Was für ein Sammelsurium. Der Besitzer dieses Blöckchens muss ein Irrsinniger sein, der Kochrezepte sammelt, Ochsenaugen seziert und sich außerdem für Geografie und Geologie interessiert. Vielleicht ein früherer Gast? Wer weiß, wann die zuletzt die Treppe gewachst und dazu den Teppich abgenommen haben? Kann gut sein, dass dieser Block seit einem halben Jahrhundert dort gelegen hat. In diesem Fall hat sein Besitzer wohl längst das Zeitliche gesegnet.

Gelangweilt werfe ich das Fundstück auf die Kommode, verfehle sie jedoch, und das Teil segelt auf den Fußboden, wo Walterchen es mit einem Sprung erwischt. Er hat den Feind mit beiden Vorderpfoten gepackt, kämpft mit dem Knisterding, beißt hinein, schüttelt es tot. So, Frauchen. Da liegt der Papiertiger. Tut keinen Mucks mehr. Was war jetzt mit dem Mittagessen? Mein köstliches Menü hast du ja leider aus dem Fenster geworfen.

»Schon gut«, seufze ich und stehe auf, um den Aschenbecher zu spülen und ihm den Rest aus der

Dose daraufzukratzen. Er geht zielstrebig auf das Futter zu, schnuppert, schaut mich angewidert an, schnuppert noch mal, probiert vorsichtig mit der Zunge, schmatzt, schnuppert wieder und … frisst! Uff! Spannung – dein Name ist Walter.

Langsam verspüre auch ich wieder ein kleines Hungergefühl, mal nachschauen, was Cindy und Claudia so machen, vielleicht gehen wir gemeinsam in die Küche, um die Reste zu vertilgen. Claudia regt sich nicht auf mein Klopfen hin. Besorgt öffne ich ihre Zimmertür einen Spalt, sehe sie selig schlafend in ihrem Bett und schließe die Tür wieder. Gut so. Wenn sie sich jetzt gesund schläft, ist sie heute Abend wieder fit. Cindy wirkt ziemlich genervt, das Smartphone hängt am Aufladekabel, das sagt alles.

»Schau dir das an«, sagt sie und winkt mich zum Fenster. »Das Altenheim auf Ausflugsfahrt.«

Unten steht der hübsche Schlitten, mit dem der Lustenberger Sepp uns zum Hotel kutschiert hat. Gerade steigen Dietlinde Zuckerberg und ihre Intimfreundin Gerda Dupré mit Bobos tatkräftiger Hilfe ein, Maria Carrera im weißen Nerz und der pinkfarben verhüllte Axel Klumpe sitzen bereits auf ihren Plätzen. Klumpe macht nicht den Eindruck, dieser romantischen Schlittenfahrt freudevoll entgegenzusehen. Sepp hält die unruhige Stute am Zaumzeug fest, damit die Herrschaften es sich in aller Ruhe unter der warmen Felldecke gemütlich machen können. Ach, wie schade – wenn er die Altertümer jetzt durch den verschneiten Winterwald kutschiert, wird es heute wohl nichts mehr mit dem Skiunterricht. Mist, dass im Winter die Tage so kurz sind. In zwei bis drei Stunden setzt schon die Dämmerung ein, und im Dustern kann man alles Mögliche tun, aber nicht Skilaufen.

In einem zweiten Schlitten, den doch tatsächlich der Herr Bürgermeister persönlich kutschiert, warten bereits Lauretta Linz mit Anton Drechsler, gerade hievt Bobo den ächzenden Hansi Krauss auf die gepolsterte Sitzbank. Respekt. Der alte Herr pfeift auf seinen eingeklemmten Nerv und lässt sich das Vergnügen der winterlichen Schlittenfahrt nicht nehmen. Vermutlich hat er ein Schmerzmittel geschluckt. Jetzt plaudert er angeregt mit Lauretta und streckt unter der Felldecke die Beine aus. Bobo nimmt neben seiner Gönnerin Platz, der Herr Bürgermeister tupft auf die Kruppe des Zugtieres, und Sigmar lässt das Zaumzeug des Rappen los. Die Pferde sind heute ungewöhnlich unruhig, finde ich. Ob es am Wetter liegt? Die Sonne wird immer wieder von grauen Schleierwolken verhüllt, die eilig vorüberziehen, während die nächsten schon am Horizont auftauchen.

»Wir kriegen Sturm«, behauptet Cindy.

»Wer sagt das?«

»Meine Wetter-App.«

»Dann lass uns schnell runter in die Küche gehen, solange es noch Futter gibt«, scherze ich.

Unten hat niemand auf uns gewartet. Gitti ist mit Sigmar in Richtung Speiseraum unterwegs, angeblich um die Tafel für das Galadiner zu decken, man hört jedoch weder Tellerklappern noch Gläserklirren.

Vielleicht gönnen sie sich ein kleines Schäferstündchen, soll ja zur Wiederherstellung der Arbeitskraft hilfreich sein. Cindy und ich sitzen einsam am Campingtisch, löffeln die erkalteten Reste des Kräuterrahmsüppchens, kratzen das letzte Rührei aus der Pfanne und fallen dann über den fein geschnittenen Räucherspeck mit Baguette und Schweizer Käse her. Wir essen uns satt, belegen ein paar Baguettes für später – vielleicht hat Claudia ja nachher Hunger – und verkrümeln uns damit nach oben. Komisch, wie leer und unheimlich der alte Kasten doch ohne die netten alten Leutchen ist. Kein Ort, an dem man sich freiwillig länger aufhalten möchte, zumindest nicht wir Flachlandstädterinnen. Dem alten Herrn, der hier oben gewohnt hat, dem von Otto-noch-was, hat es wohl nichts ausgemacht. Aber der war hier geboren und mit den Schönheiten und Gefahren der Bergwelt auf Du und Du.

Cindys Wetter-App behält recht – der Himmel hat sich grau bezogen, hinter den Bergen steigen schwarze Wolkenmonster auf, und der Wind hat ordentlich aufgefrischt. Man hört es überall im Hotel knacken und knirschen, die losen Fensterläden klappern, das Gebäude stöhnt, weil es ein weiteres Mal dem Sturm standhalten muss. Zumindest hoffen wir, dass der gute alte Kasten es noch einmal schafft, es wohnt sich hier in der Gegend doch wesentlich bequemer mit einem Dach über dem Kopf.

Cindy und ich sitzen in meinem Zimmer beieinander und machen dumme Scherze über Termitenplagen, Wirbelstürme und Lawinen, um unsere Nerven zu beruhigen. Walter hat auf seinen Nachmittagsrundgang aus wetterbedingten Gründen verzichtet, er liegt auf Cindys Schoß und lässt sich von Audrey Hepburns zarten Fingern den Nacken kraulen. Als mein zweiter und letzter Fensterladen sich mit einem ächzenden Laut verabschiedet und zu seinem Partner in die Tiefe stürzt, klopft es an der Tür.

»Ich glaube, wir haben eine steife Brise«, sagt Claudia, die aus Pinneberg kommt.

»Das nennt man hierzulande einen Schneesturm mit Neigung zum Orkan«, ermutige ich sie. »Komm rein, wir haben dir was zu essen organisiert.«

Sie hat Hunger! Wir sind begeistert, gratulieren ihr zur Genesung, versprechen, ihr nie, nie, nie wieder einen Enzian einzuschenken, auch kein Bier, keinen Wein, keinen Champagner. Nur noch Tee. Großes Indianerehrenwort. Trotz des immer stärker anwachsenden Sturms sind wir jetzt guter Laune, es wird gelacht und gewitzelt, wir planen das Programm, das wir heute Abend spielen wollen, erzählen uns gegenseitig, was wir machen werden, wenn das Wochenende vorbei ist. Cindy will noch schnell vor Weihnachten in die neue Wohnung einziehen, nach den Ferien gibt sie Unterricht im Konservatorium, außerdem stehen im März schon wieder die Passionskonzerte in den Kirchen an, die immer ganz einträglich sind. Claudia will an verschiedenen Opernhäusern vorsingen, momentan lebt sie noch vom Gesangsunterricht an der Hochschule und von kleinen Gigs.

Ihre großartigen Kompositionen will leider niemand aufführen. Ich verspreche, mich für sie einzusetzen, und sie ist überglücklich.

»Sag mal, müssten die alten Herrschaften nicht langsam von der romantischen Schlittenfahrt zurück sein?«, mischt Cindy sich in unsere fröhlichen Gespräche ein.

Sie hat recht. Wobei ich heftig daran zweifle, ob sie die Romantik dieser Schlittenfahrt so recht genießen konnten. Möglich, dass sich der Ausflug vielmehr zu einem Höllentrip ausgewachsen hat …

»Und wenn sie abgestürzt sind? Oder von einer Lawine verschüttet wurden?«, überlegt Claudia beklommen.

»Ach was«, meint Cindy. »Der Sepp und sein Vater, die kennen sich doch in den Bergen aus. Wahrscheinlich sind sie unten im Dorf geblieben und warten besseres Wetter ab.«

»Oder sie stehen windgeschützt irgendwo im Wald …«

Wir schauen aus dem Fenster. Draußen ist es dämmrig, der Sturm heult und pfeift um die Ecken. Man sieht seltsame Schleiernebel aufsteigen und vorüberwehen, die Wälder erscheinen dunkel, auf den Fichten liegt kaum noch Schnee, dafür bewegen sich ihre Wipfel hin und her.

»Im Wald zu stehen, ist bei diesem Wetter vielleicht gar keine so gute Idee«, sinniert Cindy.

Über uns löst sich ein weiterer Fensterladen und fliegt seitlich davon.

»Hier im Hotel zu bleiben, vielleicht auch nicht«, flüstert Claudia ängstlich.

Vermutlich ist der sicherste Ort momentan die kleine Kapelle, denn sie trotzt seit etlichen Jahrhunderten allen Stürmen. Allerdings würden mich keine zehn Pferde dorthin bringen, selbst wenn wir einen Schlüssel hätten. Weil ich todsicher bin, dass mir die beiden Herren im Brokatgewand die Beatles-Songs heute Vormittag schwer übel genommen haben. Dem einen fiel vor Ärger sogar der Hut vom Knochenschädel.

»Und was machen wir, wenn der Sturm länger andauert und sie erst morgen oder übermorgen zurückkommen?«, überlegt Cindy.

»Urlaub«, meine ich schulterzuckend. »Skifahren, rodeln, schneewandern und so. Mal so richtig ausspannen.«

Claudia und Cindy starren mich mit großen Augen an.

»Das war ein Witz!«, erkläre ich. »Keine Ahnung, was wir dann machen. Auf jeden Fall haben wir das Galadiner dann für uns allein.«

»Vergiss es, Henni«, sagt Cindy. »Da kommen sie!«

Durch das Heulen des Sturms werden jetzt Stimmen hörbar. Grollende Töne im Bass – vermutlich stammen sie von Anton Drechsler. Mehrere kreischende Stakkati im Diskant – das sind Dietlinde Zuckerberg und Lauretta Linz. Die Mittelstimmen werden von Gerda Dupré und Maria Carrera gehalten. Hie und da ein schüchterner Erklärungsversuch des armen Lustenberger Sepp im Bariton.

»Interessant«, sagt Claudia verträumt. »Was für eine anregende Tonmischung …«

Oh, diese Künstler! Wut, Schmerz, Kummer, Elend, kalte Füße oder abgefrorene Nasen – alles nur Material für ihre Werke. Ein zorniger Ruf vom Hof her bringt uns in die Realität zurück.

»Sepp? Kommst du jetzt endlich? Ich kann die Pferde nicht mehr lange halten!«

»Brauchen die unsere Hilfe?«, überlegt Cindy.

»Könnte gut sein«, stimme ich bei.

»Um Gottes willen – ja!«, ruft Claudia, aus ihrem kreativen Anfall erwachend.

Wir kommen gerade zur rechten Zeit, um der aufgeregten Dietlinde samt ihrer Freundin Gerda beim Treppensteigen tatkräftige Unterstützung zu leisten.

»Ich will sofort nach Hause!«, kreischt Dietlinde. »Auf der Stelle. Keine Minute bleibe ich mehr in diesem grässlichen Hotel.«

»Sei doch vernünftig«, beruhigt sie Gerda. »Solange es stürmt, können wir sowieso nicht von hier fort.«

»Umbringen will sie uns, die Verrückte!«

»Für den Sturm kann Lauretta nichts, Diddilein ...«

Ihre Pelze tragen Eisspitzen, die Kopfbedeckungen sind voller Schnee, Beine und Füße angeblich komplett vereist. Auch den übrigen Geburtstagsgästen hat das Wetter übel mitgespielt. Der Sturm hat die schützenden Decken davongeweht, Anton Drechsler hat seine Pelzmütze eingebüßt, Maria Carrera vermisst einen blauen Kaschmirschal, Lauretta behauptet, dass ihr Nase, Kinn und Zehen erfroren seien. Axel Klumpe geht steif, als hätte er einen Eisklumpen zwischen den Beinen, nur Bobo, als echter Russe, scheint mit Sturm und Kälte vertraut zu sein. Er schüttelt fröhlich ein Häuflein Schnee von der Mütze, seine rot gefrorenen Ohren stören ihn nicht im Geringsten.

Es dauert ein Weilchen, bis auch Gitti und Sigmar erscheinen und sich der armen Erfrorenen annehmen. Sigmar widmet sich den beiden alten Herren, er entzündet mollige Feuerchen in den Kaminen der Luxussuiten, zieht ihnen die Beinkleider aus und reibt die gefrosteten Extremitäten mit Schnee ab. Cindy und Claudia kümmern sich um Dietlinde und ihre Gerda, Gitti lässt sich gerade von Lauretta die Leviten lesen – wieso ist nichts vorbereitet, heißes Badewasser, Feuer in den Kaminen, Glühwein, Kaffee, Tee? Ich klopfe hilfsbereit bei Maria Carrera an und erhalte den Auftrag, den Badeofen anzuheizen. Die Carrera hat die Schlittenfahrt im Schneesturm erstaunlich gut weggesteckt, ihre einzige Sorge gilt Axel Klumpe, der wie ein Häuflein Elend bibbernd auf dem Prachtsofa hockt und nur in abgehackten Silben sprechen kann.

»Da … das war … die … Hölle … Ich … bin … tot … tot …«

Schon wieder ein Scheintoter. Henni, aus diesem Fall kann nichts mehr werden. Muss ja auch nicht. Ein netter Urlaub in den Bergen genügt mir vollkommen. Ich kämpfe eine geschlagene Viertelstunde mit dem verflixten Badeofen, der immer wieder den Geist aufgibt, weil seine Heizstäbe jahrzehntelang nicht mehr benutzt wurden. Schließlich tut es einen heftigen Knall, und wir sitzen im Dunkeln. Hauptsicherung rausgeflogen. Vermutlich wegen Überlastung des maroden Stromnetzes.

»Keine Panik«, schreit Sigmar im Flur. »Ist gleich behoben!«

Man hört ihn die Treppe hinunterlaufen. Schweigen breitet sich aus, nur der Sturm fegt unentwegt über die Berge und singt sein wildes Lied. Die Dunkelheit legt sich lähmend über uns alle, ich ärgere mich halb tot, weil ich mein Smarty mit der Taschenlampenfunktion oben im Zimmer gelassen habe.

»Du brauchst keine Angst zu haben«, sagt eine Frauenstimme.

Drüben im Salon der Suite flammt eine Kerze auf. Maria Carrera erscheint im flackernden Schein. Gekleidet ist sie in einen grauen flauschigen Morgenmantel, der bis auf den Boden reicht. Mit der Kerze in der Hand geht sie zu dem panikstarren Axel Klumpe, setzt sich neben ihn und streichelt seinen Rücken.

»Jetzt ... jetzt ... kommt ... er«, flüstert Klumpe. »Er nutzt ... die Dun... Dunkelheit ... will ... uns ... alle holen.«

»Das ist Blödsinn, Axel«, sagt Maria ärgerlich. »Du siehst zu viele Horrorfilme.«

Aber Axel Klumpe schüttelt eigensinnig den Kopf. Im Kerzenschein wirkt er totenbleich, die nassen schwarzen Haarlocken kleben an seiner Stirn fest. Er würde selbst sehr gut in einen Gruselfilm passen, finde ich.

»Ich hab's ... hab's doch genau ... genau gesehen. Er hat sich bewegt. Der ist nicht tot, das ist ein Wiedergänger. Der kommt in der Nacht ... holt sich seine ... Opfer ...«

»Sei doch nicht albern, Axel!«, schimpft Maria. »Das sind mumifizierte Heilige, die sind seit Jahrhunderten tot. Und außerdem ist er in einem Glaskasten eingeschlossen.«

Der bibbernde Axel bleibt jedoch starrsinnig bei seiner Meinung. Er habe gleich nach der Totenmesse ein Pentagramm über die Zimmertür gemalt und auch auf alle Fensterbänke. Es sei nur nicht sicher, ob Wiedergänger von Heiligen auf Pentagramme reagieren.

»Sonst müssen wir uns in der Küche Knoblauch besorgen …«

Im Flur sind plötzlich seltsame Geräusche zu vernehmen, eine Stimme, die keiner menschlichen Kehle entstammt, singt eine wortlose Arie. Eine andere tiefer gelegte antwortet, moduliert durch mehrere Tonarten, steigert sich zum Diskant und geht in ein wütendes Fauchen über.

»Was ist das?«, haucht Axel mit bebender Stimme.

»Katerliebe«, sage ich. »Walter von Stolzing gibt seine Verlobung mit Mademoiselle Blanche von Linz bekannt.«

Das Licht flackert auf, verlischt, kommt zurück. Der Badeofen springt an, stottert, geht wieder aus. Ich drücke alle Knöpfe und bringe das alte Teil dazu, seinen Dienst zu tun.

»Alles gut«, rufe ich hinüber. »In zwanzig Minuten können Sie baden!«

»Wunderbar! Vielen Dank, wir kommen jetzt allein zurecht«, sagt Maria Carrera und reicht mir einen Schein, den ich unbesehen einstecke.

Da Axel Klumpe sich anschickt, Jacke und Hosen auszuziehen, beeile ich mich, die Luxussuite zu verlassen. Es gibt durchaus Männer, die man gerne nackt betrachtet – Axel gehört nicht dazu. Im Flur ist ein heißer Kampf im Gange. Lauretta, im lila Flattermantel, drückt ein schneeweißes jaulendes, zappelndes Fellwesen an sich und wehrt meinen liebestollen Kater mit zornigen Fußtritten ab. Walter ist im Rausch, er spürt keinen Schmerz. Anstatt zu flüchten, hängt er sich jetzt an Laurettas Hausschuh aus lilafarbenem Flausch und droht, seine Feindin zu Fall zu bringen.

»Entschuldigung«, sage ich, packe den grauen Ritter beim Nackenfell und pflücke ihn von seinem flauschigen Sitz. Walter faucht mich böse an, in Liebes- und Futterangelegenheiten kennt er keine Kompromisse. Ich auch nicht.

»Ist das etwa *Ihr* Kater?«

»Aber nein!«, rufe ich aus und eile mit dem zappelnden Walter davon.

Das ist die pure Wahrheit. Einen Kater besitzt man nicht, man ist höchstens seine Futterspenderin und Bettgenossin.

Walter faucht böse und unternimmt mehrere Fluchtversuche, weil ich ihn festhalte, schlägt seine Krallen in meinen Pullover und das, was drunter ist. In meinem Zimmer springt er aufs Bett, dreht mir ärgerlich den Rücken zu und beginnt, sein gesträubtes Fell glatt zu lecken.

»Liebe ist eine Krankheit«, doziere ich. »So wie Pest und Cholera. Oder Katzenschnupfen.«

Er spuckt ein Stückchen von Laurettas Hausschuh aus und glaubt mir nicht. Ich fürchte, dieser Urlaub in den Bergen ist nicht nach seinem Geschmack. Zu allem Unglück ist auch das Katzenfutter ausgegangen – ich muss bis zum Galadiner warten, um meinem liebeskranken Ritter wenigstens ein Lachsröllchen zu bieten. Seufzend schaue ich auf die Uhr: schon kurz vor sieben. Um acht ist das Festessen angesetzt, da bin ich mal gespannt, wer von den alten Leutchen noch die Energie hat, daran teilzunehmen. Immerhin hat der Sturm ein wenig nachgelassen, das Geknirsche und Geklapper im Holz des Hotels ist leiser geworden, auch das unheimliche Pfeifen und Heulen dringt nur noch ab und zu an die Ohren. Claudia klopft an, streckt den Kopf durch den Türschlitz und erklärt, sich bis zum Abend noch ein wenig ausruhen zu wollen. Cindy verschwindet wortlos in ihrem Zimmer, gleich darauf hört man sie mit ihrem Smartphone reden. Walter reagiert kühl auf mein zärtliches Streicheln, er lauert auf die nächste Gelegenheit, die Zimmertür zu öffnen und sich wieder auf Liebespfade zu begeben. Auch ich denke über die Liebe nach. Morgen früh ist die Geburtstagsfeier vorbei, der unermüdliche Sepp wird uns per Schlitten zum Bahnhof fahren, und dann heißt es Abschied nehmen. Wie schade. Da trifft man einmal einen Mann, der es wert wäre, sich ein wenig mit ihm zu beschäftigen, und dann findet man keine Gelegenheit dazu. Sigmar und Gitti haben es richtig gemacht. Es gibt im Leben eben Chancen, die muss man ergreifen, sonst hat man sie verpasst. Für immer und ewig verpasst …

Durch das Sausen des Windes ist jetzt das Gebimmel der Kapelle zu hören. Es klingt jämmerlich und verloren in der Dunkelheit. Draußen ziehen Wolken am Mond vorbei, ihre Schatten kriechen wie böse Geister über die schneebedeckten Flächen, legen sich über die Kapelle, gleiten nach und nach auf das Hotel zu. Mir fällt wieder ein, was Axel Klumpe vorhin gesagt hat. Wenn auch er bemerkt hat, dass sich im Glaskasten des heiligen Kasimir etwas bewegt hat, dann habe ich mich doch nicht getäuscht. Da ich an Wiedergänger nicht glaube, vermute ich mal eher, dass sich dort Mäuslein eingenistet haben. Das müsste man mal dem eifrigen Hochwürden melden, schließlich ist er für seine Heiligen verantwortlich. Früher, als sie eingekauft wurden, haben sie bestimmt eine schöne Stange Geld gekostet. Apropos Geld. Da ist ja noch ein Scheinchen in meiner Tasche.

Das Trinkgeld der Carrera erweist sich als Hunderteuroschein. Ich muss mich erst mal hinsetzen, drehe das grüne Teil in den Händen hin und her, grübele über die seltsamen Launen alter Leute nach und stecke den Hunni ins Portemonnaie. Perfekt. Da ist sogar noch ein Abend beim Italiener für Frauchen drin.

Ups, schon halb acht. Zeit, sich für den großen Auftritt fertig zu machen. Endspurt sozusagen. Morgen um diese Zeit sind Walter und ich schon in München, möglich, dass Claudia anruft oder sogar vorbeikommt. Und wenn wir ganz großes Glück haben, zahlt uns Lauretta morgen früh unser Honorar aus, gönnt uns armen Musikanten noch eine Weihnachtszulage, und ich kann jede Menge Weihnachtsgeschenke einkaufen. Für mich und für alle, die ich gerne mag. Für Oma. Und für Walterchen …

Vor lauter Begeisterung wäre ich um ein Haar in Socken hinuntergelaufen. Die liebe Claudia hält mich zurück und gibt mir ihre High Heels, die sie mit Papiertaschentüchern ausgestopft hat, damit sie mir besser passen.

»Ich bin so froh, dass du sie trägst«, sagt sie. »Ich traue mich ja doch nicht.«

»Warum hast du sie dann gekauft?«

»Weil ich sie so schön finde …«

Ich nehme mir vor, meine liebe Freundin Claudia spätestens an Silvester in ein schickes Kleid zu stecken und ihr die hochhackigen Lieblingsschuhe zu verpassen. Dem Mädel fehlt nur etwas Mut – davon kann Henni ihr jede Menge abgeben. Unten im Speisesaal riecht es nach Leberknödelsuppe, Fichtennadeln und Katerpisse. Mein Liebling hat überall im Hotel Duftmarken gesetzt, um seine Liebste zu beeindrucken. Sigmar legt letzte Hand an die Festtafel, teilt gefaltete Servietten aus und kommt dann auf die tolle Idee, die Kerzen am Weihnachtsbaum zu entzünden, der dicht neben dem Klavier steht.

»Willst du uns entflammen?«

»Befehl von oben. Passt halt ein wenig auf!«

Wir rücken das Klavier ein Stück zur Seite und richten uns mit Notenständern und Instrumenten ein. Cindy stimmt das Cello, ich verteile Noten, Claudia kämpft mit dem Klavierschemel, unter dessen Polsterung sich eine Sprungfeder gelöst hat.

»Achtung – sie kommen!«

Heute Abend geben wir noch mal alles. Die Altertümerchen auch. Trotz Erfrierungen, eingeklemmter Nerven und müder Knochen erscheinen sie vollzählig zum Galadiner. Die Herren im Smoking, die Damen in großer Abendrobe. Axel Klumpe im lilafarbenen Anzug mit rosa Krawatte und gelben Schuhen. Bobo in schwarzer Lederkluft, die er durch eine silberne Kette um den Hals salonfähig gemacht hat. Besonders die exklusiven Gewänder der Damen sind sehenswert, Claudia ist so beeindruckt, dass sie wild durch die Gegend moduliert und Cindy und mich brutal durch den Quintenzirkel hetzt. Wir spielen »Marina, Marina …« durch verschiedene Tonarten hindurch, dann versetzt Cindy dem Klavierschemel einen kurzen Tritt, und Claudia kommt wieder zu sich. Lauretta im schulterfreien lindgrünen Abendkleid und Dietlinde im cremeweißen durchsichtigen Tüllgewand – so was sieht unsereiner nicht alle Tage. Die alten Damen haben eben Mut, Claudi. Nimm dir ein Beispiel.

Wir nudeln die schönen alten Schlager in verschiedenen Variationen herunter, mischen »Schau mich bitte nicht so an« mit »Tiritomba«, frischen auf mit »Der Theodor im Fußballtor« und »Die süßesten Früchte fressen nur die großen Tiere« und lassen den seligen Vico aufleben bei »Bonsoir, Bonsoir«. Währenddessen serviert Gitti die Suppe, Sigmar kredenzt Wein – hie und da kommen leise Gespräche in Gang. Nach der Suppe gibt es eine Vorspeise von auserlesenen Meeresfrüchten, zu denen Champagner gereicht wird, der die Stimmung um weitere Grade ansteigen lässt. Wir spielen passend zum Essen das Lied von den Capri-Fischern, danach erhebt sich Lauretta, um eine Rede auf den Verstorbenen zu halten.

»Meine lieben Freunde …«

Da wir nichts zu tun haben, blättern wir in den Noten herum, Cindy putzt sich so leise wie möglich die Nase, ich steige aus den High Heels, weil meine Füße gleich taub sind. Währenddessen schildert Lauretta ihre erste Begegnung mit dem Verblichenen, die Seligkeit der jungen Liebe, das Glück, einen Menschen gefunden zu haben, an dessen Seite eine Frau sich geliebt und geborgen fühlt …

»Nur wenigen auf dieser Erde wird solches Glück zuteil, meine Lieben. Eine Ehe in völliger Harmonie vom ersten bis zum letzten Tag …«

Beneidenswert. Die Zuhörer nicken andächtig, Dietlinde stochert in ihren Meerestieren, Hansi Krauss dreht an seinem Hörgerät herum, Maria Carrera lässt das dritte Glas Champagner durch ihre Kehle fließen. Lauretta schildert ausführlich, dass gemeinsame Interessen und gegenseitiger Respekt der Stoff sind, aus dem eine gute Ehe gemacht ist. Gitti wartet drüben an der Tür mit einem Servierwagen, auf dem sich der Hauptgang befindet. Zartes Gemüse, Prinzesskartöffelchen, Fleischplatten. Was mag darauf sein? Zunge? Rehrücken? Täubchen? Froschschenkel?

»Absolute Treue war für uns beide oberstes Gesetz …«

Es klirrt, weil Maria Carrera das Champagnerglas

aus der Hand geglitten ist. Während Sigmar herbeistürzt, um die Scherben aufzulesen, hat sie einen Lachanfall. Axel Klumpe muss ihr auf den Rücken klopfen, sonst wäre sie möglicherweise erstickt. Lauretta blickt indigniert in Marias Richtung.

»Du solltest nicht so viel trinken«, bemerkt sie anzüglich.

Maria hustet ausführlich. An der Festtafel herrscht plötzlich eine ungewöhnliche Spannung. Irgendwas ist da im Busch, von dem wir ahnungslosen jungen Leute nichts wissen.

»Und du solltest nicht so viel reden!«, kontert jetzt Maria.

Axel Klumpe beeilt sich, sie am Arm zu fassen und leise auf sie einzuflüstern, Bobo murmelt beschwichtigende Worte in Laurettas Richtung. Anton Drechsler betupft sich nervös das Kinn mit der Serviette, Hansi Krauss hat das Hörgerät vom Ohr gepflückt und schüttelt es ärgerlich. Batterie leer – gerade jetzt, wo es spannend wird.

»Ich warne dich, Maria!«, sagt Lauretta. »Falls du vorhast, dein Gift zu verspritzen, wirst du es bereuen …«

Maria lässt ein schrilles Gelächter ertönen. Lauretta hat recht, die Gute hat eindeutig zu viel Champagner intus. Claudia wirft mir einen entsetzten Blick zu, solche Auftritte sind ihr furchtbar peinlich.

»Du kannst mich nicht einschüchtern, Lauretta«, ruft Maria laut aus. »Was wahr ist, soll auch wahr bleiben!«

Jetzt geht alles so schnell, dass wir Musiker kaum noch mitkommen. Ein wahres Kreuzfeuer an Worten und Blicken, an wütendem Zischen, kreischendem Gelächter, zornigen Ausfällen.

»Wage es nicht, Giorgios Andenken zu beschmutzen!«, kreischt Lauretta, und ihre entblößten Schlüsselbeine beben.

»Beschmutzen? Richtigstellen will ich es, das bin ich ihm schuldig. Giorgio war kein Heiliger, er war ein Mann. Und was für einer!«

»Du infames Biest …«

Lauretta versucht, Maria mit ihrem Besteck zu bewerfen, was Bobo geistesgegenwärtig verhindert.

»Meine Damen!«, ruft Anton Drechsler dazwischen. »Ich muss doch sehr bitten! Wir sind hier auf einer Geburtstagsfeier …«

»Halt die Klappe, Anton!«, sagt Maria und bekommt dabei einen Schluckauf. »Wir wissen alle … dass du … jahrelang …«

Anton Drechsler fährt von seinem Stuhl hoch und brüllt: »Keine Indiskretionen! Setz dich hin, Lauretta. Und du auch, Maria!«

Die Damen hören nicht auf seinen Befehl. Lauretta gibt Bobo eine schallende Ohrfeige, Maria stößt Axel Klumpes beschwichtigende Hand von sich.

»Zwölf Jahre lang war ich Giorgios Geliebte«, ruft Maria Carrera laut aus. »Er hat die Heirat mit dir schon gleich nach der Hochzeitsnacht bereut, Lauretta. Weil du eine frigide Ziege bist und ihn nur geheiratet hast, um in seinen Filmen spielen zu dürfen!«

Donnerwetter! Da sind ja stapelweise Leichen im Keller. Von wegen harmonische Ehe und ewige Treue. Jetzt bricht Lauretta in Tränen aus, Dietlinde und Gerda versuchen, sie zu trösten, Hansi Krauss steckt das Hörgerät resigniert hinters Ohr, Bobo starrt Maria Carrera wütend an.

»Giorgio hat sehr bald gemerkt, wie talentlos du bist«, fährt Maria unbarmherzig fort. »Deshalb hat er später *mir* die Hauptrollen gegeben.«

»Bringen Sie sie endlich zum Schweigen!«, befiehlt Anton Drechsler dem erschütterten Axel Klumpe. »Nun machen Sie schon, Sie lächerliche Schwuchtel!«

Axel erstarrt bei dieser Anrede. Bobo dreht sich langsam zu Anton Drechsler um und zeigt mit dem Finger auf ihn.

»Du sollst ihn nicht beleidigen. Sonst du hast zu tun mit Bobo!«

»Tu Anton nichts an!«, kreischt Lauretta durch die Tränen hindurch. »Um Gottes willen, Bobo. Tu ihm nichts an!«

Maria findet Laurettas Angstgeschrei außerordentlich komisch.

»Hast du Angst um deinen Lover?«, lacht sie. »Wir wissen doch alle, dass du es jahrelang mit ihm getrieben hast. Und weißt du auch, warum er so schrecklich hinter dir her war? Nicht etwa, weil du so unwiderstehlich schön warst, meine Liebe, sondern aus purer Berechnung …«

»Halt den Mund, Maria! Ich flehe dich an …«, ruft Anton Drechsler beschwörend.

Aber Maria Carrera ist heute Abend nicht zu bremsen. Jetzt bekommen wir zu hören, dass der gute Anton ein Fähnchen im Winde gewesen ist.

»Er hat schnell gemerkt, dass du nichts für ihn tun kannst, und daher ist er zu mir gekommen«, sagt Maria genüsslich. »Und schwups, da hatte er schon seine Rolle. Der arme Giorgio war mir ja völlig hörig. Im Bett ist Anton allerdings der Bessere gewesen, so fantasievoll und omnipotent ...«

Unfassbar. Wir drei Mädels kommen uns wie Waisenkinder vor. Die hatten's drauf, die Altertümerchen. Höchstens Oma könnte da mithalten. Wir, die junge Generation, sind doch rettungslos verspießbürgert.

»Du Schlange! Falsches Aas! Widerliche Schleimkröte. Nutte. Dreckiges Stück Mist...«

»Wenn du mit der Aufzählung fertig bist, können wir vielleicht weiteressen!«, sagt Maria Carrera ungerührt mit Blick auf Gitti, die mit vorquellenden Augen neben ihrem Servierwagen steht.

»Danke«, sagt Anton Drechsler und steht auf. »Mir ist der Appetit vergangen. Empfehle mich, die Damen.«

»Feigling!«, schreit ihm Lauretta hinterher. »Betrüger. Das wird ein Nachspiel haben. Jahrelang habe ich dich geliebt, dir bedingungslos vertraut. Und dabei hast du mich mit diesem Miststück betrogen ...«

Sie muss schon wieder weinen. Jetzt tut sie mir richtig leid. Klar, sie hat diesen Giorgio aus Berechnung geheiratet, aber Maria und Anton haben sie ebenso kalt und berechnend ausgetrickst. Ein Haifischbecken, diese Filmwelt. Wer kann schon ahnen, dass sich hinter den beschaulichen Heimatfilmchen wie *Der Wilderer vom Aubachtal* oder *Marie, du meine große Liebe* solche Intrigen und Tragödien abgespielt haben.

»Was regst du dich auf, Lauretta?«, meint Maria und hält Sigmar ihr Glas hin, damit er ihr Champagner eingießt. »Er hat sich ja auch zu dir ins Bett gelegt. Allerdings ungern, das hat er mir häufig gesagt. Du hast nie begriffen, wie man einen Mann so richtig wild macht.«

Lauretta tupft sich die Tränen mit der Serviette ab und ist auf einmal erstaunlich gefasst.

»Ich habe es all die Jahre geahnt, Maria. Nun also habe ich Gewissheit, dass ihr beide mich hinterhältig betrogen habt. Du und Anton, ihr werdet es schwer bereuen, das verspreche ich dir.«

Lauretta nickt ihrem Paladin Bobo auffordernd zu, der legt ihr einen seidenen Schal um die Schultern und geleitet sie an seinem Arm aus dem Saal. Nicht etwa wie eine vom Schicksal geschlagene Frau, sondern aufrecht wie eine Königin.

»Sie können jetzt servieren!«, ruft Maria Carrera und winkt Gitti herbei. Dann wendet sie sich uns zu. »Musik! Nicht diesen alten Mist. Eine anständige Tischmusik, Vivaldi, Telemann, ein kleiner Händel …«

Wir schauen uns konsterniert an, können nicht fassen, was da gerade abgelaufen ist, dann spielt Claudia, unser Musikgenie, ein Stück von Telemann, Cindy schrummelt vorsichtig mit, ich bin mit der Klarinette komplett auf verlorenem Posten. Ärgere mich über diese anmaßende Person, diese Maria Carrera, die hier alles durcheinandergewirbelt hat. Was hat sie uns eigentlich zu befehlen? Bezahlt sie uns vielleicht? Bestimmt nicht. Sind wir eine Musikbox, bei der man einfach eine andere Platte auflegt? Sind wir nicht. Wenn wir überhaupt eine Bezahlung haben wollen, dann sollten wir uns besser an Lauretta Linz halten.

»Schluss!«

Claudia starrt mich erschrocken an, als ich ihr die Hand auf die Finger lege, Cindy hört sofort auf zu spielen.

»Wir machen dann mal Feierabend!«, verkünde ich und packe mein Instrument ein.

Maria öffnet den Mund, um etwas zu entgegnen, doch in diesem Moment springt Gerda Dupré von ihrem Stuhl auf.

»Feuer!«, kreischt sie. »Der Baum brennt!«

Tatsächlich hat sich durch einen Luftzug ein Fichtenzweig entzündet, und das Feuer breitet sich rasch im Baum aus. Lametta schmilzt, gläserne Kugeln zerplatzen. Wir raffen Notenständer und Instrumente an uns und eilen aus der Gefahrenzone.

»Wasser!«, schreit Sigmar und versucht, den Brand mit Champagner zu löschen.

»Die Tischdecke!«, rufe ich. »Drüberwerfen!«

Gitti reagiert am schnellsten, Sigmar fasst mit an, auch Cindy und ich sind dabei. Wir reißen den verblüfften Gästen die Tischdecke samt Geschirr und Speisen vor den Nasen weg und werfen sie über den

Brandherd. Ein persischer Teppich folgt. Mehrere Flaschen Wein. Sigmars weißes Serviertuch. Bobos Lederjacke. Dietlindes Handtäschchen, zwei Vasen mit künstlichen Blumen, drei Flaschen Wasser Medium. Wir werfen alles, was wir in die Finger bekommen, auf den rauchenden, stinkenden, immer noch glimmenden Haufen, bis Sigmar und Bobo mit wassergefüllten Eimern aus der Küche gelaufen kommen.

Selten haben wir unser Honorar so hart verdienen müssen wie bei diesem Gig, den ich zunächst für einen netten Kurzurlaub in den verschneiten Bergen gehalten habe. Aber wir drei schaffen es einfach nicht, Gitti und Sigmar in dem ganzen Schlamassel alleinzulassen. Wir helfen ihnen, die schimpfenden, jammernden, zu Tode verängstigten alten Leute wieder in ihre Luxussuiten zu bugsieren, sie zu beruhigen, Herztropfen und Baldrian zu verabreichen und ihnen später ein Abendessen aufs Zimmer zu servieren. Der in Flammen aufgehende Christbaum hat alle, auch Lauretta und Maria, fürchterlich erschreckt. Mit Recht. Wenn man bedenkt, dass diese ganze marode Hütte in der Hauptsache aus Holz besteht, wäre ein Brand wohl unser aller Ende gewesen. Nachdem wir die alten Leutchen in ihre Betten verfrachtet haben, sind wir selbst so verflucht müde, dass wir nur noch schnell ein paar Reste im Stehen vertilgen und uns mit einer Flasche Wein und einer Karaffe Wasser bewaffnet in unsere Zimmer verkrümeln. Eine Weile sitzen wir noch bei Claudia zusammen, Cindy und ich leeren die Weinflasche, während sich Claudia an das kühle Bergwasser hält. Draußen heult der Wind, er treibt Massen an Schnee über Hotel und Kapelle. Als ich das Fenster öffne, haut es mir die Fensterflügel ins Gesicht, und ich werde im Nu zur Schneefrau.

»Da drüben bei der Kapelle ist wieder was im Gange«, behauptet Cindy.

»Woher willst du das wissen?«, wundert sich Claudia.

»Da war eben ein Licht. Von einer Taschenlampe.«

Ich starre angestrengt in die Dunkelheit, die voller Schneeflocken und Geheimnisse ist. Nichts. Entweder bin ich blind, oder Cindy hat ein Irrlicht gesehen.

»Das sind die beiden Heiligen«, witzelt Cindy. »Bei Schneetreiben klettern sie aus ihren Glaskästen und gehen spazieren.«

»Erzähl mir so was nicht, sonst träume ich heute Nacht davon!«, stöhnt Claudia.

»Was soll's?«, meine ich tröstend. »Morgen um diese Zeit sind wir längst wieder zu Hause. Dann gehört dieser Klapperkasten mit den verrückten Altertümern der Vergangenheit an.«

»Gott sei Dank«, seufzt Claudia. »Ich bin wirklich froh, von hier fortzukommen. Irgendwie habe ich dauernd das Gefühl, etwas Schreckliches könnte geschehen.«

»Was soll da noch kommen. Wir haben doch schon alle Katastrophen durch«, erklärt Cindy grinsend. »Erfrierungen, Verleumdungen, diffuse Drohungen, tätliche Angriffe, ein Zimmerbrand – viel kann eigentlich nicht mehr passieren.«

»Höchstens, dass noch jemand umgebracht wird«, meint Claudia in ihrer harmlos-naiven Art.

Cindy und ich starren sie entsetzt an.

»Das war ein Witz«, sagt Claudia. »Nun seid doch nicht so humorlos.«

»Ich geh jetzt schlafen«, äußere ich. »Bin hundemüde. Bis morgen dann, Mädels!«

Es wird eine unruhige Nacht, denn der Wind wandelt sich zum Sturm. Mächtige Naturgewalten zerren am Dach des Hotels, fahren pfeifend durch die Ritzen der Balkone, zerren an den noch vorhandenen Fensterläden. Das Haus erzittert unter den immer wiederkehrenden Angriffen des Sturms, es knackt und stöhnt, kämpft mit letzten Kräften um seine Existenz. Glasscheiben zerplatzen unten im Vorbau, drüben in der Kapelle hört man das fatale Glöckchen bimmeln. Kurz nach Mitternacht klopft es an meine Tür.

»Henni? Darf ich reinkommen?«

Gleich darauf ein lauter Schrei, ich springe aus den Federn und reiße die Tür auf. Drei Gestalten, zwei große und eine kleine, stürzen an mir vorbei in mein Zimmer.

»Was ist denn los?«

Die Mädels sind komplett hysterisch. Claudia hat Cindy im dunklen Flur für einen Geist gehalten, Cindy wiederum ist über Walter gestolpert, der von nächtlichen Liebesabenteuern heimkehrend auf meine Zimmertür zugesteuert ist.

»Wäre … wäre es nicht besser, wenn wir zusammenbleiben?«, schlägt Cindy schüchtern vor.

Ich bin zu müde zum Diskutieren. Zu viert teilen wir uns mein Federbett, kuscheln uns aneinander und schlafen schließlich eine nach der anderen ein.

Viel zu früh erwache ich, weil ich gottserbärmlich friere und weil mir ein greller Ton in den Ohren klingt.

»Anton!«, kreischt unten jemand.

Nicht doch, denke ich. Wenn ihr alte Geschichten aufrechnen wollt, bitte nicht um sieben Uhr früh!

»Anton!«, schreit die Stimme wieder, die vermutlich Maria Carrera gehört. »Anton, wo bist du? Hat jemand von euch Anton gesehen? Anton … Anton …«

Ach je! Haben wir wieder einen im Speisesaal vergessen? Kann eigentlich nicht sein, weil Anton Drechsler als Erster den Saal verlassen hat. Wenn ich mich nicht irre, sogar bevor der Weihnachtsbaum zu brennen begann.

»Schrei nicht so!«, hört man Lauretta unten im zweiten Stock. »Er wird einen Morgenspaziergang machen.«

»Im Stockdunklen? Bei diesem Sturm?«

Ich knurre unwillig und ringele mich zum erweiterten Morgenschlummer zusammen. Claudia grunzt und zerrt am Federbett, Cindy hustet und zieht von der anderen Seite. Draußen heult der Schneesturm, am Fenster blühen die Eisblumen, es ist so kalt, dass einem die Seele erfriert. Ich hebe den mollig warmen Kater auf meinen Bauch und gebrauche ihn als Wärmflasche.

Aber das boshafte Geschick will uns den wohlverdienten Morgenschlaf nicht gönnen. Unten steigert sich der Tumult, man schreit nach Sigmar, nach dem Bürgermeister, nach der Polizei. Lauretta Linz verlangt energisch nach einem Telefon.

Wieso will die ein Telefon? Funktioniert ihr Smartphone nicht?

Ich greife verschlafen nach meinem Smarty und stelle fest, dass es kein Netz hat. Der Schneesturm, so ein Mist.

Jemand hämmert gegen meine Zimmertür.

»Habt ihr Anton Drechsler gesehen?«, ruft Sigmar aufgeregt.

»Wen?«, krächzt Claudia, aus dem Schlaf erwachend.

»Hier ist er nicht!«, rufe ich zurück. »Habt ihr im Speisesaal nachgesehen? Auf dem Klo? Im Billardzimmer? In der Speisekammer?«

»Wir suchen ja schon überall ...«

»Diese alten Leute sind wie ein Sack Flöhe«, sagt Cindy. »Hüpft immer einer nebenraus.«

Offenbar brauchen die alten Herrschaften weniger Schlaf als wir jungen Leute. Sie vollführen unten im zweiten Stock einen solchen Lärm, dass wir unser Morgennickerchen vergessen können. Zumindest was Cindy, Claudia und mich betrifft. Der Ritter von

Stolzing schnarcht von allem ungerührt vor sich hin. Licht gibt's auch nicht, offensichtlich hat der Sturm die Stromleitung gekappt. Verdrossen ziehen wir alles an Klamotten an, was wir haben, um der eisigen Kälte zu trotzen, Cindy schaltet ihr Smartphone auf Taschenlampe, und wir begeben uns hinunter in den zweiten Stock. Dort hockt Axel Klumpe im Flur auf einem ehemals teuren Ledersessel, die angewinkelten Beine mit den Armen umschlossen.

»Ich hab's vorausgesagt«, wimmert er und wiegt sich vor und zurück wie ein hospitalisiertes Kind. »Er hat ihn geholt. Er wird uns alle holen. Einen nach dem anderen. Bis wir uns alle dort drüben in der Kapelle wiederfinden, kalt und steif, nebeneinander aufgereiht ...«

Armer Kerl. Es ist tatsächlich keine schöne Vorstellung, mausetot zwischen Hansi Krauss und Anton Drechsler in der Kapelle zu liegen, besonders bei dieser Kälte. Bevor ich Axel Klumpe mein Mitgefühl aussprechen kann, erscheint Bobo. Der Russe beugt sich über den zitternden Axel, der im grünen Schlafanzug einem verängstigten Vögelchen gleicht, und streicht ihm sanft über die Schulter.

»Musst nicht Angst haben, ich bin da und passe auf ...«, brummt er zärtlich.

»Ach, Bobo ...«, seufzt Axel und fasst dessen mächtige Pranke.

Claudia schaut peinlich berührt zur Seite. Sie kommt aus einem konservativen Elternhaus.

»Ist Bobo eigentlich schwul?«, flüstert mir Cindy zu.

»Könnte sein …«

Liebe hat viele Erscheinungsformen, und die Welt des Films ist bunt und vielfältig. Unten in der Küche beleuchten zwei Laternen die Szene, der Kohleherd erweist sich als ein wahrer Segen, denn es gibt heißen Kaffee. Wir drei helfen Gitti bei den Vorbereitungen, tragen verschiedene Frühstückstabletts nach oben, beruhigen die aufgeregten Gemüter und zünden Kerzen an. Warum nicht – schließlich ist bald Weihnachten. Wir helfen Gerda Dupré in ihre Thrombosestrümpfe, setzen eine neue Batterie in Hansi Kraussens Hörgerät, erklären Lauretta Linz, dass ihr Smartphone deshalb nicht funktioniert, weil der Schneesturm das Netz gekillt hat. Maria Carrera sitzt am Couchtisch und legt beim Schein einer Laterne die Karten. Ihrer Miene nach stehen wir kurz vor dem Weltuntergang.

»Er ist tot«, sagt sie dumpf. »Ich weiß, dass er tot ist.«

»Ach, Unsinn. Herr Drechsler hat sich gewiss nur verlaufen …«

»Ich will, dass die Polizei benachrichtigt wird«, verlangt Maria hartnäckig. »Sie hat ihn umgebracht, die Hexe.«

»Wir müssen warten, bis sich der Sturm gelegt hat, Frau Carrera. Das Telefon funktioniert nicht, wir haben eine Stromunterbrechung.«

Sigmar irrt mit einer Gaslaterne durch das Hotel, bisher hat er keine Spur von dem Vermissten entdecken können, nicht in seinem Badezimmer, nicht im

Speiseraum, im Billardraum, im Musikraum und auch nicht unten in der Eingangshalle oder in den Wirtschaftsräumen. Die Damen haben ihre Zimmer inzwischen einer gegenseitigen Kontrolle unterzogen – es könnte ja immerhin sein, dass Anton Drechsler in der Nacht in Liebesdingen unterwegs war –, auch wir drei schauen noch einmal gründlich in unsere Zimmer. Ohne Erfolg. Sigmar schließt mit einem Passepartout alle anderen Zimmer im dritten Stock auf und leuchtet kurz hinein. Für die Räume, die der verstorbene Herr von Otto-noch-was bewohnt hat, nimmt er einen Extraschlüssel, den Gitti ihm ausgehändigt hat. Doch auch dort ist nichts zu finden. Kunststück. Wie hätte Anton Drechsler auch dort hineingelangen sollen? Durch die Wände gehen?

»Ich habe dieses Theater so satt!«, schimpft Sigmar. »Drei Kreuze schlage ich, wenn wir sie endlich alle zum Bahnhof befördert haben!«

Wir drei sind der gleichen Meinung. Obwohl es draußen langsam hell wird, lässt sich der Sepp mit seinem Pferdeschlitten nicht blicken, und uns allen wird langsam klar, dass an Abreise nicht zu denken ist, solange der Schneesturm tobt. Unten im Erdgeschoss sind Fenster und Türen komplett zugeschneit, die Balkonreste knacken unter der Schneelast, und an das Dach darf man gar nicht erst denken. Dazu ist der Sturm keinesfalls gewillt, seine Angriffe auf das alte Haus einzustellen, er treibt immer neue Schneemassen heran, pfeift und heult um die Ecken, peitscht Eishagel gegen die Fenster und macht immer wieder

Versuche, das schneebeschwerte Dach in einem Stück davonzutragen.

Gitti hat es nach mehreren Fehlversuchen geschafft, im Musikzimmer ein Kaminfeuer zu entzünden, es brennt allerdings nur schwach, weil der Schornstein wegen des Sturms nicht gut zieht. Die Nachricht, dass man vorerst nicht abreisen kann, hat sich schon herumgesprochen. Dietlinde Zuckerberg fragt ängstlich nach Anton Drechsler, erhält jedoch keine Antwort. Beklommenes Schweigen breitet sich aus. Gitti verteilt Wolldecken, dann bringt sie Gläser mit Cognac, Pfefferminzlikör und Enzian, es gibt auch den allseits beliebten Jagertee, der gegen kalte Füße helfen soll. Da die Alkoholika sich eher bedrückend auf die Gemüter auswirken, fassen wir drei Mädels den Entschluss, Frau Musika zu Hilfe zu holen. Ein verstaubtes Cembalo wird aufgeklappt, ich hole meine Klarinette, Cindy schleppt das Cello herbei, und wir spielen in ungewöhnlicher Besetzung die schönen alten Schlager, mischen ein wenig Bach und Telemann drunter, lassen die »Schützenliesel« tanzen und den »Mann im Mond« zuschauen. Als die ersten Zuhörer in sanften Schlummer fallen, hören wir auf, packen unsere Instrumente ein und schleichen uns die Treppe hinauf.

»Der arme alte Herr«, seufzt Claudia. »Hoffentlich ist ihm nichts passiert.«

Ich mag es kaum glauben, aber es könnte sein, dass wir mitten in einem Mordfall stecken. Allein Papas Nachricht hat schon darauf hingedeutet. Insofern sehe ich schwarz für den armen Anton. In diesen Schneemassen kann ein alter Mann schnell auf Nimmerwiedersehen verschwinden.

»Ich leg mich noch mal aufs Ohr«, verkünde ich. »Wir können momentan ja sowieso nichts Vernünftiges tun außer warten.«

Die Mädels nicken und begeben sich ebenfalls auf ihre Zimmer. Ich fühle mich mies, weil ich sie angelogen habe, aber das habe ich zu ihrem eigenen Besten getan. Weil ich jetzt nämlich in aller Heimlichkeit die Wohnung des Herrn von Otto-noch-was untersuchen werde, denn Sigmar hat im Stress vergessen, die Tür wieder zuzuschließen. Ich tue das, weil man bei einem Mordfall keine wichtigen Spuren außer Acht lassen darf. Ich würde gern wissen, weshalb Hansi Krauss unbedingt in die Wohnung wollte und warum Gitti es auf jeden Fall verhindern will. Die Frage weckt meinen angeborenen Spürsinn. Und außerdem gibt es momentan sowieso nichts Vernünftiges zu tun.

Als ich die besagte Tür so geräuschlos wie möglich öffne, stelle ich fest, dass ich nicht allein bin. Walter von Stolzing hat beschlossen, sein Frauchen zu begleiten. Entweder begebe ich mich auf gefährliche Pfade, oder es gibt in der kleinen Wohnung eine ausgedehnte Mäusepopulation. Vielleicht sogar beides.

Zunächst weht mir ein modriger Geruch entgegen – nun ja, lange nicht gelüftet worden, das Kabuff. Auch die Sicht ist schlecht, weil der Sturm das Tageslicht verdunkelt, außerdem ist der Raum mit Möbeln, Büchern, Geschirr und anderem Zeug vollgestopft. Der alte Herr hat hier offensichtlich die Andenken seines gesamten Lebens aufbewahrt. Vorsichtig schließe ich die Tür hinter mir und begebe mich auf die Suche – wonach auch immer. Großer Gott, hier stehen zahllose Fotoalben in Reih und Glied. Vorsichtig ziehe ich eines heraus und betrachte die Schwarz-Weiß-Bilder längst vergangener Tage. Das Hotel in sonnenbeschienener Schneelandschaft, ein eindrucksvoller Bau mit einem girlandengeschmückten Vorbau und geschnitzten Balkonen, wo sich junge Damen auf Liegestühlen sonnen. Aufnahmen von einer Skipiste, auf der sich todesmutige Sportler in flatternden Trainingshosen und Strickpullovern tummeln. Und immer wieder Promis, die sich mit dem Hotelbesitzer ablichten ließen. Romy Schneider, Pierre Brice, Ingrid van Bergen … Die Romy hätte ich erkannt, bei den beiden anderen steht der Name drunter. Der Herr von Otto-noch-was ist eher klein von Statur, hat dunkles Haar und einen dünnen Schnurrbart. Auf einem der Fotos sieht man, dass er ein Bäuchlein und X-Beine besitzt. Trotz allem muss er einen gewissen Charme ausgestrahlt haben, denn die Fotos sind nicht gestellt, es sind Momentaufnahmen, bei rauschenden Après-Ski-Partys geschossen. Eine Chefin und Ehefrau ist nirgendwo eindeutig als solche zu erkennen, vielleicht war er gar nicht verheiratet. Ob Hansi Krauss auf diese Alben scharf war? Möglicherweise auf ein Foto, das für ihn kompromittierend ist? Kann einer mit Mitte achtzig noch Angst um seinen guten Ruf haben? Hmmm …

Was haben wir denn noch? Erst mal viel Staub, man sieht eine Menge Fußabdrücke auf dem Teppich, meine, die von Sigmar, möglicherweise aber auch noch andere. Walters Katerfüße zeichnen sich deutlich dazwischen ab. In dem geschnitzten Bauernschrank sind allerlei Nippesfigürchen, Geschirr mit dem Emblem des Grandhotels Alpenrose, vermutlich die letzten Mohikaner, die er hierher gerettet hat. Essbestecke, silberne Auflagebestecke, Sektkübel, Gläser jeglicher Sorte, Serviettenringe mit Monogramm. Unten stapeln sich vergilbte Tischwäsche, steifgebügelte weiße Decken, Leinenservietten, Schürzen, Spitzenhäubchen für Kellnerinnen. Alles müffelt intensiv nach Naphthalin und Bergamotte. Zwischen zwei Schränken gibt es einen Durchgang zum Nebenzimmer, dort steht ein breites Bett mit Kopfkissen und zerwühlter Steppdecke. Ist er dort gestorben? Vermutlich. Wie gruselig, man sieht noch die Senke im Kissen, wo sein Kopf gelegen hat, sie haben nicht einmal das Betttuch abgezogen. Ob Gitti ihn gepflegt hat? Neben dem Bett steht ein altmodisches Telefon mit Wählscheibe. Probeweise hebe ich ab. Tot. Natürlich längst abgemeldet. Und unter dem Bett ist irgendwas Graues, vermutlich sein Nachtgeschirr. Hatte man ja früher oft, weil nicht immer ein Badezimmer mit Toilette in der Nähe war. Ich schalte meine Smartphone-Taschenlampe ein und betrachte zwei leere Teller und einen ebenso leeren Becher neben dem Telefon, außerdem ein Notizbüchlein mit Adressen und Telefonnummern. Interessant, leih ich mir mal aus.

Unter dem Bett kratzt Walter von Stolzing an irgendetwas herum, vielleicht hat der alte Herr ja seine schmutzige Wäsche dort verschwinden lassen.

»Walter? Komm da raus!«, zische ich.

Katzen gehorchen nur, wenn sie es für nötig halten. Walter hält es momentan für wichtiger, seine Krallen zu schärfen. Bäh, unter dem Bett riecht es intensiv nach … uh, hier ist irgendwas am Vergammeln. Der grausige Duft des Todes und der Vergänglichkeit. Da haben wir's, Henni! Eine Leiche. Schon etwas überfällig.

»Komm da endlich raus, Walter!«

Pervers, dieser Kater. Schärft sich ungeniert die Krallen an diesem grauen Teil. Ich leuchte mit dem Smarty unters Bett und stelle fest, dass es sich um graugrünen groben Stoff handelt, der zwei Taschen aufweist, die mit Lederriemen geschlossen werden. Walters grüne Augen starren mich im Licht an wie zwei Leuchtkugeln. Es hilft nichts, Henni. Wenn dort unter dem Bett ein Toter in graugrüner Leinenhose liegt, dann solltest du herausfinden, ob es vielleicht der arme Anton Drechsler ist. Obgleich der ganz bestimmt nicht solche Klamotten anziehen würde. Eher einen Smoking. Oder einen gestreiften seidenen Schlafanzug.

Ich strecke todesmutig den Arm aus und ziehe an einem der Lederriemen. Der Tote bewegt sich, er ist überhaupt leichter als gedacht, und außerdem ist es keine Leiche, sondern ein graugrüner gefüllter Wanderrucksack. Ich zerre das Teil unter dem Bett hervor, wobei mein Kater seinem Kratzpolster folgt. Na so was, denke ich. Wieso hatte der Herr von Otto-noch-was einen gepackten Rucksack unter seinem Bett? Der wollte doch wohl nicht mehr wandern gehen? Oder doch? Man sagt ja, dass die Leute kurz vor ihrem Tod anfangen, Koffer zu packen, als wüssten sie, dass sie eine Reise tun werden. Was mag wohl drin sein? Dem Geruch nach nichts Gutes. Ich löse die Schnallen, binde eine Kordel auf und ziehe den Stoff auseinander. Puh! Das ist ein … uraltes Käsebrot. Nein, Walter, denk gar nicht erst dran. Von diesem Methusalem-Käse bekommst du garantiert Durchfall. Ich stecke das in Papier eingepackte Stinkebrot wieder in den Rucksack und forsche weiter. Unterwäsche. Ein Pullover. Wanderschuhe Größe zweiundvierzig. Wollsocken, schon mehrfach benutzt. Zahnbürste, Seife, Rasierzeug. Traubenzucker. Ein Essbesteck aus Plastik. Zwei verschrumpelte Äpfel. Was ist denn in der Seitentasche? Aha! Eine Geldbörse aus schwarzem Leder, schon ziemlich abgegriffen. Zwanzig Euro und etwas Kleingeld. Verschiedene Plastikkarten irgendwelcher Kaufhausketten. Versicherungskarte. Führerschein. Personalausweis. Na bitte, Frau Schnitte. Der Besitzer des Rucksacks ist gar nicht der Herr von Otto-noch-was, sondern ein gewisser Theodor Ebelt, geboren am 3. März 1976 in Hannover an der Leine. Wohnhaft in Neuendorf, der Postleitzahl nach weit oben im Norden. Graue Augen und blondes Haar.

Die Frage stellt sich, was der Rucksack des Theodor Ebelt aus Neuendorf hier unter dem Bett des verstorbenen von Otto-noch-was zu suchen hat. Sehr seltsam. Hat dieser Theodor hier vielleicht während einer Wanderung übernachtet? Ohne Bezahlung natürlich, denn das Hotel steht normalerweise leer. Aber wo ist der eifrige Wanderer dann geblieben? Ohne seinen Rucksack ist er sicher nicht fortgegangen, also müsste er theoretisch noch im Hotel sein …

In diesem Augenblick unterbricht ein wohlbekannter lästiger Ton meine Überlegungen. Das Glöckchen der Kapelle. Bisher hat es ja nur morgens und abends geläutet, jetzt bimmelt es also auch mittags. Es bleibt uns wohl nichts erspart. Ich stecke den Personalausweis des Theodor Ebelt mal zu mir, falls er ihn vermisst, kann er ihn sich ja gern bei mir abholen. Da der Rucksack nichts weiter Spannendes enthält, ziehe ich die Schnur zu und schließe die Schnallen. Erst dann bemerke ich, dass sich dieser Malefizkater doch das Stinkekäsebrot geangelt hat, und als ich rasch zufasse, um ihm die Beute aus dem gierigen Maul zu reißen, bleibt mir nur das Papier in der Hand. Es ist gar kein richtiges Butterbrotpapier sondern ein Zeitungsblatt. Pfui Deibel – krebserregende Druckerschwärze an Lebensmitteln. Ein Stückchen Käse klebt noch daran, ich will das Teil schon zusammenknüllen und in den Rucksack stopfen, da fällt mir ein Name in die Augen. Bogislav von Ottendorf. Ein Zufall? Henni, in einem Mordfall gibt's keinen Zufall. Angewidert entferne ich den Käserest und entziffere eine seltsame Anzeige.

*Gesucht werden die Erben des Bogislav von Otten-*

*dorf, verstorben am 23. November 2019 in St. Nikolaus, Hispertal, Schweiz. Melden Sie sich bitte im Rechtsanwaltsbüro Dr. Neuenstein, Hispertal. Die entsprechenden Dokumente sind vorzulegen.*

Interessant. Sagte Sepp nicht, dass das Hotel einer Erbengemeinschaft gehört? Die scheint noch nicht ganz vollständig zu sein. Ob dieser Ebelt etwas damit zu tun hatte? Ein entfernter Verwandter vielleicht? Hmmm ...

Jetzt geht mir das Gebimmel aber mächtig auf den Zeiger. Wieso läutet dieses Glöcklein überhaupt? Das geht doch heutzutage mit Strom, und der ist momentan weg. Oder haben wir etwa wieder Saft? Das wäre ja großartig, vielleicht ist ja auch das Netz wieder da?

Ich stecke rasch das Stück Zeitungspapier ein und verlasse die Szene so leise, wie ich gekommen bin. Halte mich nur ein Weilchen an der Tür auf, weil Walter noch mit seiner Mahlzeit beschäftigt ist.

»Komm endlich, Watson!«

Im Flur ist schon mal kein Licht. In meinem Zimmer auch nicht. Hat die Kapelle etwa eine eigene Stromleitung? Bestimmt nicht, der Strom geht garantiert erst ins Hotel und von dort rüber zur Kapelle.

Und wieso dann dieses jämmerliche, lästige, schrille Gebimmel? Klingt ja wie eine Totenglocke.

Ich bin keine drei Minuten in meinem Zimmer, da klopft schon Gitti an die Tür.

»Puh«, sagt sie und hält sich die Nase zu, als ich öffne. »Wie riecht das denn bei dir?«

»Mein Kater hat eine tote Maus angeschleppt«, schwindele ich. »Was ist los?«

Gitti wirft einen angewiderten Blick auf Walter, der auf meinem Bett sitzt und sich die Pfoten leckt.

»Kannst du mir bitte helfen?«, fragt sie dann. »Wir haben drei Kranke, und ich kann den Arzt nicht anrufen …«

»Wie kommt denn das? Gerade vorhin waren sie noch pumperlgesund.«

Ich erfahre, dass Gerda Dupré eine Gallenkolik erleiden musste, weil sie zu viel Enzian und Cognac hatte, Dietlinde Zuckerberg fiebert und klagt über Stiche in der Lunge, Hansi Krauss wurde endgültig von seinem Rückennerv eingeholt, er hängt im Sessel und spürt von der Hüfte abwärts nichts mehr. Der geteilte Mann – unten alles außer Betrieb. Claudia kommt neugierig aus ihrem Zimmer und ist sofort bereit, als Krankenschwester einzuspringen, Cindy schläft wie ein Murmeltier, wir werden ihr die trübe Nachricht später verkünden.

»Wieso bimmelt die Kapelle dauernd?«, will ich von Gitti wissen.

Sie zuckt die Schultern. Der Wind vielleicht. Oder irgendwas im Schaltkasten defekt.

»Vielleicht betätigt sich einer der Heiligen als Glöckner«, bemerkt Claudia.

Das Mädel erstaunt mich immer mehr. Vor allem ihr staubtrockener Humor.

Gemeinsam mit Gitti gehen wir die immerhin vorhandene Hausapotheke durch, deren Inhalt leider aus den frühen Siebzigern stammt. Eine Schachtel Aspirin, die könnten wir Dietlinde geben, Abführpillen braucht wohl momentan keiner, vielleicht Magentabletten für Gerda? Besser Kamillentee und warme Umschläge. Für Hansi Krauss können wir nicht viel mehr tun, als ihn warm zuzudecken und das Feuer nicht ausgehen zu lassen. Die Damen Lauretta Linz und Maria Carrera erfreuen sich bisher einer stabilen Gesundheit. Sie sind sich bereits im Flur des ersten Stocks in die Wolle geraten, weil Maria ihre Rivalin beschuldigt, Anton Drechsler umgebracht zu haben. Wobei es ihren beiden Vasallen Bobo und Axel Klumpe gelungen ist, Schlimmeres zu verhindern.

Als wir mit warmem Wasser, Medikamenten und Tüchern bewaffnet in den ersten Stock hinaufsteigen, steht oben Bobo im Fellmantel, an seiner Seite ein bibbernder Axel Klumpe im pinkfarbenen Skianzug mit lichtblauen Stiefeln.

»Ich gehe rüber zu Kapelle«, sagt Bobo. »Sturm ist nicht mehr stark. Axel will, dass ich nach Glocke sehe.«

»Nein!«, schreit Axel. »Ich will nicht, dass du allein gehst, Bobo. Ich gehe mit dir. Und wenn es uns auch in den Tod führt …«

»Ich komme auch mit«, verkünde ich kurz entschlossen. »Muss nur schnell Mantel und Stiefel anziehen.«

Claudia starrt mich an, als zweifele sie an meinem Verstand, dann erklärt sie, uns begleiten zu wollen.

»Bei so was lass ich dich doch nicht allein, Henni!«

Gitti steht mit ihrer Wasserschüssel kopfschüttelnd im Flur, dann begibt sie sich schon mal zu Gerda Dupré, um ihr einen warmen Wickel um den Bauch zu legen. Sigmar hat sich bereit erklärt, uns den Schlüssel zur Kapelle auszuhändigen, ansonsten ist er der Meinung, wir hätten nicht alle Becher in der Truhe.

»Das hört schon irgendwann auf zu läuten …«

Wir vier müssen erst einmal den Eingang des Hotels frei schaufeln, der vollkommen zugeschneit ist. Als wir endlich Licht sehen, stellen wir begeistert fest, dass es nicht mehr schneit. Auch der Wind hat nachgelassen, der Himmel ist allerdings noch ziemlich düster und wolkenschwer.

Bobo ist der reinste Schneepflug, wir schippen nur ein wenig hinterher, was er liegen gelassen hat, aber auch diese Tätigkeit bringt uns drei ordentlich ins Schwitzen. Am Aufstieg zum Hügel liegt weniger Schnee, jetzt geht es noch rascher voran, Axel rutscht zweimal aus und legt sich auf die Fresse, ich nur einmal, Claudia erweist sich als ausgesprochen standfest. Das Glöcklein läutet, als wollte es uns anfeuern. Vor der niedrigen Eingangstür des Kapellchens angekommen, wirft Bobo die Schneeschaufel von sich, streicht sich den Schweiß von der Stirn und steckt den mächtigen Schlüssel ins Schloss. Er hat Mühe, die Tür aufzuschließen, weil das Schloss eingefroren ist, jeder normale Schlüssel wäre unter Bobos Pfoten abgebrochen, aber das dicke mittelalterliche Eisenteil hält stand. Quietschend und knarrend öffnet sich das Türchen, der wohlbekannte modrige Mief quillt uns entgegen, verpestet die frische Winterluft.

»Ich gehe, ihr wartet!«, befiehlt Bobo.

Da hat er Pech, weil Henni sich nichts befehlen lässt. Schon gar nicht von einem tätowierten Muskelprotz wie Bobo. Ich folge ihm also ins Innere der Kapelle, rutsche mit den eisverkrusteten Stiefeln auf dem Steinboden aus und kann mich gerade noch an einem der Glaskästen festhalten. Der heilige Winfriedus bewegt sich unter meinem Ansturm um keinen Zentimeter. Der heilige Kasimir drüben auf der anderen Seite hat sich den Hut wieder gerade gerückt. Tatsächlich, die Bischofsmütze sitzt jetzt ordentlich auf dem Schädel, wenn auch ziemlich tief in die Stirn gezogen. Die Welt der Heiligen ist voller Geheimnisse.

Bobo packt mich so fest an der Schulter, dass ich aufschreie.

»Wir gehen«, befiehlt er. »Hier alles normal. Schnell. Hinaus.«

Ich weiß sofort, dass er lügt. Drehe mich um und bewege mich vorsichtig zurück Richtung Eingang. Hier ist der Turm, über mir hängt die vermaledeite Glocke. Oder etwa doch nicht? Alles, was ich entdecken kann, sind zwei Schuhsohlen …

»Nicht hinsehen!«

Die Schuhe gehören einem Mann, der an einem Strick vom Gebälk hinunterbaumelt. Jetzt dreht der Luftzug ihn ein wenig, und ich kann seinen dunklen Mantel und die schwarzen Smokinghosen sehen. Dann sein Gesicht und die weit geöffneten starren Augen. Es ist Anton Drechsler.

»Nicht Axel sagen. Bitte! Er soll nicht wissen …«, fleht Bobo leise.

Ich muss mich kurz an die Mauer lehnen, weil mir schlecht wird, schließlich sieht man so was nicht alle Tage. Dann nicke ich Einverständnis. Es ist besser, Axel und Claudia diesen Anblick zu ersparen.

»Hier ist alles in bester Ordnung«, vermelde ich draußen. »Das Läutwerk spielt verrückt, wahrscheinlich hat es einen technischen Defekt. Gehen wir zurück.«

Axel Klumpe ist auf der Stelle beruhigt, Claudia nicht. Vermutlich ist ihr meine ungesunde Gesichtsfarbe aufgefallen und der gespielt fröhliche Ton. Aber sie schweigt. Wir schließen die Kapelle samt Inhalt wieder ab und gehen in vorsichtigen Schritten zum Hotel zurück. Als wir vor dem Eingang stehen, neben dem sich zu beiden Seiten der Schnee türmt, bricht am Himmel die Sonne durch.

»Glocke ist stumm«, sagt Bobo.

Wir stehen und lauschen in die Stille hinein. Nur das Knacken des alten Gebäudes unter der Schneelast und das eigene Herzklopfen sind zu hören. Das Glöckchen in der Kapelle läutet nicht mehr. Warum? Möglich, dass Kirchenglocken ein Eigenleben führen.

In der Eingangshalle kommt uns Sigmar mit der Schneeschaufel entgegen, er hebt grinsend die Faust mit dem Daumen nach oben, weil es uns gelungen ist, die Glocke zum Schweigen zu bringen.

»Axel soll gleich zu seiner Chefin kommen«, meldet er. »Und Gitti wäre für weiblichen Beistand in der Krankenpflege dankbar. Ich schippe dann mal den Eingang und den Hof frei.«

Bobo wirft mir einen bedeutungsvollen Blick zu, der alles Mögliche, vor allem Diskretion fordert, dann erklärt er, beim Schneeschippen helfen zu wollen. Vermutlich wird er die Gelegenheit nutzen, Sigmar in den gruseligen Tatbestand einzuweihen.

»Also, was ist los?«, will Claudia wissen, während wir zum ersten Stock hinaufsteigen. »Was war da in der Kapelle?«

»Anton Drechsler«, sage ich leise. »Er ist tot.«

»Ich hab's geahnt«, flüstert sie erbleichend. »Als ich dein Gesicht gesehen habe, wusste ich Bescheid. Aber wieso in der Kapelle?«

»Ich habe keine Ahnung.«

»Sagen wir es Cindy?«

»Später … Wir sagen es erst mal Gitti. Die anderen müssen noch nichts davon erfahren.«

Claudia nickt, und ich höre, wie sie tief durchatmet. Armes Mädel, immer wenn sie einen Gig mit mir zusammen hat, passieren solche Sachen.

»Aber irgendwann werden sie es doch erfahren, Henni. Wir müssen die Polizei benachrichtigen.«

»Auf jeden Fall. Die Frage ist nur, wie? Ohne Telefon und ohne Netz.«

»Vielleicht haben wir ja wieder Netz«, überlegt Claudia. »Der Schneesturm scheint vorbei zu sein.«

Wir suchen beide nach unseren Smartphones, ich habe meines natürlich oben im Zimmer, Claudia ihres in der Hosentasche.

»Kein Empfang …«, seufzt sie.

»Kann nicht mehr lange dauern«, tröste ich. »Wir verarzten jetzt erst mal die alten Leutchen, halten sie gut warm und passen auf sie auf.«

»Und wenn sie nach Anton Drechsler fragen?«

»Dann wissen wir von nichts.«

»Das gefällt mir alles überhaupt nicht«, seufzt Claudia. »Ich kann nämlich nicht gut lügen.«

Oben erwischen wir Gitti, die heißen Kamillentee austeilt und eine leere Rotweinkaraffe mit Henkel für Hansi Krauss besorgt hat. Für bestimmte Zwecke. In einer Flurecke nehmen wir sie beiseite und machen sie mit der Lage der Dinge vertraut. Sie erschrickt so sehr, dass Claudia ihr schnell die Kanne mit dem heißen Tee aus der Hand nehmen muss.

»Was sagst du da? Tot? Aber was wollte er denn nur in der Kapelle? Was hat ein alter Mann am späten Abend drüben in der Kapelle zu suchen?«

Sie muss sich hinsetzen und schnappt eine Weile nach Luft, sodass wir schon Angst um sie bekommen, aber sie erholt sich wieder. Eigentlich hatte ich gedacht, ihr Nervenkostüm sei stabiler, aber man kann sich täuschen.

»Weiß es Sigmar schon?«, will sie wissen.

»Ich nehme an, dass Bobo es ihm sagt.«

Sie tut einen schweren Seufzer, vermutlich sorgt sie sich darum, wie Sigmar die grausige Nachricht verkraftet.

»Ich denke, es ist besser, den alten Herrschaften vorerst nichts davon zu erzählen«, meint sie dann.

»Wir sagen es ihnen erst, kurz bevor die Polizei hier ist«, stimme ich zu.

»Die Polizei?«, fragt Gitti entsetzt. »Was soll die Polizei dabei?«

Die Gute ist tatsächlich ziemlich neben der Spur.

»Immerhin ist drüben in der Kapelle ein Mord geschehen«, sage ich sanft.

»Aber … vielleicht war es ja auch ein Unfall …«

»Das werden die Polizeibeamten untersuchen …«

»Ach Gott, ach Gott …«, stöhnt Gitti. »Ein Unglück zieht das andere nach …«

Gerade will ich nachfragen, was sie denn für das erste Unglück gehalten hat, da ist auf einmal ein Motorengeräusch zu hören. Wir stürzen alle drei zu einem Fenster und schauen hinunter in den Hof, den Sigmar mit Bobos Hilfe fast frei geschaufelt hat. Dort steht ein rotes Gefährt, das aussieht wie ein Motorrad, dem man Skier angeschnallt hat. Darauf sitzt der Sepp, schaut hinauf zu uns und winkt fröhlich.

»Auf geht's«, ruft er uns zu. »Ich fahr jetzt eine nach der anderen runter ins Dorf, da wartet schon der Papa mit dem Alois. Die bringen euch mit dem Pferdeschlitten zum Bahnhof. Ein Zügli fährt heute noch, das schaffen wir leicht …«

Welch frohe Kunde! Zu anderer Zeit und unter anderen Umständen hätten wir gejubelt, jetzt fällt unsere Begeisterung eher kümmerlich aus. Gitti lässt uns beide stehen und eilt hinunter – wahrscheinlich will sie dem Sepp die Lage erklären. Was sie sich eigentlich sparen kann, denn Sigmar und Bobo sind schon mit ihm im Gespräch.

»Lass den Tee nicht kalt werden«, ermahne ich Claudia.

Sie fährt zusammen, dann nickt sie, und wir begeben uns auf die Spuren der Florence Nightingale. Hansi Krauss liegt in seinem Sessel und trinkt Kaffee, Lauretta ist bei ihm, die beiden reden von seligen alten Zeiten, insofern ist alles in Ordnung. Die Rotweinkaraffe nimmt Lauretta in würdevoller Haltung entgegen, sie bedankt sich bei uns beiden für die tatkräftige Hilfe und deutet an, dass sie unseren Einsatz honorieren wird. Immerhin! Bei Gerda Dupré schaut es schlimmer aus, sie stöhnt vor sich hin, trinkt schluckweise Kamillentee, der jedoch ihren Magen eilig wieder verlässt. Im Nebenbett fiebert und hustet Dietlinde vor sich hin, wir trichtern ihr Wasser und Tee ein, weil sie uns schon ganz vertrocknet vorkommt, und erklären ihr, der Arzt käme bald.

»Was macht dein Smartphone?«, frage ich, als wir mit der leeren Teekanne, einer Schüssel voller kalt gewordener Umschläge und anderen Utensilien wieder im Flur stehen.

»Das spinnt irgendwie …«

Gespannt schauen wir auf das Display, auf dem verschiedene Anzeigen einander überlagern, dann auf einmal ist das Netz da …

Polizei in der Schweiz. Notruf 117. Ich erkläre, wo und wer wir sind. Dass ein Mord geschehen ist. Dass wir außerdem dringend einen Arzt benötigen. Man stellt mir verschiedene Fragen, die ich nur teilweise verstehe, weil das Schwyzerdütsch mir fremd ist. Schließlich bitte ich um eilige Erledigung, zumal der Akku des Smartphones zur Neige geht und wir hier keinen Strom haben, um ihn aufzuladen. Man verspricht mir, die Angelegenheit weiterzugeben.

»Die haben hier vielleicht die Ruhe weg, die Eidgenossen«, schimpfe ich. »Wahrscheinlich löffeln die erst mal in aller Ruhe ihr Käsefondue. Bei dieser Kälte kann ein Toter ja ruhig warten.«

Cindy kommt mit Koffer und Cello die Treppe herunter.

»Hey, wir können heimfahren«, ruft sie begeistert aus. »Wieso habt ihr noch nicht gepackt?«

Als sie unsere düsteren Gesichter sieht, wird sie unsicher.

»Das hat der Sepp doch eben gesagt, oder?«

»Schon …«

Im ersten Stock stehen Sigmar, Bobo, Gitti und der Sepp im Flur, sie diskutieren mit Händen und Füßen, scheinen sich jedoch nicht einig zu werden.

»Das geht auf keinen Fall«, sagt Gitti. »Sie kann sich ja nicht einmal festhalten, weil sie so hoch fiebert. Das ist viel zu gefährlich, Sepp!«

»Was für ein Elend«, sagt er bekümmert. »Ich hab mir das alles so schön ausgedacht und genau berechnet. Es hätte klappen können. Aber so hat's freilich keinen Sinn …«

Er dreht sich zu uns um und lächelt mich an. Was für ein schönes Lächeln er doch hat, man glaubt tatsächlich, es wird hell im Flur.

»Was ist mit euch dreien?«, fragt er. »In einer Stunde seid ihr am Bahnhof.«

Ich lehne höflich ab, Claudia bleibt an meiner Seite, Cindy begreift uns beide nicht. Sie möchte auf jeden Fall fahren. Inzwischen ist Axel Klumpe zu uns in den Flur gekommen, er und Bobo würden ebenfalls gern diesen ungastlichen Ort verlassen. Da öffnet sich die Tür von Laurettas Suite, und die alte Dame erscheint im hellblauen gestrickten Hosenanzug, das Haar unter einem Seidentuch verborgen, das Gesicht wie immer perfekt zugeschminkt.

»Bevor Anton nicht wieder bei uns ist, wird niemand abreisen, Herr Lustenberger. Nehmen Sie das zur Kenntnis.«

Auf der gegenüberliegenden Seite öffnet sich die Tür von Maria Carreras Suite, Maria trägt ein grünes Lodenkostüm und dazu hohe braune Fellstiefel. Sie hält sich kerzengerade, als sie auf uns zuschreitet.

»Wir vermissen einen engen Freund, Herr Lustenberger. Wie können Sie glauben, dass wir so einfach kaltherzig davonfahren?«

Die Sache mit Anton Drechsler ist dem Sepp ganz sicher mitgeteilt worden, aber vermutlich haben Gitti, Bobo und Sigmar ihn gebeten, so zu tun, als wisse er nichts davon. Er macht das sehr glaubhaft, zeigt sich ehrlich betroffen vom Verschwinden des alten Herrn, stellt alle möglichen Fragen, will wissen, wo wir überall gesucht haben, und fährt sich vor Aufregung mit den Händen durch das schwarze Kraushaar.

»Das ist schrecklich!«, ruft er aus. »Warum sagt ihr das nicht gleich? Wir müssen uns sofort auf die Suche machen.«

»Tun Sie das, Herr Lustenberger«, sagt Lauretta. »Aber zuerst fahren Sie hinunter ins Dorf und benachrichtigen die Polizei.«

»Sehr richtig!«, ruft Maria aus. »Das hätte schon längst geschehen müssen!«

Haben sie sich nicht noch heute Morgen in der Wolle gehabt, die beiden alten Damen? Jetzt auf einmal sind sie sich einig. Zwei Königinnen auf dem gleichen Thron.

Der Sepp erklärt sich bereit, sofort ins Dorf zu fahren, um eine Suchmannschaft zu organisieren, alles andere müsse zurückstehen, ein Menschenleben gehe vor. Cindy trägt Koffer und Cello resigniert wieder hinauf, Bobo tröstet Axel Klumpe, ich hefte mich an die Fersen des eifrigen Sepp. Sigmar und Gitti folgen mir. Unten in der Halle bleibt er stehen und dreht sich zu uns um.

»Im Turm, sagst du?«, fragt er Sigmar. »Das ist ja entsetzlich!«

»Im Turm«, berichtet Sigmar. »Bobo und Henni haben es gesehen. Claudia war auch dabei. Und Axel.«

Wieso zählt er uns alle so genau auf? Fast werde ich jetzt ein wenig misstrauisch, aber wahrscheinlich will er dem Sepp nur deutlich machen, dass kein Irrtum möglich ist.

»Dann … dann müssen wir die Polizei benachrichtigen«, sagt Sepp. »Gott, wie schrecklich. In unserer schönen kleinen Kapelle. Furchtbar! Und das kurz vor Weihnachten …«

Die letzte Bemerkung erscheint uns allen ziemlich pietätlos. Der arme Kerl konnte es sich vermutlich nicht aussuchen, wann das Schicksal ihn ereilt. Man könnte höchstens seinem Mörder vorwerfen, den Dörflern das friedliche Christfest versaut zu haben.

»Die Polizei habe ich schon informiert«, mische ich mich ein. »Sie kümmern sich so bald wie möglich um uns. Ich habe auch um einen Arzt gebeten.«

»Ach!«, sagt Sigmar erstaunt. »Geht denn das Telefon wieder? Wir haben doch keinen Strom.«

»Per Smartphone … Wir haben wieder Netz!«

»Das ist ja … wunderbar«, sagt Sigmar ohne rechte Begeisterung.

Sepp bestätigt meine Aussage. Der Schneesturm ist vorbei, freilich ist das Netz jetzt wieder da. Der Empfang hier oben ist hervorragend.

»Sagt's einmal«, meint er dann und schaut beklommen zur Kapelle hin. »Wollt ihr den armen Kerl dort die Nacht über hängen lassen?«

»Natürlich«, erkläre ich. »Wir dürfen nichts anrühren, bis die Polizei kommt.«

Sepp starrt mich an, ich fürchte, er hält mich jetzt für eine ganz eiskalte, ausgebuffte Person.

»Mein Gott«, sagt er und schaut bekümmert zu Boden. »Sollten wir ihn dann nicht wenigstens losschneiden und auf den Boden legen? Das ist doch Christenpflicht. Ein Werk der Barmherzigkeit.«

»Nein«, widerspreche ich. »Es geht um Spuren, die dabei möglicherweise zerstört werden. Fingerabdrücke und so was …«

»Das ist doch grausam«, regt sich der Sepp auf. »Da hängt der arme Kerl im Turm, dass die Vögel ihn fressen. Wer weiß, wann die Polizei kommt? Am Ende erst morgen Nachmittag.«

Sigmar blickt ihn an, dann nickt er.

»Ich hole den Schlüssel. Und ein Messer.«

Wenig später knirscht der eiserne Schlüssel im Schloss der Kapellentür, die Pforte öffnet sich knarzend, und der muffige Geruch des alten Gemäuers schlägt uns entgegen.

»Du solltest besser draußen bleiben, Henni«, rät mir der Sepp fürsorglich. »Ein Toter ist kein Anblick für ein Maitli wie dich.«

Seit wann duzt er mich eigentlich? Und was meint er wohl mit »ein Maitli wie dich«? Hält er mich für so zartbesaitet, dass ich beim Anblick des armen Anton Drechsler augenblicklich in Ohnmacht falle? Da kennt er mich aber schlecht.

»Ich habe extra Decken mitgebracht«, erkläre ich. »Damit er nicht auf dem harten Boden liegen muss.«

Mir ist nicht wohl bei der Sache, aber ich kann auch nicht viel dagegen tun. Da schon die Dämmerung einsetzt, machen wir uns eilig ans Werk. Sigmar entdeckt das Seilende, das an einem Haken an der Wand befestigt wurde, er löst die Befestigung, und der Tote schwebt langsam zu uns herab. Sigmar hält das Seil, während Sepp den Leichnam stützt, damit er nicht auf den harten Boden fällt. Der alte Mann ist vollkommen steif, seine Kleider gefroren, die Augen sind immer noch weit geöffnet, ihr toter Blick zeugt von Entsetzen und Todeskampf. Jetzt erst sehe ich das verkrustete Blut an seinem Hinterkopf – hat man ihn zuerst niedergeschlagen und den Bewusstlosen dann aufgehängt?

Sepp ist meinem Blick gefolgt, auch er hat die Verletzung gesehen. Er verzieht das Gesicht und schüttelt den Kopf.

»So ein netter alter Herr«, sagt er. »Hat mir noch ein Trinkgeld gegeben, als ich ihn hergebracht hab. Wie hätte ich ahnen können, dass ich ihn so wiedersehen muss …«

Ich habe eine der Decken vor dem Altar auf dem Boden ausgebreitet, darauf legen die Männer den Leichnam, ordnen seinen Mantel, zupfen die Ärmel zurecht, versuchen, seine Hände zu falten, doch die Arme sind steif und lassen sich nicht bewegen.

»Ruhe in Frieden«, sagt Sepp und schlägt ein Kreuz. »Du hast ausgelitten und wirst nun in das himmlische Reich aufgenommen. Amen.«

Mir wird ganz feierlich zumute, als er das sagt. Ach ja, die Leute hier in den Bergen sind gute Christen, deshalb bauen sie auch Kapellen auf die entlegensten Bergspitzen. Vorsichtig lege ich die zweite Decke über den Toten, bedecke auch sein Gesicht und gehe dann mit den beiden anderen hinaus. Sigmar hat das Seil aufgerollt und will es mitnehmen, aber ich sage ihm, er soll es hierlassen, wegen der Spurensicherung.

»Wenn die davon Fingerabdrücke nehmen«, meint Sigmar verdrossen. »Dann bin ich gleich als Mörder überführt.«

»Und?«, meint der Sepp und schaut ihn von der Seite an. »Bist du's denn nicht gewesen?«

Ein Witz? Eine Herausforderung? Ein Test? Sigmar packt den Sepp blitzschnell vorn an der Jacke und schüttelt ihn.

»Sag so was nie wieder!«, zischt er ihn an.

»Ist ja gut. War nur ein Späßli.«

»Damit spaßt man nicht!«

Es geht auf fünf Uhr zu, als wir die Eingangshalle betreten. Draußen fällt die Dämmerung, von Arzt oder Polizei ist nirgendwo etwas zu sehen.

»Eine Schande!«, sagt Sepp. »Wir können die kranken Leute nicht einfach ihrem Schicksal überlassen. In diesem Alter kann das tödlich sein.«

Sigmar schweigt verbissen, weil er auf den Sepp wütend ist. Ich bin gerührt und komme zu dem Schluss, dass ich den Sepp ganz falsch eingeschätzt habe. Er ist kein oberflächlicher Typ, der nur seinem Sport nachgeht und den hübschen Touristinnen hinterherläuft. Er ist ein Mensch, der das Herz auf dem rechten Fleck hat.

»Du hast völlig recht«, sage ich zu ihm. »Sie müssen so rasch wie möglich in eine Klinik. Aber auf dem Schneemobil wirst du keinen von ihnen transportieren können, dazu sind sie zu schwach. Und außerdem wird es schon dunkel.«

Er lächelt mich an und legt für einen Moment die Hand auf meine Schulter. Eine Geste des Verstehens und der Zuneigung. Für mehr haben wir jetzt keine Zeit.

»Das nicht, Henni. Aber ich kann wenigstens einen Arzt herbringen. Ich kenne einen, der die Fahrt in der Nacht mit mir machen wird. Ist ein guter Kumpel, für den leg ich die Hand ins Feuer.«

Er nickt uns beiden zu und steigt auf sein Schneemobil. Der Motor springt an, die Scheinwerfer flammen auf, und das Fahrzeug setzt sich in Bewegung. Sepp fährt langsam und vorsichtig, er weiß, dass die Fahrt riskant ist. Weiter unten, wo der Weg zur Seite hin steil abfällt, muss er höllisch aufpassen, dass es ihn nicht zu weit hinaustreibt. Ich stehe an der Tür des Vorbaus und winke ihm nach – ob er mich sieht, weiß ich nicht. Ach, ich wäre jetzt gern mit ihm gefahren. Die Arme um seine sehnigen Hüften geschlungen, durch Schnee und Eis, durch Kälte und Dunkelheit, dicht am Abgrund vorbei.

Sei vorsichtig, Henni, sage ich mir. Auf keinen Fall darfst du dich jetzt verlieben. Nicht mitten in einem akuten Mordfall. Weil das für den Betreffenden bisher immer schlecht ausgegangen ist. Also gehe ich brav wieder hinein, durchquere fröstelnd die Eingangshalle, wo der hungrige Luchs seine starren Glasaugen auf mich richtet und die Eule jetzt einen blauen Gummiball zwischen den Krallen hält. Damit niemand auf dumme Gedanken kommt, nehme ich das Teil an mich, vielleicht hat ja Walter Spaß damit. Was steht denn drauf? HUBSCHRAUBER. Aha. Leider zu spät, Papa, der kam gestern und ist längst über alle Berge.

In der Küche ist Licht, dort kocht Gitti beim Schein einer Laterne frischen Kamillentee, auf dem Herd röstet sie Brotscheiben, in einem Topf brodelt eine graue Pampe, die ich noch aus meiner Kinderzeit kenne. Haferbrei. Gab's auf Kerchenstein bei verdorbenem Magen. Bäh!

Sie erschrickt, als ich eintrete, beinahe hätte sie das kochende Wasser neben die Kanne geschüttet.

»Ach, du bist das, Henni. Gott sei Dank. Ich fange schon an, Gespenster zu sehen. Drehst du mal die Brotscheiben um?«

»Mach ich doch gern …«

Ich verbrenne mir erst mal die Pfoten, dann bin ich vorsichtiger und wende das Knusperbrot ohne weitere Blessuren. Gitti setzt den Deckel auf die Kanne und tut einen schweren Seufzer.

»Die Lebensmittel gehen zur Neige. Wir haben nur noch ein paar Reste übrig. Schließlich sollte die Feier ja nur ein Wochenende dauern, und nun sind wir schon einen halben Tag überfällig.«

»Das Röstbrot riecht aber lecker«, bemerke ich.

Sie freut sich über mein Lob. Sie versucht, aus dem, was noch übrig ist, eine anständige Mahlzeit zusammenzustellen. Wenn nur die Stromleitung endlich repariert würde, momentan herrschen ja Zustände wie im Mittelalter.

»Ist der Haferbrei für Gerda Dupré?«, will ich wissen.

Sie nickt und rührt die graue Pampe eifrig um, damit sich keine Klümpchen bilden.

»Es geht ihr ein wenig besser. Haferbrei ist in solchen Fällen immer die erste feste Nahrung, die man anbieten kann. Und wenn sie nicht alles essen kann, gebe ich den Rest dem Herrn Krauss, der isst so gut wie alles.«

»Du kennst dich aus in der Krankenpflege, wie?«, frage ich harmlos.

Sie erzählt mir, dass sie ihren Vater drei Jahre lang gepflegt hat. Er hatte einen Schlaganfall und war linksseitig gelähmt. Auch in der Familie ihrer Mutter gab es Pflegefälle. Die Oma, eine alte Tante …

»Das ist so hier bei uns«, sagt sie. »Wir schicken unsere Alten nicht ins Heim, wir behalten sie bei uns und kümmern uns …«

»Hast du auch den alten Herrn gepflegt, dem das Hotel früher gehört hat?«

Sie nickt. Will wohl nicht weiter darüber reden. Weil sein Tod ihr so nahegegangen ist. Oder gibt es noch einen anderen Grund?

»War er bettlägerig?«

Sie schüttelt den Kopf und löffelt Haferbrei in eine Schale, stellt sie auf ein Tablett, nimmt einen Löffel, um ihn dazuzulegen.

»War das ein freundlicher Mensch, der Herr Bogislav von Ottendorf?«

Der Löffel fällt ihr aus der Hand. Ich kann deutlich sehen, wie ihre Schultern zittern. Sie ist tatsächlich vollkommen mit den Nerven runter.

»Woher kennst du seinen Namen?«, faucht sie mich an.

»Du hast doch von ihm erzählt …«

Sie greift sich mit beiden Händen an den Kopf, dann fällt sie auf einen Stuhl und vergräbt das Gesicht in den Händen.

»Und wenn ich hundert Jahre alt werde«, schluchzt sie. »Ich werd es nie vergessen. Nie … Ich kann's vor mir sehen, wie er am Fenster gestanden und nach mir ausgeschaut hat. Wie er an der Tür gerüttelt hat. Wie er gerufen hat, bis er heiser war. Aber da ist keiner gekommen …«

Mir stockt der Atem. Was redet sie da? Was haben sie mit dem alten Mann angestellt?

»Hat ihn jemand … eingeschlossen?«

Sie schluchzt vor sich hin, ihr ganzer Körper bebt unter der Erschütterung. Verflixt noch mal, sie soll mir antworten.

»Wer hat das getan, Gitti? Du warst das doch nicht …«

Sie schüttelt heftig den Kopf.

»Ich bin's nicht gewesen. Aber ich hab's auch nicht verhindert. Der Herr von Ottendorf war doch von uns abhängig, weil er nicht mehr so gut laufen konnte. Grad im Winter, da sind immer welche aus dem Dorf zu ihm hinauf, haben ihm Lebensmittel gebracht, und er hat ihnen dafür Sachen aus dem Hotel geschenkt. Bestecke und silberne Serviettenringe und solche Dinge. Aber dann war das auf einmal vorbei. Er hat jetzt einen Krankenpfleger, haben sie zu mir gesagt. Du brauchst nicht mehr hinaufzusteigen, das ist zu beschwerlich für dich im Winter. Das haben sie gesagt, aber ich hab ihnen angesehen, dass sie gelogen haben ...«

»Von wem sprichst du, Gitti? Wer hat dich angelogen?«

Sie gibt darauf keine Antwort. Stattdessen erzählt sie weinend, wie schön es immer oben bei dem Herrn von Ottendorf gewesen sei.

»Er war ein richtiger Gentleman. Einer vom alten Schlag, weißt du? Auch wenn es ihm nicht gut ging – er hatte eine Lungengeschichte, und seine Beine wollten auch nicht mehr so richtig –, aber er war immer so freundlich. Und gescherzt hat er mit mir. Ach, wir haben oft gelacht, weil er sich komische Namen für mich ausgedacht hat. Mein molliges Kätzchen, hat er gesagt. Mein Hausmütterchen. Mein Posaunenengel. Oh, er war charmant, der alte Herr. Er hatte es nicht verdient, auf diese Weise ...«

Sie unterbricht sich, weil jemand aus der Halle in die Küche kommt. Es ist Sigmar. Er wirft nur einen kurzen Blick auf uns beide, nimmt sich eine Scheibe Röstbrot und schneidet sich mit einem Messer ein Stück Räucherschinken ab.

»Reg dich nicht auf«, sagt er zu Gitti. »In ein paar Tagen ist alles vorbei.«

Sie nickt und wischt sich mit dem Ärmel über das Gesicht. Ich ärgere mich, weil ich sie noch verschiedene Dinge fragen wollte. Aber jetzt, wo Sigmar dabei ist, lasse ich es besser bleiben.

»Soll ich das Tablett hochtragen?«, fragt er.

»Ja, bitte. Warte, noch die Tassen und den Korb mit dem Röstbrot. Das geht in das Zimmer von Frau Dupré und Frau Zuckerberg. Das Abendessen für Frau Linz und Frau Carrera bringe ich später.«

»Dann spute dich aber«, rät ihr Sigmar. »Die beiden Giftnudeln sind schon wieder aufeinander losgegangen.«

»Vorhin waren sie doch noch ganz friedlich«, wundere ich mich.

Sigmar macht eine kreisende Bewegung mit dem Zeigefinger an seiner Schläfe.

»Sie sind alle beide plemplem, wenn ihr mich fragt. Komplett bescheuert. Wer feiert schon den Geburtstag von einem Toten?«

»Na ja ...«, meine ich. »Beethoven, Goethe, Napoleon, Einstein ...«

Sigmar schnaubt verärgert.

»Solche schon. Aber doch nicht so eine Null wie dieser Carboni.«

Er zieht mit dem Tablett davon, und weil Gitti sich jetzt wieder berappelt hat, bekomme auch ich ein Tablett verpasst. Darauf steht eine lecker duftende Käse- und Schinkenplatte, Butter, Röstbrot, ein wenig Räucherfisch, harte Eier mit einem Klecks schwarzem Kaviar ... Ach, was zähle ich das alles auf – ich werde doch nichts davon abbekommen, denn die leckeren Sachen sind für die Gäste bestimmt.

Und überhaupt wird in diesem Fall viel zu viel gegessen. Am Ende der Lektüre wird die geneigte Leserschaft mindestens drei Kilo zugenommen haben.

Oben sind Claudia und Cindy eifrig um die alten Herrschaften bemüht. Lauretta Linz hat ihre Suite zum Hauptquartier erklärt und für alle geöffnet, sogar Maria Carrera hat sich dort in einem Sessel niedergelassen. Axel ist an ihrer Seite, Bobo läuft herum und erfüllt alle möglichen Aufträge. Man hat Hansi Krauss mithilfe des Tragesessels ebenfalls hierherbefördert, nur Gerda und Dietlinde fehlen, weil sie beide zu Bett liegen. Die Tür ihres Zimmers steht jedoch weit offen, darum hat Dietlinde ausdrücklich gebeten. In der momentanen unsicheren Situation möchte niemand gern allein bleiben.

Ich werde freudig empfangen, stelle das Tablett auf eine Kommode und eröffne das Büfett. Fülle die Teller nach individuellen Wünschen, sehe die köstlichen Lebensmittel in den Mägen der hungrigen Gäste verschwinden und befürchte ernsthaft, dass wir drei Musikerinnen mit Wasser und Brot vorliebnehmen müssen. Höchstens noch auf eine Speckkante oder eine Käserinde können wir hoffen. Womit soll ich meinen armen Kater ernähren? Walter fängt zwar Mäuse, aber fressen mag er sie nur ungern. Vielleicht ist ihm das Mäusefell zu trocken.

»Der junge Lustenberger ist wirklich ein ganz liebenswerter Mensch«, sagt Lauretta, die auf dem Sofa Platz genommen hat. »Ich vertraue sehr darauf, dass seine Suchaktion erfolgreich sein wird.«

Maria Carrera zieht die Augenbrauen in die Höhe und macht eine Miene, als ob sie es besser wüsste. Mit einer unnachahmlich eleganten Bewegung hält sie mir ihre Teetasse hin, damit ich ihr Kamillentee eingieße.

»Hoffst du wirklich darauf, Lauretta?«, fragt sie.

Lauretta weiß natürlich, worauf Maria anspielt. Nämlich auf ihre lächerliche Mordtheorie. Sie wirft ihr einen zornigen Blick zu, schweigt jedoch. Bobo fragt, ob sie nicht den roten Kaschmirschal umlegen wolle, Axel wirft drei Stückchen Zucker in den Kamillentee seiner Chefin und rührt eifrig um.

»Trink ihn so heiß wie möglich, Maria«, sagt er. »Das wird dir guttun.«

Aha, denke ich. Die Tigerinnen fletschen die Zähne, werden jedoch von ihren jeweiligen Dompteuren in Schach gehalten. Gerda hat den Haferbrei nicht angerührt. Ich biete das Schälchen Hansi Krauss an.

»Wunderbar!«, ruft er. »Da steigen Kindheitserinnerungen auf. Ich danke vielmals, junge Dame!«

Offensichtlich sind seine Kindheitserinnerungen, was den Haferbrei betrifft, von anderer Art als meine. Nun ja – irgendwie ist er ein glücklicher Mensch, weil er überall das Positive sehen kann.

»Warum hast du uns überhaupt hierher eingeladen, Lauretta?«, startet Maria den nächsten Angriff. »Und sag jetzt nicht, es sei Giorgios hundertster Geburtstag gewesen. Wir beide wissen sehr genau, dass er im August geboren ist. Am 28. Mit Goethe.«

Claudia, Cindy und mir ist das völlig neu. Nun ja – es steht jedem frei, seinen Geburtstag dann zu feiern, wenn er Lust hat. Auch ein Toter darf das natürlich. Trotzdem ist es schon irgendwie … seltsam.

»Na und?«, sagt Lauretta spitz. »Ich hatte meine Gründe.«

»Natürlich weiß ich, was du im Sinn hattest«, sagt Maria in Laurettas Richtung. »Du wolltest Gewissheit. Wie lächerlich. Jahrelang war Anton nicht nur dein, sondern auch mein Geliebter, und du hast nie etwas davon bemerkt. Erst jetzt, wo du alt bist, kam dir der Verdacht. Schnell von Begriff bist du, liebe Lauretta, niemals gewesen. Früher nicht und heute erst recht nicht!«

Axel reicht ihr die Hand, um sie vom Sessel zu ziehen, doch sie achtet nicht darauf. Die Tigerinnen setzen zum Sprung an, Henni. Jetzt heißt es aufpassen. Leider habe ich mit wild gewordenen alten Damen kaum Erfahrung. Oma kriegt sich immer ohne meine Hilfe wieder ein.

»Das muss ich mir von dir nicht sagen lassen, du falsches Luder«, schreit Lauretta und springt vom Sofa auf. Erstaunlich, wie gelenkig sie mit ihren dreiundachtzig Jahren ist, wenn sie wütend wird. Maria lässt sich nicht beeindrucken, sie bleibt sitzen und lächelt ihre Rivalin höhnisch an. Sie schlägt sogar die Beine übereinander, wobei der lange Morgenrock ein Stück auseinandergleitet und man ihre überschlanken Beine in silbergrauen Seidenstrümpfen sehen kann. Muss einst ein flotter Käfer gewesen sein, diese Maria Carrera.

»Warum fragst du mich nicht, weshalb ich überhaupt gekommen bin, Lauretta? Ich will es dir sagen. Weil ich mich auf dein dummes Gesicht gefreut habe, wenn du die Wahrheit über deinen Geliebten erfährst. Und ich schwöre dir, ich habe es genossen!«

Sie sagt das in einem derart hämischen Ton, dass mir Lauretta fast leidtut. Was für ein Miststück, diese Maria. Geht mit dem Ehemann und dem Geliebten ihrer Rivalin fremd und brüstet sich jetzt noch damit. Lauretta ist einige Schritte auf sie zugegangen, Bobo stellt sich vorsorglich zwischen die beiden, Axel zupft Maria unentwegt am Ärmel.

»Du bist ebenso gefühlskalt wie pietätlos«, faucht Lauretta. »Das warst du immer schon, Maria. Wie viele Männer durch dein Bett gegangen sind – ich will es gar nicht wissen. Aber geliebt hat dich kein Einziger. Alles, was sie von dir wollten, war dein Körper!«

Maria lacht schrill auf. Hat Lauretta da einen Nerv getroffen? Egal – wir müssen dieses Theater unterbinden, bevor sie sich die Gesichter zerkratzen.

»Und alles, was du von Giorgio wolltest, war sein Geld!«, schreit sie.

»Was ich auch bekommen habe!«, stellt Lauretta boshaft klar.

Jetzt ist die Häme auf Laurettas Seite. Maria, die bisher die Fassung gewahrt hat, zeigt jetzt plötzlich, dass auch sie die Nerven verlieren kann. Sie setzt sich gerade hin und zieht den Morgenmantel zusammen.

»Du hast meine Ansprüche einfach ignoriert, Lauretta«, faucht sie. »Giorgio hat mir eine größere Summe und einen Anteil an seinem Konzern versprochen. Das hat er mir sogar schriftlich gegeben!«

Lauretta zuckt die Schultern und lächelt böse.

»Leider waren deine Dokumente recht grob gefälscht und vor Gericht ungültig. Niemals hätte Giorgio einer Person wie dir etwas hinterlassen. Eine Nutte wird bezahlt, aber sie erbt nicht.«

Maria fährt so schnell von ihrem Sessel auf, dass sie schwankt und von Axel gestützt werden muss. Wütend streckt sie die Arme nach Lauretta aus, erwischt einen Zipfel ihres Flatterkleids und zerrt daran. Lauretta kommt ins Stolpern, mehrere Nähte reißen, das Kleid rutscht ihr von den Schultern. Bobo wirft sich dazwischen und entwindet Maria den Stoff. Axel umschlingt Maria mit beiden Armen, aber sie stößt ihn zornig von sich, sodass er rücklings auf den Teppich fällt. Da liegt er wie ein Käfer auf dem Rücken und zappelt mit den Beinen.

»Mörderin!«, kreischt Maria in Laurettas Richtung. »Du hast ihn beseitigen lassen, den armen Anton. Aus Rache hast du das getan. Aber dafür wirst du büßen. So wahr ein Gott im Himmel ist – du wirst …«

Jetzt reicht es aber. Ich wechsele rasch einen Blick mit der vollkommen konsternierten Claudia, dann lege ich los. Verdi. Troubadour. Arie des Manrico. So richtig zum Schmettern. Immer haben die Tenöre die schönsten Brüllarien! Jetzt will ich auch mal. Eine Oktave höher …

»Lodern zum Himmel … Seh ich die Flammen …«, lege ich los. Dabei schaue ich Claudia auffordernd an. Sie denkt im ersten Moment, dass ich jetzt komplett gaga bin, dann begreift sie. Stimmt ein. Forte. Fortissimo. Wir beiden Altistinnen kriegen eine ganz schöne Menge an Dezibel zusammen. Die Teetassen scheppern, Axel, der sich gerade vom Boden aufrappelt, fällt wieder zurück, Hansi Krauss gleitet die Schüssel mit dem Haferbrei vom Schoß.

»… soll nicht des Himmels Macht … all euch verdammen …«

Wir schmettern mindestens so laut wie ein Tenor. Schade, dass Basti nicht hier ist, dann würde die alte Hütte vermutlich aus den Grundfesten springen und zu Tal segeln. Aber auch so ist die Wirkung eindrucksvoll. Alle im Raum – sogar Cindy – sind starr vor Verblüffung. Axel ist vollkommen eingeschüchtert, Bobo bohrt mit dem Zeigefinger in seinem rechten Ohr, die beiden Kontrahentinnen starren mich in hellem Entsetzen an. Hansi Krauss hat sein Hörgerät vom Ohr gerupft und lächelt beglückt.

»Wunderbar! Wunderbar! Weitersingen!«

»Das war ein musikalischer Gongschlag«, verkünde ich. »Ich schlage vor, wir vergraben jetzt das Kriegsbeil und verbringen den Abend friedlich miteinander. Schließlich liegen drüben zwei Kranke, auf die wir Rücksicht nehmen sollten …«

»Sie haben ja so recht«, flüstert Lauretta, die sich inzwischen gefasst hat. »Es ist unwürdig zu streiten, da der Tod mitten unter uns weilt …«

Sie unterbricht sich, weil im Treppenhaus Schritte zu hören sind. Jemand steigt zu uns hinauf, nähert sich Stufe um Stufe dem zweiten Stock, die Fußtritte klingen dumpf wegen des Teppichs, nur hin und wieder schwingt ein metallisches Klingen mit, weil ein Fuß eine der Messingstangen berührt hat, die den Teppich halten.

Sigmar steht an der Tür. Er trägt Jeans und einen dunkelblauen Rollkragenpulli, im Gesicht ist er unnatürlich bleich, sogar die Glatze ist blass.

»Der Arzt ist da!«, verkündet er.

Die Anspannung löst sich. Maria setzt sich wieder auf ihren Sessel, Axel steht vom Teppich auf, Lauretta bedankt sich bei Sigmar und geht zur Tür, um den mutigen Mediziner zu begrüßen. Im Treppenhaus sind nun doppelte Fußtritte zu hören, gleich darauf erscheint der Sepp an der Tür, neben ihm ein grauhaariger bärtiger Mensch im roten Skianzug mit roter Pudelmütze, an der ein schneeweißer Bommel befestigt ist. Im ersten Moment hat er große Ähnlichkeit mit einem zu dünn geratenen Weihnachtsmann.

Er nickt grüßend in die Runde, schüttelt Lauretta ausgiebig die Hand und fragt dann, wer von den Herrschaften krank sei.

»Hier entlang bitte, Herr Doktor …«

Santa Claus legt Mütze und Jacke ab und setzt die Brille auf. Jetzt ähnelt er eher einem freundlichen Gartenzwerg. Eine Weile beschäftigt er sich mit Gerda Dupré und Dietlinde Zuckerberg, dann erscheint er wieder im Salon und untersucht Hansi Krauss.

»Will wohl nicht, das Untergestell, wie?«, fragt er leutselig.

Hansi Krauss dreht an seinem Hörgerät und lächelt den Arzt freundlich an. Dann geht alles auf einmal blitzschnell. Ein Griff, ein Ruck, ein Schrei.

»Na?«, fragt der Doktor nach.

Hansi Krauss wackelt mit den Zehen, hebt die Knie, reibt sich die Oberschenkel.

»Wie neu, Herr Doktor!«

»Dann gehen Sie mal aus dem Weg, ich will jetzt die Damen untersuchen.«

Cindy, Claudia und ich versichern dem eifrigen Arzt, dass wir kerngesund sind, daraufhin darf ich den blitzgeheilten Hansi Krauss in seine Suite begleiten, während sich der Gartenzwerg-Medikus mit den Damen Lauretta und Maria beschäftigt.

Hansi Krauss ist aufgeräumt und gut gelaunt wie selten, er läuft wie aufgezogen, sodass ich kaum hinterherkomme. Unfassbar, dieser Bergdoktor. Ein kurzer Ruck – und der Patient ist gesund. Wenn die Pharmaindustrie von ihm erfährt, setzen die bestimmt einen Killer auf ihn an.

Hansi verschwindet erst mal im Badezimmer, dann darf ich ihm in den Pyjama helfen und ihm wollene Socken verpassen, weil er so kalte Füße hat. Donnerwetter, dieser Gig verlangt mir menschlich so einiges ab. Nicht dass der Anblick eines nackten Mannes mir fremd wäre – aber ich hatte bisher immer recht stattliche Exemplare vor mir. Was frau aber hier zu sehen bekommt, ist recht deprimierend. Tja, Henni, lass es dir eine Warnung sein. Wer zu lange wartet, hat das Nachsehen. Als Schrumpelhansi warm verpackt und zugedeckt im Heiabettchen liegt, darf ich mich an seinen Bettrand setzen und sein Hörgerät auf volle Leistung stellen.

»Ich hab da eine Frage an Sie, Herr Krauss ...«

»Bitte gerne, junge Frau. Fragen Sie nur immer ... Legen Sie doch die Wolldecke noch über die Steppdecke. Ja, so ist's gut. Schweinekalt hier in den Bergen ... Haben Sie die Eisblumen an den Fenstern gesehen?«

»Stimmt es, dass Sie in die Wohnung des verstorbenen Herrn von Ottendorf gehen wollten?«

Er ist in Schwatzlaune, die plötzliche Heilung hat ihn in Hochstimmung versetzt. Netter Typ. Ein bisschen dement. Oma würde sagen: verkalkt. Aber lieb.

»Ja, richtig. Hab ich ganz vergessen, das war wegen des Testaments. Der Bogi hat mich nämlich angerufen. Das war ... im Oktober? Oder vielleicht doch im November? Egal. Er war ganz aufgeregt am Telefon, hat gar nicht gefragt, wie es mir geht wie sonst, sondern er wollte, dass ich zu ihm komme ...«

Drüben redet Lauretta von ihren Kreislaufbeschwerden, der Arzt erklärt, er hätte da was für sie. Fantastisch, dieser Wunderdoktor.

»Aber Sie sind nicht gefahren, oder?«

»Nee, das passte mir nicht in den Kram. Hinterher hat's mir leidgetan, als ich erfahren hab, dass der gute Bogi den Löffel abgegeben hat. Er war schon komisch am Telefon. Hat wohl den Verfolgungswahn gehabt, das gibt's ja bei alten Leuten.«

»Ach ja? Und wie hat sich der geäußert?«

Hansi Krauss lacht ein wenig, dann fällt ihm ein, dass der arme Bogi ja tot ist, und er wird wieder ernst.

»Die haben was vor mit mir, hat er gesagt. Und: Die wollen mein Hotel, aber das kriegen sie nicht. Das vermache ich dir, Heini. Ich schreib ein Testament – aber das musst du selbst abholen. Weil ich niemandem trauen kann …«

Da schau an. Ob er da schon eingesperrt war? Aber dann hätten die doch das Telefon gekappt. Es muss also vorher gewesen sein. Der arme Kerl hat bestimmt keinen Verfolgungswahn gehabt. Der hat geahnt, was man mit ihm vorhatte. Aber warum nur?

»Ja«, sagt Hansi Krauss. »Eigentlich wollte ich nachsehen, ob das Testament vielleicht noch irgendwo liegt. Aber dann hab ich mir gesagt, dass es die Mühe nicht wert ist. Wer will schon diesen Klapperkasten haben? Sie gewiss auch nicht, junge Frau. Oder?«

Ich lächle höflich über seinen Scherz, bin mir aber gar nicht so sicher, ob die marode Hütte nicht doch einen verborgenen Wert hat. Es muss wohl so sein, sonst hätte man den alten Mann nicht so elendig zu Tode gebracht.

»Na, ihr zwei beiden?«, sagt auf einmal jemand hinter mir. »Ihr versteht euch ja gut miteinander, wie?«

Der Sepp ist gekommen, um zu fragen, ob er helfen kann. Wie nett, da kann ich ihm gleich sagen, wie großartig ich seinen nächtlichen Einsatz finde.

»Dieser Arzt ist fantastisch«, schwärme ich.

Er lacht verschmitzt und gesteht mir, dass der Gustl Firnhaber gar kein studierter Arzt ist.

»Was ist er dann?«

»Ach, der heilt hier bei uns die Leute. Hat sein Vater schon getan, und er führt die Tradition fort. Der Gustl hat schon in vielen Fällen geholfen, wo die Schulmedizin nicht mehr weiterwusste …«

Ich bin verblüfft. Frage, ob er denn mit einer Lungenentzündung und einer Gallenkolik umgehen kann.

»Die müssen beide morgen früh per Hubschrauber in eine Klinik«, sagt Sepp. »Da kennt der Gustl nix. Der weiß genau, wo seine Grenzen sind.«

Und weil momentan alle beschäftigt sind, legt er den Arm um meine Schultern und zieht mich zu sich heran.

»Magst einen kleinen Nachtspaziergang mit mir machen, Maitli?«

Mein Herz klopft Sturm. Klar mag ich. Wohin auch immer, Hauptsache dicht bei ihm. Wenn's sein muss, die ganze Nacht.

Aber das Schicksal meint es nicht gut mit uns. Henni hat eben in der Liebe immer nur Pech.

»Frau Linz!«, schreit Sigmar aus der Eingangshalle. »Können Sie bitte herunterkommen? Die Polizei ist da!«

»Das glaub ich jetzt nicht«, sagt der Sepp. »Im Stockdunklen fahren die hier rauf. Alle Achtung!«

Unten im Hof steht ein zweites Schneemobil, an dem jetzt gerade die Scheinwerfer erlöschen. Aber wir haben den Fahrer noch sehen können, der jetzt zum Eingang des Hotels stapft. Er ist nicht groß, sehr schmal und trägt eine dunkelblaue gefütterte Jacke.

Lauretta ist schon mit einer Kerze in der Hand auf dem Weg in die Eingangshalle. Bobo folgt ihr eilig, das warme Schultertuch über dem Arm. Was für ein fürsorglicher Ritter er doch ist.

»Seien Sie herzlich willkommen, Herr Kommissar«, hört man Lauretta ausrufen. »Sie sind unsere letzte Hoffnung.«

»Abend. Wieso ist hier kein Licht?«, sagt eine Männerstimme.

»Wir haben keinen Strom, Herr Kommissar. Leider.«

»Soso. Wo ist der Tote?«

Der Herr Kommissar hält offensichtlich nicht viel von langen Vorreden, auch die Begrüßung reduziert er auf das Allernotwendigste. Vermutlich aus Zeitgründen. Einer von der Sorte: Er kam, sah, siegte, und weg war er.

»Ich verstehe Sie nicht«, entgegnet Lauretta verwirrt. »Wir vermissen einen guten Freund, Herrn Anton Drechsler.«

Verflixt. Wir haben keine Zeit mehr gehabt, ihnen die Wahrheit auf schonende Weise beizubringen. Sepp und ich sehen uns an, dann laufen wir beide gleichzeitig los. Als wir unten in der eiskalten, zugigen Eingangshalle ankommen, stehen schon Sigmar und Gitti bei Lauretta und den beiden Polizisten. Tatsächlich, es sind zwei Polizisten. Der kleine Dünne, der vorhin vom Schneemobil gestiegen ist, und ein groß gewachsener, sehr kräftiger Kerl, ebenfalls dunkelblau gekleidet, die hellblaue Pudelmütze hält er in der Hand. Seiner Haltung nach ist er der Chef. Der Stimme nach ist er Bassbariton. Einer von denen, die immer aus einem hohlen Fass heraus sprechen.

Was Sigmar und Gitti ihm gerade erzählt haben, konnten wir nicht hören, aber jetzt sehen wir, dass Lauretta die Hände vors Gesicht schlägt.

»Nein!«, stöhnt sie. »Sagen Sie, dass das nicht wahr ist. Er hat sich nur verlaufen … Sie werden ihn doch finden, oder?«

Bobo legt mit einer sanften Geste den Arm um sie und flüstert ihr etwas ins Ohr. Lauretta beginnt zu schluchzen.

»Ja, was denn jetzt?«, fragt der Kommissar ungeduldig. »Wir sind extra noch so spät hergekommen, weil es hieß, jemand sei ermordet worden.«

Es klingt vorwurfsvoll. Man hat ihm eine Leiche versprochen, und jetzt war es am Ende nur ein Fake? Der Typ ist mir auf der Stelle megamäßig unsympathisch.

»Drüben in der Kapelle«, sagt der Sepp mit leiser Stimme. »Wir müssen ein kleines Stück bergauf gehen.«

»In der Kapelle?«, wiederholt Lauretta mit bebender Stimme. »Wenn es die Wahrheit ist, dann will ich ihn sehen. Ich gehe mit!«

»Nein, Lauretta!«, sagt Bobo energisch. »Zu kalt. Zu dunkel. Ich gehe mit dir morgen hinüber …«

Er hat keine Chance. Wenn Lauretta will, dann will sie. Sie geht mit, jetzt sofort, und wenn es das Letzte ist, was sie tut. Sie will Anton sehen. Will wissen, wie er ums Leben kam. Das ist sie ihm schuldig.

»Wissen Sie, Herr Kommissar … Er war ein wunderbarer Mann …«

Der Kommissar hat keinen Sinn für die sentimentalen Anwandlungen älterer Damen. Er packt den Sepp am Arm und nickt seinem Kameraden auffordernd zu.

»Gehen wir!«

Doch er hat Pech, denn in diesem Moment hat Maria Carrera die Eingangshalle betreten.

»Er ist tot!«, ruft sie laut aus. »Ich weiß, dass er tot ist. Und sie ist seine Mörderin!«

Sie weist mit dem ausgestreckten Arm auf Lauretta. Der Kommissar bleibt überrascht stehen, mustert Maria von oben bis unten. Rümpft die Nase über ihren grauen Flauschanzug, zu dem sie ein Brillantcollier trägt.

»Woher wissen Sie das?«, fragt er unfreundlich. »Haben Sie den Mord beobachtet?«

»Ich spüre es«, sagt sie theatralisch und fasst sich an die Brust. »Hier spüre ich es, Herr Kommissar.«

Der Kommissar hat ein fleischiges Gesicht und ein unangenehmes Grinsen.

»Die berühmte weibliche Intuition? Also reine Fantasterei.«

Maria Carrera strafft sich und hebt das Kinn. So lässt sie nicht mit sich reden.

»Vielleicht stellen Sie sich erst einmal vor, junger Mann, bevor Sie unhöflich werden!«, schleudert sie ihm entgegen.

Er ist sauer, das sieht man ihm an. Aber er fügt sich, vermutlich aus Gründen der Klugheit. Man darf eine mögliche Zeugin oder gar die Mörderin auf keinen Fall von vornherein vergrätzen.

»Pardon«, sagt er und vollführt eine ironisch gemeinte Verbeugung. »Huber mein Name. Unterkommissar. Und dies ist mein Mitarbeiter Stuckmayer. Wir sind hier, weil uns ein Mord gemeldet wurde.«

Maria Carrera schaut sich suchend um, starrt Lauretta einen Moment lang an, dann Sigmar.

»Wer hat Ihnen einen Mord gemeldet?«

Der Kommissar schnaubt ärgerlich. Vermutlich ist er es gewohnt, dass *er* derjenige ist, der die Fragen stellt, und nicht die Verdächtigen. Dafür meldet sich jetzt sein Begleiter zu Wort.

»Es war eine Frau. Ihr Name ist … Kirchenstock …«

Ich mache ein unschuldiges Gesicht. Lauretta erklärt, dass eine Person dieses Namens hier im Hotel unbekannt sei.

»Bitte warten Sie auf uns, Herr Huber. Wir müssen uns umkleiden!«

Beide Damen steigen gemeinsam mit ihren Paladinen die Treppe hinauf, um die nötigen Pelze und Winterstiefel für den Gang zur Kapelle anzulegen. Kommissar Huber schaut den Sepp auffordernd an.

»Also, los jetzt!«, kommandiert er.

»Aber die Damen …«

»Wir gehen jetzt zum Tatort. Was die Damen vorhaben, ist deren Sache!«

Sepp ist drauf und dran, den Befehl zu verweigern, er kämpft mit sich, schaut mich fragend an, als ich jedoch die Schultern zucke, fügt er sich.

»Bringst uns den Schlüssel und eine Laterne, Sigmar?«

Sigmar nickt und eilt davon in Richtung Wirtschaftsräume. Wie es scheint, hat er wenig Lust, uns zu begleiten. Vermutlich mag er keinen Toten sehen, es gibt Leute, die sind in dieser Hinsicht zartbesaitet.

Jetzt, da wir unter uns sind, gebe ich mich als Anruferin zu erkennen. Der Sepp staunt, der Kommissar schnaubt ärgerlich.

»Warum sagen Sie das nicht gleich?«

»Wir haben den alten Herrschaften zunächst nichts von dem Mord erzählt. Um ihre Nerven zu schonen.«

»Na und?«

Lästiger Typ. Will alles ganz genau wissen. Korinthenkacker.

»Ich fürchte, Sie werden es mir übel nehmen ...«

»Ihr Problem. Wer sind Sie überhaupt?«

»Henriette Sophie von Kerchenstein«, erkläre ich herablassend. »Ich bin hier mit meinen beiden Kolleginnen als Musikerin engagiert.«

Er glotzt mich an, als hätte ich eine Warze auf der Nase.

»Musikerin?«

»Ja. Es gab eine Geburtstagsfeier, die wir musikalisch begleitet haben.«

Er hebt kurz den Kopf an, was wohl so viel wie »Aha!« bedeutet, dann zeigt er dem Sepp, der mit einer brennenden Laterne daherkommt, mit einer herrischen Geste den Weg nach draußen. Im Hof wendet er sich zu mir um.

»Was wollen Sie denn noch?«

»Herr Denisowitsch und ich haben den Toten gefunden.«

»Ach so!«

Gut, dass ich meinen dicken Wollpulli anhabe, denn es ist elend kalt. Sepp schreitet eilig voran, die beiden Polizisten folgen ihm und klettern wie die Eichhörnchen – ich bin das Schlusslicht. Leider ohne Licht, weil mein Smarty mit der Taschenlampenfunktion wieder mal irgendwo herumliegt. Erst als der Sepp oben mit dem Schlüssel hantiert, hole ich die Herren ein. Drüben im Hotel sind jetzt zwei weitere Laternen zu sehen – die beiden alten Damen sind uns auf den Fersen.

»Ziemlich muffig da drin!«, bemerkt Kommissar Huber, als sich die Pforte knarrend öffnet. »Leuchten Sie mal rein, Stuckmayer!«

Der Schein der Laterne dringt nicht bis zum Altar, er gleitet über die Reliquiare, lässt das Gold aufblitzen, spiegelt sich gleißend im Glas der Heiligenvitrinen.

»Was ist das für ein Kram?«

Der Sepp bleibt äußerlich ruhig, ich sehe ihm jedoch an, dass er in seinem gekränkten Heimatstolz große Lust hat, dem Kommissar die Laterne an den Schädel zu hauen.

»Das ist eine Wallfahrtskapelle, Herr Kommissar. Wir bewahren hier Reliquien auf, zu denen die Gläubigen im Sommer pilgern.«

Hat er »wir« gesagt? Sozusagen als Mitglied der katholischen Kirche? Könnte es sein, dass die Kapelle zum Hotel gehört? Dann wäre hier vielleicht der geheime Schatz zu suchen, für den der ehemalige Besitzer sterben musste. Sind es die vergoldeten Reliquiare? Oder ihr Inhalt? Die Heiligen in den Glassärgen? Halten sie vielleicht etwas unter ihren Gewändern versteckt, das ihren Besitzer zum Millionär macht?

»Reliquien!«, knurrt der Kommissar. »Ich dachte, die gab's nur im Mittelalter.«

»Sie sind wohl nicht katholisch, Herr Huber?«, fragt Sepp zurück.

»Ich? Gott bewahre. Gut evangelisch.«

Er nimmt Stuckmayer die Laterne aus der Hand und leuchtet umher. Besieht kopfschüttelnd die Heiligen in ihren Vitrinen, leuchtet die Wände ab und richtet den Laternenschein dann auf den Altar. Davor liegt Anton Drechsler, steif und kalt, mit einer Decke zugedeckt.

»Da haben wir ihn ja. Nehmen Sie mal die Decke weg, Stuckmayer. Aber vorsichtig. Dass nichts verrutscht.«

Was jetzt geschieht, ist Polizeiroutine, aber die Art, wie die beiden vorgehen, ist mehr als geschäftsmäßig. Sie ist respektlos. Ich sitze neben dem Sepp auf der vordersten Kirchenbank und sehe zu, wie die beiden Polizisten den Toten mit einem Smartphone fotografieren, ihn umdrehen, begaffen, befummeln.

»Schon länger tot. Vierundzwanzig Stunden würde ich mal schätzen. Schon nicht mehr steif.«

»Der wurde erwürgt.«

»Nein, Herr Unterkommissar. Erschlagen. Sehen Sie?«

»Schaut aus, als habe er sich erhängt.«

»Keine weiteren Kampfspuren zu sehen ...«

»Er hat etwas in der Hosentasche ...«

»Einen Haken. Damit hat er die Tür geöffnet.«

Huber hebt den Kopf und blickt in unsere Richtung.

»Wann haben Sie ihn gefunden?«

»Heute Vormittag.«

»Hier auf dem Boden?«

»Nein, Herr Unterkommissar«, bekenne ich. »Er hing dort hinten. Im Turm.«

Die beiden Polizisten reißen die Augen auf.

»Er hing? Wieso sagen Sie das erst jetzt? Möglicherweise ein Selbstmord?«

»Bestimmt nicht«, gebe ich zur Antwort. »Er hat eine klaffende Wunde am Hinterkopf.«

»Die kann er auch bekommen haben, als ihn jemand unsachgemäß abgeschnitten hat. Wo ist das Seil?«

»Dort hinten muss es liegen, Herr Unterkommissar.«

Es macht mir gewaltiges Vergnügen, ihm immer wieder unter die Nase zu reiben, dass er nur Unterkommissar und nicht etwa Hauptkommissar ist. So wie er sich hier aufführt, wird er wohl auch nie zum Hauptkommissar befördert werden. Ein kompletter Versager, dieser Huber. Und genau das Gegenteil von charmant und feinfühlig.

»Da liegt nichts.«

Tatsächlich ist das Seil, das Sigmar zusammengerollt neben den Eingang gelegt hatte, verschwunden. Sepp stößt ein leises Lachen aus.

»Das hat jemand in der Zwischenzeit verschwinden lassen!«, bemerkt er.

»Und wer?«, will Huber wissen. »Sie etwa?«

»Ich? Ganz sicher nicht.«

»Haben Sie einen Verdacht?«

»Ich habe keine Ahnung«, sagt Sepp.

»Wer hatte Zugang zur Kapelle? Sie war doch abgeschlossen, oder?«

»Sie ist immer abgeschlossen, außer zu den Gebetszeiten. Wegen der Reliquien. Es gibt Spitzbuben, die vor einem Kirchenraub nicht zurückschrecken.«

Jemand rüttelt an der Tür, öffnet sie, und der Schein einer Laterne fällt in den Eingangsbereich. Bobo kommt herein, an seinem Arm hängt Lauretta im weißen Nerz, hinter ihr taucht Maria Carrera im Silberfuchs auf, die den totenbleichen Axel Klumpe hinter sich herzerrt.

»Wo ist er?«

Bobo deutet mit dem Finger zum Altar hin, wo die beiden Polizisten über den Toten gebeugt sind.

»Dort, Lauretta. Vorsichtig, ist eng hier. Nicht fallen. Warte, ich gehe vor ...«

Erst jetzt fällt mir auf, dass ich Lauretta zum ersten Mal ungeschminkt sehe. Ihre Haut ist schlaff und blass, die Augenlider faltig, die aufgespritzten vollen Lippen wollen nicht recht in das Gesicht passen. Trotzdem gefällt sie mir so viel besser. Ohne die Maske aus Schminke ist ihr Gesicht wahrhaftig, spiegelt ihre Persönlichkeit.

Die beiden Polizisten weichen unwillig zurück, als sich die Frauen mit ihren Begleitern dem Altar nähern. Anton Drechsler liegt jetzt auf der Seite, man sieht die Kopfwunde, das vertrocknete Blut in seinem Haar und im Nacken. Schweigend stehen die beiden

Rivalinnen vor ihrem einstigen Liebhaber, keine sagt ein Wort, sie starren auf den toten Körper, das dunkle wachsartige Gesicht. Seine Augen sind immer noch geöffnet, sie scheinen jetzt tiefer zu liegen und wirken matter.

Maria geht entschlossen zu dem Toten, kniet bei ihm nieder und schließt ihm die Augen. Lauretta will nicht zurückstehen, sie legt den Toten auf den Rücken, faltet ihm die Hände über der Brust.

»Lassen Sie das …«, knurrt Huber. »Sie verwischen die Spuren.«

»Das ist ein Gebot der Menschlichkeit«, erklärt Lauretta kühl. »Wir würden für Sie das Gleiche tun!«

Huber schweigt verbissen und zieht sich zurück. Die Polizisten lassen die Frauen gewähren, gehen beiseite und besprechen sich leise miteinander.

»Wenn Sie dann fertig sind, meine Damen«, verkündet Huber nach einigen Minuten. »Wir hätten einige Fragen an Sie.«

Lauretta, die neben dem Toten gekniet hat, erhebt sich mit Bobos Hilfe. Maria zieht die Decke mit einer sanften Bewegung über den Leichnam.

»Wir stehen zur Verfügung, Herr Kommissar«, sagt Lauretta.

»Fragen Sie!«

»Nicht hier«, sagt er unfreundlich. »Drüben im Hotel. Wenn's geht in einem geheizten Raum.«

»Ganz wie Sie wünschen!«

Hört er die Ironie heraus? Wenn ja, dann lässt er sich nichts anmerken. Er stampft durch die Kapelle zum Ausgang, wirft dort einen Blick den Turm hinauf und weist seinen Kollegen an, mit der Laterne zu leuchten.

»Hat er hier gehangen?«

»Ja.«

»Was ist da oben? Man sieht ja nichts bei dieser Funzel.«

»Der Glockenstuhl«, erklärt Sepp. »Jemand hat ein Seil über den Querbalken geworfen und das andere Ende dort am Haken befestigt.«

»Dazu braucht man eine Leiter«, stellt Stuckmayer fest.

»Sehen wir uns morgen bei Tageslicht an!«, entscheidet sein Vorgesetzter. »Jetzt will ich raus hier. Brauche frische Luft.«

Ausnahmsweise bin ich seiner Meinung. In der Kapelle hat es auch gestern früh und heute Mittag schon gemüffelt, jetzt habe ich das Gefühl, gleich speien zu müssen. Es muss an dem Toten liegen, Henni ist eben doch nicht so hart im Nehmen, wie sie immer dachte.

Der Abstieg im Dunkeln gestaltet sich schwierig. Bobo und Sepp stützen die alten Damen, die beiden Polizisten rutschen fluchend vor uns her, Axel klammert sich Hilfe suchend an mich, was zur Folge hat, dass wir uns zweimal gemeinsam auf die Fresse legen. Wir alle sind heilfroh, als wir den Hotelhof erreichen, wo uns Sigmar mit einer Laterne und der Nachricht empfängt, dass oben im Musikzimmer der Kamin angeheizt sei.

»Sehr gut! Dann wollen wir mal«, sagt der Unterkommissar und reibt sich die Hände. »Wir brauchen Kaffee, einen kräftigen Imbiss und alle Personen, die sich hier im Hotel zur Tatzeit aufgehalten haben. Die Leute sollen einzeln eintreten.«

Sigmar nickt dienstbeflissen und bemerkt vorsichtig, dass es schon nach acht Uhr sei und die älteren Herrschaften einen langen, anstrengenden Tag hinter sich hätten.

»Dann schicken Sie die Alten zuerst. Und den Kaffee nicht vergessen!«

Aha, der Herr Unterkommissar stellt sich auf eine ausgedehnte Nachtarbeit ein. Wohl ein Arbeitstier, der Huber.

Wenn der herausbekommt, wer Anton Drechsler umgebracht hat, dann fresse ich meine Klarinette. Da wir jungen Leute erst am Schluss zum Verhör bestellt sind, gehen Claudi, Cindy und ich noch mal hoch in unsere Zimmer. Vom Treppenhaus aus sehen wir, wie der Sepp mit dem Wunderheiler Gustl Firnhaber per Schneemobil davonfährt. Beneidenswert, so mobil zu sein.

»Ich will auch nach Hause!«, schimpft Cindy. »Während ich hier herumhänge, räumt Ludwig mir die Bude aus. Jetzt will er auch noch den Couchtisch mitnehmen.«

Der ist von ihrem Opa aus Kanada. Selbst gezimmert aus echter kanadischer Hemlocktanne. Sorgen hat das Mädel! Ich untersuche mein Smarty. Drei Nachrichten per WhatsApp von Basti. Er macht sich immer noch Sorgen, dabei singt er Lohengrin und Tosca, angeblich jubelt das Berliner Publikum ihm zu, aber das ist ihm gleich. Weil er immer nur an mich denken muss. Armer Kerl. Ich schreibe ihm schnell eine Nachricht. Es geht mir gut. Bin demnächst wieder in München. Melde mich dann. Puh. Oma schickt mir ein Foto von Kerchenstein im Schnee. Mit romantischer Lichterkette an den Fenstern und einer geschmückten Fichte neben dem Eingangstor. Unfassbar. Die sitzen da friedlich bei Kaffee und Glühwein, packen Weihnachtsgeschenke ein und schmücken die Tanne, während unsereins sich mit einem Mordfall herumschlägt.

»Jetzt essen die uns die letzten Vorräte weg«, seufzt Claudia. »Morgen früh gibt's bestimmt nur noch heißes Wasser und Haferbrei.«

Ich nicke zerstreut. Ausnahmsweise habe ich keinen Appetit. Wahrscheinlich liegt mir der Tote in der Kapelle noch im Magen. Was für eine verrücke Geschichte. Wieso erschlägt man einen alten Mann und hängt ihn dann an einem Seil in den Turm? Wer kann das getan haben? Und warum? Streng deine grauen Zellen an, Henni! So wie es ausschaut, musst du den Fall lösen, denn dieser Hanswurst wird den Mörder sicher nicht finden, selbst wenn er drüberstolpert. Wer hat überhaupt Zugang zur Kapelle? Sigmar auf jeden Fall. Aber auch Gitti. Wer noch? Höchstens jemand, der weiß, wo die Schlüssel aufbewahrt werden. Der Sepp? Die Frage ist, ob es einen zweiten Schlüssel gibt. Was bei diesem mittelalterlichen Monstrum eher unwahrscheinlich ist. Aber wenn, dann müsste wohl der Priester ihn besitzen. Oder jemand anderes, der Zugang zum Pfarrhaus hat … Nee, so kommst du nicht weiter, Henni. Da könnte ja das halbe Dorf in die Kapelle gegangen sein.

Sigmar klopft an die Tür.

»Ihr seid dran, Mädels. Aber bleibt cool. Der ist schon auf hundertachtzig!«

»Da war er auch vorher schon«, bemerkt Cindy spitz.

»Der wohnt da«, bestätige ich.

»Schrecklich«, meint Claudia kopfschüttelnd, als wir drei die Treppe hinunterlaufen. »Hoffentlich passiert nicht noch mehr. Heißt es nicht immer, dass auf einen Mord der nächste folgt?«

Ich bleibe kurz stehen, um sie vorwurfvoll anzuschauen. Sie zieht den Kopf ein und schämt sich.

»Du hast schon einen seltsamen Humor, Claudi«, knurrt Cindy. »'tschuldigung … Ging mir so durch den Sinn …«

Im Musikzimmer ist es kuschelig warm, es duftet nach Kamin, frischem Kaffee und Röstbrot mit Schinkenspeck. Die beiden Herren von der Kripo haben es sich auf zwei Sesseln bequem gemacht, auf dem runden Marmortisch steht ein Laptop, dessen Display schwarz ist, daneben liegen verschiedene eng beschriebene Blätter. Aha – der Akku vom Läppi hat den Geist aufgegeben.

»Wieso ist hier kein Strom?«, brüllt Huber Sigmar an.

»Der Schneesturm hat die Leitung beschädigt!«

»Sauerei! Schreib wenigstens deutlich, Toni. Kann ja keiner lesen, deine Klaue ... Ah, die Musikerinnen. Nur herein, meine Damen. Nehmen Sie Platz und antworten Sie nur, wenn Sie gefragt werden. Zuerst einmal Namen und Adressen. Die Blonde da hat sich schon vorgestellt. Frau von Kicherstein, nicht wahr?«

»Von Kerchenstein, wenn's recht ist ...«

»Auch gut ... und die beiden anderen Damen?«

Wie langweilig. Er notiert unsere Personalien, will wissen, was wir hier machen, wann wir Anton Drechsler zuletzt gesehen haben, ob es hier jemanden gibt, der Grund hätte, sich seiner zu entledigen. Mitarbeiter Stuckmayer notiert eifrig, schüttelt zwischendrin immer wieder seine rechte Hand aus, weil er den Schreibkrampf hat, stöhnt und schreibt weiter. Was stellt er sich so an, der Jämmerling? Weiß er nicht, dass die Mönche im Mittelalter ganze Bibeln mit der Hand abgeschrieben haben? Und das mit Tinte auf Pergament, wo man nicht mal radieren kann ...

Cindy erzählt, dass wir vorgestern Nacht zwei Personen bei der Kapelle beobachtet hätten. Weil das Thema nun schon einmal auf dem Tapet ist, ergänze ich, dass es drei gewesen sind.

»Können Sie sie beschreiben?«

»Heller Skianzug und Pudelmütze der eine. Der andere, der vom Hotel zur Kapelle ging, war dunkel gekleidet. Mantel und Hut.«

»Könnte es der Tote gewesen sein?«

»Kaum. Er war ja lebendig.«

»Verdammt noch mal!«, flippt er aus. »Ob es dieser Anton Drechsler gewesen sein könnte, will ich wissen!«

»Kann gut sein …«

»Er ist also schon vorletzte Nacht zur Kapelle hinübergelaufen? Haben Sie eine Ahnung, was er dort gewollt haben könnte?«

»Nein.«

Ich denke gar nicht daran, ihm von versteckten Wertgegenständen in der Kapelle zu erzählen. Das soll er schön selbst herausfinden, der Brüllaffe. Natürlich ist es möglich, dass der gute Anton Drechsler hinter einem Schatz her war, schließlich hat auch er den ehemaligen Hotelbesitzer gut gekannt. Vielleicht hat Bogi von Ottendorf ihm mehr verraten, als er Hansi Krauss erzählt hat? Allerdings muss der arme Anton in der Kapelle auf jemanden getroffen sein, der ebenfalls an weltlichen Gütern mit Millionenwert interessiert war. Dieser Jemand hat den Konkurrenten beseitigt. Aber hat er auch den Schatz gefunden?

»Halten Sie Herrn Sigmar Sonntag für fähig, einen solchen Mord zu begehen?«, will der Unterkommissar von uns wissen.

»Sigmar?«, meint Claudia. »Aber nie im Leben!«

»Frau Carrera behauptet, Herr Sonntag habe Anton Drechsler im Auftrag von Frau Linz ermordet …«

Auch Cindy hält das für blanken Unsinn. Ich bin zurückhaltender, immerhin hatte Sigmar Zugang zum

Kirchenschlüssel. Und er hat vermutlich auch das Seil verschwinden lassen. Das macht ihn verdächtig.

Unterkommissar Huber leert seine Kaffeetasse und verleibt sich das letzte Stück Röstbrot mit Schinken ein. Neidisch höre ich, wie das leckere Brot zwischen seinen Zähnen zerknackt. Inzwischen knurrt auch mein Magen wieder.

»Und die Damen machen also Musik?«, fragt er und lehnt sich im Sofa zurück.

»Ich kann nicht mehr!«, stöhnt Polizist Stuckmayer. »Meine Hand fällt gleich ab.«

»Das ist ein Privatgespräch«, belehrt ihn Huber. »Das brauchst du nicht mitzuschreiben.«

»Ach so ...«, meint Stuckmayer erleichtert und lehnt sich ebenfalls zurück.

Schweigen. Huber starrt mich grinsend an. Er erwartet von mir eine Antwort.

»Richtig. Wir sind Musikerinnen.«

Er grinst noch etwas breiter. Klar, für diesen Gefühlsklotz ist jegliche Musik nur störender Lärm.

»Hab schon gehört. Schöne Melodien der Fünfzigerjahre. Klarinette. Klavier. Cello. Gesungen wurde auch. Nett, sehr nett. Keine Klampfe? Nee? Oder 'ne Mundorgel? Passt doch auch. Freddy, seine Gitarre und das Meer ... Schööööön!«

Claudia starrt ihn an, als habe sie nicht richtig verstanden. Cindy spitzt den Mund, um etwas zu erwidern, aber er redet weiter.

»Sie hab ich schon mal irgendwo gesehen«, meint er und zeigt auf Cindy. »Wo war das nur?«

»In der Verbrecherkartei vermutlich«, sagt Cindy. »Ich bin die Polizistenmörderin, die auf der Fahndungsliste steht.«

Er glotzt blöde, dann begreift er und entlässt ein donnerndes Gelächter, schlägt sich auf die Schenkel und schaut Stuckmayer dabei an, der nichts kapiert hat.

»Das war ein Witz, Stucky. Die Dame hat einen trockenen Humor. Großartig. Wollen Sie einen Kaffee? Ist schon kalt, aber dafür stark.«

»Sie sieht aus wie Audrey Hepburn«, sagt Stuckmayer.

»Tatsächlich. Du hast recht!«

Cindy holt tief Luft, und ich beeile mich, das Thema zu wechseln.

»Sie mögen wohl keine Musik, Herr Unterkommissar?«

Er lacht noch ein paar Takte weiter, dann hört er auf, zieht ein Taschentuch und schnaubt hinein. Wenn die alten Herrschaften bisher noch nicht aus den Betten gefallen sind – jetzt wäre der Moment gekommen.

»Musik ist nicht gleich Musik, Frau von Kicherstein«, erklärt er, während er das Ergebnis seines Schnaubens im Taschentuch betrachtet. »Dieses sentimentale Schlagergedudel oder die Gefühlsausbrüche der Operndiven – das ist nicht mein Ding. Für mich gibt es nur einen einzigen Musiker, der es wert ist, gehört und musiziert zu werden.«

»Ach!«, sagt Claudia. »Sie meinen wohl …«

»Johann Sebastian Bach meine ich«, unterbricht er sie. »Der größte Meister, den die Welt je hervorgebracht hat. Musik klar und durchsichtig wie Glasfäden, ein intellektuelles Spiel mit Tönen, ein Kosmos musikalischer Intelligenz.«

Uns verschlägt es die Sprache. Hat dieser tumbe Klotz eben tatsächlich von musikalischer Intelligenz gesprochen? Ein intellektuelles Spiel? Musik wie Glasfäden?

»Ist drei Nummern zu hoch für euch«, bemerkt er nachlässig. »Da muss man mit dem Köpfchen rangehen, versteht ihr? System. Klare Regel. Modulationen nach Maß. Doppelt und dreifach gewebt, nur dem Kenner begreiflich. Ein Genie …«

Der Kerl ist nicht nur gefühlskalt, er ist auch noch hochnäsig. Drei Nummern zu hoch. Und das zu unserer Claudia! Was für ein lächerlicher Angeber!

»Ist das Cembalo spielbar?«, will er wissen und wuchtet sich aus dem Sofa.

»Einigermaßen …«, stottert Claudia. »Die Stimmung im Bass hat etwas gelitten …«

Er hebt den Deckel der Tastatur ab, zieht sich einen Stuhl heran, legt die dicken Finger auf die schmalen Tasten. Ich bin kurz davor, mir die Ohren zuzuhalten, aber das ist nicht nötig.

Ein Akkord. G-Dur. Moduliert zu e-Moll, rüber zu H-Dur. Dann spielt er los.

»Goldberg-Variationen«, erklärt er, während die Töne zart wie gezupfte Glasfäden durch den Raum klingen. »Kennt ihr nicht, wie? Solltet ihr öfter mal hören. Ganz große Musik.«

Er spielt auswendig. Ohne einen einzigen Irrtum oder falschen Ton. Bach in Perfektion. Wie man sich in einem Menschen doch täuschen kann!

Weil Claudia und Cindy auf keinen Fall allein schlafen wollen, haben wir Claudias Bett in mein Zimmer geschleppt und nächtigen nun zu dritt auf zwei Betten mit zwei Kopfkissen und drei Federbetten. Irgendwann in dunkler Nacht lässt uns ein Schlag gegen die Türklinke aus dem Schlummer fahren, knarrend und wie von Geisterhand öffnet sich die Tür. Ein weißes Handtuch gleitet durch den Raum, zwei Wesen bespringen unser Nachtlager, acht Katzenpfoten laufen auf uns herum und suchen ein warmes Plätzchen. Walter kuschelt sich in meine Armbeuge und wirft den Rasenmäher an. Brrrrrrr. Seine weiße Eroberung versucht, Claudias Hüfte zu melken, dann lässt sie sich in ihrer Kniebeuge nieder. Doppeltes Brrrrrr. Unser hochgeschnellter Adrenalinspiegel sinkt herab, ein wohliges Gefühl von Geborgenheit macht sich breit. Schnurrende Katzen haben etwas Behagliches. Wo eine Katze schnurrt, da wird niemand ermordet.

Um sechs in der Früh läutet das perfide Glöckchen. Wir beschließen, es zu überhören.

Gegen acht hört man den donnernden Ruf:

»Gibt's hier kein Frühstück?«

Unterkommissar Huber und sein Mitarbeiter Stuckmayer haben im Hotel übernachtet. Gitti hat ihnen ein Zimmer im zweiten Stock zurechtgemacht. Eines der ehemaligen Luxuszimmer. Mit Bad. Woraufhin uns drei Musikerinnen endgültig klar ist, dass wir in der Gästehierarchie ganz weit unten rangieren. Bei den Billiggästen und den Assis im dritten Stock.

»Wir haben kaum noch Lebensmittel, Herr Kommissar«, antwortet Gitti. »Unsere Gäste wollten schon gestern abreisen.«

»Dann ordern Sie was. Heute reist hier keiner ab!«

Cindy fährt im Bett hoch, wobei Blanche, die auf ihrem Bauch gelegen hat, auf mein Kopfkissen rutscht und sich in meinen Haaren festkrallt.

»Habt ihr das gehört? Wir sollen noch einen Tag hierbleiben? He – das geht gar nicht! Den zeig ich an wegen Freiheitsberaubung!«

»Den kannst du nicht anzeigen, der ist doch selbst die Polizei«, nuschelt Claudia verschlafen.

Ich versuche, die weiße Angorakatze aus meinen Haaren zu lösen, wobei Walter drohende Laute ausstößt. Auch wenn die kleine Blanche eine Nacht lang sein Mädel war – sein Frauchen gehört ihm! Kater sind Machos.

»Liebe Frau Hütli, wir benötigen etwas Tee, frischen Toast mit Marmelade und einem Klecks Honig«, bestellt Lauretta in liebeswürdigem Ton.

»Und heißes Badewasser!«, ordert Huber.

»Wir haben leider immer noch keinen Strom«, lässt sich Sigmar vernehmen.

Ich grabe mich resigniert aus den Federn, setze die weiße Blanche neben Walter auf mein Kopfkissen und gehe hinüber in den Eispalast, der sich Badezimmer nennt. Ein Wunder, dass es wenigstens noch fließendes Wasser gibt, auch wenn es etwas unregelmäßig aus dem Hahn rinnt und irgendwie komisch riecht. Im Waschbecken ist ein braunroter Flecken, dort wo das Wasser auftrifft. Eisenhaltig. Kommt vor in den Bergen. Vielleicht ist das Zeug ja gut für schwangere Frauen? Eine Heilquelle. Stinkig, aber gesund. Zähneputzen ist jedenfalls keine reine Freude. Waschen auch nicht. Bibber. Nur schnell rüber und rein in die warmen Klamotten. Einen Ganzkörperpelz wie Walter und Blanche müsste man haben …

Mit so ziemlich allem bekleidet, was wir haben, gehen wir hinunter zu Gitti in die Küche, wo ein heimeliges Feuerchen im Kohleherd brennt. Gitti schaut übernächtigt aus, auch Sigmar hat eine ungesunde Gesichtsfarbe.

»Viel ist nicht mehr da«, sagt Gitti und zeigt auf den Campingtisch. Dort steht eine Packung Zwieback, daneben eine Kanne Tee. Butter, Marmelade und Honig trägt Sigmar auf einem Tablett nach oben, dazu ein Körbchen mit Zwieback und dem letzten Röstbrot, dazu eine Kanne Kaffee. Auch auf der Futterliste stehen wir ganz weit unten. Musikerinnen. Gesindel, hergelaufenes. Ja, wenn wir Bach spielen würden …

»Das ist ja Hagebuttentee!«, beschwert sich Cindy. »Den mag ich nicht!«

»Kamille ist alle!«

Na, Gott sei Dank, den hätte ich auf keinen Fall herunterbekommen. Resigniert sitzen wir am Tisch, knabbern trockenen Zwieback und spülen ihn mit rot gefärbtem heißem Leitungswasser, genannt Hagebuttentee, hinunter. Es wird höchste Zeit, dass Henni Superhirn diesen Fall aufklärt, diese Diät hält keine von uns länger als einen Tag aus. Kaum habe ich den dritten Zwieback heruntergewürgt, da erscheint Sigmar wieder in der Küche. Dieses Mal hängt ihm ein schwaches Grinsen im Gesicht.

»Herr Krauss wünscht, die junge Dame mit den blonden Haaren bei sich zu sehen.«

Ich bin nicht begeistert, weil ich anderes vorhabe. Zum Beispiel, mich noch einmal drüben in der Kapelle umzusehen.

»Was will er von mir?«

»Er sagt, die blonde Dame mit den zarten Fingern müsse ihm beim Ankleiden behilflich sein.«

Cindy kichert, Claudia sieht mich mit großen Augen an. Offensichtlich habe ich den guten Hansi Krauss völlig falsch eingeschätzt. Der nette alte Herr ist ein ausgekochter Lustmolch.

»Möchte vielleicht eine von euch …?«, wende ich mich an meine Freundinnen.

»Nein!«, ist die zweistimmige Antwort.

Also steige ich allein die Treppen hinauf. Draußen graut der Morgen, über den Bergen ist ein heller Schein, vielleicht bekommen wir ja mal schönes Wetter, verdient hätten wir es.

Im zweiten Stock sitzt Unterkommissar Huber bereits im Musikzimmer, das er zu seinem Büro umfunktioniert hat. Sein Bass Marke »Hohles Fass« ist im ganzen Hotel zu hören. Offensichtlich telefoniert er.

»Wer sind Sie? ... Der Bürgermeister von St. Nikolaus? Aha! Dann wüsste ich gern, wieso hier oben kein Strom ist! ... Der Schneesturm? Machen Sie keine Witze! Ist ja wohl nicht der erste Sturm hierzulande, wie? ... Dann kümmern Sie sich darum! ... Was? Wie? Verstehe kein Wort, hier ist ein Höllenlärm ...«

Tatsächlich vibriert und zittert das alte Hotel, Schneeschleier wehen vor den Fenstern, es klingt, als schlage jemand in rhythmischen Abständen mit einem großen Hammer auf das Dach.

»Der Hubschrauber der Bergrettung ist da!«, meldet Sigmar. »Sie wollen die beiden Kranken abholen.«

Der kleine rot-weiße Hubschrauber hat es geschafft, punktgenau vor dem Hotel herunterzugehen und auf dem Hof aufzusetzen. Zwei Sanitäter steigen aus, einer geht auf den Eingang zu, der andere holt schon mal eine zusammengeklappte Trage aus dem Inneren des Flugobjekts. Gitti eilt an mir vorbei nach oben, weil die Kranken für den Transport fertig gemacht werden müssen.

»Pack schon mal ihre Sachen in die Koffer«, beauftragt sie mich. »Ich helfe den beiden beim Anziehen.«

Immer ich. Wie soll ich einen Mord aufklären, wenn ich ständig als Hilfspflegerin beansprucht werde? Unglaublich, was die beiden Damen so alles mit sich herumschleppen. Seidene Reizwäsche in Schwarz und Lila, eine Art Korsett mit Haken und Ösen, Schlankheitsgürtel, Abendgewänder, Negligé, Schminkköfferchen, Perückenköfferchen, Ersatzgebiss, Medikamentenköfferchen ... Während ich die Siebensachen zusammensuche, lamentiert Gerda Dupré laut, sie sei gar nicht mehr krank und wolle in keine Klinik. Auch Dietlinde geht es besser, sie sitzt im Bett und erklärt, gleich aufstehen und einen Schneespaziergang machen zu wollen. Frische Luft in ihre Lungen – das sei die beste Medizin. Als die Herren von der Bergrettung mit ihrer Trage erscheinen, werden sie mit einem »Sie können gleich wieder gehen« empfangen.

»Wir schauen erst einmal«, meint der eine freundlich. »Ich bin Arzt, und wenn die Damen gestatten, würde ich Sie gern untersuchen. Nur routinemäßig. Weil wir schon einmal da sind ...«

»Wenn Sie noch Platz haben«, ruft Huber aus dem Musikzimmer. »Wir hätten da eine Leiche zur Pathologie zu transportieren.«

»Immer der Reihe nach«, meint der junge Arzt in unverminderter Freundlichkeit. »Zuerst die, die noch leben ...«

Darauf erklärt Gerda Dupré, sie wolle auf keinen Fall mit einem Toten im Hubschrauber fliegen, wenn überhaupt, dann nur gemeinsam mit ihrer Freundin Dietlinde. Mir geht das Gezeter höllisch auf den Keks, deshalb stelle ich Koffer und Köfferchen für den Abflug zurecht und verschwinde nach nebenan, im Zimmer von Hansi Krauss. Der sitzt in seinem Bett und ist in froher Erwartung.

»Da sind Sie ja endlich, junge Frau. Ich wollte Ihnen noch eine kleine Aufmerksamkeit zukommen lassen ... Geben Sie mir doch mal mein Portemonnaie rüber. Ist in meiner Hosentasche ...«

Ich setze mich an seinen Bettrand.

»Später, Herr Krauss. Erst mal würde ich gern ein wenig plaudern. Über das Hotel zum Beispiel. Und den Herrn von Ottendorf. Den haben Sie wohl gut gekannt, oder?«

Plaudern in intimer Nähe gefällt ihm. Er ist überhaupt ein redseliger Typ.

»Den Bogi? Na sicher! War ein guter Freund von mir. Wir waren oft hier oben, die Lauretta mit dem Giorgio, die Maria und auch der arme Toni Drechsler. Den hat es ja wohl erwischt, nicht wahr? Lauretta hat es mir gesagt. Schrecklich ... Ja, der Bogi, der ist ein Filou gewesen. Hat nichts ausgelassen. Wenn Sie verstehen, was ich meine. Hatte ja auch die Auswahl, damals. All die Damen vom Film. Die Sportlerinnen. Und die Häschen, die die Politiker begleitet haben ...«

»Häschen?«

Er grinst mich an. Freut sich über meine naive Frage.

»Na, die Betthäschen halt. Da hat jeder sich eine mitgebracht, und wenn er keine hatte, dann hat der Bogi ihm eine besorgt …«

»Da war er sicher ein reicher Mann, der Herr von Ottendorf …«, werfe ich ein.

Hansi Krauss lacht, dass sein Bauch auf und nieder hüpft.

»Reich? Der Bogi? Nee, ganz im Gegenteil. Immer knapp am Konkurs vorbei. Ein Lebemann war der. Hat nichts anbrennen lassen, aber am Sonntag, da hat er seine Sünden gebeichtet …«

»Drüben in der Kapelle etwa?«

Hansi Krauss schaut mich neugierig von der Seite an.

»In der Kapelle? Nee. Unten im Dorf ist eine Kirche. Da hat er immer gebeichtet. War ja mit dem Bürgermeister gut befreundet. Das war der Vater von dem jetzigen …«

»Dann hat wohl der Bürgermeister auch dafür gesorgt, dass der Herr von Ottendorf hier oben versorgt wurde, als es ihm später nicht mehr gut ging, oder?«

»Ja, ich glaub schon. Zu der Zeit war ich ja nur noch selten hier. Das waren wohl ein paar Frauen, die der Lustenberger immer geschickt hat. Seine Schwägerin, die Gitti …«

»Die Gitti Hütli ist die Schwägerin vom Bürgermeister?«

»Ja freilich. Und außer ihr waren da noch die Vroni, das ist die Schwester vom Lustenberger. Und die Reri.

Das ist eine Nichte, glaub ich. Im Winter hat der Sepp sie manchmal hochgefahren.«

Das gefällt mir gar nicht. Der Sepp muss also auf jeden Fall von der Geschichte gewusst haben. Da werde ich ihn mir wohl einmal vorknöpfen müssen.

»Und die Kapelle drüben, hat die auch dem Herrn von Ottendorf gehört?«

Dem Hansi reicht es jetzt langsam mit der Fragerei. Er schiebt das Federbett zur Seite und macht Anstalten aufzustehen.

»Die Kapelle?«, wiederholt er und ächzt vor Anstrengung. »Helfen Sie mir doch mal, junge Frau. Komme sonst nicht auf die Füße. Die Kapelle ... Ja, die hat er der Gemeinde abgekauft. War so eine Marotte von ihm, weil er immer meinte, er kommt mal in die Hölle. Für seine Sünden ...«

Aha! Die Kapelle gehörte also dem Herrn von Ottendorf. Dann könnte an der Sache mit dem verborgenen Schatz etwas dran sein. Ich muss mir das Kapellchen also unbedingt einmal gründlich anschauen. Vielleicht liegt dieser Schatz ja für alle sichtbar da, und niemand erkennt seinen Wert? Eines der Reliquiare? Eine Münze? Ein Schriftstück? Ein altes Buch? Ich werde einfach so viel wie möglich mit dem Smarty fotografieren. Oma kennt da ein paar Leute, die etwas von dem alten Kram verstehen ... Allerdings ist der Akku vom Smartphone fast leer. Mist. Kein Strom. Kein Foto.

»Zuerst das Unterhemdchen, junge Frau. Ganz vorsichtig, ich bin kitzelig ...«

Da hat er schon den Pyjama ausgezogen und hält die Arme in die Höhe, damit ich ihm das Feinripphemdchen verpasse. Wie ein Kleinkind. Henni, die Aufklärung dieses Falles verlangt ganz besondere Nervenkraft von dir. Aber schließlich bist du Profi: also Augen zu und durch!

»Beine hoch!«

»Nicht die langen Unterhosen. Die kneifen immer so …«, jammert er.

»Nix da. Die halten schön warm, die werden jetzt angezogen. Basta!«

»Seien Sie doch nicht so grob mit mir …«

Drüben hat sich inzwischen geklärt, dass uns Dietlinde und Gerda per Hubschrauber verlassen werden. Den Toten will die Bergrettung später abholen, weil zuvor der Weitertransport in die Pathologie nach Andermatt geklärt werden muss. Wegen der Kosten.

»Haben Sie eigentlich mal den Namen Theodor Ebelt gehört?«, frage ich Hansi Krauss, als er warm angezogen vor mir sitzt und sein Frühstück vertilgt.

»Ebelt? Keine Ahnung. Muss nach meiner Zeit gewesen sein.«

Das hatte ich schon vermutet. Ob dieser Ebelt auch hinter dem Schatz her gewesen ist? Auf jeden Fall hat ihn irgendjemand daran gehindert, sein Käsebrot beizeiten aufzuessen. Schluck. Wenn die Lösung dieser Fragen drüben in der Kapelle zu finden ist, sollte Henni Meisterdetektivin gut auf sich aufpassen. Da ist einer unterwegs, der mit niemandem teilen mag.

Das Hotel vibriert, dass die Kaffeetassen auf den Untertassen klirren, zwei morsche Fensterläden stürzen ab, der Hubschrauber der Bergrettung schwebt senkrecht nach oben, steigt in den winterblauen Himmel hinauf und wendet sich nach Westen. Alles Gute für Gerda und Dietlinde, hoffentlich werden die beiden wieder ganz gesund, sie sind zwar etwas zickig, aber irgendwie auch nette alte Damen. Während ich noch am Fenster stehe und zusehe, wie die große weiß-rote Libelle langsam verschwindet, kündigt ein neues Motorengeräusch Besuch an. Ein Schneemobil mit zwei Männern darauf nähert sich dem Hotel.

Unglaublich, dieser Verkehr hier oben. Die einen gehen, andere kommen. Der reinste Bahnhof.

»Und es ward Licht!«, brüllt Huber aus dem Musikzimmer. Tatsächlich flackert auch in Hansis Zimmer die Nachttischlampe auf, knackend springt der Badeofen an und geht gleich wieder aus. Der Strom ist wieder da! Genau im richtigen Moment. Jetzt schnell das Smarty aufladen, damit ich Fotos von dem Zeug in der Kapelle machen kann.

»Bis später dann!«, rufe ich dem zwiebackkauenden Hansi Krauss zu, laufe aus dem Zimmer und pralle im Flur auf zwei Männer in Skianzügen. Wie das Schicksal es so will, fliege ich – vom eigenen Schwung getragen – dem Sepp an die Brust und werde von starken Armen umschlossen.

»Ja, Maitli«, sagt er und hält mich fest. »Hast Sehnsucht nach mir gehabt? Bist ja eine ganz Stürmische …«

Peinlich. Vor allem weil der zweite Besucher sein Herr Papa, der Bürgermeister, ist. Außerdem steht Ekel Huber an der Tür und verfolgt die Szene mit süffisantem Grinsen. Ich mache mich los, stottere ein paar alberne Sätze, empfehle mich eilig und renne mit rotem Kopf die Treppen hoch. »Guck, wo du hinläufst«, hat Oma immer gesagt. Recht hat sie gehabt. Oben durchwühle ich mein Zimmer nach dem Smarty, finde es unter dem Bett und hänge es an die Steckdose. Pling-pling. Hurra, es lädt auf! Cindy ist drüben schon am Telefonieren, auch Claudia redet mit irgendjemandem – vermutlich muss sie ein Konzert absagen, das arme Mädel. Ich habe ein schlechtes Gewissen. Hätte ich die beiden bloß nicht zu diesem Gig mitgenommen – war ja klar, dass mir hier wieder eine Leiche über den Weg läuft.

Immerhin scheinen jetzt alle gut beschäftigt zu sein, da könnte ich mal zu Gitti und Sigmar in die Küche gehen und ganz unauffällig herausbekommen, wo sie den Kapellenschlüssel aufbewahren. Leider wird mein schöner Plan vom Sepp durchkreuzt, der die Treppe zum dritten Stock hinaufjoggt.

»Da bist du ja«, sagt er und ist verlegen. »Tut mir leid wegen dem blöden Spruch vorhin. Bist du mir böse?«

Natürlich nicht. Dazu mag ich ihn zu gern. Ein bisschen Macho ist schon in Ordnung, die Typen sind meist gut im Bett. Hoppla, Henni! So weit sind wir noch nicht. Da war doch noch was …

»Hast du kurz Zeit?«, frage ich ihn.

Er hat. Weil der Papa jetzt unten mit dem Unterkommissar redet und Sigmar die mitgebrachten Lebensmittel vom Schneemobilanhänger in die Küche schleppt. Also lade ich den Sepp in mein Zimmer ein.

»Hast du Besuch gehabt in der Nacht?«, will er wissen, als er das zerwühlte Doppelbett sieht.

»Klar. Drei Mädels und ein Mann.«

Er starrt mich an. Ich kann deutlich sehen, wie er die hier anwesenden Männer im Geiste durchcheckt.

»Sigmar?«

»Nö. Walter.«

Ich deute auf einen grauen buschigen Katerschwanz, der unter dem Federbett hervorschaut. Sepp klatscht sich die flache Hand gegen die Stirn.

»Jetzt hast du mich aber drangekriegt!«, lacht er. »Und ich hab schon die wüstesten Vermutungen gehabt. Du bist eine ganz Schlaue, Henni. Aber das gefällt mir. Hab immer an dich denken müssen ...«

Gelegenheit macht Diebe, denke ich. Allerdings will ich vorher noch etwas erledigen. Erst die Pflicht, dann die Kür.

»Sieh mal einer an«, sage ich und schenke ihm ein Lächeln. »Das ging mir auch so ...«

Er strahlt und streckt den Arm nach mir aus, aber ich bin noch bei der Pflicht. Setze mich aufs Bett und weise ihm mit deutlicher Handbewegung den Platz neben mir an. Mit einem kleinen Abstand.

»Ich wollte dich erst noch was fragen ...«

Er ist ein wenig enttäuscht, setzt sich aber brav neben mich. Mit einem noch kleineren Abstand.

»Ich bin weder verlobt noch verheiratet, wenn du das wissen willst. Nur verliebt. In dich, Henni!«

Jetzt werde ich doch schwach, es ist einfach zu verführerisch, ihn so dicht bei mir zu haben. Er küsst nicht übel. Gar nicht übel. Richtig gut sogar. Henni, die Pflicht ruft. Schluss jetzt!

»Sag mal, Sepp. Du hast den Herrn von Ottendorf doch auch gut gekannt, oder?«

»Wie kommst du denn jetzt auf den?«, knurrt er unwillig.

»Weil die Gitti erzählt hat, dass er verhungert ist. Dass ihm niemand mehr Lebensmittel gebracht hat.«

Er lässt mich los, rückt sogar ein Stückchen von mir ab und schaut mich ganz erschrocken an.

»So was hat dir die Gitti erzählt? Das kann ich nicht glauben, Henni. Vielleicht war sie da durcheinander, die Gitti. Weißt du, sie hat manchmal so Aussetzer. Hat sie schon als Kind gehabt. Da hat sie erzählt, sie hätte die Jungfrau Maria drüben in der Kapelle gesehen.«

»Sie hat Heiligenerscheinungen?«

»Na ja. Sie ist eben manchmal ein wenig verwirrt. Aber sie fängt sich wieder. Wenn man sie kennt, gewöhnt man sich dran.«

Soso. Er will mir also erzählen, dass die Gitti nicht ganz zurechnungsfähig sei. Sehr glaubhaft kommt mir das nicht vor.

»Aber wie kommt sie denn auf so was, Sepp?«

Er zuckt die Achseln.

»Vielleicht hat sie ein schlechtes Gewissen gehabt, weil sie in den letzten Wochen nicht mehr hinaufgegangen ist. Der Papa hat einen Krankenpfleger angestellt, weil der Herr von Ottendorf gar nicht mehr aus dem Bett hat aufstehen können.«

»War das ein Bekannter von euch, der Krankenpfleger? Aus eurem Dorf?«

Der Sepp rückt wieder ein Stückchen zu mir hinüber und lächelt mich an. Was für ein anziehendes Lächeln …

»Der war aus Andermatt, glaub ich. Ich hab ihn nicht zu sehen bekommen, weil ich zu der Zeit drüben in Italien war. Hab da einen Skikurs gegeben. Weißt ja, dass es hier nix zu verdienen gibt …«

Er war also gar nicht hier, als der Herr von Ottendorf gestorben ist. Dann kann es ja auch sein, dass sie es ihm verschwiegen haben. Eines ist klar: Der Bürgermeister steckt mit im Komplott. Hat der Sepp nicht gesagt, dass das Hotel an die Gemeinde geht, wenn es die Erben nicht wollen? Na klar.

»Hast du jetzt alles gefragt, was du wissen willst?«, drängelt der Sepp und rückt wieder dichter an mich heran.

Verflixte Versuchung, es ist einfach zu schön, wenn er so zudringlich wird. Er hat Erfahrung, der Sepp. Und das ist eine gute Sache. Nichts ist schlimmer als ein Typ, der ahnungslos herumfummelt und dem du erst zeigen musst, wo oben und unten ist. In diesem Punkt ist der Sepp wirklich grandios, er hat zwar sein Programm, das spult er ab, aber es ist wohldurchdacht, schon der Anfang ist aufregend und nimmt mir fast die Luft.

»Herr Lustenberger? Sind Sie hier?«

Hier in Hennis Zimmer sind zwei Menschen, die Sigmar jetzt gern ermorden würden. Er klopft laut und rücksichtslos an die Tür, bewegt auch noch die Türklinke. Ich ziehe meinen Pullover zurecht, Sepp stiert mit bösen Augen zur Tür hinüber.

»Was gibt's denn?«, sagt er angriffslustig.

»Der Herr Unterkommissar will Sie sprechen. Bitte kommen Sie gleich, er wartet nicht gern.«

Wir tauschen betrübte Abschiedsblicke, noch ein Küsschen, dann steigt Sepp wieder in seinen Skianzug, und weg ist er. Nein, mit der Liebe klappt es in letzter Zeit wirklich nicht, Henni.

Hör auf zu schnurren, schadenfroher Kater. Denk bloß nicht, dass ich dir jetzt eine Streicheleinheit spende, ich bin schwer frustriert. Geh zu deiner weißen Freundin, die wartet bestimmt sehnsüchtig auf dich.

Im Flur stolpere ich beinahe über Sigmar. Er hockt auf dem Boden, den Rücken an die Wand gepresst, und starrt vor sich hin. Du liebe Güte, der ist ja bleich wie ein frisches Bettlaken. Ob der sich an den Kartons mit Lebensmitteln verhoben hat?

»He, Sigmar!«, rede ich ihn an. »Will der Kreislauf nicht? Ich hol dir mal schnell ein Glas kaltes Wasser …«

»Nee, warte«, sagt er und rappelt sich mühsam hoch. »Ist nur der Rücken. Bandscheibenvorfall, weißt du? Da muss ich manchmal in die Knie gehen, das hilft!«

»Ach so«, sage ich und reiche ihm die Hand. Er lässt sich von mir hochziehen, steht einen Moment und klappert mit den Augendeckeln, dann steigt ihm wieder ein wenig Farbe ins Gesicht. Claudia hat die Geräusche im Flur gehört und kommt aus ihrem Zimmer. Sie schaut Sigmar irritiert an, weil er sich mit der Hand an der Wand abstützt, als er sie jetzt angrinst, beruhigt sie sich.

»Wir haben wieder Strom«, sagt sie. »Ist das nicht wunderbar?«

»Ja«, nickt Sigmar und geht vorsichtig ein paar Schritte. »Die haben da unten im Dorf einen, der das reparieren kann. Der Andi ist das, sagt Gitti.«

Interessant. Gestern hat dieser Andi keinen Finger gerührt, um uns wieder mit Strom zu versorgen. Erst als Huber vorhin den Bürgermeister angebrüllt hat, kam wieder Saft aus der Dose. Und das ziemlich schnell.

»Unten in der Küche gibt's was zu essen«, vermeldet Sigmar. »Gitti kocht Kaffee. Der Herr Unterkommissar hat ein zweites Frühstück bestellt.«

Unfassbar! Der frisst sich heute schon zum zweiten Mal satt, während wir nichts als Zwieback und Hagebuttentee im Magen haben. Ich beschwere mich bei der Gewerkschaft. Auch Musiker müssen essen.

Cindy wirft noch schnell den Badeofen an, damit das Wasser schon mal heiß wird, dann laufen wir die Treppe hinunter Richtung Küche.

»Stellt euch vor«, sagt Cindy. »Es ist alles wieder gut.«

»Was alles?«

Sie schüttelt den Kopf über unsere dumme Frage.

»Ludwig. Er hat sich solche Sorgen um mich gemacht, weil er mich nicht erreichen konnte. Da hat er gespürt, dass er mich noch liebt …«

Ach, Mädel! Dem hat nur die Streitgegnerin gefehlt. Ist ja auch beängstigend, wenn ein Feindbild so urplötzlich wegbricht.

»Ach, wie schön!«, meint Claudia. »Ich freue mich für euch beide!«

»Bringt er das Sofa jetzt zurück?«, will ich wissen.

»Das werden wir gemeinsam entscheiden.«

»Na, da wünsche ich viel Glück!«

Ich merke selbst, dass ich sarkastisch bin. Liegt vermutlich an dem missglückten Schäferstündchen mit dem Sepp. Es ist zum Auswachsen. Wenn ich einmal verliebt bin, dann kommt todsicher etwas dazwischen. Ein Gig, ein Zufall, ein Mord.

Unten in der Küche ist es kuschelig warm, es riecht nach frisch aufgebrühtem Kaffee, nach Wurstbroten, Schinkenspeck und Schweizer Käse. Gitti macht gerade das reichhaltig bestückte Tablett für den Herrn Unterkommissar fertig, die alten Herrschaften dürfen noch etwas warten, Frau Linz bekommt einen Tee mit Honig und Frau Carrera einen Kaffee.

»Setzt euch nur hin«, sagt sie. »Ich bring rasch das Tablett nach oben. Da ist Kaffee in der Kanne, das Brot müsst ihr euch selbst schneiden. Habt ihr den Sigmar gesehen?«

Schlaraffenland pur! Milchkaffee! Ein frisch gebackenes Bauernbrot. Schinken, Käse, Butter, Salami … Claudia stürzt sich auf das große Brotmesser und säbelt Brotscheiben herunter. Cindy gießt Kaffee ein, tut Milch und Zucker dazu. Das Leben ist schön! Kulinarisch gesehen zumindest.

»Den Sigmar? Ja, der war grad oben im dritten Stock. Hat etwas Probleme mit den Bandscheiben.«

»Mit den Bandscheiben? Ach Gott, der Arme …«

Sie nimmt das Tablett hoch und geht damit zur Küchentür. Dort bleibt sie stehen und schaut sich zu uns um.

»Wundert euch nicht«, sagt sie verdrießlich. »Der Stuckmayer schnüffelt überall herum. Hat schon in der Halle jeden Sessel umgedreht und das ausgestopfte Getier untersucht. Was er da finden will, ist mir ein Rätsel.«

Mir auch. Immerhin scheint der Herr Unterkommissar so etwas wie eine Hausdurchsuchung angeordnet zu haben. Vielleicht glaubt er, dass sich der Mörder irgendwo versteckt hält. In einem ausgestopften Vogel zum Beispiel. Wir drei Musikerinnen machen unsere Witze über den armen Kerl, während wir uns reichlich an den gebotenen Leckereien bedienen. Claudia säbelt Scheibe um Scheibe, bis das Brot alle ist, Schinkenspeck ist auch nicht mehr da, nur das große Stück Schweizer Käse haben wir nicht ganz geschafft.

»Hoffentlich bekommen wir jetzt keinen Ärger«, meint sie ängstlich. »Am Ende sollte das Brot noch bis heute Abend reichen ...«

In diesem Punkt halte ich es mit meinem Kater. Was man schon mal im Magen hat, kann einem keiner mehr nehmen. Satt und mit dem Dasein zufrieden sitzen wir in der Küche zusammen und schwatzen. Claudia schlägt vor, ein wenig zu musizieren, wenn wir schon hierbleiben müssen. Dann hat Cindy einen Anruf auf dem Smarty, und sie läuft in die Halle, weil dort der Empfang besser ist. Liebesgeflüster im

Scherbenpalast – wie romantisch. Tatsächlich glitzern die Glassplitter von den zerborstenen Fenstern, die dort herumliegen, jetzt in allen Regenbogenfarben – wir haben Sonnenschein und einen klaren stahlblauen Winterhimmel. Das beste Wetter, um einen kleinen Spaziergang zu unternehmen. Zum Beispiel hinüber zur Kapelle. Wenn Henni nicht ganz auf den Kopf gefallen ist, dann muss der Schlüssel in den Räumen sein, die hinter der Küche liegen. Vermutlich sind es die Zimmer, in denen Gitti und Sigmar untergebracht sind.

»Ich will mal eben um die Ecke …«, schwindele ich Claudia vor und tue so, als würde ich das Örtchen suchen. Aha, gleich neben der Küche sind verschiedene Türen, vermutlich Wirtschaftsräume, aber sicher auch Zimmer für das Küchenpersonal. Die erste Tür ist schon mal Fehlanzeige – eine eiskalte Vorratskammer. Die beiden daneben sind abgeschlossen, die letzte Tür im schmalen Flur ist eine Art Besenkammer, dort lagern Eimer, Schrubber, mehrere Staubsauger und Handfeger, auf einem Regal stehen Putzmittel jeglicher Sorte in Plastikflaschen. Mist. Der Schlüssel ist garantiert entweder in Sigmars oder in Gittis Zimmer, aber die sind leider beide verrammelt. Gerade will ich den Rückzug antreten, da nähern sich streitende Stimmen. O weh, das ist Gitti, auch Sigmar, und der Dritte kann nur Stuckmayer sein. Denen will ich hier nur ungern begegnen, also schlüpfe ich schnell in die Besenkammer und warte ab.

»Das ist nicht erlaubt!«, schimpft Gitti. »Sie haben keinen Durchsuchungsbefehl!«

»Nun schließen Sie schon auf, damit wir's hinter uns bringen, Frau Hütli. Oder haben Sie da vielleicht eine Leiche versteckt?«

»So eine Frechheit! Ich hole meinen Schwager, der wird Ihnen sagen, wie die Rechtslage ist.«

»Wenn Sie den Herrn Bürgermeister Lustenberger meinen, der hat's uns ausdrücklich gestattet!«

»Das kann ich nicht glauben …«

»Selbstverständlich. Eine Hand wäscht die andere, junge Frau. Wir sind bereit, die Sache nicht an die Presse zu geben, dafür kommt der Herr Bürgermeister uns ein wenig entgegen. Und jetzt schließen Sie endlich auf, sonst muss ich andere Wege beschreiten …«

»Nun gib schon nach, Gitti«, höre ich Sigmar leise sagen. »Schließlich haben wir nichts zu verbergen.«

»Das sehen wir dann!«, trumpft Stuckmayer auf.

Die Polizei, dein Freund und Schnüffler. Während ich höre, wie ein Schlüssel im Schloss gedreht wird, begreife ich, dass der eifrige Stucky sicher auch die Besenkammer untersuchen wird. Verflixt. Fenster gibt's hier nicht, weil der rückwärtige Teil des Hotels in den Fels gebaut ist. Also schnell Licht ausmachen und raus, während sie jetzt in Gittis Zimmer sind. Ich drücke die Türklinke herunter, erzeuge dabei ein Knarren, das vermutlich bis in den dritten Stock hinauf zu hören ist, und linse durch den Türspalt. Ach du Jammer. Da steht Sigmar mit hängenden Armen und einer Miene, als ginge es geradewegs aufs Schafott. Steht da im Flur rum und stört meinen Rückzug, der Idiot. Inzwischen hört man Gittis zorniges Schelten.

»Was suchen Sie in meinem Bett? Lassen Sie mein Kopfkissen in Ruhe! Ich habe keine Millionen in der Matratze, falls Sie das geglaubt haben …«

»Nur die Ruhe. Was ist in der Kommode?«

»Meine Wäsche!«

»Aufmachen!«

»Was würden Sie sagen, wenn ich Ihre Unterhosen besichtigen wollte?«

Sigmar dreht sich abrupt herum und hebt die Fäuste, lässt sie dann aber resigniert wieder sinken.

»Und die Schlüssel, wo bewahren Sie die auf?«

»Was für Schlüssel? Die zu meinem Keuschheitsgürtel?«

»Lassen Sie die blöden Witze. Das Passepartout fürs Hotel. Und den Kirchenschlüssel.«

Aha, das hätte ich mir denken können. Huber macht seine Arbeit gründlich. Blöd ist er nicht. Nur ein tumber Trampel.

»Das geht Sie einen Dreck an!«, faucht Gitti. »Nehmen Sie endlich Ihre Finger aus meiner Wäsche.«

»Sehen Sie sich vor, dass ich Sie nicht wegen Aussageverweigerung und Behinderung einer Amtshandlung anzeigen muss, Frau Hütli!«

»Sie können mich mal …«

»Lass doch, Gitti!«, unterbricht Sigmar hastig. »Das führt doch zu nichts. Das Passepartout hängt im Schlüsselkasten in der Portiersloge. Ganz oben rechts.«

»Und der Kirchenschlüssel?«

»Der hängt in der Besenkammer.«

»Na also. Geht doch. Da schauen wir uns jetzt Ihre Kemenate an, Herr Sonntag. Schließen Sie mal auf!«

In der Besenkammer? Da stehe ich doch gerade. Wieso habe ich das Teil nicht entdeckt? Ich schalte noch einmal das Licht ein und sehe mich um. So ein Trumm von einem Schlüssel kann man doch nicht übersehen. Streng deine Guckerchen an, Henni, armes blindes Huhn. Da wehen bloß jede Menge Spinnweben, mit und auch ohne die fleißigen Weberinnen, da ist Putz abgeblättert, da ist ein krummer Nagel, und daneben steht das Regal mit den Sauberwässerchen. Wo zum Teufel ist der Kirchenschlüssel? Ha! Über der Tür. Genau über meinem Kopf. Da hängt er und sagt keinen Ton. Ein Griff und Henni hat das rostige Stück erbeutet, verflixt ist der schwer, mindestens ein Pfund, könnte man gut als Hantel benutzen, um die Armmuskulatur zu …

»Hier?«, fragt die Stimme des fleißigen Polizisten.

»Ja. Gleich über der Tür.«

Jetzt geht alles blitzschnell. Die Tür wird geöffnet, Henni quetscht sich an die Wand und wird von der Tür verdeckt. Uff! Wie eng! Hätte ich bloß nicht so viel gegessen. Wenn der die Tür noch ein Stückchen weiter aufreißt, ist mein Busen ganz platt. Mein Hintern ist schon flach wie ein Brett, so presse ich ihn gegen die Wand. Wenn bloß keine fleißige Spinne von der Decke herunterfällt. Oder schlimmer noch: wenn der eifrige Stucky auf die Idee kommt, hinter die Tür zu schauen.

»Da ist nichts!«

»Das kann nicht sein!«

»Dann schauen Sie doch selbst!«

Jemand ruckelt an der Tür, ich verflache noch mehr, fühle mich wie ein Tischtuch, das gerade durch die Wäschemangel gedreht wird.

»Dann ist er runtergefallen.«

»Hier auf dem Boden ist nichts.«

»Vielleicht hinter der Tür?«

Ich klammere mich an die Türklinke in dem ebenso wütenden wie sinnlosen Entschluss, meine Deckung festzuhalten, komme, was da wolle.

»Die Tür klemmt ...«

Jetzt ist es aus. Ade, Kirchenschlüssel. Stuckmayer wird eine Leibesvisitation an mir durchführen und das Schwermetall finden, selbst wenn ich es noch schnell in den Slip stecke.

Aber wenn die Not am größten, ist die Hilfe am nächsten. Aus dem zweiten Stock dröhnt Hubers Kommandobass. Fortissimo furioso.

»Himmeldonnerwetter! Stuckmayer! Sitzen Sie auf den Ohren? Oder hat der Mörder Sie schon erwischt?«

»Hier bin ich, Herr Unterkommissar«, ruft Stucky erschrocken. »Bei der Arbeit!«

»Bringen Sie mir den Sigmar Sonntag. Und die Frau Hütli. Aber zackig.«

»Sehr gern, Herr Unterkommissar ...«

Huber hat keine Ahnung, dass er gerade eben ein Eigentor geschossen hat. Die Tür wird wieder geschlossen, ich entlasse die aufgestaute Luft aus meinen Lungen und falle wie ein leerer Schlauch in mich zusammen. Puh! Das war knapp.

»Was will der denn noch von uns?«, keift Gitti angriffsbereit. »Der hat uns doch schon ausgefragt.«

»Machen Sie keine Geschichten und kommen Sie mit.«

Sie entfernen sich. Während sie durch die Halle zur Treppe gehen, hört man Gitti weiter schimpfen, Sigmar versucht, sie zu beruhigen. Eines ist sicher: Die Zeit der leckeren Mahlzeiten ist für Huber und Co. vorbei. So wütend, wie Gitti jetzt gerade ist, wird sie ihm höchstens noch trockenes Brot mit kaltem Muckefuck servieren. Henni Glückspilz wartet, bis sich die Schritte genügend weit entfernt haben, dann verlässt sie mit harmloser Miene die Besenkammer.

Der unter Lebensgefahr eroberte Schlüssel erweist sich als echtes Problem. Für die Hosentasche ist er zu groß. Im Ärmel geht auch nicht, weil er zu schwer ist und herausfällt. Im BH? Das zieht nach unten, sieht aus, als hätte ich einen Hängebusen. Im Slip? Das Teil ist eiskalt und rostig – nur im äußersten Notfall. Aber in der Not fällt Henni immer etwas ein. Ich hebe den ausgestopften Luchs ein wenig an und schiebe den Schlüssel unter seinen Po.

»Pass gut darauf auf«, murmle ich und streiche dem wilden Gesellen über das stumpfe Fell.

Auf der Treppe läuft mir Claudia entgegen. Sie ist so froh, mich zu sehen, dass sie mir gleich um den Hals fällt.

»Wo warst du denn nur, Henni? Ich hab dich überall gesucht!«

»Alles gut!«, tröste ich sie. »Bin ja wieder da. Wo ist Cindy?«

»Oben bei Huber. Der spielt total verrückt, Henni. Wir sind in einem Irrenhaus!«

Das merkst du jetzt erst, liegt mir auf der Zunge. Aber ich sage es nicht. Claudia ist sensibel, man darf das Mädel nicht aufregen.

»Was treibt er denn?«, frage ich.

»Hörst du es nicht?«

Allerdings. Oben im zweiten Stock scheint der Teufel los zu sein, Laurettas schrilles Organ dringt bis zu uns hinunter, dazu Bobo, der in seiner Aufregung ins Russische verfallen ist. Dazwischen brüllt Hubers Bass irgendwelche Kommandos, die zunächst nicht zu verstehen sind.

»Stuckmayer! Bringen Sie Frau Linz in ihre Gemächer! Und wenn sie sich nicht beruhigt, rufen Sie einen Arzt! Herr Klumpe, Sie sind an der Reihe! Stellen Sie sich nicht so an, hier wird keiner umgebracht!«

Cindy kommt uns entgegen. Verdreht die Augen und tippt sich mit dem Zeigefinger an die Schläfe.

»So was hat die Welt noch nicht gesehen«, stöhnt sie. »Total der Spinner, dieser Huber. Jetzt soll es Lauretta gewesen sein. Weil sie ein Motiv hat. Und weil

Huber inzwischen per Internet herausgefunden hat, dass Sigmar ein kriminelles Vorleben hat.«

Oha. So was habe ich schon befürchtet. Deshalb schlottern dem armen Kerl vor Angst die Knie.

»Doch nicht etwa als Auftragskiller?«

»Keine Ahnung. Er hat mich nur über den Streit vorgestern Abend ausgequetscht. Und er wollte wissen, ob ich Lauretta einen kaltblütigen Mord zutraue.«

»Und was hast du gesagt?«

Cindy zuckt die Schultern.

»Eigentlich nicht. Auch wenn sie vorgestern Abend wüste Drohungen ausgestoßen hat. Die sind alle ein bisschen ausgeflippt, diese Filmleute. Kann doch keiner ernst nehmen, das Theater.«

Ich nicke Zustimmung. Lauretta fällt für mich als Anstifterin zu einem Mord von vornherein aus. Bei Sigmar bin ich mir nicht sicher. Dreck am Stecken hat er in jedem Fall. Aber wie ein Killer kommt er mir nicht vor. Zumindest nicht wie ein eiskalter. Gibt es auch lauwarme Killer?

»Der hat schon nach euch beiden gefragt«, vermeldet Cindy. »Da oben wird verhört, dass die Schwarte kracht. Ich geh jetzt erst mal runter, telefonieren …«

Ach ja, die Liebe. Glückliche Cindy. Mag auch die Polizei in die Irre laufen, mögen die Mörder frei herumlaufen, die Welt ins Chaos sinken – sie hat ihren Ludwig. Seufz. Und was habe ich?

»Ist der Sepp noch oben?«, will ich wissen.

Cindy ist schon an uns vorbeigelaufen, unten auf der letzten Treppenstufe dreht sie sich um.

»Der Sepp Lustenberger? Nee, der ist vorhin mit seinem Vater heimgefahren.«

Meine letzten Hoffnungen sinken, zugleich steigt Ärger in mir hoch. So einer ist das also, der Sepp. Erst den feschen Lover geben, aber wenn's brenzlig wird, macht er sich davon. Das werde ich mir merken. Der ist genauso ein Angstschieber wie sein Alter. Bloß keine Presse, immer schön alles unter den Teppich kehren. Ein Mord schadet dem Image des Dorfes. Kommen ja eh keine Touristen hierher, was hat er denn da zu verlieren?

Vielleicht hat er Sorge, jemand könne seine geheimen Machenschaften aufdecken? Den Tod des armen Bogi von Ottendorf. Die Jagd nach seinem – angeblich völlig wertlosen – Erbe. Nach dem Schatz, der drüben in der Kapelle versteckt sein könnte …

»Frau von Kicherstern?«, ruft es aus dem zweiten Stock. »Der Herr Unterkommissar erwartet Sie zum Verhör.«

Polizist Stuckmayers Kopf ist oben über dem Treppengeländer zu sehen.

»Ich heiße von Kerchenstein!«, rufe ich ärgerlich hinauf.

»Sag ich doch!«

Respektloses Volk! Der sollte Oma über den Weg laufen, die würde ihn zusammenfalten, dass er den Rest seines Lebens im Entengang watschelt. Du bist viel zu sanft, Henni! Warum verteidigst du deinen uralten Adel nicht?

Oben im Flur herrscht jetzt unheilvolle Stille. Ganz

leise hört man Lauretta schluchzen, drüben bei Maria Carrera wimmert Axel Klumpe halblaut vor sich hin. Von Hansi Krauss ist nichts zu vernehmen, vielleicht schläft er ja.

»Hier herein, bitte!«, sagt Stucky und öffnet die Tür zum Musikzimmer. Er hat tatsächlich »bitte« gesagt – vielleicht ist er überarbeitet.

Im Musikzimmer thront Huber, breit wie ein Flusspferd, auf dem Sofa, vor sich das Läppi und den Block nebst Stift. Auf der Stirn des großen Kriminalisten steht der Schweiß – kein Wunder, im Kamin brennt ein mörderisches Feuer, das vermutlich gleich die Backsteine der Umrandung schmelzen lässt. Huber gegenüber sitzt Gitti auf einem Sessel, ihr Gesicht ist vom Weinen aufgequollen.

»Und wenn schon«, sagt sie. »Er hat seine Strafe verbüßt und neu angefangen. Welches Recht haben Sie, ihn so einfach zum Täter zu machen? Wieso ausgerechnet Sigmar? Es kann doch jeder hier gewesen sein!«

»Das zu beurteilen, ist nicht Ihre Sache, Frau Hütli«, knurrt Huber sie an.

Gitti ist verzweifelt, aber sie gibt nicht auf. Wie es scheint, ist da wohl etwas Ernstes zwischen Sigmar und ihr. Wie traurig für sie. Denn ich fürchte, dass Sigmar tatsächlich nicht ganz sauber ist.

»Sie haben kein Recht, ihn einzusperren!«, hält sie Huber entgegen.

»Es besteht ein dringender Tatverdacht. Und außerdem ist er nur oben in einem Zimmer zu seiner eigenen Sicherheit verwahrt. Nicht etwa in Untersuchungshaft.«

»Ich werde mich über Sie beschweren«, schimpft sie. »Sigmar ist unschuldig. Dafür lege ich meine Hand ins Feuer.«

Huber grinst breit und schaut zum Kamin hinüber, wo die Flammen munter züngeln.

»Da verbrennen Sie sich nur nicht die Finger, Frau Hütli. Und außerdem heißt Ihr Sigmar in Wirklichkeit Bernhard Kühne. Einbruchsdiebstahl mit Totschlag. Das sollten Sie nicht außer Acht lassen. Auch wenn Sie Gefühle für diesen Menschen hegen – er ist ein krimineller Totschläger!«

Ach du Schande. Er hat also tatsächlich jemanden umgebracht. Vermutlich wurde er beim Einbruch erwischt, und es kam zum Kampf. Zu fest zugeschlagen. Kein vorsätzlicher Mord. Aber tot ist tot. Keine schöne Sache, Sigmar. Äh – Bernhard.

»Wir werden ja sehen, wer recht behält!«, schluchzt Gitti.

»Sie können jetzt gehen. Aber halten Sie sich bereit, ich werde Sie noch brauchen.«

Gitti schaut mich kaum an, als sie an mir vorbei aus dem Musikzimmer geht. Wahrscheinlich ist es ihr peinlich, dass ich einen Teil des Gesprächs mitgehört habe.

»Und nun zu Ihnen!«, ruft mir Huber entgegen. »Einen Kaffee? Es gibt auch noch Brot mit Schinkenspeck. Kommt aus Tirol, das Zeug. Könnte man sich dran totfressen!«

Ich lehne dankend ab und denke, dass er seine Lebensmittel nicht leichtfertig verschenken sollte, weil es möglicherweise keinen Nachschub geben wird.

»Dann erinnern Sie sich jetzt mal an den Abend vorgestern. Als es zum Streit zwischen Frau Linz und Frau Carrera kam. Hat Frau Linz da eine Drohung gegen Frau Carrera und Herrn Drechsler ausgesprochen?«

Schon traurig, wie einer immer auf der gleichen faulen Masche herumreiten kann. Aber er ist halt nur Unterkommissar, da fehlt's an Intuition und Fantasie.

»Ich bin der Meinung, dass Sie mit Ihren Theorien total auf dem falschen Dampfer sind, Herr Unterkommissar.«

Er lässt sich gegen die Rückenlehne des Sofas fallen und betrachtet mich. So wie ein Forscher ein unbekanntes interessantes Insekt durch das Mikroskop beschaut.

»Und was bringt Sie zu dieser Ansicht, Frau von Kerchenstein?«

Im Gegensatz zu seinem Helferlein hat er ein gutes Namensgedächtnis. Das lässt doch hoffen.

»Ich habe einige Beobachtungen gemacht, die den Mord an Herrn Drechsler in anderem Licht zeigen.«

»Aha!«, sagt er mit ironischer Betonung. »Da bin ich aber gespannt.«

Eigentlich hatte ich nicht die Absicht, ihn so ganz selbstlos auf den rechten Weg zu schieben, weil er total unsympathisch ist. Aber ich kann auch nicht zulassen, dass er die arme Lauretta ins Gefängnis bringt. Und auch Sigmar/Bernhard sollte eine Chance bekommen. Gitti zuliebe.

Ach ja, Henni. Du bist ein guter Mensch.

Leider zeigt sich Huber mehr als undankbar für meine Hilfe.

»Da waren Leute in der Nacht bei der Kapelle? Haben Sie schon mal erzählt. Das werden Leute aus dem Dorf gewesen sein, die ein Gebet verrichtet haben. Wegen ihrer Sünden.«

Ja klar. Mitten in der Nacht vor der verschlossenen Kapelle! Aber das interessiert ihn nicht. Also erzähle ich weiter.

»Verhungern lassen? Den ehemaligen Hotelbesitzer? Das ist ein schwerer Vorwurf, Frau von Kerchenstein. Dafür brauchen Sie Beweise.«

»Theo Ebelt? Ein Rucksack unter dem Bett des Verstorbenen? Sie sind also in die verschlossene Wohnung eingedrungen? Nein? Das wäre Hausfriedensbruch, nicht wahr?«

Er schickt seinen Untertan Stuckmayer in den dritten Stock. Die Wohnung des Verstorbenen Bogislav von Ottendorf ist noch immer unverschlossen. Unter dem Bett ist nur Staub und Mäusedreck, aber kein Rucksack.

Voll böser Ahnungen laufe ich hinauf in mein Zimmer. Verdammt – wie konnte ich so nachlässig sein! Alles weg. Das Adressbuch. Der Pass. Spurlos verschwunden. Wer, zum Teufel, war in meinem Zimmer? Nein, der Sepp doch nicht. Der ist doch mit mir zusammen hinausgegangen. Allerdings war ich später unten in der Besenkammer beschäftigt, da hätte er gut hinauflaufen und die Sachen holen können. Aber auch jeder andere. Wenigstens finde ich den kleinen Zeitungsausschnitt ganz verklebt unter dem Bett, gleich neben dem grünen Gummiball. Vermutlich hat Walter ihn dorthin geschleppt, weil ich ihm den Stinkekäse nicht gönnen wollte. Wo ist er überhaupt, mein kleiner Held und Kater? In Sachen Liebe unterwegs? Ach ja – überall verliebte Paare. Cindy und Ludwig. Walter und Blanche. Gitti und Sigmar. Und mein Sepp ist über alle Berge, dieser Mistkerl.

»Was ist das?«, knurrt mich Huber an, als ich ihm mein einziges Beweisstück präsentiere.

»Ein Zeitungsausschnitt. War ein Käsebrot drin eingewickelt.«

Er schnüffelt daran. Verzieht das Gesicht.

»Bäh! Münsterländer. Oder Chaumes. Schon mindestens eine Woche alt.«

»Lesen Sie die Annonce!«

Er hält den Fetzen ein Stück weiter von sich, um den Text zu entziffern. Aha. Altersweitsichtig. Zu eitel, um eine Brille aufzusetzen.

»Na und?«, meint er dann. »Was sollte das mit dem Mord an Anton Drechsler zu tun haben?«

»Denken Sie an das, was mir Hansi Krauss erzählt hat. Herr von Ottendorf hatte Angst vor jemandem, der es auf sein Hotel abgesehen hatte.«

Er zieht das Taschentuch heraus, um sich die schweißfeuchte Stirn abzuwischen, putzt die Nase, faltet das Tuch wieder zusammen und steckt es ein.

»Sie haben zu viel Fantasie, Frau von Kerchenstein. Ein Kriminalist muss glasklar und logisch denken. So wie die Musik des unvergleichlichen Johann Sebastian Bach komponiert ist.«

Diese Aktion hätte Henni sich locker sparen können. Wie hat Oma doch immer gesagt? Dummheit und Überheblichkeit wachsen stets im gleichen Gemüsebeet. Recht hat die kluge Frau. Dabei liegt die Lösung des Falles doch auf der Hand. Man muss nur herausfinden, was an diesem maroden Hotel so wertvoll ist und wer davon Kenntnis haben kann. Die Antworten auf diese beiden Fragen führen unweigerlich zum Mörder. Glasklar und logisch gedacht, Henni. Johann Sebastian wäre stolz auf mich. Sherlock auch.

Wenden wir uns also zunächst der ersten Frage zu. Dass der Hotelbau an sich keinen Wert besitzt, steht außer Frage. Die alte Hütte zu restaurieren, würde Millionen verschlingen. Und warum sollte jemand so etwas tun? Es ist kaum zu erwarten, dass sich hier ein neues lukratives Skigebiet auftun wird. Viel wahrscheinlicher ist es, dass der verborgene Wert mit der Kapelle zu tun hat, denn Anton Drechsler hat sein Eindringen dort mit dem Leben bezahlt.

Schluck. Das bedeutet, dass die Ermittlungen jetzt in die heiße Phase gelangen. Vielleicht sollte ich besser Claudi und Cindy mitnehmen, wenn ich drüben in der Kapelle herumschnüffle? Auf der anderen Seite will ich die Freundinnen ungern einer solchen Gefahr aussetzen. Also besser allein. Nur mit meinem Smartphone bewaffnet. Für den Notfall. Und überhaupt hat man Anton Drechsler in der Nacht umgebracht. Jetzt aber ist helllichter Tag. Mittagszeit. Das Leben geht seinen Gang. Gitti ist bestimmt dabei, das Mittagessen zu richten. Hansi Krauss erwacht aus seinem Vormittagsschläfchen. Maria Carrera singt Triumphlieder, während Lauretta vermutlich mit ihrem Anwalt telefoniert. Und überhaupt. Ich weiß schließlich, dass ich aufpassen muss, während der arme Anton völlig ahnungslos in die Gefahr hineingelaufen ist.

Draußen ist Sonnenschein vom Feinsten. Das perfekte Winterweihnachtspostkartenwetter. Stahlblauer Himmel ohne ein einziges Wölkchen. Am Fuß der Berge stehen verschneite Fichtenwälder, weiter oben sind die steilen Hänge von glitzerndem Schnee bedeckt, rein und unberührt, durch keinen Skilift verunstaltet, pure ursprüngliche Bergwelt. Eigentlich unvorstellbar, dass in dieser traumhaft schönen Umgebung solch hässliche Morde geschehen.

Das strahlende Sonnenwetter ist allerdings nicht hilfreich, wenn man ungesehen zur Kapelle gelangen will. Da wäre es klüger, die Ermittlung auf die dunkle Tageszeit zu verschieben. Was ich aber aus Gründen der Selbsterhaltung nicht vorhabe. Stattdessen werde ich mich schlau von hinten der Kapelle nähern und nur wenige Sekunden vor der Pforte stehen, um aufzuschließen und hineinzuschlüpfen. Vorsichtshalber nehme ich einen der Metallstäbe mit, die den Teppich auf der Treppe halten, um ihn in die Reite des Kirchenschlüssels zu stecken und als Hebel zu gebrauchen. Auch sonst könnte ein harter Metallstab bei diesem Unternehmen von Nutzen sein.

Claudia ist oben im Retrobad und genießt das heiße Badewasser, Cindy steht noch immer vor dem Hotel und flötet mit ihrem Ludwig per Smartphone. Wie öde war doch das Leben vor der Erfindung des Mobiltelefons! Da musste man ein Hoteltelefon benutzen, wo der Portier alles mithören konnte. Oder schlimmer noch: einen Brief schreiben. Ich hebe den Luchspopo sachte an und fische den Schlüssel heraus. Danke schön fürs Aufpassen, mein glasäugiger Freund. Stecke den Stab in den linken Pulloverärmel, den Schlüssel in den rechten und gehe etwas steifarmig durch die Halle, weil ich beide Utensilien festhalten muss. Gitti hat die Küchentür geschlossen, Cindy nickt mir zerstreut zu, als ich vorbeilaufe und ihr zurufe, dass ich einen kleinen Spaziergang mache. Ich verschwinde hinter der Hausecke, schleiche dicht am Gebäude entlang durch den hohen Schnee und wende mich dann nach rechts, wo es ein wenig bergab geht und ich ungesehen zur Rückseite des Kapellenhügels gelange. Zumindest wenn ich Glück habe und keiner im falschen Augenblick aus dem Fenster schaut. Leider sind meine Spuren im bisher unberührten Schnee recht gut zu sehen. Aber das ist mir jetzt gleich, wenn ich erst herausgefunden habe, was ich wissen will, kann Huber mich gernhaben.

Allerdings habe ich nicht damit gerechnet, dass das Laufen im hohen Schnee so anstrengend ist. Puh! Schon nach wenigen Minuten schwitze ich wie ein Schnitzel in der Pfanne. Jetzt geht es bergauf, hoch zur Kapelle, mir platzt gleich die Lunge, mein Herz pumpt wie ein Blasebalg am Schmiedefeuer, und die verdammte Kapelle kommt kein Stückchen näher. Henni, du wolltest doch Sport treiben. Täglich joggen gehen. Ausdauertraining. Sherlock Holmes hätte dieses Hügelchen mit Leichtigkeit genommen, der war Brite, schlank und sportlich. Hercule Poirot allerdings hätte hier seine Schwierigkeiten gehabt, der war Belgier, liebte gutes Essen und hatte ein Bäuchlein. Sympathischer Typ, der Poirot. Der wäre … keuch … ganz bestimmt … schnauf … noch langsamer … ächz … als ich … japs … gewesen.

Geschafft. Erst mal gegen die Kapellenmauer lehnen und nach Luft ringen. Warten, bis die Berge aufhören zu hüpfen und die Sternchen verschwinden, die vor meinen Augen ständig aufblitzen. So ist es viel besser. Den Schnee, der in meine Stiefelschäfte eingedrungen ist, herausschütten. Den Schlüssel dabei nicht verlieren. Jetzt bin ich so weit, dass ich zur Turmseite der Kapelle stapfen kann, wo sich die Eingangspforte befindet. Mal vorsichtig um die Ecke linsen. Das Hotel hat eine ordentliche Schicht Schnee auf dem Dach, wenn die Sonne weiter so scheint, wird es ein paar Dachlawinen geben. An den Fenstern ist nichts weiter Auffälliges zu sehen, die Balkone hängen noch genauso schief wie vorher, und der Hof ist leer – Cindy hat ihr Smarty vermutlich komplett leer telefoniert und muss das gute Stück erst mal wieder aufladen.

Also los. Den Schlüssel ins Schlüsselloch, den Stab durch die Reite und feste drehen. In die richtige Richtung, das wäre wichtig. Nach links. Knirsch. Kracks. Quietsch. Nun gib schon nach, du mittelalterliches Wunderwerk der Schließkunst. Die Stange biegt sich durch, mir bricht schon wieder der Schweiß aus – aber da dreht sich der Schlüssel, und die Tür lässt sich öffnen. Stab raus, Schlüssel raus, Henni rein in die Kapelle. Tür von innen zumachen. Uff.

Bäh, ist das ein Mief hier drinnen. Eigentlich sollte ich die Tür auflassen, damit es ein wenig durchlüftet. Ansonsten ist es jetzt, da die Sonne durch die schmalen Fenster scheint, weniger gruselig als gestern Nacht, als ich mit Huber und Stuckmayer hier war, um den Toten zu untersuchen. Das Tageslicht dringt zwar nur gedämpft in den kleinen Raum, aber es ist ruhig und klar, gibt den goldfarbigen Reliquiaren sanfte Konturen und liegt wie ein milchiger Schleier auf den gläsernen Behältern, in denen die Heiligen ruhen. Das einzig Unheimliche in diesem Raum ist der Tote, der immer noch unter der grauen Decke vor dem Altar liegt und darauf wartet, in die Pathologie gebracht zu werden.

Also, Henni. Streng deine Augen an, belebe deine Fantasie, schärfe den Geist. Was könnte hier einen Millionenwert haben? Die Reliquiare? Vielleicht. Also schnell ein paar Fotos machen. Die Heiligen in ihren Särgen? Auch möglich. Aber schwer zu fotografieren, weil das Glas spiegelt. Wie kriegt man die Deckel denn auf? Die sind abgeschlossen, na klar – hier ist überhaupt alles abgeschlossen. Aber Henni ist nicht blöde. Die Särge stehen auf schmalen Holzfüßen, und als ich mit der Taschenlampe vom Smarty darunter leuchte, entdecke ich unter dem heiligen Winfriedus einen kleinen Schlüssel. Na also, da werden wir den beiden Herren mal unter die Brokatröcke schauen. Selbstverständlich mit dem gebotenen Respekt. Aber trotzdem gründlich.

Natürlich wieder verrostet, das Schloss am Sarg. Kein Wunder bei diesen feuchten Räumen. Der Muff ist so dicht, dass einem schlecht werden kann, das Graue an den Wänden ist bestimmt Schimmel, der seine Sporen in alle Richtungen ausstreut. Davon kriegt man Asthma und Heuschnupfen. Ach, da oben hängt ja noch dieser Kasten mit den Medaillen drin. Die muss ich auch noch fotografieren. Scheinen irgendwelche Orden zu sein, vielleicht war der Bogislav von Ottendorf ja erfolgreich beim Schützenfest?

Knack. Da flutscht mir doch das Schlüsselchen aus der Pfote und fliegt quer durch den Raum rüber zum Eingang. Trifft mit einem hellen Klirren auf den

Steinboden und bleibt dort liegen. Aha, die Herren in den Glaskästen haben etwas dagegen, untersucht zu werden. Aber damit kommt ihr nicht durch. Henni ist beharrlich. Ich gehe zurück zum Eingang, schaue etwas scheu nach oben ins Turmgebälk hinein, wo der Tote gehangen hat, und bücke mich, um den kleinen Ausreißer vom Steinfußboden aufzuheben. Als ich mich wieder aufrichte, sehe ich eine schmale grau gestrichene Holztür. Tatsächlich, da ist eine Tür mit einem Riegel. Vermutlich gibt es eine Treppe zum Glockengestühl hinauf – obgleich das nur wenige Meter hoch ist. Wieso habe ich diese Tür vorher nicht gesehen? Sie befindet sich links von der Eingangspforte, aber vermutlich achtet man nicht darauf, weil der Innenraum mit den goldblitzenden Reliquien und dem Altar die Blicke auf sich zieht. Ich stecke den Schlüssel vorsichtshalber in die Hosentasche und schiebe den Riegel zurück. Die Tür öffnet sich knarrend. Dahinter ist eine Treppe, die führt allerdings nicht hinauf zum Turmgebälk, sondern abwärts in die Tiefe. Das glaub ich nicht! Die Kapelle ist unterkellert!

Jetzt wird es spannend. Henni, du bist der Lösung dicht auf den Fersen. Schnell das Smarty auf Taschenlampe gestellt, und dann geht's hinunter in die Gruft. Die Stufen sind in den Fels gehauen und ziemlich unregelmäßig, das ist Mittelalter pur, ich kann mir lebhaft vorstellen, wie die Dörfler vor achthundert Jahren gehämmert haben. Ob sie hier noch weitere Heilige begraben haben? Eine adelige Dame bestattet, die zur Errichtung der Kapelle Geld gespendet hat? Inzwischen als Depot für wertvolle Schmuggelware genutzt, von der der arme Bogi keine Ahnung hatte. Diamanten? Koks? Plutonium aus ehemals sowjetischem Besitz?

Die Treppe gräbt sich schmal und steil in den Berg hinein und endet in einem niedrigen Gewölbe. Ich muss den Kopf einziehen, während ich ein paar Schritte hineingehe und den Strahl der Smarty-Taschenlampe in die Finsternis richte. Zwei kleine Mäuse flüchten vor dem grellen Licht, rechts stehen mehrere blaue Müllsäcke, weiter hinten ein hölzernes Geraffel, das vermutlich einmal dazu diente, die Heiligen in einer Prozession umherzutragen. Ob es noch benutzt wird, ist zweifelhaft, denn es ist von hungrigen Holzwürmern befallen. Auf der Querseite hat man mehrere Haken befestigt, dort hängen Gerätschaften, ein grober Besen, ein Schrubber aus Plastik, mehrere Handfeger, eine Schneeschaufel, verschiedene blaue Plastiksäcke, die vermutlich Reinigungsmittel enthalten. Lange nicht mehr angewendet, sonst würde es da oben nicht so müffeln. Auf dem Felsboden stehen zwei Blecheimer. Links liegt eine lange Leiter aus Leichtmetall. Aha. Die haben sie benutzt, um Anton Drechsler in den Glockenstuhl zu hängen. Dann sind vielleicht noch Fingerabdrücke daran, das wäre wenigstens eine kleine Hoffnung.

Alles in allem ist dieses felsige Kellerloch eine große Enttäuschung. Keine Särge, keine vornehmen toten Adeligen, auch keine Schmuggelware. Halt – ich sollte mal kurz in die blauen Säcke hineinschauen. Möglich, dass ich darin Gold, Edelsteine oder Rauschgift finde. Aber wahrscheinlicher ist es, dass ich auf das Seil stoße, das Sigmar/Bernhard hat verschwinden lassen.

Gerade als ich den ersten Sack öffne und auseinanderziehe, höre ich ein Geräusch. Ein Knarren, das ohne Zweifel von der Eingangspforte stammt. Der Wind? Ganz sicher nicht, ich hatte die Außenpforte zugeklinkt. Abschließen lässt sie sich von innen nicht, so weit war die mittelalterliche Schlosstechnik nicht gediehen. Ich schalte die Lampe aus und verharre unbeweglich. Lausche auf weitere Geräusche, höre aber nur meinen eigenen raschen Herzschlag. Mist. Ich habe die Kellertür offen gelassen, wer auch immer in die Kapelle gekommen ist – es muss ihm sofort auffallen. Aber vielleicht habe ich mich ja getäuscht. Vielleicht hat nur eines der alten Holzpodeste geknarrt, auf denen die Särge mit den Heiligen stehen. Holz arbeitet ja, da kann es schon mal knacken oder knarzen …

Schritte auf der Kellertreppe. Henni, jetzt bist du dran. Es gibt kein Entkommen aus diesem Loch, du sitzt in der Falle. Hättest du doch auf Papa gehört und den nächsten Hubschrauber genommen – aber nein, du musst deine dumme Schnüffelnase wieder einmal in eine Mordgeschichte stecken. Was dazu führen könnte, dass du in wenigen Minuten mausetot und in einen blauen Sack verschnürt im Turmgebälk hängen wirst. Ich kann den Atem des Menschen hören, der die Stufen hinunterkommt. Das Geräusch seiner Jacke, die an der Felswand reibt. Jetzt blitzt eine Taschenlampe auf, ein gelblicher Lichtstrahl irrt durch den kleinen Kellerraum, bleibt an den blauen Säcken hängen, gleitet über die wurmstichigen Hölzer, wendet sich nach links, erfasst Besen und Schneeschaufel, zuckelt hinüber zu der Leichtmetallleiter. Ich stehe bewegungslos mit angehaltenem Atem neben der Treppe, presse den Rücken gegen den Fels und warte, dass der Besitzer der Taschenlampe in den Kellerraum tritt. Blödes Herzklopfen. Das macht einen Lärm wie ein Presslufthammer, hoffentlich hört er das nicht. Jetzt wird die Hand sichtbar, die die Lampe hält, der Arm, ein Bein schiebt sich vor. Dunkle Hose, Lederstiefel. Zwei Schritte, und der ganze Kerl ist da, steht dicht vor mir, gebückt, wendet mir den Rücken zu und leuchtet auf die Leiter.

Jetzt oder nie, Henni. Wenn er sich erst umgedreht hat, ist es zu spät. Es kostet Überwindung, einen ahnungslosen Mörder von hinten anzugreifen, vor allem als Frau. Frauen schlagen nicht gern zu, sie kämpfen lieber mit anderen Mitteln. Verleumdung. Intrige. Gift. Körperliche Gewalt liegt uns Frauen nicht, wir sind von Natur aus sanfte Wesen, dazu bestimmt, ein Nest zu bauen und die Brut liebevoll zu betreuen.

Zack!

Guter Schlag, Henni. Genau auf die rechte Schulter, dicht am Ohr vorbei. Der Mörder verharrt bewegungslos, leicht über die Leiter gebeugt. Was ist denn jetzt? Fällt er um, oder will er so stehen bleiben? Vielleicht sollte ich ihm noch einen Nachschlag gönnen?

Auf die andere Schulter? Damit die Karosserie nicht so verzogen ist, wenn er nachher aufwacht.

Zack!

So, das müsste reichen. Die Taschenlampe fällt auf den Boden, dreht sich auf der Stelle und leuchtet mir direkt ins Gesicht. Bloß weg hier. Noch ein fester Tritt in den Allerwertesten, er kippt nach vorn und haut mit dem Kopf gegen die Felswand. Sorry, das tut mir jetzt echt leid, war nicht so geplant. Ich vernehme ein Stöhnen, der Gegner sackt in die Knie, hält sich den Kopf mit beiden Händen. Leider versperrt er mir mit seinem dicken Körper den Rückweg, ich muss mich an ihm vorbeizwängen, um zur Treppe zu gelangen. Stolpere bei der schlechten Beleuchtung über seinen rechten Fuß und kann mich gerade noch an der Wand festhalten.

Da ist er auf einmal wieder auf den Beinen, fährt herum, holt aus und will mir einen ordentlichen Schwinger verpassen. Henni duckt sich geschickt wie ein Boxweltmeister, aber jetzt hat er mich am Arm gepackt. Ich schreie hemmungslos, weil es höllisch wehtut. Trete nach ihm. Keife. Spucke. Versuche, ihm in die Hand zu beißen. Schlage mit dem Kirchenschlüssel zu.

»Jetzt gib endlich Ruhe, du verdammte Megäre!«

Der Kirchenschlüssel gleitet mir aus der Hand und schlägt mit metallischem Klingen auf den Felsboden auf.

»Na also«, sagt Huber zufrieden und hebt seine Taschenlampe auf, um mir ins Gesicht zu leuchten. »War logisch. Das konnten ja nur Sie sein.«

O Gott! Ich habe Unterkommissar Huber mit einer Messingstange geprügelt. Dazu noch in den Allerwertesten getreten – das gibt eine fette Anzeige. Widerstand gegen die Staatsgewalt. Geldstrafe. Bei Nichtbezahlen – Knast. Wieso habe ich dummes Huhn ihn nicht erkannt? Spätestens beim Fußtritt hätte es mir auffallen müssen. Einen Hintern dieser Dimension gibt es kein zweites Mal.

Jetzt hat er die Taschenlampe wieder in den Raum hinein gerichtet und reibt sich die Stirn. Hat er dort eine Platzwunde? Fließt sein Blut? Nein – zum Glück nicht. Nur eine Prellung. Schwillt erstaunlich schnell an. Schluck. Nachher wird er aussehen wie ein Einhorn.

»Haben Sie die Leiter gesehen?«, fragt er. »Die haben sie benutzt, um den Toten aufzuhängen. Schauen wir mal, ob wir das Seil finden. Halten Sie mal die Taschenlampe, Frau von Kerchenstein!«

Er drückt mir das Teil in die Hand und macht sich an den blauen Säcken zu schaffen. Der Lichtstrahl zittert, weil ich an die öden Tage im Knast denke. Was sage ich bloß Oma? Sie wird außer sich sein. Erst diese Verlobung und dann auch noch Frauengefängnis. Damit sind meine Heiratschancen in Adelskreisen gleich null.

»Also …«, beginne ich vorsichtig und muss mich räuspern. »Also das eben … das tut mir leid. Ich hab gedacht …«

Zu meinem allergrößten Entsetzen lacht er laut. Es klingt dumpf und mächtig in dem kleinen Raum, hämmert auf dem Trommelfell, lässt die Holzwürmer vor Schreck erstarren. Mich auch.

»Hum, hum, hum!«, lacht er. »Berufsrisiko. Dafür haben Sie einen ordentlichen blauen Fleck am Arm. Wie? Wenn ich zupacke, dann packe ich zu, junge Frau. Und wenn Sie meinen Schlag abbekommen hätten, müsste ich Sie jetzt zwecks Wiederbelebung in die Klinik bringen lassen. Hum, hum, hum ...«

Da könnte er allerdings recht haben, der Hippo-Huber. Trotzdem ist er mir jetzt ein winziges bisschen sympathisch. Wehleidig ist er jedenfalls nicht, um seine angeschlagene Schulter macht er nicht viel Aufhebens, und die Beule vorn auf der Stirn steckt er ohne Weiteres weg. Profi halt. Wahrscheinlich hat man ihm in seiner Laufbahn als Kriminaler schon öfter eins übergezogen.

»Da haben wir es ja«, sagt er und hält die blaue Tüte so, dass der Lichtstrahl hineinfällt. »Schön ordentlich zusammengerollt. Passt!«

Zufrieden stellt er den blauen Sack wieder auf seinen Platz zurück und greift sich den nächsten. Jetzt ist er stolz darauf, dass sein logisch funktionierendes, glasklares Hirn sich wieder einmal bewiesen hat. Henni hat den Kirchenschlüssel geklaut, Sigmar hat das Seil versteckt. Genau wie er vermutet hat. Dass es tatsächlich Sigmar gewesen ist, müssen allerdings noch die Fingerabdrücke beweisen. Deshalb fasst er auch weder Seil noch Leiter an. Profi eben.

»Was ist das denn?«, murmelt er, während er in den blauen Sack starrt. »Leuchten Sie mal rein, Kerchenstein. Das sieht ja aus wie … Donnerwetter … Findet man nicht alle Tage …«

Ich trete näher und richte die Taschenlampe auf den Inhalt des Müllsacks. Zunächst halte ich das Zeug für irgendwelchen Abfall. Dann bewegt er den Sack, sodass die weißlichen Teile hin und her rutschen. Ein menschlicher Schädel wird sichtbar. Hohle schwarze Augenhöhlen, eine lückenhafte Zahnreihe, kein Unterkiefer. Ich starre angewidert und fasziniert zugleich auf das Sammelsurium menschlicher Überreste, während mir mein Magen langsam in den Hals steigt.

»Ich will ja der Pathologie nicht vorgreifen«, sagt Huber und schüttelt noch ein wenig, um Details erkennen zu können. »Aber meiner Meinung nach sind diese Knöchlein schon recht betagt. Kann mich aber auch irren. Vielleicht haben sie da einen umgelegt und die Gebeine in der Sonne getrocknet. Da gibt's einen Eingeborenenstamm irgendwo in Südamerika, die machen das so … Ist ihnen nicht gut, Kerchenstein? Geben Sie mal die Taschenlampe …«

»Geht schon …«, sage ich und reiße mich zusammen. Nein, ich werde die Theorien, die sein glasklares Hirn ausspuckt, nicht bestätigen. Ich falle nicht in Ohnmacht. Nicht jetzt. Vielleicht später, wenn er nicht dabei ist. Aber jetzt auf keinen Fall.

Er untersucht auch den dritten und den letzten Müllsack mit peinlicher Genauigkeit. Der dritte enthält ein Gemisch aus Dreck, verschmierten Lumpen und Papierschnipseln. Der letzte ist voller alter Behälter, Glasreiniger, Fußbodenreiniger, Terpentin, Sidol zum Silberputzen, ein Mittel gegen Schimmelpilze, ein Imprägnierspray für Lederschuhe.

»Hochinteressant«, bemerkt Huber. »Steigen wir wieder hinauf, Kerchenstein. Ich gehe vor, Sie leuchten. Vergessen Sie den Kirchenschlüssel nicht. Und Ihre Brechstange.«

Ich klaube das Zeug vom Boden auf und trage es beschämt hinter ihm her. Dieses Mal hat sich Henni Schlaumeierin nicht gerade mit Ruhm bekleckert. Eher das Gegenteil. Mit Pech. Auf der anderen Seite fühle ich mich an Hubers Seite in dieser Gruselkapelle angenehm sicher. Irgendwie habe ich das Gefühl, dass mir in seiner raumgreifenden Gegenwart nichts Schlimmes geschehen kann. Er geht zu dem Toten, schaut kurz unter die Decke und nickt zufrieden.

»Alles in Ordnung.«

Dann steigt er auf eine Kirchenbank, die unter seinem Gewicht gefährlich knackt, zieht eine Brille aus der Jackentasche und betrachtet die Medaillen in dem gerahmten Glas an der Wand.

»Da schau an«, murmelt er. »Die Militär-Verdienstmedaille des Kantons Uri von 1845. Und da ist auch die Medaille auf die Wiedervereinigung 1814 …«

Ein knatterndes, sausendes Geräusch wird hörbar, Huber setzt die Brille ab und springt von der Bank. Gar nicht mal plump, sondern recht gelenkig hüpft er auf den Boden und eilt zum Ausgang.

»Das sind die Leute von der Spurensicherung«, ruft er mir zu. »Die kommen gleich mit, weil die Bergrettung doch sowieso den Toten abholt …«

Wie praktisch, denke ich. Jetzt nehmen sie das Seil mit und suchen nach Fingerabdrücken auf der Leiter. Und alles wird Hubers glasklare, logische Theorie bestätigen. Lauretta war die Anstifterin, und der arme Sigmar soll's gewesen sein. Die Deppen sterben nie aus. Bei der Kripo schon gar nicht.

Der Hubschrauber kreist direkt über der Kapelle, man hört das rhythmische Schlagen, das Schwirren, das Dröhnen des Motors, und auf einmal habe ich ein komisches Gefühl. Der Hubschrauber – stand das nicht auf dem blauen Ball? War das vielleicht anders gemeint, als ich bisher angenommen habe?

»Was ist denn los?«, brüllt Huber draußen. »Hier im Hof soll er landen. Ist doch Platz genug …«

Ich laufe aus der Kapelle, bin einen Moment lang im hellen Sonnenlicht geblendet, dann erkenne ich die rote Riesenlibelle am Himmel.

»Das ist nicht die Bergrettung«, sage ich zu Huber, der mit beiden Armen Zeichen gibt.

»Wieso nicht?«, will er ärgerlich wissen.

»Weibliche Intuition!«

Er setzt zu einem brüllenden Lachen an, dann verschluckt er sich und nimmt die Arme runter. Beschattet die Augen mit der Hand und starrt ungläubig auf einen schneebedeckten Hang, südlich von uns. Dort ist ein winziges Menschlein zu sehen. Dunkel gegen die gleißende Helle, müht er sich, im Tiefschnee voranzukommen, über ihm schwebt der rote Hubschrauber wie ein großes Insekt, das seine Beute schon sicher hat. Dann knattern Schüsse durch die heile Bergwelt, aus einem Maschinengewehr werden mehrere Serien abgefeuert, der einsame Läufer fällt und verschwindet im hohen Schnee.

»Verflucht!«, brüllt Huber wütend. »Vor meinen Augen! Direkt vor meiner Nase. Verdammte Drecksbande …«

Er fasst mich am Arm und zerrt mich zum Eingang der Kapelle, wo wir vor eventuellen Angriffen in Sicherheit sind. Dort stehen wir, atemlos, starren auf die rote Kampflibelle, die jetzt abdreht und seelenruhig davonfliegt.

Und nun passiert drüben auf dem Hang etwas, das ich noch nie im Leben gesehen habe. Eine weiße Wolke erhebt sich, schwillt an, wird zu einem gewaltigen Schleierungetüm und kriecht langsam, fast zärtlich in Richtung Tal.

»Eine Lawine«, murmelt Huber. »Die Schüsse haben eine Lawine ausgelöst.«

Der Fall nimmt eine dramatische Wendung. Huber spurtet in Richtung Hotel, springt wie ein Yeti den Hang hinunter, fällt hin, rafft sich erstaunlich schnell wieder auf, rutscht das letzte Stück auf den Knien und rennt über den Hof ins Gebäude hinein. Ich weiß, was er vorhat, und habe deshalb keine Eile – auf die Fresse legen kann ich mich immer noch. Erst mal suche ich Taschenlampe und Kapellenschlüssel, die mir bei der Aktion aus der Hand gefallen sind, finde auch meine Brechstange wieder und schließe das Gruselkapellchen sorgfältig ab. Weil ich nämlich immer noch glaube, dass dort die Lösung des Falles schlummert.

Dann rutsche ich Huber hinterher und schlittere über den Hof zum Hoteleingang.

Schon in der Halle ist lautes Geschrei zu vernehmen. Sopran und Bass, ziemlich forte und sehr agitato. Mein musikalisches Ohr sagt mir, dass dieses

Duett erstens aus der Küche kommt und zweitens von Gitti und Huber bestritten wird. O weh – ich ahne Schlimmes.

»Es ist Ihre Schuld! Nur Ihre! Sperren den armen Menschen grundlos ein. Das haben Sie jetzt davon!«

Der Sopran ist brüchig, wird von Schluchzern unterbrochen.

»Jetzt nehmen Sie sich mal zusammen, Frau Hütli«, schimpft der Bass. »Wer hat Herrn Kühne die Tür aufgeschlossen? Ihm zur Flucht verholfen?«

Der Sopran schluchzt noch lauter, bringt die Worte nur noch mit Mühe heraus.

»Woher … soll … ich das … wissen?«

Jetzt trumpft der Bass mächtig auf.

»Aber ich weiß es, Frau Hütli! Sie haben meinen Kollegen listig in die Küche gelockt unter dem Vorwand, ihm eine Brotzeit zuzubereiten. Und während er gegessen hat, sind Sie hinaufgerannt, um Herrn Kühne die Tür aufzuschließen. So war es doch, oder nicht?«

Keine Antwort. Nur heftiges Weinen. Es ist also Sigmar gewesen, der vor wenigen Minuten unter der Maschinengewehrsalve sein Leben ausgehaucht hat und mit der Schneelawine zu Tal gerissen wurde. Sigmar Sonntag, der in Wirklichkeit Bernhard Kühne heißt und eine Einbrecherkarriere mit Totschlag hinter sich hat. Böse Geschichte, weil sich die arme Gitti in den Kerl verliebt hat.

»Hätten Sie diese Straftat nicht begangen, Frau Hütli, dann könnte Herr Kühne noch am Leben sein.«

Das ist echt Huber. Immer feste druff, wie der alte Blücher sagte. Ohne Rücksicht auf die Gefühle anderer Menschen. Hauptsache der glasklare Verstand hat recht behalten. Warum habe ich vorhin nicht fester zugetreten? So richtig mit dem Blockabsatz voran?

»Ich habe das … nicht getan«, heult Gitti. »Dem Herrn Stuckmayer … hab ich was zu essen … gemacht. Das … ist wahr. Aber … ich hab … ich hab die Tür … nicht aufgeschlossen …«

»Jetzt beruhigen Sie sich erst mal, ich komme gleich zurück. Und dann will ich von Ihnen wissen, wer ein Interesse daran haben könnte, Bernd Kühne alias Sigmar Sonntag auf solch spektakuläre Weise um die Ecke zu bringen.«

Das würde mich allerdings auch interessieren. Vermutlich hat Sigmar/Bernhard Interna über den Mord an Anton Drechsler gekannt, die die Polizei nicht erfahren sollte, und wurde deshalb beseitigt. Wenn das so war, dann ist Gitti jetzt auch in Lebensgefahr. Weil er ihr möglicherweise dies oder jenes anvertraut hat. Im Bett werden Männer zuweilen gesprächig. Ich lasse Huber die Treppe hinaufjoggen und gehe erst mal in die Küche zu Gitti, um die Ärmste ein wenig zu trösten. Sie sitzt am Campingtisch und hat den Kopf in die Hände gestützt, ihre Tränen sind auf den leeren Teller getropft, den von Stuckmayers Brotzeit.

»Es ist noch nicht sicher«, sage ich und streichle ihre Schulter. »Vielleicht haben sie ihn ja gar nicht getroffen. Wenn die Leute im Dorf ihn schnell genug aus der Lawine ausgraben, hat er noch eine Chance.«

Sie wischt sich mit der Hand über das nasse Gesicht, weil das aber wenig hilft, nimmt sie eine Ecke ihrer Schürze.

»Hast du's gesehen?«, fragt sie.

»Ja. Wir standen oben bei der Kapelle, der Huber und ich.«

»Ein Hubschrauber?«

»Ein roter Hubschrauber. Hast du eine Ahnung, wer solch ein Teil besitzt?«

Sie schnieft. Sucht ein Taschentuch in der Schürzentasche und schnäuzt sich.

»Rot sagst du? Das könnte einer vom Andechser Toni sein.«

»Wer ist das denn?«

»Der ist unten in Andorf und vermietet Hubschrauber. Damit holt er die Lüt daheim ab und macht mit ihnen Rundflüge. Oder bringt sie irgendwohin ...«

»Aber da ist doch immer ein Pilot dabei, oder?«

»Normal schon ...«, sagt sie und steht auf. »Glaubst du wirklich, dass der Sigmar noch leben könnte? Zeig mir, wo es passiert ist.«

»Da müssen wir hinauf in den obersten Stock. Von da aus sehen wir's. Hast du ein Smartphone? Dann ruf am besten gleich im Dorf an und sag ihnen, dass ein Mensch in der Lawine steckt.«

Es ist nur eine winzig kleine Hoffnung, aber immerhin eine Hoffnung. Die Frage ist nur, wie groß das Interesse ihres Bürgermeister-Schwagers ist, Sigmar lebend aus der Lawine zu buddeln.

Sie eilt hinüber in ihr Zimmer und kommt mit einem

Uraltteil zurück. Na egal – Hauptsache, es funktioniert. Wir laufen im Eilschritt durch die Halle, am Treppenaufgang prallen wir auf Claudia und Cindy.

»Henni!«, schreit Claudia und fällt mir um den Hals. »Wo treibst du dich denn herum? Wir hatten schreckliche Angst um dich!«

Ich tue ganz harmlos. Ein wunderschöner Schneespaziergang in der sonnenbeschienenen Bergwelt. Was? Ein Hubschrauber? Schüsse? Eine Lawine?

»Stell dir vor, ich sitze gerade in der Badewanne und entspanne im warmen Wasser, da schreit Cindy auf einmal wie eine Irre«, berichtet Claudia aufgeregt. »Ein Hubschrauber hätte eine Person drüben auf dem Hang erschossen. Und da hab ich gedacht …«

Sie drückt mich an sich und fängt an zu schluchzen.

»… da hab ich im ersten Moment gedacht … sie hätten dich … umgebracht …«

Ich bin tief gerührt von Claudias Anhänglichkeit und streichle ihre Schultern. Es tut wohl zu wissen, dass die Freundin um dich weinen wird, falls du einmal aus einem Hubschrauber heraus erschossen wirst … Wenn du allerdings gerade in Eile bist, ist solch ein Liebeserguss etwas lästig. Zumal auch Cindy jetzt die Arme um mich schlingt.

»Wir hatten echt Sorge um dich«, sagt sie. »Wir haben gedacht, niemand außer dir könnte so dämlich sein, auf dem Hang im Tiefschnee herumzustapfen.«

»Das habt ihr gedacht? Wie lieb von euch!«

Ich halte nach Gitti Ausschau, aber die ist schon hinaufgelaufen, das Smartphone am Ohr.

»Ihr könnt mich jetzt loslassen, Mädels. Ich bin okay und würde gern nach oben gehen.«

Das sehen sie ein und geben mich frei. Cindy erklärt sich bereit, den Badeofen für mich anzuheizen. Claudia will mir ihre Rosenseife leihen.

»Später …«

Im zweiten Stock werden wir von Axel aufgehalten. Er stürzt auf uns zu, bekommt Claudia als Erste zu fassen und redet ohne Punkt und Komma auf sie ein.

»Eine Mördergrube! Sie kommen von allen Seiten. In der Nacht die Geister und am hellen Tag die Mörder. Meucheln alles nieder. Dringen in die Zimmer ein. Schießen mit Maschinengewehren in die Fenster hinein …«

Wie es scheint, haben alle außer Gitti am Fenster gestanden und den Mord beobachtet. So viele Zeugen hat man selten – Huber wird begeistert sein.

»Wo ist Frau Carrera?«, will ich wissen. »Und Frau Linz? Hat Herr Krauss es auch gesehen?«

Axel Klumpe lässt erschöpft von Claudia ab und muss sich gegen die Wand lehnen. Er nickt. Ja. Alle haben es gesehen.

»Weil er doch am Fenster von Frau Linz vorbeigeschwebt ist. Und da hat sie geschrien. Da sind wir alle hinübergelaufen und haben zugeschaut, wie er gelandet und hinüber zum Hang gestapft ist …«

»Geschwebt? Wie geschwebt?«, wundert sich Cindy.

»Na, der ist runtergeklettert. Wie ein Affe …«, schwatzt Axel. »Und das Seil ist immer hin und her geschaukelt. Wie im Zirkus. Einmal hat er sich feste an dem Balkon gestoßen. Der war schon halb abgerissen, aber das Seil hat sich in den Holzresten an der Wand verfangen …«

»Was denn für ein Seil?«, will ich wissen.

Axel ist irritiert, weil ich solch unwichtiges Zeug frage.

»Na, so eine Wäscheleine eben … Bitte, Sie müssen Maria beruhigen, sie ist fix und fertig mit den Nerven …«

Das wäre allerdings kein Wunder, dieser Axel Klumpe ist eine Hochbegabung für Panikmache und Horrorszenarien. Beim Film könnte er damit viel Geld verdienen. Tatsächlich werden alle Bewohner der Luxuszimmer eine Betreuung nötig haben. Vor allem, wenn der Gefühlsklotz Huber ihnen nachher dumme Fragen stellt.

»Geht ihr beiden schon mal hinüber zu Maria und Lauretta?«, bitte ich Claudia und Cindy. »Ich will noch mal schnell hinauf.«

»Pass auf dich auf, Henni!«, ruft mir Claudia nach, während ich die Treppe zum dritten Stock hochhechte.

»Na klar doch!«, brülle ich hinunter.

Dann geht es nicht weiter, weil Huberts Nilpferdstatur den Treppenaufgang versperrt. Er steht mit dem Rücken zu mir und spricht in sein Smartphone.

»Na endlich! Wieso gehen Sie nicht an Ihr Handy? … Eine Lawine? Weiß ich längst. Deshalb rufe ich ja an. Da steckt ein Toter drin … Ach, das wissen Sie …

Wer geschossen hat? Keine Ahnung. … Ist das Dorf verschüttet? … Ah – nur ein Hof am Ortsrand … Da suchen Sie mal … Wenn Sie ihn haben, rufen Sie durch … Klar …«

Er steckt das Smartphone in die Jackentasche und dreht sich zu mir um. Hat er mich kommen hören, während er ins Telefon gebrüllt hat? Der Mann hat ja Ohren wie eine Fledermaus.

»Da sind Sie ja endlich, Kerchenstein. Habe Sie viel früher erwartet. Hat der Jämmerling unten Sie aufgehalten? Kann die verdammten Tunten auf den Tod nicht leiden …«

Wen kann der schon leiden?

»Wieso haben Sie mich erwartet?«, frage ich naiv.

»Weil Sie Ihre neugierige Nase überall reinstecken!«

Wer dumm fragt, bekommt dumme Antworten. Danke, Herr Unterkommissar mit dem Hippo-Hintern.

»Woher hatte Sigmar das Seil?«, kontere ich.

Er stößt die Luft zischend zwischen den Zähnen aus.

»Woher wissen Sie das schon wieder?«

»Hat mir ein kleines Vögelchen geflüstert, Herr Unterkommissar.«

Er grunzt verärgert. Es sei sein Schicksal, dass er immer mit Idioten arbeiten müsse.

»Der alte von Ottendorf, der hier gewohnt hat, muss genau dieses Zimmer zum Wäschetrocknen benutzt haben. Hatte die Leine quer durch den Raum gespannt, der Rest hing zusammengerollt herunter.

Aber Stuckmayer, dieser Volltrottel, hat nichts davon bemerkt.«

Der arme Kerl hat sich vermutlich einiges anhören müssen.

»Und die Wäscheleine?«, horche ich Huber aus. »Ist das etwa das gleiche Seil wie drüben …«

»Exakt!«

Womit klar wäre, dass der Mörder von Anton Drechsler sich hier im Hotel ausgekannt hat. Damit ist Sigmar erneut stark belastet. Was jetzt für ihn wohl keine Rolle mehr spielt.

»Dann würde ich mir gern das Zimmer ansehen«, sage ich mit charmantem Lächeln. »Falls Sie nichts dagegen haben, Herr Unterkommissar.«

Zu meinem Erstaunen gibt er den Weg frei. Grinst mich sogar dabei an.

»Aber gerne doch. Bei der Gelegenheit könnten Sie mir die Frau vom Hals schaffen. Sitzt da oben am Fenster und heult wie ein Schlosshund …«

Gitti, die Unglückliche. Verflixt, warum habe ich sie allein mit Huber gelassen?

»Sie haben wohl was gegen weinende Frauen, wie?«, frage ich verärgert.

»Ich hab was gegen ausufernde Emotionen«, tönt er. »Gleich ob eine heult, kreischt oder mir eins über die Rübe haut. Stört alles die Ermittlungen, Kerchenstein.«

»*Von* Kerchenstein!«

Ich schaffe es, in würdevoller Haltung an ihm vorbeizugehen. Okay, ich habe mich geirrt, das kann ja mal passieren. Immerhin habe ich mich entschuldigt. Er hätte ja auch »Hallo, ich bin Unterkommissar Huber« rufen können, bevor er in den dunklen Keller hineintappt. Alles eine Frage der guten Erziehung. Aber damit hapert's halt bei diesem Proleten.

Die Zimmertür von Sigmars ehemaligem Gefängnis steht offen, ein kalter Luftzug weht in den Flur, weil drinnen das Fenster geöffnet wurde. Gitti hat sich mit beiden Händen auf der Fensterbank abgestützt, sodass ich im ersten Moment befürchte, sie wolle sich hinunterstürzen. Aber sie starrt nur mit weit geöffneten Augen in die Schneelandschaft hinaus, auf der schon die Bergschatten der Abenddämmerung liegen.

»Er lebt«, sagt sie mit seltsam gedämpfter Stimme. »Ich weiß, dass er lebt.«

»Auf jeden Fall suchen sie ihn schon. Je früher sie ihn finden, desto besser für ihn.«

Sie gibt keine Antwort und schaut weiter zum Hang hinüber. Dort ist eine breite Spur im Schnee zu erkennen, die aus der Entfernung einer Skipiste ähnelt. Wenn man genauer hinschaut, bemerkt man, dass die Fläche sehr uneben ist und an einigen Stellen Steine und die Stümpfe geknickter Tannen aus dem Schnee herausragen. Die Spur der Lawine.

»Er ist nicht tot …«, wiederholt Gitti. »Nicht tot … nicht tot …«

Der Schock hat sie ganz schön mitgenommen. Besser, ich bringe sie vom Fenster weg, sonst kippt sie am Ende doch noch senkrecht hinunter in den Schnee.

Als ich jetzt neben sie trete, kann ich das Seil sehen, das Sigmar um das Fensterkreuz gebunden hat. Tatsächlich, es scheint das gleiche zu sein, mit dem man Anton Drechsler aufgehängt hat. Oben an der Verknotung ist sogar eine frische Schnittstelle zu erkennen, ziemlich zerfasert, vermutlich hat da einer mit einem stumpfen Messer herumgesäbelt. Ansonsten hat Sigmar seine Flucht wohl in aller Ruhe vorbereiten können, denn er hat dicke Knoten in die Wäscheleine gemacht, um beim Hinunterklettern besseren Halt zu haben. Unten kann man seine Spuren im Schnee erkennen, sie führen geradewegs nach Norden. Es sieht so aus, als hätte er das Dorf St. Nikolaus umgehen und hinüber nach Andorf gelangen wollen. Wie gruselig. Seine Fußstapfen sind noch da, aber der arme Kerl selbst ist wohl längst in den ewigen Jagdgründen.

»Gehen wir hinunter, Gitti«, sage ich sanft und ziehe sie vom Fenster weg. »Hier oben ist es zu kalt.«

Sie lässt sich widerstandslos aus dem Zimmer führen. Im Flur begegnen wir einem ziemlich geknickt wirkenden Stuckmayer, der dort auf einem Stuhl hockt und offensichtlich den Auftrag hat, Sigmars ehemaliges Gefängnis zu bewachen.

»Wären Sie so freundlich, mir eine Brotzeit zu bringen?«, fragt er Gitti in bittendem Ton.

»Die können Sie sich in den Allerwertesten stecken!«, ist die grobe Antwort.

Na, Gott sei Dank – sie ist wieder unter den Lebenden. Ich hatte schon Sorge, sie könnte vor Kummer den Verstand eingebüßt haben. Ein Stockwerk tiefer ist eine heftige Diskussion im Gange. Untereisklotz Huber versucht, die Herrschaften in den teuren Suiten zu verhören. Mit diebischem Vergnügen vernehme ich Laurettas grellen Sopran und Marias markante Altstimme – die Wogen der Emotionen gehen hoch. Da wird der Herr mit dem klarsichtigen Verstand seine Probleme haben. Hä, hä!

»Wir wollen sofort und auf der Stelle abreisen!«, ruft Lauretta in hellem Zorn. »Sie haben kein Recht, uns hier festzuhalten.«

»Nur die Ruhe, meine Damen … Es ist heute schon zu spät, wir müssen bis morgen Früh warten …«, tönt Hubers Brummbass.

»Morgen früh, wenn Gott will, wirst du wieder geweckt …«, singt Hansi Krauss, der offensichtlich sein Hörgerät nicht eingeschaltet hat.

»Bis morgen früh?«, kreischt Axel. »Damit sich der Mörder in der Nacht ein neues Opfer holt? Gestern den Herrn Drechsler. Heute Sigmar Sonntag … Wer wird es morgen sein?«

»Immer der, der am lautesten schreit!«, knurrt Huber verdrossen.

Ich bleibe mit Gitti auf dem Treppenabsatz stehen, um ein wenig mitzuhören. Eines Tages werde ich ein Büchlein mit Hubers gesammelten Klöpsen herausgeben.

»Ich habe vorhin mit meinem Anwalt telefoniert«, lässt sich Maria Carrera vernehmen. »Er ist der Ansicht, dass Ihr Verhalten ungesetzlich ist. Wenn Sie

Frau Linz festhalten, wäre das noch zu vertreten, da sie als Mordverdächtige das Weite suchen könnte. Wir anderen aber …«

»Auf Ihren Anwalt pfeife ich!«, knallt Unterhuber dazwischen. »Die Sache ist einfach so, dass wir keine Möglichkeit haben, nach Hispertal zur Bahnstation zu gelangen. Weil die Leute unten im Dorf alle mit der Lawine beschäftigt sind.«

»Hat er Malwine gesagt?«, fragt Hansi Krauss. »Malwine, ach Malwine, du bist wie eine Biene …«

»Steck gefälligst dein Hörgerät ans Ohr!«, schimpft Lauretta. »Er hat Lawine gesagt. Wir können nicht abreisen, weil eine Lawine abgegangen ist! Eine La-wi-ne!«

»Schrei doch nicht so, Lauretta«, beschwert sich Hansi weinerlich. »Ich hab sie doch gesehen, die Lawine. Ein wunderschöner Anblick. Wo ist denn das blonde Mädel, das mir in den Pyjama helfen soll?«

»Frau von Kerchenstein?«, mischt sich Huber ein. »Die steht draußen im Flur und belauscht uns.«

Widerlicher Verräter! Ich fasse Gitti am Arm und will sie mit nach unten in die Küche ziehen, doch in diesem Augenblick ertönt drüben in Laurettas Zimmer ein mehrstimmiger Aufschrei.

»Sie kommen!«, kreischt Axel. »Jetzt ist es aus mit uns. Sie machen uns alle nieder!«

»Ruhe!«, brüllt Unterhippo Huber. »Ruhe, verdammt noch mal …«

Jetzt höre ich es auch. Das bekannte Schwirren und Knattern, das rhythmische Schlagen, das Sausen der rotierenden Flügel. Ein Hubschrauber! Ich spurte hinüber in Laurettas Suite, wo Claudia schon die ohnmächtige Maria Carrera im Arm hält. Lauretta hockt zwischen zwei Sesseln und hält sich ein Sofakissen über den Kopf, Cindy sitzt rittlings auf einem gepackten Koffer, als wolle sie gleich damit davonfliegen. Axel liegt platt auf dem Fußboden, es ist nicht viel von ihm zu sehen, weil sich Bobo schützend über ihn geworfen hat. Huber hat das Fenster aufgerissen und wedelt mit den Armen nach draußen, als müsse er Beethovens Schicksalssinfonie dirigieren.

»Keine Aufregung«, rufe ich, so laut ich kann, weil ich den Lärm des Hubschraubers übertönen muss. »Das ist die Bergrettung. Niemand tut uns etwas. Sie wollen nur den Toten abholen.«

Meine Erklärungen helfen wenig, die Panik zu lösen. Vielleicht hätte ich das mit dem Toten nicht erwähnen sollen. Lauretta ist trotz der aufgelegten Schminke aschfahl und schnappt nach Luft, Maria liegt bewusstlos auf dem Sofa, Claudia wedelt ihr mit einem Journal frische Luft zu, Bobo bewegt sich um keinen Zentimeter.

»Perfekte Landung«, jubelt Unterkommissar Eisklotz und schließt das Fenster. »Jetzt geht es endlich voran. Kommen Sie mit, Kerchenstein. Da können Sie was lernen!«

Welche Ehre! Der Herr Unterkommissar scheint geneigt, sich in die Karten schauen zu lassen. Vielen Dank, Mr. Gefühllos – wie man Leute fertigmacht, muss ich von Ihnen nicht lernen. Natürlich dackele ich trotzdem hinter ihm her, schließlich bin ich neugierig und will auf dem neuesten Stand der Ermittlungen sein. Auch wenn sie in die falsche Richtung gehen.

Gitti ist nirgendwo zu sehen. Unten in der Küche ist alles dunkel, ihre Zimmertür steht offen. Als ich nach ihr rufe, erhalte ich keine Antwort. Wo mag sie geblieben sein?

Huber steht schon draußen im Hof, wo der Hubschrauber gelandet ist. Zwei Männer steigen aus, ein junger und ein älterer, sie sind mit grauen Koffern und Rucksäcken ausgerüstet. Vermutlich die Herren von der Spurensicherung. Der Pilot redet jetzt eifrig auf Huber ein, wahrscheinlich erzählt er ihm, dass sie sich mit dem Toten sputen sollen, weil es schon langsam dunkel wird. Gleich darauf kommen die rotierenden Flügel zur Ruhe, und der Lärm hört auf.

»Da oben?«

»In der Kapelle?«

»Wo sonst?«

Hippo-Huber steigt in verblüffendem Tempo voran zur Kapelle, dort zückt er den Megaschlüssel und öffnet. Bei seinen Pfoten braucht er keinen Hebel, er dreht den Schlüssel einfach um. Fertig. Wie ist er überhaupt an das mittelalterliche Stück gekommen? Verflixt, ich habe es in der Küche liegen gelassen, als ich Gitti getröstet habe. Die beiden Spurenfuzzis schleppen eine Trage hinauf und verschwinden hinter Huber in der Pforte der Kapelle. Währenddessen bohrt sich der Pilot ausgiebig in der Nase und kaut an seinen Barthaaren. Als der Tote, in mehrere Decken eingewickelt, auf der Trage gebracht wird, geht alles sehr schnell. Sie schieben die Trage auf die hinteren Sitze und schnallen sie fest, die Rotoren drehen sich wieder, Huber und die beiden Spurenleute springen ab und schließen die Türen. Im rötlichen Abendschein hebt der Hubschrauber gemächlich vom Boden ab, versetzt die losen Fensterläden und herabhängenden Balkonreste des Hotels in klappernde Bewegung und steigt hinauf in den Himmel.

In diesem Moment fängt die kleine Glocke der Kapelle an zu bimmeln. Sechs Uhr – Feierabend. Na also.

Huber ist inzwischen mit den beiden Männern von der Spurensicherung zurück in die Kapelle geklettert, wo sie alle drei verschwinden. Aha. Jetzt nehmen sie die Fingerabdrücke von der Leiter und der Wäscheleine – falls das überhaupt möglich ist. Und natürlich auch von den blauen Säcken. Ich überlege kurz, ob ich dabei zuschauen soll, lasse es aber sein. Diese Kapelle birgt ein Geheimnis, da bin ich ganz sicher. Doch die drei Hanseln werden außer ein paar Fingerabdrücken höchstens noch Fußspuren finden, die schwer zuzuordnen sind. Der Lösung dieses Falles kommen sie damit kein bisschen näher. Die wird Henni Superschnüfflerin finden. Wenn sie endlich einmal allein und ungestört von Kriminalern und Mördern in dem muffigen Kapellchen herumwühlen kann.

Die Küche ist verwaist, Gitti ist verschwunden. Ich

schaue in ihr Zimmer und stelle fest, dass dort weder Mantel noch Winterschuhe zu finden sind. Sie ist also hinunter ins Dorf gelaufen in der Hoffnung, dass Sigmar lebend aus der Lawine ausgegraben wird. Schön wäre es ja, ich würde es den beiden gönnen. Aber leider ist die Wahrscheinlichkeit nicht allzu groß, dass er davongekommen ist. Nun ja – Gitti kennt den Weg hinunter ins Dorf, sie wird ihn wohl auch in der sinkenden Dämmerung finden. Ist ja früher auch bei fast jedem Wetter zum Hotel und zurück gegangen, um Bogislav von Ottendorf mit Lebensmitteln zu versorgen.

Oben bei den älteren Herrschaften ist inzwischen tiefe Lethargie eingekehrt. Lauretta sitzt schweigsam in einem Sessel, Cindy hat ihr eine Wolldecke über die Knie gelegt und einen warmen Schal um ihre Schultern geschlungen. Maria Carrera ist nicht in ihr Zimmer zurückgekehrt, sondern hat ihr Lager auf dem Sofa in Laurettas Suite aufgeschlagen. Bobo und Axel sitzen im Flur und flüstern miteinander.

»Endlich kommst du«, stöhnt Claudia, die Laurettas Herztropfen auf einen Kaffeelöffel zählt. »Dieser Herr Krauss ist ja das Letzte. Er will, dass Cindy ihm den Pyjama anzieht. Weil er es doch im Rücken hat und nicht an seine Füße kommt.«

»Und? Hat sie ihm den Gefallen getan?«, will ich neugierig wissen.

»Aber nein! Wir haben Bobo geschickt.«

Gute Idee. Cindy ist überhaupt ein schlaues Mädel. Außer wenn es um diesen Ludwig geht, da ist sie leider blind. Aber so ist es mit der Liebe, sie ist eine Krankheit, ähnlich wie die Cholera. Oder die Grippe. Führt zum Ausfall wichtiger Hirnfunktionen.

»Glaubst du, dieser Huber lässt uns morgen nach Hause fahren?«, will Cindy wissen.

»Ich denke schon«, sage ich. »Maria Carrera hat völlig recht: Er darf uns hier nicht festhalten. Spätestens morgen Mittag wird uns jemand aus dem Dorf zur Bahnstation bringen.«

»Warum nicht gleich am frühen Morgen?«, will Claudia wissen.

»Weil die möglicherweise die Nacht über mit den Folgen der Lawine zugange sind«, überlege ich. »Da werden sie morgen erst mal ein paar Stunden schlafen müssen.«

»Und wer macht uns Frühstück?«, will Cindy wissen. »Gitti ist verschwunden, und Sigmar ist auch nicht mehr da.«

»Tja …«, seufze ich und hebe die Schultern.

Cindy starrt mich empört an.

»Du meinst doch nicht etwa …?«

»Wir könnten den Unterkommissar fragen …«

»Das ist doch nicht dein Ernst!«

»Oder Stuckmayer?«

Cindy wechselt einen Blick mit Claudia, die längst resigniert hat.

»Okay«, knurrt sie. »Ich hab's begriffen. Die Musiker haben mal wieder die Arschkarte gezogen.«

»Audrey Hepburn hätte das vornehmer ausgedrückt!«, provoziere ich.

»Noch ein Wort und ich sperre dich in meinen Cellokasten!«, regt sie sich auf.

Wir fangen schon einmal mit dem Abendbrot an. Untersuchen die Vorräte, schneiden Brot und Schinkenspeck, dazu Käsewürfel, Butter, ein paar Tomaten, ein Glas schwarze Oliven. Kochen schwarzen Kaffee und verlängern ihn mit Dosenmilch. Schleppen alles nach oben in den zweiten Stock und füttern die erschöpften Gäste mit leckeren Schinkenbroten, die wir mit Tomatenscheiben garnieren, bringen ihren Blutdruck mit schwarzem Kaffee zum Schäumen.

Maria Carrera sitzt neben Lauretta, teilt sich mit ihr einen Teller mit Tomaten und Käsewürfeln und unterhält sich mit ihr über die alten Zeiten, als seien die vergangenen Tage ausgelöscht. Hansi Krauss ist im Pyjama zu ihnen hinübergehumpelt und hockt, in eine Decke gewickelt, auf dem Sessel gegenüber. Er schmückt die Erzählungen der beiden Damen mit Anekdoten und pikanten Details aus, der Kleine hat es wirklich faustdick hinter den Ohren. Bobo und Axel sitzen nebeneinander auf dem Boden, hören den Geschichten zu und tauschen Bemerkungen. Ich schmiere Brote, Cindy versorgt das knisternde Feuerchen im Kamin. Nach einer Weile gesellen sich zwei weitere hungrige Gäste zu uns – Walter von Stolzing, gefolgt von der liebestollen weißen Blanche. Während sich Walter vor allem für den Schinken interessiert, rollt sich die weiße Dame verführerisch vor ihm auf dem Teppich und angelt mit den Pfoten nach seinem buschigen Schwanz. Ohne Erfolg – mein kleiner Ritter ist nur seiner Henni treu, er lässt sich füttern und kuschelt sich neben mir auf dem Sessel zu einem schnurrenden grauen Katerkissen zusammen. Eine Szene wie aus dem Bilderbuch, heitere Gemütlichkeit in bunter Runde, man könnte auch sagen: Angesichts einer neuen unbekannten Gefahr haben sich die ehemaligen Kontrahenten zusammengeschlossen und den Schleier milden Vergessens über die jüngere Vergangenheit geworfen.

Später kehren die fleißigen Spurensucher mit Unterkommissar Huber ins Hotel zurück, wir hören sie in der Küche herumwerken, dann steigen sie die Treppe hinauf. Bleiben im zweiten Stock auf dem Treppenabsatz stehen.

»Das ist Glenn Gould«, höre ich Huber murmeln.

»Die Musik? Wohl 'ne CD, wie?«

»Klaro. Könnte auch Andràs Schiff sein …«

»Was für'n Schiff?«

»Ein Pianist, du Ignorant! Aber warte, das ist … doch nicht am Ende Daniel Barenboim?«

Ich höre, wie er zum Musikzimmer hinüberläuft und die Tür öffnet. Ganz sacht tut er das, der Hippo-Huber. Wenn es um seinen Johann Sebastian Bach und die Goldberg-Variationen geht, wird der grobe Klotz zum zarten Span.

Dann ist nur noch Claudias Spiel zu hören. Sie wählt ein gemächliches Tempo, wohl wissend, dass das alte Cembalo im Bass gelitten hat. Eine Variation nach der anderen zieht vorüber, jede ist einzigartig, virtuos, nach strengen Regeln gebaut und spricht zugleich Fantasie und Empfindungen an.

Huber wird irgendwann merken, dass Claudia die Noten auf ihrem Smartphone abliest, aber das ist auch egal.

Der folgende Morgen beginnt mit Kopfschmerzen. Verflucht – ich hätte diesen roten Fusel nicht trinken sollen, den Klaus-Peter Sutterer in seiner Aktentasche mitgebracht hat. Zumindest hätte ich es bei einem Glas belassen sollen, das Zeug schmeckte widerlich süß, war ja klar, dass da irgendein Zuckerwässerchen hineingepanscht war. Aber der Typ ist halt nett und für einen Spurenfuzzi recht gut aussehend, so ein großer blonder Schlaksel mit treuherzigen blauen Augen. Hat mal Kunstgeschichte studiert und wollte eigentlich Restaurator in einem Museum werden. Aber das Schicksal hat ihn zur Kripo geschoben, und da ist er hängen geblieben. Der andere Spurensucher heißt Peter Bogner und ist ein bärtiger Schweizer Alpengnom mit O-Beinen und Knollennase, er spricht ausschließlich Schwyzerdütsch, und seine Witze sind für Uneingeweihte schwer zu verkraften. Vermutlich geht dieser Job auf die Dauer ganz schön an die Nieren, weil man es ständig mit den Folgen von Mord und Totschlag zu tun hat.

Claudia, das kluge Mädel, hat nur Wasser und Kaffee getrunken, Cindy hat nach dem ersten Glas Wein erklärt, sie sei eigentlich Abstinenzlerin, nur Henni, das dumme Huhn, musste sich die Leber mit der roten Plempe ruinieren. Opfer müssen eben gebracht werden, auch der große Sherlock Holmes hat um der guten Sache willen zum Opiumpfeifchen gegriffen. Was ihm nicht schwerfiel, er hat sich auch sonst ganz gern mal weggedröhnt.

Immerhin weiß ich jetzt, dass sie in der Kapelle noch nicht durch sind, sie haben bisher nur den Keller untersucht, sind im Glockenstuhl herumgeklettert und haben den Glaskasten, in dem die Medaillen hängen, auf Fingerabdrücke geprüft und einige darauf gefunden. Huber hat sich per Internet über den Wert der hübschen Metallmünzen schlaugemacht, zwei davon sind ein paar Hundert Euro wert, der Rest würde bei einem Verkauf höchstens Kleingeld erbringen. Sie haben auch von dem Toten Fingerabdrücke genommen, um herauszufinden, wo in der Kapelle er sich herumgetrieben hat. Die blauen Säcke samt Inhalt haben sie eingetütet, die werden später im Labor untersucht. Den Kapellenschlüssel hat Unterkommissar Huber an sich genommen. Henni Schlaumeierin hat dem guten Sutterer mit gläubigem Staunen zugehört, Rotwein getrunken und ihre Meinung für sich behalten. Einen Moment lang habe ich vermutet, das Geheimnis könne mit den Medaillen zusammenhängen, möglicherweise ist eine dabei, die einen Millionenwert hat. So wie bei Briefmarken die Blaue Mauritius. Aber davon bin ich gleich wieder abgekommen. Wenn es so einfach wäre, bräuchte man die Medaille nur aus dem Kasten zu nehmen und fertig. Es bestünde keine Notwendigkeit, drei Menschen umzubringen. Nein – es muss einen anderen Grund dafür geben, dass jemand das Erbe des Bogislav von Ottendorf um jeden Preis an sich bringen will.

Ich schiebe den schnurrenden Kater von meinem Bauch und quäle mich aus dem Bett. Ein Königreich für eine Kopfschmerztablette! Wo habe ich die Pillen denn nur gelassen? Im Kulturbeutel? Fehlanzeige. In der Seitentasche vom Rucksack? Auch nicht. Aua, Kater. Hör auf, deine Krallen an meiner Schlafanzughose zu wetzen, das tut weh! Ah, jetzt weiß ich wieder: im Klarinettenkasten. So ein Glück, da ist die Schachtel. Der Tag ist gerettet. Heute wird Henni Superschlau den Fall zum Abschluss bringen, gleich wenn ich die Kopfwehpille geschluckt habe, fange ich damit an.

Schon acht Uhr – im Hotel ist es erstaunlich ruhig. Nur unten im zweiten Stock brabbelt jemand einsame Monologe, das kann nur der Unterhuber sein, der mit seinem Smartphone quatscht. Verflixtes Retrobad – ich muss erst den Badeofen anstellen, um warmes Wasser zu bekommen, und dann eine halbe Stunde warten. Also Pille schlucken, Kaltwäsche, Zähne mit Eiswasser putzen, bibbernd zurück ins Zimmer und so viele Klamotten wie möglich anziehen. Komme mir vor wie ein Michelin-Mädchen mit drei Pullis übereinander. Cindy und Claudia dürfen dann nachher im warmen Wasser planschen – du bist ein guter Mensch, Henni! Hoffentlich wirkt das Zeug bald, mir platzt gleich der Kopf. Mein Smartphone ist wieder mal kurz vor dem Kollaps, weil ich vergessen habe, es ans Ladekabel anzuschließen. Während ich mit dem Stecker herumpople, schaue ich noch mal kurz in die Mails hinein. Oma natürlich. Regt sich auf, weil sie glaubt, ihre Lieblingsenkelin sei schon wieder mal in einen Mordfall verwickelt. Wie kommt sie nur auf so was? Anton, mein Agent, lädt mich zur Silvesterparty ein. Du liebe Güte, in wenigen Tagen ist schon Weihnachten, und ich hab noch kein einziges Geschenk. Geld übrigens auch nicht, wir sollten Lauretta vor ihrem Abflug an unser Honorar erinnern. Plus Zuschlag für außergewöhnliche Umstände. Ach je – Basti hat gleich fünf Mails geschickt. Besser nur die letzte lesen.

*Habe drei Tage freibekommen. Bin heute Nachmittag bei dir. Alles Liebe, dein verliebter Verlobter*

Was? Vor Schreck sind meine Kopfschmerzen weg. Wann hat er das geschrieben? Heute früh, vor einer halben Stunde. Ich tippe mir die Finger wund, muss neu anfangen, weil das Smarty zwischendrin abschmiert, und fluche vor mich hin. Blöder Stecker, war nicht richtig drin.

*Bleib, wo du bist. Ich komme heute Nacht zurück! Grüße, Henni*

Hoffentlich liest er das. Und richtet sich auch danach. Diese Verlobung war wirklich die dümmste Idee, die ich je hatte. Auf der anderen Seite ist Basti auch ohne Verlobung ausgesprochen anhänglich …

Noch ein kurzes Klopfen an Claudias und Cindys Tür …

»Badewasser ist gleich warm!«

… dann gehe ich schon mal hinunter. Im zweiten Stock bleibe ich auf dem Treppenabsatz stehen und lausche. Unterhubers Bassstimme ist das Beste an ihm – man versteht jedes Wort.

»Vorbestraft? Da schau einer an … Betrügereien, Scheckfälschung, Heiratsschwindel … Könnte passen. Nein, ich habe kein Foto … Was ist mit den Fingerabdrücken, die ich gestern Abend geschickt habe? … Noch nicht bearbeitet? Was ist das nur für ein Sauhaufen?«

»Morgen, Henni …«

Claudia ist mir gefolgt und versaut mir weitere interessante Lauschergebnisse. Sie hat gestern Abend lange mit Ekel Huber zusammengesessen und über Musik geredet. Seitdem ist sie ein Fan von ihm.

»Ich habe noch nie einen so großen Bach-Kenner getroffen«, sagt sie lächelnd. »Gehen wir in die Küche, Frühstück machen?«

Huber hat seine Gespräche beendet, es ist nichts mehr zu hören. Vermutlich hat er mitbekommen, dass es auf dem Treppenabsatz Lauscher gibt. Dafür hat er einen beängstigend guten Instinkt.

»Wo ist Cindy?«

»Sie badet.«

Dieses Mädel ist ein Luxusgeschöpf. Langsam beginne ich, Ludwig zu verstehen. So eine muss auf Händen getragen werden, sonst funktioniert die Beziehung nicht.

Unten in der Küche herrscht Chaos, weil sich Nilpferd Huber und die beiden Spurensucher gestern Abend noch an den Lebensmitteln bedient haben. Das Einzige, was in ausreichender Menge vorhanden ist, ist der superstarke Bohnenkaffee aus Kenia. Ansonsten müssen wir die Reste zusammenklauben, Dosenmilch ist fast aus, Brot ziemlich hart, an dem letzten Stück Schinkenspeck säbelt man sich die Finger wund. Überhaupt habe ich nach vier Tagen Speckbrot mit Käse einen wahnsinnigen Gieper auf eine Pizza Tutto mit einem großen italienischen Salat.

Gerade sind wir mit unseren Vorbereitungen so weit fertig, da reißt jemand die Küchentür auf.

»Schnell mal Kaffee! Der Herr Lustenberger ist mit dem Pferdeschlitten da. Wollen Sie mitfahren, Kerchenstein? Den Toten anschauen?«

Unterkommissar Huber trägt links noch einen Stoppelbart, vermutlich musste er seine Morgentoilette hastig unterbrechen.

»Einen schönen guten Morgen, Herr Unterkommissar«, sagt Claudia lächelnd und reicht ihm eine Tasse mit der schwarzen belebenden Flüssigkeit.

»Morgen …«

Er schaut sie kaum an, kippt die Brühe hinunter und stellt die Tasse ab. Private Sympathien haben bei der Arbeit nichts zu suchen. Claudias Lächeln erstirbt, sie hat noch nicht begriffen, dass Hippo-Huber ein Gefühlsklotz ist.

Ich zögere. Will schon ablehnen, da grinst er mich an. Er hat ein breites, unverschämtes Grinsen, dieser Typ. Man bekommt Lust, ihm eine reinzuhauen.

»Den Schlüssel trage ich um den Hals. Falls Sie deshalb in Sorge sind, Kerchenstein!«

Er kann Gedanken lesen, dieser Mistkerl. Langsam bekomme ich Respekt vor ihm. In diesem groben Klotz versteckt sich ein cleveres Bürschlein. Natürlich hat er gemerkt, dass ich auf den Schlüssel spekuliere.

»Ich nehme Ihr Angebot gerne an, Herr Unterkommissar!«, sage ich höflich. Auch Henni kann sich verstellen. Das wirst du schon noch merken, du als Nilpferd getarnter Schlaumeier.

Draußen wartet der Sepp mit dem Pferdeschlitten, den jetzt eine Schimmelstute zieht. Er lächelt mir zwar lieb entgegen, wirkt aber ziemlich übernächtigt.

»Dann mal los!«, kommandiert Huber und lässt sich neben mich auf den Sitz fallen, dass das ganze Gefährt kracht und die Schimmelstute einen erschrockenen Satz tut. Sepp muss zuerst das aufgeregte Tier beruhigen, dann setzt sich der Schlitten mit einem Ruck in Bewegung. Die Bremsen knirschen und kratzen durch den Schnee, der jetzt schon an einigen Stellen verharscht ist. Drüben im Osten steigt die Sonne mit roter Glut über die Berge, setzt die weißen Gipfel in Flammen und wirft ihren Feuerschein über die verschneiten Hänge.

»Nicht übel, was?«, bemerkt Huber. »Alpenglühen. Kitschig, aber touristenwirksam. Hum, hum …«

Der Sepp, der sonst jederzeit bereit ist, seine schöne Heimat zu verteidigen, ist heute wohl zu müde dazu, er schweigt und starrt auf die Kruppe der Stute. Ich bin von diesem Sonnenaufgang ganz und gar fasziniert, verfolge begeistert, wie sich die Schatten bewegen, der Himmel aufhellt und der feurige Schein immer sanfter wird, bis sich das Firmament schließlich lichtblau färbt. Jetzt steht die Morgensonne über den Gipfeln, der junge Tag ist geboren, und die Schneefelder glitzern im Frühlicht, als läge dort nicht Schnee, sondern lauter Silberstaub. Wie dicht doch Schönheit und Schrecken beieinanderliegen. Gestern ging drüben im Norden eine tückische Lawine den Berg hinab, riss einen Menschen mit sich und verschüttete um ein Haar das kleine Dorf. Heute erscheint die Winterlandschaft schweigsam und friedlich, nur ein paar Raben schwirren drüben über einem Waldstück, stören aber nicht die majestätische Schönheit der Natur.

»Ist wieder ein Tier erfroren«, bemerkt Huber, der meinem Blick gefolgt ist. »Streiten um die Beute, die schwarzen Gesellen.«

Der perfekte Reisegefährte. Kann einem die schönste Landschaft verekeln. Wieder ein Eintrag in meine Liste der besten Huber-Klöpse. Ich brauche einen Notizblock. So was hatte ich doch mal irgendwo …

»Bin gespannt, ob wir heute wieder eine Leiche haben …«, fährt er fort.

Langsam, Huberchen, du Klops-Kanone. So schnell kann ich nicht mitschreiben.

»Sagten Sie nicht, dass Sigmar tot gefunden wurde?«

»Gut aufgepasst!«, lobt er mich. »Aber der ist ja noch von gestern. Heute ist ein neuer Tag, Kerchenstein. Da werden die Karten neu gemischt.«

Und das Spiel wird anders laufen, als du glaubst, du Scherzbold im Hippo-Kostüm, denke ich ärgerlich. Wie kann einer nur solch gefühllose Witze reißen? Muss eine Berufskrankheit sein.

»Da drunten ist der Dorffriedhof«, lässt sich der Sepp jetzt vernehmen. »Da hat's noch jede Menge Toter.«

Bravo, Sepp. Falls ich noch einmal eine Schlittenfahrt durch die morgenfrohe romantische Bergwelt unternehmen sollte, nehme ich diese beiden auf keinen Fall mit. Wir biegen jetzt langsam und vorsichtig auf die Straße ein, die hinüber zum Dorf führt, es geht nicht mehr bergab, der Sepp löst die Bremsen, und das unangenehme Kratzen und Knirschen hört auf. Das Dörfchen St. Nikolaus besteht aus ein paar Bauernhöfen, einer Dorfkirche und drei mehrstöckigen potthässlichen Hotelbauten, die die Romantik des verschneiten Ortes erheblich stören. Besonders jetzt, da sie vermutlich unbewohnt und vernachlässigt sind.

»Da hinten!«, sagt Huber und zeigt mit dem Finger.

Jetzt sehe ich es auch. Auf der anderen Dorfseite ist die Lawine heruntergekommen, man sieht nur einen weißen Hügel, aus dem das Dach eines Gebäudes herausschaut. Mehrere Leute graben mit Schaufeln im Schnee, weiter hinten ist ein kleiner gelber Schneepflug im Einsatz.

»Es hat den Schülli-Bauern und zwei seiner Söhne im Haus erwischt«, erzählt der Sepp. »Aber wir haben sie in der Nacht noch ausgegraben, nur die Scheune, die ist noch unter dem Schnee. Der andere, der Sigmar Sonntag, der lag weiter droben, es hat ihn gegen eine Fichte gehauen, drum haben wir ihn auch heute früh gleich gefunden.«

»Und wo ist er jetzt?«, will Huber wissen.

»Sie haben ihn in der Kirche aufgebahrt.«

Der Schlitten fährt durch das Dörfchen, und wir haben das unangenehme Gefühl, beobachtet zu werden. Kaum jemand ist auf der Dorfstraße unterwegs, wer noch bei Kräften ist, hilft drüben beim Schülli-Bauern, die Scheune auszugraben. Aber die Alten und die Kranken sind in den Häusern geblieben und schauen aus den Fenstern auf die Dorfstraße.

»Ist die Gitti gut daheim angekommen?«, will ich wissen.

Sepp nickt und weist mit dem Daumen zur Kirche hinüber. Ich verstehe. Huber ausnahmsweise auch, denn er fragt nicht weiter nach. Auf dem Kirchplatz hält Sepp die Stute an, und wir klettern aus dem Schlitten. Huber stürmt die Stufen zum Portal der Dorfkirche hinauf, ich folge langsam, habe es nicht eilig, den armen Kerl zu sehen. Was auch immer er auf dem Kerbholz hat, man hat ihn auf eine ziemlich üble Weise zu Tode gebracht. Ob er es mit Gitti wohl ernst gemeint hat? Oder hat er nur mit ihr geschlafen, um sie ruhigzustellen? Damit sie von den Machenschaften um das Erbe des von Ottendorf nichts mitbekommt? Wir werden es nicht mehr von ihm erfahren.

Die Dorfkirche ist – verglichen mit der Kapelle – im Inneren ziemlich schlicht, nur der Altar vorne ist mit einer hellblau angemalten Marienstatue ausgestattet, ziemlich kitschig, finde ich, aber ich halte den Mund, schließlich bin ich nicht Huber, das Trampeltier. Der Tote liegt links vom Altar auf einer Trage, ein Streifen Morgensonne, der durch eines der schmalen hohen Fenster einfällt, liegt über seinem Körper. Ich brauche nicht näher heranzugehen, um zu wissen, dass das Maschinengewehr ihn voll erwischt hat. Huber ist weniger empfindsam, er schaut sich den Toten genau an und knurrt Verwünschungen in sich hinein.

»Schießen ihn über den Haufen, bevor ich ihn in die Mangel nehmen kann …«

Erst jetzt sehe ich Gitti, die unbeweglich auf einer Bank sitzt, von einem der dicken Pfeiler beschattet. Sie hält sich ein Taschentuch vor den Mund, ob sie weint, kann ich nicht erkennen, aber ihre Augen sind ziemlich zugequollen. Das Leben kann ein Arschloch sein. Der Tod auch. Ich mag sie in ihrem Kummer nicht stören und gehe wieder hinaus auf den Kirchplatz, frische Luft tut meinem Kreislauf jetzt gut. Der Sepp steht bei der Schimmelstute und füttert sie aus einem Blecheimer mit Hafer.

»Wie geht's dir denn, Maitli?«, fragt er. »Ist kein Spaß da oben in dem alten Kasten, was?«

Es klingt anteilnehmend. Überhaupt ist er heute recht sanft, er lächelt kaum und hat Schatten unter den Augen. Kein Wunder, er war sicher die ganze Nacht über auf dem Schülli-Hof, um das Wohnhaus auszugraben.

»Hotel Vier Jahreszeiten mit fünf Sternen wäre angenehmer …«

Er nickt und hält den Eimer fest, damit die Stute ihn in ihrer Gier nicht umreißt.

»Lebt die Gitti eigentlich allein?«, will ich wissen.

Er runzelt die Stirn, weil er sich über die Frage wundert.

»Ja, natürlich. Sie ist die ältere Schwester meiner Stiefmutter. Hat nicht geheiratet und ist auf dem Hof geblieben, bis die Eltern gestorben sind.«

Meine grauen Zellen geraten in Unordnung. Was hat er da gesagt?

»Deine Stiefmutter?«

Er zieht der Stute den leeren Blecheimer weg und hängt ihn an den Schlitten. Dann dreht er sich zu mir um und tut einen resignierten Schnaufer.

»Ja, Stiefmutter«, sagt er dumpf. »Meine Mutter kommt aus Andorf, da ist der Vater damals zum Tanzen mit den anderen hinübergelaufen. Und da ist es halt passiert. Er hat sie nicht heiraten können, weil sie nichts hatte. Nur einen winzigen Hof, der auch noch belastet war. Aber er hat immer für mich gezahlt, der Dädi. Und seinen Namen hat er mir auch gegeben. Und als meine Mutter gestorben ist, da bin ich hinüber nach St. Nikolaus zu ihm gekommen …«

Ach je. So genau wollte ich das gar nicht wissen. Aber nach der durchwachten Nacht scheint ihm einiges hochzukommen, was er sonst unter der Decke hält. Er ist also unehelich. Wird er deshalb von seinem Vater so herumkommandiert? Oder ist das der übliche Umgangston hierzulande zwischen Vater und Sohn?

»Wie alt warst du denn da?«, frage ich mit freundlichem Interesse.

»Grad mal zwölf. Der Fabian war zehn und der Angus sechs. Hat ganz gut gepasst.«

Jetzt lächelt er mich schief an. Ich verstehe.

»Deine Halbbrüder, wie?«

Er nickt und streichelt der Schimmelstute den glatten Hals. Er tut mir leid. Bei der Stiefmutter aufzuwachsen, ist nicht immer lustig, vor allem wenn sie selbst zwei Buben hat. Ich wechsle schnell das Thema, um nicht allzu tief in seine trübe Vergangenheit hineinzugeraten.

»Und die Gitti? War die nie verlobt?«

Er zuckt die Schultern.

»Da war schon dieser und jener im Gespräch. Aber sie hat keinen haben wollen, ist lieber allein geblieben. Mit dem Lehrer ist sie ein wenig befreundet, der ist ihr Jahrgang, und manchmal kocht sie für ihn. Aber sonst ist da wohl nix …«

»Aber mit dem Sigmar hat es gleich gefunkt?«

»Ja«, sagt er und grinst schwach. »Weißt ja, wie das ist. Wenn eine alte Scheuer brennt …«

»Tja …«, murmle ich, weil mir nix mehr dazu einfällt.

Der Sepp ist mit den Gedanken schon längst anderswo.

»Hast du schon gepackt?«, meint er bedauernd. »Schade, dass es mit uns beiden so schnell zu Ende ist. Wo es doch noch nicht einmal richtig angefangen hat …«

Ich klappere mit den Augendeckeln, dann begreife ich, dass er gleich wieder zum Hotel fährt, um die ersten Gäste hinunter nach Hispertal zu bringen. Die Abreise hat begonnen, und Henni Superhirn ist noch keinen einzigen Schritt weitergekommen. Ich muss dem Unterhippo Huber jetzt unbedingt und auf der Stelle den Kapellenschlüssel von seinem dicken Hals reißen. Oder ich brauche einen Dietrich. So einen Haken zum Türenöffnen. Hatte Anton Drechsler nicht so ein Teil bei sich? Wie hat sich der alte Herr wohl solch ein Einbrecherwerkzeug beschafft? Hat Sigmar es ihm gegeben? Der war schließlich vom Fach, und ein echter Profi trägt sein Werkzeug immer bei sich. Dann hätte Sigmar aber gewusst, dass Anton Drechsler in der Nacht hinüber in die Kapelle gelaufen ist …

Wenn Sigmar der Mörder von Anton Drechsler ist – wer hat dann Sigmar aus dem Weg geräumt?

»Na, Kerchenstein?«, brüllt mir Huber, das Flusspferd, ins Genick. »Zarte Nerven, wie? Müssen Sie sich abgewöhnen. Kühler Kopf und klarer Verstand. Nur so löst man einen Mordfall.«

Unterkommissar Klarhirn blickt in die Runde. Da ihm nichts weiter ins Auge fällt, das zur Lösung des Falles beitragen könnte, steigt er auf den Schlitten und klopft einladend auf das Polster neben sich.

»Einsteigen, Kerchenstein. Oder wollten Sie sich hier unten in einem der hübschen Hotelchen einmieten?«

Seltsamer Typ, dieser Huber. Seitdem ich ihm zwei Schläge mit der Teppichstange verpasst habe, ist er ständig daran interessiert, mich in seiner Nähe zu behalten. Haben sich am Ende ein paar Windungen seines wohlgeordneten Denkapparats verknotet? Auf jeden Fall ist es ausgesprochen lästig, ständig von ihm herumkommandiert zu werden.

»Wenn noch Platz übrig ist«, sage ich boshaft und setze mich neben ihn.

»Für Sie immer, Kerchenstein!«, kontert er, ohne auch nur einen Zentimeter zur Seite zu rücken.

»*Von* Kerchenstein!«

Sepp wirft mir einen mitfühlenden Blick zu, dann sitzt er auf und treibt die Schimmelstute an. Armes Mädel! Sie hat noch ein gutes Stück Arbeit vor sich. Bis zur Abzweigung gibt es keine Probleme, der Schlitten gleitet leise über den Schnee, nur die Glöckchen bimmeln. Säße Huber nicht neben mir – die Fahrt bei klarem Himmel und Sonnenschein durch die schneebedeckte Landschaft könnte ein wunderschönes Erlebnis sein.

»Jetzt geht's in der Kapelle weiter, Kerchenstein«, schwatzt er mir ins Ohr. »Wir nehmen uns noch mal den Innenraum vor – da der Tote weg ist, haben wir mehr Platz. Schauen Sie ruhig zu, da können Sie was lernen!«

Was ist los mit ihm? Will er mich zum Unterhuber ausbilden? Nervig, der Typ.

»Was ist mit den Gästen? Dürfen die jetzt abreisen?«

»Klar!«

»Und Sie?«, erkundige ich mich.

»Ich?«

»Ja, Sie. Reisen Sie auch ab?«

Er wendet den Blick zu mir und grinst mich an. Was für ein Ohrfeigengrinsen!

»Ich bleibe noch ein Weilchen«, erklärt er. »Wollen Sie mir Gesellschaft leisten, Kerchenstein?«

Jetzt wird es mir langsam unheimlich. Dieser Nilpferdmann wird doch nicht etwa Gefühle für mich entwickelt haben? Gruselige Vorstellung! Nee, kann zum Glück nicht sein. Hippo-Huber hat keine Gefühle.

»Ich muss auf meinen Verlobten warten«, fällt mir gerade noch ein. »Er will heute kommen.«

»Ihr Verlobter?«, fragt er unwillig.

»Genau!«

»Auch Musiker?«

»Tenor!«

»Ach Gott!«

Unser trauter Dialog wird unterbrochen, weil die Hufe der Stute im verharschten Schnee nur schlecht

Halt finden, sie gleitet immer wieder aus und bleibt schließlich stehen.

»Zu viel Gewicht!«, sagt Huber, dem ein messerscharfer Verstand zu eigen ist.

Der Mensch schafft es immer wieder, mich zu verblüffen. Ohne weitere Worte schwingt er sich aus dem Schlitten und stapft munter voran, den Berg hinauf. Da das Gefährt jetzt wesentlich leichter geworden ist, fasst die Stute wieder Mut, und die Fahrt geht weiter. Huber läuft den ganzen Weg zu Fuß, man hört ihn keuchen, zweimal muss er stehen bleiben, um nach Luft zu schnappen, aber er gibt nicht auf. Als wir endlich in den Hof des Hotels gelangen, zieht er ein Taschentuch aus der Jacke und wischt sich den Schweiß ab. Dann stapft er hinein, um seine beiden Mitarbeiter von der Spurensicherung auf Trab zu bringen.

Oben im zweiten Stock haben sich inzwischen die Damen und Herren zur Abreise gerichtet. Auch Cindy hat ihre Sachen gepackt und steht mit dem Cellokasten zum Abmarsch bereit, Claudia will mit mir hierbleiben, angeblich möchte sie Basti gern wiedersehen. Nun ja …

Der Abschied von Lauretta ist herzzerreißend, sie umarmt uns alle drei nacheinander, verspricht, sofort nach ihrer Ankunft zu Hause die Überweisungen zu tätigen, und erklärt, wir jungen Mädels seien ihr so sehr ans Herz gewachsen, sie wolle uns unbedingt wiedersehen. Auch Hansi Krauss ist voll des Lobes, er behauptet, selten solch eine gelungene Geburtstagsfeier erlebt zu haben, und nimmt mich dann beiseite.

»Wenn Sie sich ein wenig Geld verdienen wollen, junge Frau, ich geben Ihnen meine Karte …«

Maria Carrera geht es nicht gut, sie wirkt krank und unglücklich, als sie mir die Hand reicht.

»Es sind schreckliche Dinge geschehen«, sagt sie leise. »Und ich fürchte, sie haben ihr Ende noch nicht gefunden. Geben Sie auf sich acht, Frau von Kerchenstein.«

Das verspreche ich ihr. Als sie aus ihrer Suite geht, trifft sie im Flur auf Lauretta, die dort stehen geblieben ist, um den Pelz zuzuhaken. Die beiden Feindinnen schauen einander in die Augen, dann streckt Lauretta zögernd die Hand aus, die schmale, knochige Hand einer alten Frau. Maria wartet einen Moment, weil sie den grauen gefütterten Lederhandschuh ausziehen muss, dann nimmt sie die angebotene Hand und hält sie fest.

»Wir haben ihn geliebt«, sagt sie leise. »Nur das zählt jetzt noch, Lauretta.«

Lauretta nickt und muss eine Träne abwischen.

»Ich hätte ihm kein Haar krümmen können, Maria. Obgleich ich es längst geahnt habe …«

»Das weiß ich, Lauretta …«

Seite an Seite gehen sie die Treppe hinunter, stützen sich gegenseitig an den Stellen, wo der Teppich verschoben ist, halten einander immer noch an der Hand. Nichts bindet zwei Menschen so sehr aneinander wie eine alte Feindschaft.

Bobo und Axel folgen ihnen mit dem Gepäck, wobei Bobo die Hauptlast schleppt, weil Axel nur den Katzenkorb mit der schönen Blanche trägt. Sie lässt lang gezogene Laute vernehmen, die Trauer, aber auch Ärger bedeuten können. Mein schöner Ritter von Stolzing ist nirgendwo zu sehen – Walter hasst Abschiedszeremonien.

Claudia und ich stehen im Musikzimmer am Fenster und schauen zu, wie sich die Gesellschaft unten in den Schlitten einsortiert. Es wird eng – Maria, Lauretta und Axel sitzen auf einer Bank, ihnen gegenüber haben sich Hansi Krauss, Cindy und das Cello platziert. Bobo läuft mit mehreren Gepäckstücken leichtfüßig hinter dem Schlitten her.

Als sie schließlich abfahren, beschleicht Claudia und mich ein beklommenes Gefühl. Das Hotel ist auf einmal so leer.

»Eigentlich war es doch sehr nett mit ihnen«, findet Claudia. »Wie schade, dass es solch ein trauriges Ende gefunden hat.«

Ich lege den Arm um sie.

»Irrtum«, tröste ich. »Die Geschichte ist noch lange nicht zu Ende. Das Beste kommt noch!«

Die Huber-Suchmannschaft ist inzwischen hinüber in die Kapelle geklettert, um dort weitere Spuren zu verwischen. Oder sicherzustellen, je nach Augenmerk des Betrachters. Claudia hat eigentlich wenig Lust, in die Kapelle zurückzukehren, sie hat schlechte Erinnerungen an die Totenmesse vor drei Tagen. Auf der anderen Seite mag sie aber auch nicht allein im Hotel bleiben – daher stapft sie seufzend hinter mir her.

»Was glauben die da zu finden?«, murrt sie. »Der Mörder des armen Herrn Drechsler ist bestimmt längst auf und davon.«

Wenn Sigmar dieser Mörder war, hat sie allerdings recht. Was mich wundert, ist, dass Unterkommissar Rechthaber Lauretta Linz so einfach hat nach Hause fahren lassen. Hält er sie nicht für die Auftraggeberin? Oder hat er seine Meinung diesbezüglich geändert?

Huber steht am Eingang der Kapelle mit dem Smartphone am Ohr. Als wir schnaufend vom raschen Aufstieg oben ankommen, winkt er uns an sich vorbei. Aha, wir sollen wohl sein Telefonat nicht mitbekommen. Ist ihm eigentlich einmal aufgefallen, dass man den Huber-Bass von einem Ende des Tals bis zum anderen hören kann? Wenn er auf Diskretion Wert legt, müsste sich die gesamte Bewohnerschaft der Region die Ohren zuhalten.

»Aha! Na, warum denn nicht gleich? Melde mich wieder. Mahlzeit!«

Drinnen ist noch der gleiche Mief wie vorher, fast meine ich, es sei noch schlimmer geworden. Sutterer, der mit Pinsel und Klebeband an einem Reliquiar arbeitet, kommt mir recht blass im Gesicht vor, auf seiner Stirn entdecke ich trotz der Kälte zwei Schweißtröpfchen.

»Lasst bloß die Tür auf, Mädels ... Ist ja nicht auszuhalten hier drin.«

»Kein Problem ...«

Man hätte die Kapellentür sowieso nicht schließen können, weil Huber sie mit seinem dicken Körper blockiert. Jetzt tippt er mit dem Gummiende des Kulis auf dem Smartphone herum – aha, der nächste Anruf.

»Und?«, frage ich Klausi Sutterer. »Was gefunden?«

Der zuckt die Schultern und pudert den Metallkopf eines Heiligen mit Kohlestaub. Claudia tritt hastig zur Seite, weil sie niesen muss.

»Fingerabdrücke gibt's zuhauf«, knurrt er. »Sind aber nur wenige verwertbar.«

»Habt ihr auf dem Seil welche gefunden?«

Er schüttelt den Kopf. So was sei gar nicht möglich. Nur auf glatten Oberflächen.

»Aber auf der Leiter, wie?«

»Da schon …«

»Und von wem sind die?«

»Die Zuordnung macht das Labor …«

Heute nehmen sie sich offensichtlich die Reliquiare gründlich vor – warum auch immer. Ich schaue ein wenig zu, aber es ist eine ziemlich penible, langweilige Arbeit, sodass ich bald genug davon habe. Immerhin habe ich Gelegenheit, in einige der Behälter hineinzuschauen. Der Inhalt ist in Samttücher eingewickelt und nicht erkennbar. Falls dort ein Millionenwert verborgen ist, müsste man sie alle auswickeln. Claudia widmet sich inzwischen Sutterers Kollegen Peter, der sich den Altar vorgenommen hat und irgendwelche gelblichen Krümel von der weißen Spitzendecke kehrt, um sie in eine durchsichtige Tüte zu verpacken.

»Hasch?«, frage ich. »Marihuana?«

»Weihrauch vermutlich …«

Du liebes Lieschen. Wenn Hochwürden Winterholler am Heiligen Abend auch noch das Weihrauchgefäß schwingt, fallen alle Kirchgänger gemeinsam mit ihm in Ohnmacht. Die Luft ist hier drinnen jetzt schon dick wie Fließbeton.

»Die Korolews?«, brüllt Huber vorn bei der Eingangspforte. »Die sind doch im Münchner Raum zugange. Wie? Ach so … Na großartig! Und wieso sagt man mir das erst jetzt? ... Ja, sie holen ihn noch heute ...«

Gleich darauf verdunkelt sich der Eingang, und Unterkoloss Huber betritt die Kapelle. Er schaut seinen Spurensicherern kurz auf die Finger, stellt ein paar Fragen und untersucht dann den Inhalt eines Reliquiars. Typisch Huber. Grapscht mit den dicken Fingern hinein und wickelt aus, schüttelt den Kopf über das zarte gelbliche Knöchlein – ein Stück vom Ellenbogen eines Heiligen – und packt alles wieder ein. Meine Theorie von den Millionen in den Reliquiengefäßen habe ich schon aufgegeben, und seine Vorgehensweise finde ich ohnehin reichlich respektlos. Aber was will man von Unterkommissar Huber mit dem kühlen Kopf schon anderes erwarten?

»Ist das Ihre Katze?«, fragt er und weist mit dem Daumen über die Schulter.

Tatsächlich! Da stolziert doch mein Lieblingskater neugierig in die Kapelle hinein. Hat er sein Frauchen gesucht, der Kleine? Vermutlich ist die Mäusediät auf Dauer etwas eintönig.

»Schöner Bursche«, sagt Huber. »Kartäuser?«

Er versteht etwas von Katzen. Der Mann wird mir langsam unheimlich.

»Klar. Reinrassig.«

Walter hält die Nase hoch und den Schwanz gesenkt. Die Luft hier scheint auch ihm nicht zu gefallen. Jetzt betupft er die alte Holztür mit der Nase, zuckt zurück und bewegt aufgeregt die Ohren. Sein Schwanz fährt wild hin und her.

»Dem gefällt's hier nicht«, meint Huber. »Schlauer kleiner Kerl. Wie heißt er?«

»Walter, Ritter von Stolzing.«

Unterkommissar Huber glotzt mich an, dann dröhnt die kleine Kapelle von seinem Gelächter. Hum, hum, hum ... Walter erstarrt vor Entsetzen und rettet sich mit einem Sprung in den Schnee.

»Nicht schlecht, Kerchenstein«, lacht Huber. »Adelige Verwandtschaft, wie?«

»Das ist eine Figur aus den Meistersingern von Nürnberg, Herr Unterkommissar. Von Richard Wagner. Komponist und Textschreiber. 19. Jahrhundert. Sehr emotional!«

Daraufhin sagt er nichts mehr – Wagner hat er offensichtlich nicht auf dem Schirm. Er weist Sutterer und Bogner an, sich die Kellertür auf jeden Fall gründlich vorzunehmen, besichtigt noch einmal eingehend die beiden schweigsamen Herren in den Glassärgen und winkt mir, mit ihm hinauszugehen.

»Schlechte Neuigkeiten«, sagt er und grinst mich auf die ihm eigene widerwärtige Weise an. »Zumindest für Sie, Kerchenstein. Passen nicht in Ihre schöne Theorie.«

Wir stehen neben dem Kapellenschiff. Drüben auf dem Nordhang sieht man die Bahn der Lawine jetzt deutlicher, weil die Sonne den Schnee zum Schmelzen bringt. Abgeknickte Äste und Fichtenzweige liegen umher, Steine ragen aus der Schneedecke heraus. Ein Schwarm Raben hockt wie ein dunkler Fleck beieinander – des einen Untergang, des anderen Nahrung.

»Fangen wir mit dem ersten Toten an«, schwatzt Huber. »Das ist Anton Drechsler.«

»Falsch!«

Er macht eine ärgerliche Bewegung mit dem Arm, als wolle er meine Zwischenbemerkung in der Luft zerstäuben.

»Na schön, na schön. Der erste war Ihrer Meinung nach der alte Bogislav von Ottendorf. Dann reden wir jetzt von dem zweiten Toten. Klar?«

»Glasklar«, knurre ich.

Wenn er schon vorhat, meine Theorie zu zerfleddern, soll er wenigstens genau vorgehen. Anständig zählen. Mit klarem Verstand und kühlem Kopf. Wie man eben einen Mordfall löst. Hubermäßig gesehen.

»Wir wissen inzwischen, was Anton Drechsler in der Kapelle gewollt hat. Er hat tatsächlich nach einem Schatz gesucht.«

Er schaut mich erwartungsvoll an, hofft wohl darauf, dass ich jetzt in Triumphgeheul ausbreche. Ich enttäusche ihn und bleibe cool.

»Und? Hat er ihn gefunden?«

»Er war nahe dran«, knurrt er. »Hatte schon die Finger an dem Kasten, aber er konnte ihn nicht mehr öffnen.«

Kasten? Was für ein Kasten?

»Der wollte an die Heiligen in den Glaskästen?«

Jetzt hat Huberchen endlich sein Vergnügen, denn ich liege komplett falsch. Er grinst breit wie ein Nilpferd.

»An die Medaillen wollte er. Frau Carrera hat mir verraten, dass er begeisterter Sammler war. Er kannte die Medaillen, die in der Kapelle ausgestellt waren, noch von früher und hatte Sorge, jemand könnte ihm die besten Stücke vor der Nase wegschnappen.«

Das macht allerdings Sinn. Leider. Anton Drechsler hat offensichtlich nicht nach dem Millionenschatz des Bogislav von Ottendorf gesucht, sondern nur nach einer dämlichen Medaille für seine Sammlung. Damit kippt ein Teil meiner Theorie in sich zusammen. Aber nur ein Teil. Die Theorie grundsätzlich steht noch.

»Und den Dietrich hat ihm Sigmar verschafft?«

»Möglich«, meint Huber und stellt das Grinsen ein. »Wir können zu diesem Punkt leider keinen der beiden mehr befragen.«

Das ist unbestritten.

»Na schön«, sage ich, nachdem ich meine Gedanken kurz sortiert habe. »Vielleicht kam er tatsächlich nur wegen dieser Medaillen. Tatsache ist aber, dass man ihn dabei auf ziemlich scheußliche Weise umgebracht hat. Warum? Gab es noch jemanden, der auf die Dinger scharf war?«

Huber zuckt die Schultern.

»Jedenfalls keinen, der seinen Konkurrenten dafür erschlagen und in den Glockenturm hängen würde …«

Wegen einer Medaille, die um die fünfhundert Eier wert ist, wäre das tatsächlich ein viel zu großer Aufwand.

»Es kann natürlich sein, dass Anton Drechsler jemandem in die Quere gekommen ist, der in der Kapelle sein Unwesen getrieben hat«, grübele ich. »Er hat vielleicht etwas gesehen, was unter allen Umständen geheim bleiben sollte, und musste deshalb sterben.«

Huber fängt schon wieder an zu lachen. Oh, wie ich dieses höhnische »Hum, hum …« aus den tiefsten Gründen seines Bierbauchs hasse!

»Es kann aber auch sein, dass ihm Sigmar Sonntag alias Bernhard Kühne heimlich gefolgt ist, um ihn im Auftrag von Frau Linz zu beseitigen. Dafür spricht vor allem das Aufhängen im Turm. Strafgericht und Zurschaustellen des bestraften Übeltäters. Gibt's immer wieder in der Branche …«

Es spricht natürlich viel dafür, dass Sigmar der Mörder von Anton Drechsler war. Das Seil. Der Dietrich. Er wusste als Einziger, was Drechsler vorhatte. Aber irgendwie habe ich das Gefühl, dass Sigmar kein Killer war. Ein kleiner Gauner. Ein Einbrecher, dem die Nerven durchgegangen sind, als er erwischt wurde. Er konnte ein richtig netter Kerl sein. Und ein guter Liebhaber war er vermutlich auch. Aber was sagt das schon über seinen wahren Charakter aus?

»Und wer hat Sigmar umgebracht?«, will ich von Huber wissen. »Haben Sie darüber auch neue Erkenntnisse?«

Huber Alleswisser beschattet die Augen mit der rechten Hand, weil ihn die Sonne blendet. Drüben zanken sich die Raben immer noch um das Lawinenopfer, vermutlich ein Reh oder eine Gämse, die sich nicht rechtzeitig in Sicherheit gebracht hat. Unten ist ein Stück der Straße nach Hispertal zu sehen, dort zuckelt die Schimmelstute mit dem Schlitten heimwärts. Es sind außer dem Sepp keine Passagiere mehr auf dem Gefährt zu sehen, dafür einige Tüten und Pakete. Sepp hat die Hotelgäste am Bahnhof abgesetzt und vor der Rückkehr noch ein paar Dinge eingekauft. Für Weihnachten vermutlich. Die »Christtagsfreude«.

»So wie es aussieht«, verkündet Huber, während er die verschneiten Bergriesen anblinzelt. »So wie es aussieht, ist Herr Kühne wohl ein wenig zu schlau gewesen. Hat gegen mehrere Mitglieder seiner Einbrecherbande als Kronzeuge ausgesagt und bekam dafür Strafmilderung. Ist unter falschem Namen mit falschem Pass abgetaucht und hat geglaubt, alles hinter sich gelassen zu haben. War aber ein Irrtum …«

»Dann war das … ein Racheakt seiner Bande?«

»Sieht ganz danach aus.«

Jetzt bin ich platt. Wenn das stimmt, hat Sigmars Ermordung mit der ganzen Geschichte um Bogislav von Ottendorfs Erbe überhaupt nichts zu tun. Er wurde von ganz anderen Leuten aus völlig anderen Gründen um die Ecke gebracht.

»Das ist bisher nur eine Vermutung, oder?«

»Eine sehr begründete«, trumpft er auf. »Der Hubschrauber wurde in Andorf gemietet. Sie haben eine Weile mit dem Besitzer des Verleihs verhandelt, weil sie keinen Piloten wollten, und schließlich die Erlaubnis bekommen. Dafür mussten sie ihre Ausweispapiere hinterlegen, und der Besitzer hat sie vorsichtshalber kopiert.«

»Lassen Sie mich raten«, knurre ich verärgert. »Die Papiere sind gefälscht.«

»Kluges Mädchen. Außerdem ist Kühne nicht das erste abtrünnige Bandenmitglied, das die Korolew-Bande beseitigt. Sitzen in Russland und in Polen, die Burschen. Kommen nicht an sie ran.«

Tja, das wirft meine Theorie leider wieder ein Stück zurück. Trotzdem halte ich sie aufrecht. Anton Drechsler wurde getötet, weil er in der Kapelle irgendetwas entdeckt hatte, was er nicht wissen durfte. Ob Sigmar sein Mörder ist oder jemand anderes, das steht noch nicht fest. Den Indizien nach war es Sigmar, meinem Gefühl nach aber nicht. Aber Sigmar wurde – wie es scheint – nicht getötet, weil er in die Erbschaftsgeschichte Bogislav von Ottendorfs verwickelt war, sondern weil er seine Einbrecherkumpels verraten hat.

»Sonst noch irgendwelche bahnbrechenden neuen Erkenntnisse?«, will ich wissen.

»Nichts von wirklicher Bedeutung. Falls es diesen Theo Ebelt, von dem Sie erzählt haben, tatsächlich gegeben haben sollte und er keine Ausgeburt Ihrer Fantasie ist …«

»Danke für Ihr Vertrauen in meine Aussage!«

»… er könnte ja auch eine Figur aus einer Oper sein, wie? Wagner? Verdi?«, ruft er höhnisch aus. »Oder Sie haben ihn aus dem Lied vom schönen Theodor im Fußballtor herausgefiltert …«

Jetzt reicht es mir. Ich drehe mich um und gehe zurück in die Kapelle, wo Claudia inzwischen mit dem Hotzenplotz-Bogner in ein Gespräch über die Sage von Wilhelm Tell vertieft ist.

»Mit Pfeil und Bogen. Punktgenau haben die getroffen. Mach das mal mit dem Maschinengewehr …«

»Wollen Sie es jetzt wissen, oder nicht?«, ruft Huber mir nach.

Ich würdige ihn keiner Antwort und mustere stattdessen das Gesicht des heiligen Kasimir von Polen. Er schaut heute etwas abgespannt aus, finde ich.

»Ich sag es Ihnen trotzdem«, äußert Huber beharrlich. »Weil es besser ist, dass Sie informiert sind, falls er hier irgendwo auftauchen sollte.«

»Wieso? Ist er von Beruf Menschenfresser?«

»So ähnlich. Er ist Heiratsschwindler.«

Wieder ein huberscher Klops für die Sammlung. Nachher fange ich mit dem Aufschreiben an, sonst vergesse ich das Beste noch. Jetzt erscheint zu meiner großen Begeisterung die Schimmelstute mit dem Schlitten im Hof des Hotels, und neben dem Sepp sitzt doch tatsächlich – Gitti.

»Grüezi mitenand!«, ruft der Sepp uns entgegen. »Ich hab mir gedacht, dass ihr vielleicht noch was zu essen braucht. Und deshalb hab ich die Gitti mitgebracht, damit sie euch was kochen kann.«

Wie lieb von den beiden! Claudia und ich klettern den Hügel hinunter, um beim Abladen zu helfen. Wir tragen Kartons und Taschen in die Küche, wo Gitti die Sachen einsortiert.

»Ich hab's nicht ausgehalten drunten im Dorf«, gesteht sie. »Wie sie mich alle angeschaut haben. Weil sich herumgesprochen hat, dass da was war zwischen dem Sigmar und mir. Was Unsittliches, ohne Trauschein. Noch dazu in meinem Alter ...«

Sie bricht ab und schweigt eine Weile. Ich helfe ihr, den Salat zu waschen, Claudia schnippelt Gurke und Paprika.

»Die sind wohl sehr sittenstreng hier im Dorf, wie?«, meint Claudia beklommen.

Gitti nickt. Sie muss sich erst räuspern, bevor sie reden kann.

»Natürlich. Nach außen hin geben sich alle fein christlich. Was sie heimlich miteinander tun – das verstecken sie hinter den frommen Gesichtern. Aber wenn eine da nicht mitspielt, über die fallen sie alle miteinander her ...«

Richtig. Gitti hat nicht heiraten wollen. Wahrscheinlich hat ihr keiner gefallen, da ist sie lieber ledig geblieben. Hochmut ist das in den Augen der Dörfler. Eine, die ihren Besitz allein verwaltet und keinem Mann gehorchen will. Früher hätte man so eine als Hexe verbrannt.

»Konnte auch sein zerschossenes Gesicht nicht mehr ertragen«, sagt sie leise. »Hab ihm Adieu gesagt und bin raus aus der Kirche. Besser unter Leuten sein und was arbeiten, da erträgt man es leichter ...«

Das verstehen Claudia und ich sehr gut, deshalb leisten wir ihr hier in der Küche Gesellschaft, obgleich ich eigentlich lieber hinauf in die Kapelle gehen würde, solange sich die Gelegenheit noch bietet. Aber vielleicht lässt sich ja auch auf andere Weise etwas über den alten Bogislav und sein Hotel herausfinden.

»Was gehört eigentlich alles zu dem Hotel dazu?«, will ich wissen. »An Land, meine ich. Ist das nur der Hof und die Kapelle?«

Gitti schnippelt Zwiebeln und schiebt sie mit dem Messer vom Holzbrett hinunter in die Schüssel. Dann muss sie sich die Augen mit dem Taschentuch wischen. Auch Claudia nimmt die Brille ab und wischt mit dem Handrücken.

»Genau weiß ich es nicht«, sagt Gitti. »Aber hinter dem Hotel, der Hang, der gehört auch dazu. Und die Liegewiese, die vorn an den Hof grenzt. Die sieht man jetzt nicht, weil der Schnee draufliegt. Früher gab's dort mal eine Laube und einen gepflasterten Platz, da haben sie im Sommer getanzt. Ganz vorn zur Straße hin ist eine Mauer, weil's da ziemlich steil hinuntergeht.«

Das Hotel steht auf einer Art Hochfläche, die auf der Rückseite von einem steilen Berghang begrenzt wird. Vorn, dort wo man die Mauer gebaut hat, windet sich die schmale Straße hinauf, rechts ist der Hügel mit der Kapelle. Auf der linken Seite liegen ein paar dicke Felsbrocken, von Geröll umgeben, vermutlich sind übermütige Hotelgäste seinerzeit gern darauf herumgeklettert. Jetzt sind die Felsen zugeschneit, nur an einigen Stellen hat die Sonne den dunklen Stein zum Vorschein gebracht.

»Und der Hügel, auf dem die Kapelle steht, gehört der auch zum Hotel?«

»Ich denk schon …«, sagt Gitti. »Die Kapelle hat auf jeden Fall dem Herrn von Ottendorf gehört.«

Immerhin wäre es ja möglich, dass das Hotel auf einer Goldader sitzt. Oder auf einem Diamantenvorkommen. Was zwar nicht den Mord an Anton Drechsler in der Kapelle erklären würde, aber doch immerhin den Mord an dem alten Herrn von Ottendorf. Dann müsste es hier in der Gegend aber irgendwo so etwas wie ein Bergwerk geben. Oder zumindest ein Gewässer, das Goldstaub mit sich führt.

»Gibt es hier eigentlich einen Bach?«

Gitti schiebt die frisch geschnittenen Kräuter in die Schüssel. Es duftet wundervoll nach Petersilie, Schnittlauch, Dill und Kerbel – ein Genuss nach dem tagelangen Vitaminentzug.

»Natürlich«, sagt sie und deutet mit dem Messer über die Schulter schräg nach oben. »Der kommt drüben, wo die Felsen liegen, den Berg hinunter. Ein Wasserfall. Im Frühjahr hat er dem Hotel manchmal Sorgen gemacht, im Sommer sieht er hübsch aus, da sind die Gäste hinübergestiegen, haben auf Liegestühlen gesessen und sich Drinks servieren lassen. Jetzt ist alles gefroren, tröpfelt nur ein wenig, wenn es taut.«

Der Sepp kommt zu uns in die Küche und scherzt, dass es bei uns Küchenmaitlis so richtig gemütlich sei.

»Du kannst mithelfen«, sagt Gitti. »Such mal Teller und Bestecke zusammen. Sieben Personen sind wir, wenn ich richtig gezählt habe …«

Eigentlich sind wir acht, weil Walter sicher auch hungrig ist, allerdings hält er wenig von frischem Salat mit Gartenkräutern, er wird sich eher für den gekochten Schinken interessieren. Ich schneide Weißbrot in dicke Scheiben und grübele darüber nach, dass dieser hübsche Bach, wenn er überhaupt so etwas wie Goldstaub mit sich führt, es ganz sicher nicht aus dem Grund und Boden des Hotels herausgespült hat. Also ein Bergwerk? Aber wo? Vielleicht wurde hier mal Silber oder Eisenerz abgebaut, und es gibt noch alte Stollen …

»Hat es hier früher eigentlich mal so was wie Berg…«

Meine Frage wird durch einen Knall unterbrochen – Huber, das Flusspferd, hat die Küchentür so schwungvoll aufgerissen, dass sie gegen die Wand schlägt. Putz rieselt herab, die alte Türklinke gibt auf und fällt herunter. Ein echter Huber-Auftritt.

»Da sind Sie ja!«, sagt er zum Sepp. »Wir brauchen den Schlüssel, mit dem die Glaskästen geöffnet werden.«

Sepp stellt den Tellerstapel ab und schaut Huber befremdet an.

»Was meinen Sie mit ›Glaskästen‹?«

»Na die Heiligenbehälter …«

»Sie haben kein Recht, die Heiligen in ihrer Ruhe zu stören!«, schimpft Sepp. »Haben Sie denn vor gar nichts Respekt?«

Huber knurrt etwas Undefinierbares und schaut mich eindringlich an. Ich schenke ihm ein harmloses Lächeln.

»Das sollten Sie nicht tun«, sagt Gitti beklommen. »Es bringt Unglück, die Reliquien zu entweihen. Und Gerede im Dorf wird es auch geben. Hochwürden Winterholler wird sehr zornig sein.«

»Regen Sie sich ab, junge Frau«, gibt Untereisklotz Huber zurück. »Wir tun ihnen ja nichts. Schauen ihnen nur ein wenig unter die Röcke. Also – wo ist der Schlüssel?«

Jetzt bin ich verblüfft. Was glaubt Huber, die glasklare Denkmaschine, bei den alten Herren zu finden? Einen Schatz etwa? Langsam kommt mir der Verdacht, dass er meine Theorien in Wirklichkeit ernst nimmt und nur so tut, als fände er sie schwachsinnig.

»Soweit ich weiß, liegt der unter dem Sarg des heiligen Winfriedus«, sagt der Sepp und schaut Gitti dabei mit schlechtem Gewissen an. »Es hat sich halt lange niemand mehr um die Reliquien gekümmert. Früher hat das manchmal der Küster getan, aber das ist schon ein Weilchen her.«

»Da liegt nichts!«

Sepp hebt die Schultern – wenn es so ist, dann weiß er auch nicht, wo der Schlüssel geblieben ist.

»Dann nicht!«, knurrt Huber, dreht sich um und stampft durch die Halle hinaus.

Wir stehen einen Moment lang ratlos herum, Gitti schüttelt den Kopf und rührt in ihrer Salatsoße, Sepp hat zornig die Fäuste geballt.

»Der ist imstande und öffnet die Behälter auch ohne Schlüssel«, sagt Claudia leise. »Was für ein schrecklicher Mensch!«

»'tschuldigung«, sage ich hastig. »Ich muss mal eben hoch an mein Smartphone und schauen, ob ich eine Nachricht habe. Weil doch Basti heute kommen will …«

Vorsorglich schiebe ich die Küchentür wieder zu, damit die Küche schön warm bleibt. Und damit keiner sehen kann, dass ich nicht hinauf in mein Zimmer spurte, sondern hinüber zur Kapelle.

Uff, der Aufstieg im Eiltempo ist eindeutig zu viel für meinen trägen Kreislauf, als ich oben ankomme, tanzen die Dreitausender um mich wie eine Horde Ku-Klux-Klan-Männer.

Hippo-Huber steht bei seinen Getreuen, die haben sich offensichtlich einen Haken besorgt, mit dem Sutterer jetzt an dem Schloss des heiligen Kasimir von Polen herumpopelt. Da schau an – auch die Bullen führen ihr Werkzeug immer bei sich.

»Nicht kaputt machen!«, rufe ich. »Ich hätte da einen Schlüssel …«

Huber dreht sich nicht einmal zu mir um.

»Darauf hätte ich gewettet!«, brummt er.

Ich schlendere betont gemächlich durch das Kapellchen und wühle das Utensil dabei aus meiner Hosentasche, wo es sich ganz zufällig eingefunden hat. Ein Schlüsselerlebnis sozusagen. Kann ja mal passieren …

Sutterer schaut mich an, als hätte er mich noch nie zuvor gesehen. Wahrscheinlich hat er auch gerade ein Schlüsselerlebnis, weil er die Henni für ein harmloses, liebes Mädchen gehalten hat. Das Leben ist halt voller Überraschungen, Klausi …

Das Schlüsselchen muss erst überredet werden, ins Schloss hineinzugleiten, dann aber dreht es sich ohne Probleme.

»Da hat einer das Schloss geölt«, sagt Klaus-Peter Sutterer und hebt vorsichtig den Deckel an.

Es waren vorläufig seine letzten Worte, denn gleich darauf fällt er bleich und starr wie eine Zaunlatte nach hinten, seinem Kollegen Bogner direkt in die Arme.

»Alle Wetter!«, stößt Huber hervor und hält sich ein Taschentuch vor die Nase. »Sie hatten recht, Bogner.«

Ich bin drei Schritte zurückgestolpert und habe mir den Rollkragen des Pullis vors Gesicht gezogen. Trotzdem ist der Duft, der aus dem Behälter des heiligen Kasimir steigt, so penetrant, dass ich taumele.

»Theo Ebelt«, sagt Huber und klappt den Glasdeckel wieder zu. »Vom Heiratsschwindler zum Heiligen. Was für eine Karriere!«

Dann hilft er Bogner, Klaus-Peter Sutterer an die frische Luft zu tragen und ihn wiederzubeleben. Ich dackele hinterher, halte mich draußen an der Kapellenmauer fest und gebe mein Frühstück von mir.

»Das ist grauenhaft«, sagt Claudia schaudernd. »Henni, lass uns von hier fortgehen, bevor sie uns auch noch umbringen!«

Ich bin noch nicht ganz bei mir, hocke am Campingtisch in der Küche und starre mit leerem Blick in die Salatschüssel. Gitti und Sepp sind mit Huber hinauf zur Kapelle gestiegen, um sich mit eigenen Augen zu überzeugen. Sutterer liegt neben dem Küchenherd auf drei Stühlen flach, sein Kollege Bogner sitzt bei ihm und reibt ihm die Schläfen mit Essig ein. Altes Hausmittel bei Schwächeanfällen, behauptet er. Sutterer hustet ab und zu, einmal hat er versucht, sich aufzusetzen, ist aber gleich wieder zurück in die Horizontale gesunken.

»Nachher kommt ein Hubschrauber, hat der Unterkommissar gesagt«, drängelt Claudia. »Da könnten wir mitfliegen, Henni. Bitte!«

»Die kommen, um den Toten im Heiligensarg abzuholen«, mischt sich Bogner ein. »Da bleibt nicht viel Platz für weitere Passagiere.«

»Dann soll uns der Sepp zur Bahnstation fahren!«, stöhnt Claudia. »Ich halte das nicht mehr aus. Ich hab Angst.«

»Mach, was du willst – ich bleibe hier, Claudia«, sage ich mit schwacher Stimme. »Heute will Basti kommen, da kann ich jetzt nicht einfach abhauen.«

Claudia seufzt abgrundtief. Bogner erklärt, dass er und Klaus-Peter Sutterer auf jeden Fall heute Nachmittag abreisen würden.

»Vielleicht ist Ihr Verlobter ja bis dahin hier, dann fahren wir alle gemeinsam.«

»Und Unterkommissar Huber?«, erkundige ich mich hoffnungsvoll. »Will der auch heute noch fort?«

»Da müssen Sie ihn schon selbst fragen …«

Was nicht einfach ist, denn Huber ist schwer in Aktion. Ich sehe ihn am Eingang der Kapelle mit dem Smartphone schwatzen, gleich darauf erscheinen Gitti und Sepp, schweigsam und mit bleichen Gesichtern, und Huber sperrt die Kapelle hinter ihnen zu. Kurz darauf ist er schon wieder unten in der Eingangshalle, stiefelt grußlos am Küchenpersonal vorbei und stürmt die Treppen hinauf. Wahrscheinlich um sich über sein Laptop herzumachen. Wenn es in der Kartei ein Foto von Theo Ebelt gibt, kann er es mit dem Toten vergleichen.

Langsam komme ich wieder zu mir, auch meine grauen Zellen lösen sich aus der Schockstarre und liefern erste Ergebnisse. Das war es, was ich immer schon geahnt habe. Ihr Geheimnis hat die Kapelle jetzt preisgegeben. Der arme Anton Drechsler muss auf irgendeine Weise herausbekommen haben, dass in einem der beiden Särge ein Toter lag, der nicht aus dem Mittelalter stammte. Drechsler hat sein Wissen mit seinem Leben bezahlt.

So weit scheint die Sache einigermaßen klar. Unklar ist, wie jemand auf die groteske Idee kommt, den Körper eines Ermordeten als mittelalterliche Reliquie zu tarnen. So etwas macht doch nur ein Irrsinniger. Man hat die Überreste des mittelalterlichen Körpers herausgenommen und den Toten an seine Stelle gelegt. Aber wie? Die Glassärge sind höchstens einen Meter fünfzig lang. Besser nicht weiter drüber nachdenken. Nur ist jetzt auch klar, was in den blauen Säcken war. Nämlich die echten Reliquien. Was nicht gerade von respektvollem Umgang mit den lokalen Heiligen zeugt.

»Jesus Maria«, lässt sich Sutterer jetzt vernehmen. »Das hat mich ... hat mich ... umgehauen.«

»Bist halt noch jung, Klausi«, tröstet ihn Bogner. »Wenn du erst so lang wie ich im Geschäft bist, kann dich nix mehr erschüttern.«

Sutterer macht momentan nicht den Eindruck, als wolle er seinem Kollegen nacheifern. Eher scheint er über einen Berufswechsel nachzudenken. Claudia nimmt sich schüchtern drei Salatblätter auf einen Teller und stochert darin herum. Jetzt kommt Huber wieder durch die Halle gerumpelt und redet mit Sepp und Gitti, die am Eingang stehen geblieben sind.

»In einer Stunde. Können Sie so lange warten?«

»Ich geh zu Fuß zurück ins Dorf«, sagt Gitti.

»Ich bleib hier und warte«, hören wir den Sepp sagen. »Verlassen Sie sich auf mich.«

Gleich darauf steht Huber, das rennende Nilpferd, am Kücheneingang.

»Abmarsch in einer Stunde. Packen Sie zusammen, Bogner. Was ist mit Ihnen, Sutterer? Schauen aus wie ausgekotzt. Kerchenstein, ich hab mit Ihnen zu reden.«

Unglaublich! Er hat mit mir zu reden, der Herr Unterkommissar. Was denkt er eigentlich, wer ich bin? Seine Untergebene?

»Später!«, erwidere ich gelassen und quetsche mich an ihm vorbei in die Halle. »Sie können ja schon mal einen Salat essen, Herr Unterkommissar. Bin gleich wieder da!«

Wie der mich jetzt anschaut! Gleich fallen ihm die Augäpfel raus und rollen durch die Küche. Scheint an blinden Gehorsam gewöhnt zu sein, der Unterhuber. Aber nicht mit Henni.

Oben in meinem Zimmer checke ich das frisch aufgeladene Smarty auf neue Nachrichten. Da haben wir den Salat: Basti ist bereits kurz vor Hispertal. Er freut sich wahnsinnig darauf, mich wiederzusehen, und auf gemeinsame Spaziergänge im Schnee. Seufzend stecke ich das Smartphone in die Hosentasche, krame einen Kugelschreiber aus meinem Rucksack und den Notizblock, den ich unter dem Teppich gefunden habe. Dann setze ich mich erst einmal aufs Bett, um in aller

Ruhe die letzten Sprüche von Meister Unterhuber zu notieren. Leider fallen mir nicht mehr als drei ein, mein Gedächtnis ist in dieser Beziehung das reinste Sieb. Wie schade! Zerstreut blättere ich in dem Blöckchen herum, lese dies und das, und auf einmal läuten alle Glocken. Ein Lärm, der mich fast umbringt. Kuhglocken, Abendglocken, Turmglocken, Kirchenglocken, Sonntagsglocken, Totenglocken, Rathausglocken, Hochzeitsglocken, Sturmglocken und noch andere Glocken – alle bimmeln gleichzeitig in meinem Kopf.

Das ist die Lösung! Das muss sie sein. Deshalb haben sie den alten Mann verhungern lassen. Und auch Ebelt musste aus diesem Grund sterben. Stolz wie Oskar stecke ich das Blöckchen zu mir und mache mich auf, um Unterkommandeur Huber gnädig ein Interview zu gewähren. Sprich: ihm die logische, klar durchdachte Auflösung dieses Falles vor die dicke Schnüffelnase zu legen.

Auf der Treppe höre ich das inzwischen altbekannte Knattern und Schwirren, für einen Moment vibriert das alte Hotel, es knackt und scheppert überall, die Messingstangen auf der Treppe klirren in ihren Halterungen. Puh – noch ein paar Hubschrauberlandungen im Hof, und der alte Kasten fällt in sich zusammen. Als ich aus dem Fenster schaue, sehe ich zunächst nur wildes Schneegestöber – links vom Hoteleingang ist eine Dachlawine heruntergekommen. Dann erst erkenne ich die weiß-rote Megalibelle, die weiter hinten auf dem Hof aufgesetzt hat. Die beiden

Männer, die jetzt aussteigen, binden sich Tücher vors Gesicht, einer trägt sogar einen weißen Schutzanzug. So ausgerüstet steigen sie den Hügel zur Kapelle hinauf, wo Huber sie schon an der Pforte erwartet.

Was Hubers Vorgesetzte bei der Kantonspolizei wohl von seiner Arbeit halten? Das ist jetzt immerhin schon der zweite Tote, der während seiner Ermittlungen anfällt. Aber vielleicht sind sie das ja von ihm schon gewohnt. Ich warte, bis der Glaskasten mit dem heiligen Theodor in Decken und Tücher sicher eingepackt und im Hubschrauber verstaut ist, dann gehe ich hinunter, um Kriminalunterkommissar Huber meine einleuchtenden Erkenntnisse unterzujubeln. Im Flur kommt mir ein grauer Schatten entgegen und reibt sich an meinen Beinen. Mein Katerli, den habe ich vor lauter Aufregung komplett vergessen.

»Na, Süßer? Bist wohl hungrig? Komm mit in die Küche, da gibt's gekochten Schinken.«

Walter läuft brav hinter mir her bis zur Küche, dort springt er auf Claudias Schoß und lässt sich die Ohren kraulen. Den gekochten Schinken, den Gitti ihm hinhält, beschnüffelt er intensiv, frisst aber nicht. Vielleicht ist ihm das Zeug zu scharf gesalzen?

»Hast schon zusammengepackt?«, fragt mich der Sepp, der mit den anderen am Tisch sitzt und Kaffee trinkt. »In einer halben Stunde fahren wir los.«

Claudia nickt mir auffordernd zu.

»Ich hab's mir überlegt«, sagt sie. »Wir fahren jetzt mit dem Sepp zur Bahnstation Hispertal und warten dort auf Basti. Dann verbringen wir noch eine Nacht in Hispertal in einem schönen Hotel und fahren tags drauf alle drei gemütlich nach Hause. Was hältst du davon?«

Gar nichts halte ich davon. Weil ich aber keine Zeit für längere Streitgespräche habe, nicke ich nur freundlich und gehe zum nächsten Thema über.

»Wo ist der Unterkommissar?«, will ich wissen.

»Drüben bei der Kapelle, glaub ich«, sagt Gitti. »Er wird wohl abschließen und dann zu uns herunterkommen. Mein Gott – ich bin ganz durcheinander. Das prasselt auf uns hernieder – man möchte verrückt werden …«

Der Sepp nickt zu ihrer Rede und behauptet, nie wieder oben in der Kapelle beten zu können.

»So ein Gebäude, das sie vor Jahrhunderten errichtet haben, Stein um Stein haben sie hinaufgetragen. Ein Ort des christlichen Glaubens ist es gewesen. Und nun ist alles auf einmal entweiht …«

»Furchtbar!« Sutterer schüttelt den Kopf.

Bogner sagt nichts, weil er mit Salatessen beschäftigt ist.

»Seid still!«, stöhnt Gitti und schaut Sepp vorwurfsvoll an. »Ich mag's nicht hören!«

Ich auch nicht. Ich muss mit Huber reden, und zwar allein, jetzt bin ich diejenige, die es eilig hat, denn ich habe den Fall so gut wie gelöst. Das Einzige, was fehlt, ist der Mörder.

Zum Glück scheint der Unterkommissar noch oben in der Kapelle zu sein, denn die Pforte steht halb offen.

Also wieder ein rascher Aufstieg, langsam gehört das schon zu meinem täglichen Trainingsprogramm, der Muskelkater, den ich seit gestern in den Beinen spüre, ist nicht von schlechten Eltern. Aber in einem Mordfall wie diesem muss frau eben Opfer bringen.

In der Kapelle müffelt es immer noch ein wenig, die Luft ist aber längst nicht mehr so dick wie am Morgen. Die Mittagssonne bescheint die Südfenster und wirft flimmernde Lichtstreifen über den Innenraum. Dort, wo der gläserne Behälter mit dem falschen Heiligen gestanden hat, ist auf dem dunklen Holzpodest eine rechteckige leere Fläche zurückgeblieben, die eine etwas hellere Färbung trägt. Von Huber ist nichts zu sehen.

»Hallo?«, rufe ich schüchtern.

Keine Antwort. Die Kopfreliquiare schauen mich mit weiten, leeren Augen an, der heilige Winfriedus regt sich um keinen Millimeter.

Wo ist er denn geblieben, der Huber? Bei seiner Statur kann er sich eigentlich schlecht verstecken.

»Herr Unterkommissar?«

Ein Knarren lässt mich herumfahren. Jemand hat die Kellertür aufgeschoben, ich sehe eine Hand an der Türkante, dann taucht Hubers Kopf auf. Sein Haar ist bestaubt, das Gesicht stark gerötet. Was treibt er dort unten?

»Aha, das adelige Fräulein von und zu Kerchenstein!«, knurrt er mich an. »Geruhen Sie jetzt, mir ein paar Fragen zu beantworten? Oder soll ich eine schriftliche Eingabe bei Ihrem Butler hinterlegen?«

Er zwängt auch noch den Rest seines umfangreichen Körpers durch die Tür und klopft seine Jacke ab. Verschwindet einen Moment in einer grauen Staubwolke. Wir husten beide.

»Was ist das?«, keuche ich.

»Kalk. Da unten gibt es eine Stelle, die irgendwann einmal zugemauert und verputzt wurde. Hab mal probeweise dran gekratzt, bin aber nicht durchgekommen ...«

Spannend. Möglicherweise hat er die geheime Grabkammer der adeligen Dame entdeckt? Wenn das Hochwürden Winterholler erfährt, wird er bestimmt zornig werden.

»Und was wollten Sie mich fragen?«

»Ja richtig«, sagt er. »Es geht um den Toten. Könnte tatsächlich dieser Theo Ebelt sein, von dem Sie gesprochen haben. Die Frage ist, warum ihn jemand beseitigt und auf diese exquisite Art entsorgt hat.«

Ich schweige. Warte, dass er fragt. Schließlich will ich ihm meine genialen Theorien nicht aufdrängen. Er soll sich schon etwas anstrengen, der dicke Huber.

»Haben Sie dazu eine Idee, Kerchenstein?«

»Klar ...«

Er tut einen tiefen ärgerlichen Schnaufer und gibt der Kellertür einen Fußtritt. Wrummm!

»Dann spucken Sie sie aus! Hab keine Lust, Ihnen alles aus der Nase zu ziehen!«

»Sachte, Herr Unterkommissar. Machen Sie nicht die Kapelle kaputt!«

Seine Gesichtsfarbe wird ein wenig intensiver, geht schon leicht ins Violette.

»Nun …«, sage ich langsam. »Lauretta Linz und Sigmar Sonntag – das war eine klare Sache. Aber nun gibt es noch einen Toten. Theo Ebelt, der Heiratsschwindler. Und der passt nun so gar nicht in Ihr Konzept, wie?«

Zu meiner Überraschung ist er nicht sauer. Er grinst mich an. Höhnisch und verschlagen, dieser Mistkerl.

»Was wissen Sie schon von meiner Theorie, Kerchenstein? Ich habe Ihnen eine einfache Frage gestellt. Wie wäre es, wenn Sie eine Antwort für mich hätten?«

Fast habe ich es geahnt. Er hat die ganze Zeit über Theater gespielt, um mich dumm zu halten. In Wirklichkeit hat er meine Hinweise ernst genommen und ist ihnen nachgegangen. Wir sind auf der gleichen Spur, Huber und ich.

Gefällt mir gar nicht!

»Die Antwort heißt: Käsebrot!«

Er schaut dumm. Senkt verärgert die Augenbrauen.

»Danke. Bin nicht hungrig.«

»Der Zeitungsausschnitt«, erinnere ich ihn. »Der war um ein Käsebrot gewickelt.«

»Ach so! Das vergammelte Stückchen Zeitung, das angeblich aus dem Rucksack des Toten stammt. Hab ich gesehen. Und? Was folgern Sie daraus, Kerchenstein?«

»Wenn das kein total verrückter Zufall ist, dann hat sich Theo Ebelt für diese Erbschaftsangelegenheit interessiert. Er hat es irgendwo gelesen und ist hierhergefahren.«

Hubers Gesicht nimmt wieder eine normale Färbung an. Er schmunzelt. Gönnerhaft, wie der große Sherlock seinen Freund Watson anschmunzelt, wenn er zufällig einmal eine richtige Antwort gegeben hat.

»Kommt hin«, meint er und lässt sich auf einer der Kirchenbänke nieder. »Dann gibt es zwei Möglichkeiten.«

Aha, jetzt will er mich auf die Probe stellen. Na meinetwegen, Huber. Ich tue dir den Gefallen. Wir müssen ja schließlich irgendwann einmal zum Punkt kommen. Vorsichtig, ganz vorsichtig setze ich mich neben ihn. Knack. Hält die Bank? Vorläufig ja.

»Entweder er war tatsächlich ein entfernter Verwandter von Bogislav von Ottendorf …«, beginne ich.

»… oder er hat sich falsche Papiere beschafft, um an das Erbe zu kommen«, vervollständigt Huber zufrieden. »Ich tippe auf das Letztere. Bei seinem Beruf war er in solchen Dingen versiert.«

Es ist schon seltsam, dass dieses alte Hotel so viele Diebe und Gauner angezogen hat. Anton wollte eine Medaille klauen. Sigmar war Einbrecher. Theo Ebelt verdiente seinen Lebensunterhalt als Heiratsschwindler. Und alle nahmen ein böses Ende. Was hätte Oma dazu gesagt: Unrecht Gut gedeihet nicht.

»Es bleibt die Frage, warum Ebelt diesen alten Kasten unbedingt erben wollte«, sinniert Huber. »Ich habe da so eine Idee, Kerchenstein.«

»Und ich habe einen Beweis, Herr Unterkommissar!«

Ich fummele den Notizblock aus der Hosentasche und reiche ihm das wertvolle Stück zur Durchsicht. Er schaut mich fragend an, holt die Brille aus der Innenseite seiner Jacke und setzt sie auf.

»Was ist das?«

»Hab ich auf der Treppe gefunden. War unter den Teppich gerutscht.«

»Und Ihnen genau vor die Füße gefallen. Sie sollten Lotto spielen, Kerchenstein. Bei Ihrem Glück sind Sie bald eine reiche Frau …«

Kopfschüttelnd nimmt er das Utensil an sich und blättert darin. Ich schaue gespannt zu.

»*Moldawien … Wurzelbehandlung … drei Sorten Käse … Ochsenaugen …* Pfui Deibel. Und was soll das sein: *Vom Heiratsschwindler zum Heiligen. Was für eine Karriere?*«

Jetzt hat er doch tatsächlich meine gesammelten Huber-Sprüche entdeckt. Hatte ich ganz vergessen, dass die da drinstehen. »Das … äh … hat nichts damit zu tun. Sie haben das Wichtigste überlesen, Huber!«

Er blättert wütend herum, reißt mit seinen dicken Pfoten fast das Papier kaputt.

»Alkalielemente. Hab ich in der Schule mal gelernt. Na und?«

»Schauen Sie genau hin!«

»*Lithium, Natrium, Kalium, Rubidium, Caesium, Francium. Europium. Yttrium. Samarium* … Moment mal …«

»Genau!«

»Das sind drei zu viel. Die letzten drei gehören nicht mehr dazu. Das sind … das sind …«

»Seltene Erden nennt man die …«, gebe ich weiter, was ich im Internet gefunden habe. »Werden dringend bei der Herstellung von Akkus, Elektrogeräten oder Batterien für Herzschrittmacher gebraucht. Auch für Smartphones. Es gibt nur wenige Vorkommen auf der Welt. Daher ist das Zeug ziemlich teuer …«

Er schnauft und richtet den nach vorn gekrümmten Oberkörper wieder auf. Pustet Luft aus und setzt die Brille ab.

»Und aus dieser merkwürdigen Aufzählung wollen Sie schließen, dass Theo Ebelt glaubte, auf dem Besitz des verblichenen Bogislav von Ottendorf solches Zeug zu finden?«

»Es wäre zumindest ein Grund, diesen Besitz unter allen Umständen an sich zu bringen. Weil es hier um eine Menge Geld geht.«

Er wiegt den Kopf hin und her – ist nicht überzeugt.

»Das ist höchstens ein Anhaltspunkt, Kerchenstein. Aber kein Beweis. Da hat einer wild durcheinander Notizen gemacht. Wer sagt Ihnen, dass das Ebelt gewesen ist?«

»Es könnte natürlich auch der Mörder gewesen sein.«

»Oder irgendein harmloser Gast …«

»Das Hotel hat seit Jahrzehnten keine Gäste mehr gesehen …«

»Oder der alte von Ottendorf …«

»Vielleicht auch der …«, murmle ich. »Aber vom Gefühl her eher nicht …«

Huber grinst mich auf seine einmalig widerliche Weise an.

»Mal wieder im Gefühlsrausch, Kerchenstein? Lassen Sie sich sagen, dass Sie damit nicht weit kommen. Nur mit klarem Verstand löst man Mordfälle.«

»Zum Beispiel indem man durch die Kellerwand geht?«, frage ich giftig.

»Allerdings!«

»Und was hat es gebracht?«

Er zuckt die Schultern.

»Noch nichts. Einen Moment lang habe ich geglaubt, dort könne etwas Wertvolles verborgen sein. Etwas, das drei Morde erklären würde.«

»Und?«

»Schauen Sie es sich an, Kerchenstein.«

Er steht auf, und die alte Holzbank ächzt befreit. Ein Blick durch die halb offene Eingangspforte belehrt uns darüber, dass die Abreise kurz bevorsteht. Sepp ist gerade dabei, das Gepäck auf den Schlitten zu verladen.

»Ich geh vor«, sagt Huber und schaltet die Taschenlampe ein. »Passen Sie auf, dass Sie nicht stolpern und mir ins Genick purzeln.«

Das könnte ihm so passen, dem Nilpferd. Wir steigen dicht hintereinander nach unten, der runde Schein der Taschenlampe gleitet über den felsigen Boden, richtet sich dann nach rechts, wo das hölzerne

Gerümpel herumliegt, und bescheint die Wand dahinter. Ein Haken steckt noch darin, die anderen hat Muskelmann Huber herausgeschlagen. Die Wand besteht tatsächlich nicht aus hartem Fels wie an den übrigen Seiten, sondern sie wurde mit einem sandigen Putz verschlossen, den Huber mithilfe eines Meißels zum Teil abgeklopft hat. Man sieht Steine, unregelmäßig behauene Stücke, die erstaunlich genau ineinandergepasst wurden.

»Schaut aus wie eine Inka-Mauer«, behauptet Huber. »Ist verdammt schwer, eine Bresche hineinzubekommen. Gehen Sie mal zur Seite, Kerchenstein. Da oben in den Schlitz müsste man den Meißel reinklemmen kön…«

Ein gewaltiger Krach erfüllt den kleinen Keller. Staub wirbelt auf, dann ist das Licht aus, und ich vernehme einen dumpfen Aufschlag. Dunkel umgibt mich und ein leichter Modergeruch.

»Herr Unterkommissar?«

Keine Antwort. Ich suche nach meinem Smartphone, lasse es vor Aufregung beinahe fallen, finde die Taschenlampenfunktion und mache Licht.

Da, wo vorher das Holzgeraffel gelegen hat, ist jetzt ein Loch. Ein schwarzes Loch von mindestens einem Meter Durchmesser, aus dem noch leichte Staubwolken aufsteigen. Die Hölzer sind mitsamt den Holzwürmern in die Tiefe gestürzt. Dorthin, wo Unterkommissar Huber jetzt liegt.

Wie schrecklich! Gerade eben habe ich ihm noch die Pest und die Cholera an den Hals gewünscht, und jetzt liegt er leblos in einem metertiefen Schacht. Das schwarze Loch hat ihn gefressen, wir werden Unterkommissar Huber möglicherweise niemals wiedersehen. Zumindest nicht lebend.

Eigentlich war er ja gar nicht so übel. Hatte lichte Momente. Und er konnte fantastisch gut Bach spielen. Diese letzte Eigenschaft habe ich an ihm am meisten bewundert.

Vorsichtig nähere ich mich der Einsturzstelle, fürchte jeden Augenblick, selbst in die Tiefe gerissen zu werden, aber nichts geschieht. Ich bin zu leicht. Was für ein Glück, dass ich noch nicht zu Mittag gegessen habe.

»Herr Unterkommissar?«, flöte ich schüchtern. »Sind Sie okay?«

Keine Antwort. Das bedeutet, dass er nicht okay ist. Schluck. Was tun? Ich gehe noch etwas näher an das Loch heran, weiche aber gleich wieder zurück, weil der Rand zu bröseln anfängt. Komme mir vor wie auf dünnem Eis ... Halt, das ist es. Die Leiter. Zum Glück haben die Spurenleute sie hier liegen gelassen und nicht etwa als Fingerabdruckträger und Beweisstück abtransportiert. Also ganz vooorsichtig die Aluleiter quer über das Loch gelegt und sich draufgestellt. Bröckelt da was? Nein. Perfekt. Ich balanciere ein Stück weiter zu der Bodenöffnung hin, es lösen sich ein paar Steinchen, und ich versuche einzuschätzen, wie tief es wohl fällt. Auf jeden Fall ist es kein Vergleich mit dem Brunnen auf Kerchenstein. Zwei Meter vielleicht? Nicht viel mehr. Wenn es so ist, dann hat Huber sich vielleicht nur die Lenkstange verbogen? Das würde mich für ihn wirklich freuen. Dass er nicht tot ist, meine ich, würde mich freuen.

Jetzt stehe ich genau über dem schwarzen Loch und leuchte mit dem Smartphone hinein. Da ist ein Gang im Berg. Felswände sind zu sehen, uralte schwarze Holzbalken, die den Schacht stützen, eine dunkle Masse unten am Boden. Huber liegt platt auf dem Bauch, die Arme vorgestreckt, das Gesicht ist seitlich gedreht und scheint unverletzt. Kleinere Gesteinsbrocken liegen auf seinem Körper, Erde, Sand, auch verschiedene Hölzer, die mit ihm in die Tiefe gerissen wurden. Er regt sich nicht, vermutlich ist er von dem Fall betäubt.

Was ist das für ein Hohlraum mitten im Hügel? Das macht doch keinen Sinn. Wer buddelt denn einen Gang, breit wie ein Schacht, in ein kleines Hügelchen? Ist das eine Schweizer Marotte, dass sie die Berge genauso perforieren wie ihren Käse? Aber egal – zuallererst muss ich Hilfe herbeiholen. Der abgestürzte Huber muss aus dem Loch herausgehoben und in eine Klinik gebracht werden. Dazu braucht es mehrere starke Männer.

Unten steht der Sepp bei seiner Schimmelstute und starrt Löcher in die Luft. Was ein Glück – sie sind noch nicht losgefahren.

»Sepp! Komm schnell, du muss mir helfen!«, rufe ich ihm zu.

Er fährt erschrocken herum, gibt der Stute noch einen freundschaftlichen Klaps auf die Hinterbacke und spurtet den Hang hinauf. Du meine Güte, er braucht nur wenige Minuten, bis er neben mir steht, und ist noch nicht einmal außer Atem. Da sieht man doch, was eine gute Kondition wert ist. Ein Aufstieg in diesem Tempo wäre für mich Sofakartoffel das Ende.

»Was ist? Habt ihr noch einen Toten gefunden?«

Wenigstens ist ihm sein Humor noch nicht abhandengekommen.

»Nicht ganz«, sage ich. »Huber ist in die Unterwelt abgestiegen.«

»Was ist er?«, fragt Sepp verständnislos.

»Komm mit. Aber du musst ganz vorsichtig sein …«

Wir gehen miteinander die unregelmäßigen Felsstufen hinunter, dort leuchte ich mit dem Smartphone und höre, wie Sepp durch die Zähne pfeift.

»Das gibt's nicht! Da ist ein alter Stollen drunter …«, murmelt er.

Er geht langsam und vorsichtig näher zu der Einbruchstelle, lässt sich von mir das Smartphone geben und betritt die Leiter. Leuchtet hinunter in die Tiefe. Pfeift wieder durch die Zähne. Typisch Mann. Anstatt ein paar mitfühlende Worte zu finden, pfeift er wie ein Hamster.

»Den hat's zerbröselt!«, lautet sein Kommentar.

»Das hoffe ich nicht«, gebe ich zurück. »Wir müssen ihn da rausholen, Sepp. Er braucht einen Arzt.«

Sepp ist auf der Leiter in die Hocke gegangen und leuchtet in die Öffnung hinein.

»Was kann das für ein Gang sein?«, will ich wissen.

»Ein ganz alter Stollen«, sagt er. »Früher, im Mittelalter, da haben sie hier nach Eisenerz gegraben. Der ganze Berg war von Stollen und Gruben durchlöchert. Haben es auch gleich verhüttet, unten beim Dorf kann man noch die Schlacke finden.«

Heimatkunde. So was lernen die Kinder hier wohl in der Schule. St. Nikolaus war einmal sehr reich. Im Mittelalter.

»Aber hier in dem Hügel macht doch ein Stollen gar keinen Sinn«, werfe ich ein.

Er schaut irgendwie durch mich hindurch. Vermutlich ist es heute ein wenig viel, was über ihn hereinbricht. Vorsichtig richtet er sich wieder auf und steigt zu mir hinüber.

»Da ist vor langer Zeit mal der halbe Berg heruntergekommen«, erklärt er. »Vielleicht wegen der vielen Stollen, wer weiß? Damals ist der Platz entstanden, auf dem später das Hotel gebaut wurde. Der Hügel war aus festerem Gestein, der ist stehen geblieben. Da haben sie später die Kapelle drauf gebaut. Damit sie an den Hochmut und die Gier der Menschen erinnert.«

Aha – es hat also Bergwerke hier gegeben. Und einige alte Gänge und Stollen sind noch erhalten, in denen man interessante Entdeckungen machen kann …

»Ich denk, ich steig erst einmal zu ihm hinunter«, sagt Sepp. »Um zu sehen, was mit ihm los ist.«

»Aber … die Decke kann einstürzen«, warne ich.

»Ach was«, meint er. »Die hält schon jahrhundertelang. Das ist nur da vorn brüchig, da muss sich was gelöst haben. Hilf mir einmal mit der Leiter, Henni …«

Die Aluleiter aus dem Supermarkt ist ein super Teil, denn man kann sie noch um einen guten Meter ausziehen. Sepp setzt sie schräg in die Öffnung hinein, um den bewusstlosen Huber nicht zu berühren, dann steigt er langsam hinunter. Mein Smartphone nimmt er mit, damit er unten genügend Licht hat.

»Und? Was ist mit ihm?«

Schweigen. Vermutlich fühlt er ihm den Puls oder horcht auf seinen Herzschlag. Ich wage mich zum Ende der Leiter, das nur höchstens einen halben Meter aus der Öffnung herausragt, und schaue nach unten. Der Sepp hat den Bewusstlosen umgedreht und ihm die Jacke aufgeknöpft.

»Alles gut«, sagt er jetzt und schaut grinsend zu mir hoch. »Er lebt. Ist nur leicht weggetreten. Wahrscheinlich Gehirnerschütterung, vielleicht ist auch was gebrochen.«

Ich halte die Leiter fest, während er geschickt hinaufsteigt.

»Kannst ruhig auch zu ihm runter, Henni. Ich glaub, er kommt jetzt langsam zu sich, da wär es gut, wenn jemand bei ihm ist«, sagt er zu mir. »Ich geh hinauf und rufe die Bergrettung, sie sollen einen Arzt schicken …«

»Ist recht, Sepp. Und dank dir …«

Er lächelt wie ein smarter Skilehrer und streichelt mir zart die Schulter, als er an mir vorübergeht.

»Die werden staunen, die von der Bergrettung. Da hat neulich schon einer gefragt, ob wir nicht lieber eine Zehnerkarte lösen wollen, da wäre es billiger!«

Ich lache mit ihm über den Witz und bewege vorsichtig das Ende der Leiter, um herauszufinden, ob sie auch sicher steht. Als ich schon auf der dritten Stufe bin, höre ich, wie Sepp die Pforte der Kapelle hinter sich zuschlägt. Gleich darauf dreht sich knirschend der Schlüssel im mittelalterlichen Türschloss.

Er hat uns eingeschlossen. Warum? Hat er Angst, jemand könnte uns stehlen? Woher hat er überhaupt den Schlüssel?

Woher schon? Er hat ihn gerade eben von Hubers Hals abgeknotet. Henni, du blödes Huhn! Hast dich von den sportlichen Leistungen und dem strahlenden

Heldenlächeln dieses Gauners betören lassen. Warum hast du nicht auf Meister Huber gehört? Keine Emotionen! Keine Gefühle! Nur mit eiskaltem Verstand kann man einen Mordfall lösen. Sherlock Holmes hätte ihm voll und ganz zugestimmt. Von Hercule Poirot gar nicht erst zu reden.

Ich lasse Huber erst mal unten liegen und laufe zur Kapellenpforte. Abgeschlossen. Hämmere gegen das alte Holz, trete mit den Füßen, hoffe, dass vielleicht einer der Spurensucher oder wenigstens Claudia mich hört. Sehen kann ich nichts, die Fenster sind zu hoch angebracht, außerdem ist das Fensterglas nicht durchsichtig, sondern milchig mit malerischen Schlieren darin. Ich versuche es trotzdem, hebe eine der bleischweren Bänke an und stelle sie auf eine andere, steige darauf und kann gerade einmal den romantisch verschneiten Gipfel auf der Nordseite sehen und den mattblauen Himmel. Verdammt, wie komme ich hier heraus?

Die Leiter hinaufholen und eines der Glasfenster zerschlagen? Mithilfe eines Reliquiars zum Beispiel? Wenn ich oben bin, vorsichtig hinsetzen und die Leiter hochziehen, um sie auf der anderen Seite aufzustellen? Dabei zerschneide ich mir nicht nur die Finger, ich kriege auch ein hübsches rotes Muster auf dem Allerwertesten. Aber was soll's – meine Chancen auf dem adeligen Heiratsmarkt sind seit meiner Verlobung sowieso dahin.

Ein schlechter Plan – aber immerhin besser als gar keiner. Ich steige wieder in den verdammten Keller hinunter, um die Leiter aus dem Loch zu ziehen, da höre ich unten einen tiefen Seufzer. Ach je – Huber, das Flusspferd, kommt wieder zu sich. Da kann ich ihn nicht so ganz allein dort unten lassen – man ist ja Tierfreundin. Allerdings ist es stockdunkel hier, weil mir mein Smartphone fehlt. Das hat der Sepp mitgenommen. Deshalb auch sein strahlendes Lächeln. Henni, du bist so dämlich, dass es dir eigentlich aus den Ohren heraushängen muss. Ich lasse Huber weiterstöhnen und eile durch das Kapellenschiff bis vorn zum Altar, klaue mir einen Kerzenleuchter und finde die Streichhölzer unter der gestickten Altardecke. Na bitte – in einem anständigen Haushalt ist alles Notwendige vorhanden. Bei Kerzenschein steige ich die Leiter hinunter. Trete Huber aus Versehen auf den Fuß, weil er sich inzwischen hingesetzt und den Rücken gegen die Felswand gestützt hat. Als ich ihm ins Gesicht leuchte, erschrecke ich, weil er linksseitig von der Schläfe bis zum Kinn herunter eine lange Schürfwunde hat, die immer noch blutet.

»Sie, Kerchenstein?«, krächzt er. »Ich dachte schon, eine der zehn Jungfrauen mit den brennenden Leuchtern käme zu mir heruntergestiegen …«

Unglaublich. Eben noch halb tot, hat er schon wieder einen seiner faden Scherze auf den Lippen.

»Hier ist nur eine mit einem brennenden Leuchter, und die ist keine Jungfrau«, bemerke ich trocken. »Haben Sie Ihr Smartphone dabei?«

Er ächzt, weil er sich bewegen muss, um in der Jackentasche nachzufühlen. Er ist nur circa zwei Meter tief gefallen, aber er wird arge Schmerzen haben, vielleicht sogar einen Rippenbruch.

»Rausgefallen. Leuchten Sie mal nach links. Verdammt!«

Auf dem Boden des Stollens fließt ein Rinnsal, das Smartphone ist Huber aus der Tasche gerutscht und hineingefallen. Ich fische das kostbare Teil heraus und versuche, es zum Leben zu erwecken. Keine Chance. Es ist abgesoffen.

»Man kann es retten, wenn man die Chipkarte herausnimmt und das Gerät in Reis legt«, erkläre ich.

»Rohen oder gekochten Reis«, erkundigt er sich.

»Rohen natürlich …«

»Schwer zu beschaffen im Moment …«

Er macht einen Versuch, sich auf die Füße zu stellen, schafft es aber nur auf die Knie und keucht vor sich hin.

»Warten Sie, ich helfe Ihnen …«

»Langsam, Kerchenstein. Ich bin bei dem Aufprall um mindestens zwanzig Zentimeter flacher geworden, daran muss sich mein Corpus erst mal gewöhnen. Aber Sie haben möglicherweise recht mit den seltenen Erden. Dies hier ist jedenfalls ein mittelalterlicher Stollen …«

Er muss aufhören zu sprechen, weil er keine Luft mehr bekommt. Ich nutze sein Schweigen, um ihn auf den neuesten Stand der Ereignisse zu bringen. Sepp spielt ein falsches Spiel, er hat uns hinterhältig in der Kapelle eingeschlossen.

»Der Lustenberger Sepp?«, keucht er und befühlt seine Brust. »Der stand ganz oben auf meiner Liste.«

Da hätte er bei mir eigentlich auch stehen müssen. Weil Hubi mir ebenso großmütig recht gegeben hat, gönne ich ihm auch ein Highlight.

»Ich habe mich leider von ihm einwickeln lassen«, gebe ich zu. »Zu viel Emotion. Kühlen Kopf verloren.«

»Anfängerfehler, Kerchenstein. Einmal und nie wieder«, tröstet er mich.

Einmal und nie wieder? Das sollten wir besser nicht wörtlich nehmen.

»Haben Sie wenigstens eine Dienstwaffe dabei?«

»Ja«, knurrt er. »Oben in meinem Zimmer. Mag die Dinger nicht, trage sie nur im Notfall. Wiederholungsfehler.«

Wir sind ein großartiges Team! Wenn wir unsere Fehler zusammenschmeißen, reicht das für zwei tote Ermittler im Leichenschauhaus. Eines ist uns beiden klar: Wenn der Sepp Lustenberger Anton Drechsler und Theo Ebelt getötet hat, wird er keine Hemmungen haben, auch uns beide zu beseitigen.

»Was wird er tun?«, überlege ich.

»Der bringt erst mal Sutterer, Bogner und Ihre Freundin zur Bahnstation in Hispertal, damit er sie aus dem Weg hat. Und dort fängt er Ihren Verlobten ab und erzählt ihm, Sie kämen noch heute Abend, er solle schon mal ein Hotelzimmer mieten. Vielleicht hat er aber längst einen Komplizen angerufen, der sich um uns beide kümmern soll …«

Die einfachste Methode, uns beide für immer zum Schweigen zu bringen, wäre, uns die Leiter wegzunehmen und die Einbruchstelle mit Brettern zu verschließen. Bis einer darauf kommt, dass hier ein Loch im Boden und darunter ein Stollen ist, sind wir beide längst verhungert. Dann werden sich spätere Archäologen wundern, was zwei neuzeitliche Skelette in einem mittelalterlichen Stollen zu suchen haben. Rätsel der Geschichte.

»Sie nehmen jetzt die Leiter mit nach oben und steigen durchs Fenster«, ordnet er an. »Das ist unsere einzige Chance. Ich komme hier nicht raus.«

Er kriecht ein Stück auf allen vieren, dann kippt er seitlich weg und liegt stöhnend im kalten Rinnsal.

»Aber ich kann Sie doch nicht allein hier unten lassen …«, wende ich ein.

»Verdammt, Kerchenstein! Ich brauche keine Krankenschwester. Klarer Verstand und kühler Kopf. Los jetzt!«

Um seinen eigenen kühlen Kopf muss er sich keine Sorgen machen, weil er im eiskalten Bergwasser liegt. Hoffentlich holt er sich zu den ganzen Verstauchungen nicht noch eine Lungenentzündung, das täte mir wirklich leid für ihn. Ich versuche, ihn wenigstens aus dem Wasser zu ziehen, aber er ist einfach zu schwer, und ich ernte für meine Samariterdienste nur unflätige Flüche. Also steige ich die Leiter hoch, ziehe das Alu-Teil vorsichtig aus dem Loch, schiebe es zusammen und manövriere es zur Kellertür hinaus. Ich wähle eines der Fenster der vom Hotel abgewandten Seite, damit mich keiner vorzeitig erwischt, und stelle die Leiter an. Steige hinauf und prüfe das Fensterglas, das leider ziemlich dick ist. Außerdem ist es von eisernen Verstrebungen durchzogen, ich könnte genauso gut versuchen, aus dem Knast auszubrechen. Mist, elender. Auf diese Weise komme ich jedenfalls nicht hier heraus.

Es kommt sogar noch schlimmer.

Es knirscht im Schloss der Eingangspforte, sie öffnet sich einen Spalt, der Sepp schiebt sich hindurch, schaut sich vorsichtig in der Kapelle um, und das Erste, was ihm in die Augen fällt, bin natürlich ich. Henni Pechvogel steht ganz oben auf der Leiter wie ein reifer Apfel, den man nur herunterschütteln muss.

»Das brauchst du gar nicht erst zu versuchen«, sagt er grinsend. »Die Fenster sind gegen Diebe gesichert wegen der Reliquien, da kommt niemand herein oder heraus.«

Ich habe keine Chance, er schlendert gemächlich zur Leiter hinüber und wartet dort, bis ich heruntersteige. Oder oben bleibe, ganz wie ich mag.

Reden, denke ich. Er ist zwar verschlagen, aber kein übermäßig helles Köpfchen. Ein Handlanger – nichts weiter. Und er ist eitel. Ich muss ihn zum Reden bringen, damit ich Zeit gewinne.

»Hältst du mir bitte die Leiter, damit ich besser absteigen kann?«, frage ich harmlos, als sei dies ein zufälliges Treffen unter guten Freunden.

»Gern!«

Er grinst, ist sich seiner Sache sehr sicher. Kann er auch, denn er ist mir körperlich haushoch überlegen. Selbst wenn es mir gelänge, aus seinem Griff zu entwischen und zur Tür zu laufen – draußen auf dem Hügel oder spätestens im Hof hätte er mich wieder eingefangen. Also steige ich betont langsam von der Leiter, schaue immer wieder nach unten, nehme auch die letzten Stufen gelassen, lasse mir keine Furcht anmerken, obwohl er hinter mir steht und mich mit seinen durchtrainierten Armen umschließt. Einen Moment lang verharren wir beide unbeweglich, dann lehne ich sacht den Kopf an seine Brust und spüre, wie sich sein Atem beschleunigt. Ein Mann ist eben ein Mann. Und das ist gut so.

»Schade«, murmelt er mir ins Ohr. »Dass es mit uns beiden so enden muss …«

Ich frage besser nicht, welche Art von Ende er im Sinn hat. Stattdessen seufze ich nur leise und bedauernd.

»Ja«, sage ich. »Wir hätten eine gute Zeit miteinander haben können …«

Er knurrt leise und haucht mir seinen warmen Atem ins Genick. Unter anderen Umständen hätte mir das vielleicht sogar gefallen, jetzt finde ich es einfach nur eklig.

»Wie ist das nur gekommen?«, flöte ich. »Du bist doch ein anständiger Kerl, Sepp. Hätte nie gedacht, dass du solche Sachen machst …«

Springt er darauf an? Momentan pustet er mir immer noch ins Genick. Gruselig. Wie ein hungriger Fleischerhund, kurz bevor er zubeißt.

»Wie das halt so kommt«, sagt er leise und streicht mir mit einer Hand über das Haar. Mit dem anderen

Arm hält er mich fest. Eine Eisenklammer könnte auch nicht härter sein als sein Arm.

»Bist so reingerutscht, wie?«, frage ich mitfühlend. »Ist ja auch viel Geld, oder?«

Er schweigt einen Moment, sodass ich schon denke, das mit dem Geld hätte ich besser nicht gesagt. Aber dann kommt er …

»Weißt du, was das bedeutet, für einen wie mich? Für einen, der immer der uneheliche Trottel war? Der Depp, der nur gehorchen, aber nix fordern darf? Ein anderes Leben bedeutet es. Umschauen werden die sich alle, die mich von oben herab behandelt haben …«

Er hat sich in Rage geredet, sein kurzer Anfall von Zärtlichkeit ist vorbei, ich muss mir etwas anderes einfallen lassen.

»Aber wie willst du an das Hotel kommen? Willst du es kaufen?«

»Das ist ganz einfach«, sagt er. »Wenn sich kein Erbe findet, dann geht es mit allem, was dazugehört, an die Gemeinde. Und weil die Deppen dort keine Ahnung von dem Wert des Geländes haben, können wir es denen leicht abkaufen.«

Also doch. Er steckt mit dem Vater unter einer Decke. Wobei es vermutlich der Sepp gewesen ist, der auf den Trichter gekommen ist.

»Und wenn sich doch noch ein Erbe findet?«

Er schnaubt mir in den Kragen – vermutlich hält er die Möglichkeit für ziemlich unwahrscheinlich.

»War doch einer da, oder?«, berühre ich vorsichtig ein heißes Thema.

»Ein Schwindler ist das gewesen«, knurrt er. »Hat wohl gedacht, ein reicher Hotelbesitzer zu werden, der Kerl. Schnüffelt im Hotel herum, und als ich ihn frag, was er hier will, zeigt er mir einen falschen Pass und behauptet, der Enkel vom alten Ottendorf zu sein. Da hab ich ihn gepackt und feste geschüttelt, und da ist der dumme Kerl gleich die Treppe hinuntergefallen und hat sich das Genick gebrochen. Das wollte ich nicht, ist aber halt passiert. Wie ich dann später seinen Rucksack durchsehe, da finde ich seine echten Papiere. Hab ihn ganz umsonst in den Tod gestoßen, weil er sowieso keinen Anspruch auf das Hotel gehabt hätte …«

»Das war kurz vor der Geburtstagsfeier, nicht wahr?«

»Leider«, gibt er zu. »Da muss er schnell verschwinden, konnte im Hotel ja keinen Toten herumliegen lassen. Und draußen war alles verschneit, der Boden gefroren, begraben konnten wir ihn also auch nicht. Und in den Schnee legen ging erst recht nicht – wenn's taut, kommt ja alles ans Licht. Da haben wir halt den heiligen Kasimir aus dem Sarg herausgenommen und den anderen schön zusammengeschnürt an seine Stelle gelegt. Hat keiner gemerkt. Nicht einmal Hochwürden Winterholler, der sonst immer so genau hinschaut …«

Wie harmlos er das alles erzählt. Wie eine nette kleine Anekdote, die man den Touristen zum Frühstück serviert. Jetzt zerrt er mich ein Stück zurück und stößt mich dann in Richtung Turm. Da, wo die

Pforte ist, durch die ich entwischen könnte, aber auch die Kellertür, hinter der mich ein dunkles Grab erwartet.

»Jetzt sei doch nicht so grob …«, jammere ich. »Ich geh ja schon, musst mich nicht schubsen.«

»Nicht, dass du noch krumme Sachen mit mir machst, Maitli«, meint er und stößt mich unverdrossen voran. »Du bist eine ganz Schlaue. Das hab ich schon längst gemerkt.«

»Stimmt«, sage ich und mache mich so schwer wie möglich. »Ich weiß auch, warum der Anton Drechsler in die Kapelle gegangen ist. Der hat nämlich nur eine von den Medaillen klauen wollen …«

Er bleibt stehen, hält mich aber fest. Hat er das nicht gewusst?

»Eine von den … Medaillen?«, fragt er verblüfft.

»Ja, er hat die Dinger gesammelt. Du hättest ihm gar nichts zu tun brauchen …«

Er schiebt mich energisch voran, gleich haben wir die Kellertür erreicht.

»Damit hab ich nix zu tun«, sagt er. »Hab ihn nur hinterher in den Turm gehängt, weil wir dachten, dort fällt er nicht so auf. Hätt ja sein können, dass der Küster reinschaut, wegen der Christmesse am Heiligen Abend …«

Einen Versuch ist es wert – ganz ohne Gegenwehr lasse ich mich nicht ins Loch werfen. Halb umgedreht und blitzschnell mit dem Ellenbogen gestoßen, als er sich jetzt vor Schmerz zusammenkrümmt, reiße ich mich los und schaffe es bis zur Eingangspforte. Da ist meine Flucht zu Ende, weil er wie ein Tiger auf mich springt und mit mir zu Boden geht. Ich muss ein paar kräftige Ohrfeigen einstecken, mir dröhnt der Kopf, so fest haut er zu.

»Wusste ich es doch!«, herrscht er mich an. »Aber nicht mit mir, Maitli. Nicht mit mir. Los! Die Stiege runter. Und keinen Mist mehr …«

Wenn ich hier heil herauskommen sollte, melde ich mich sofort beim nächsten Judokurs an. Selbstverteidigung für Frauen. Jiu-Jitsu. Karate. Ganz egal.

Noch halb betäubt taumele ich die Stufen hinunter. Der Keller ist stockfinster, nur aus dem Loch im Boden dringt ein sanfter Lichtschein. Unten bei Huber brennt noch die Altarkerze.

Die Kellertür wird hinter mir zugeworfen, der Riegel vorgeschoben. So, das war's, Henni. Dieser Fluchtplan war ganz großer Mist. Das hat frau davon, wenn sie sich mit kühlem Verstand an die Arbeit macht. Ich gehe zurück zur Tür und lausche. Sepp hält sich nicht lange in der Kapelle auf, er geht hinaus und schließt die Kapellenpforte sorgfältig hinter sich ab. Prima, jetzt bin ich doppelt eingesperrt, und niemand ist weit und breit in der Nähe, der mir helfen könnte.

»Kerchenstein?«, krächzt Huber aus der Tiefe.

Der auch noch!

»Hier«, melde ich mich. »Auf verlorenem Posten.«

»Keine Leiter?«

»Nicht einmal ein Seil …«

Schweigen. Vermutlich flucht er unten leise vor sich hin. Ich setze mich auf die kalten Stufen und versuche, meine grauen Zellen in Bewegung zu setzen. Wohin ist der Sepp gegangen? Glasklar. Er will seinen Vater darüber informieren, dass man ihnen auf die Schliche gekommen ist und dass zwei gefährliche Mitwisser im Keller der Kapelle eingesperrt sind. Was wird der alte Lustenberger dann entscheiden? Kann er es sich leisten, einen Polizisten verschwinden zu lassen? Selbst wenn es nur ein Unterkommissar ist? Die Polizei ist da sehr empfindlich, wenn es einem der Ihren an den Kragen geht. Eine unbekannte Musikerin hingegen kann beinahe folgenlos um die Ecke gebracht werden. Zumindest theoretisch. Sie kennen Oma nicht. Und auch Papa wäre nicht erfreut, von meinem frühzeitigen Ableben zu erfahren.

Und überhaupt will ich nicht sterben! Oma wartet an Weihnachten auf mich. Und zwischen den Jahren habe ich zwei gut bezahlte Auftritte, die will ich auf keinen Fall verpassen. Und überhaupt kann ich Walterchen nicht als Waisenkater zurücklassen …

»Kriechen Sie mal zum Loch, Kerchenstein …«, tönt es aus dem Off. »Ich halte den Leuchter hoch …«

Was soll das jetzt wieder? Will er die Fackel der Vernunft hochhalten, um mir Mut zu machen? Nett von ihm, aber ich habe gerade andere Probleme.

»Wozu?«

»Das Teil ist ordentlich schwer. Als Waffe gut zu gebrauchen. Nun machen Sie schon, Kerchenstein … Kann nicht lange so stehen …«

Gar nicht so dumm, der Huber. Zwanzig Zentimeter flacher, aber im Kopf noch glasklar. Ich werde zur

Vierfüßlerin, bewege mich mit äußerster Vorsicht zum Rand des Kraters, recke den Kopf vor und schaue hinunter. Es riecht brenzlig.

»Passen Sie auf, dass Sie Ihre Haare nicht ankokeln!«, ächzt Huber.

Ich raffe mein langes blondes Haar, das nach unten hängt, zusammen und stecke es unter den Kragen. Dann lege ich mich flach hin und angele mit der rechten Hand.

»Au!«

»Nicht in die Flamme greifen! Noch etwas tiefer. Aua!«

Das war ein Stein, der sich gelöst und Hubers klar denkendes Hirn getroffen hat. Endlich halte ich den oberen Teil des Leuchters in der Hand, bete, dass die Antiquität aus einem einzigen Stück geschmiedet wurde, und ziehe es hoch. Huber seufzt erleichtert auf, röchelt, ächzt und plumpst wieder auf den Boden. Respekt. Es geht ihm ganz sicher bescheiden, aber er jammert nicht herum, sondern gibt sein Letztes, um uns hier lebend herauszubringen.

Na gut. Es liegt also an mir. Ich lösche die Kerze und nehme sie aus dem Leuchter, wiege das sakrale Gerät in der Hand und komme zu der Überzeugung, dass es einem ahnungslosen Mörder schon ein ordentliches Loch in sein verwirrtes Hirn schlagen kann. Auf jeden Fall taugt es mehr als diese popelige Teppichstange, mit der ich Huber traktiert habe.

»Kerchenstein!«, kräht es aus dem Loch. Ein kurzer Hustenanfall folgt. Tut bestimmt weh, falls er sich eine oder mehrere Rippen gebrochen hat. Trotzdem könnte er wenigstens jetzt meinen adeligen Namen richtig aussprechen.

»Was ist?«

»Hinter die Tür stellen. Und warten ... Nicht wild zuschlagen ... gut zielen ...«

Er bricht ab und keucht. Langsam tut er mir richtig leid, der arme liebe Hippo-Huber.

»Klar ...«

»Auf den Hinterkopf. Nicht auf die Schulter ...«

»Und wenn ich ihn umbringe?«

»Sie kriegen mildernde Umstände ...«

»Was heißt das? Nur zehn statt fünfzehn Jahre Zuchthaus ...«

Er muss erst einmal wieder nach Luft ringen.

»Notwehr, Kerchenstein. Diese Leute haben bereits drei Menschen auf dem Gewissen, sie werden vor weiteren Morden nicht zurückschrecken.«

Der Mann kann seine Mitarbeiter echt motivieren! Sitzt da unten in seinem Loch, und ich soll es richten. Dabei bin ich als Frau und Künstlerin in solchen Dingen ausgesprochen gehemmt. Ich schlage niemandem gern auf den Kopf. Ein Tritt in den Hintern oder ein fester Stoß in die Eier – das macht mir nichts aus. Aber gleich ein Loch in die Hirnschale klopfen ...

Und überhaupt mag ich niemanden umbringen. Das ist hier überhaupt nicht meine Rolle. Ich bin die Ermittlerin und nicht die Mörderin. Die Bösen sind doch die anderen. Ich gehöre zu den Guten. Ich töte nicht. Ich überführe.

Huber hat mir offensichtlich nichts mehr zu sagen, die Stimme aus der Unterwelt schweigt sich aus. Es ist still, nur hie und da rieselt ein wenig Sand in den Stollen hinunter, man hört das Rinnsal unten leise plätschern und gluckern. Die Geräusche der Ewigkeit. Was ist, wenn sie uns einfach hier sitzen lassen? Nein, das geht nicht. Hat er nicht gesagt, dass zu Weihnachten hier eine Christmesse gehalten wird? Aber vielleicht fällt die dieses Jahr aus wegen der beiden Toten in der Kapelle? Wer hat schon Lust, Weihnachten in dieser Gruselkapelle zu feiern? Ich jedenfalls nicht.

Schluck. Nein, wirklich nicht. Bis zum Weihnachtsfest sind es noch … fünf Tage. Wie lange kann man ohne Lebensmittel durchhalten? Keine Ahnung – ich habe schon jetzt einen fürchterlichen Kohldampf. Schließlich habe ich seit dem Frühstück nichts mehr gegessen. Huber hat's gut, der kann wenigstens immer mal einen Schluck kaltes Bergwasser nehmen, aber ich muss auch noch verdursten. Dabei könnte ich gerade jetzt einen heißen Kaffee gut gebrauchen, weil ich auf einmal todmüde bin. Ich taste mich zur Wand, setze mich auf den kalten Boden und lehne den Rücken gegen den ebenso kalten Fels. Jetzt habe ich gute Chancen, an einer Lungen- und Blasenentzündung zu sterben, bevor ich verhungere … Aber vor allen Dingen würde ich jetzt wahnsinnig gern schlafen … Wer schläft, der tötet nicht.

Überhaupt ist schlafen eine wunderbare Möglichkeit, allen bösen Taten zu entkommen. Man beamt sich einfach weg. Ins Traumland. Sonne und Meer, der Wind, der die Palmen wiegt, feiner Sand, der zwischen meinen Fingern hindurchrinnt, das beruhigende Rauschen der Wellen. Ich rekele mich auf einer Liege aus geflochtenen Bambusblättern, nippe an einem türkisfarbigen Getränk und schaue zu dem exotischen Büfett hinüber. Ananas, Mango, Bananen … gegrillte Fischlein mit verschiedenen Soßen, pürierte Maniokwurzeln, Gemüse, süßes Gebäck … Die Essensglocke läutet, ich erhebe mich und nehme mir einen Teller … die Glocke bimmelt immer noch, kann die einer mal abschalten … das klingt wie ein Armesünderglöckchen, bimmelt mir direkt in die Ohren …

Die Turmglocke. Es ist sechs Uhr. Ich sitze im Keller der St. Nikolaus-Kapelle und halte nach meinem Mörder Ausschau. Und der lässt nicht lange auf sich warten. Hören kann ich nichts, weil die verflixte Glocke solch einen Lärm macht. Aber ich sehe einen Lichtschein, der durch den Türspalt dringt – jemand hat den Riegel aufgeschoben und die Tür geöffnet. Aufgepasst, Henni! Den Leuchter geschnappt und in Position hinter die Tür gestellt. Augen auf – der richtige Moment ist wichtig. Jetzt wird die Tür ein Stück weiter aufgeschoben, das einfallende Licht kommt von einem Smartphone und blendet mich, ich kneife die Augen zusammen, starre auf die männliche Silhouette, die sich in den Kellerraum hineinbewegt, hebe den rechten Arm mit der sakralen Keule …

»Henni? Bist du hier? Ist alles in Ordnung mit dir?«

Diese Stimme!

Basti! Mein wundervoller, kluger, mutiger Verlobter Bastian Poggenpohl! Der Tenor mit der Jahrhundertstimme und dem Instinkt des liebenden Mannes!

»Basti!«, rufe ich und lasse den Leuchter fallen. »Du, mein Held! Ich liebe dich!«

Es tut einen dumpfen Schlag, und Basti fällt mir vor die Füße. Ich bin starr vor Schrecken. Hat ihn dieser letzte Satz jetzt umgehauen? Hätte ich besser nicht so übertreiben sollen?

»Stoß ihn hinein, Sepp. Wir legen ihn zu den anderen. Pass auf, das Maitli ist hinter der Tür …«, sagt eine weibliche Stimme.

Die Welt dreht sich rückwärts, der Mond umkreist die Sonne, die gute alte Erde schaukelt besoffen durchs All.

»Das hast du nicht erwartet, wie?«, fragt Gitti. »Halt sie fest, Sepp. Warte, ich geb dir den Leuchter, einmal fest zugeschlagen. Dann ist sie dahin …«

Da steht sie hinter dem Sepp an der Kellertür, hält eine Laterne in der Hand und gibt dem bewusstlosen Basti einen kräftigen Fußtritt, der ihn weiter in den Keller hineinbefördert. Jetzt fällt es mir wie Schuppen von den Augen: Gitti hat sich das alles ausgedacht, sie hat den Sepp als Handlanger gebraucht und ihm einen Anteil versprochen. Er hat die Wahrheit gesagt, der Sepp, als er mir erzählt hat, dass die Gitti ab und zu nicht ganz richtig tickt. Nur hat er untertrieben. Sie tickt grundsätzlich falsch, in ihrem Kopf ist ein Wackelkontakt.

»Das kann ich nicht«, sagt der Sepp. »Den Mann schon. Aber nicht das Maitli. Das musst du machen, Gitti.«

»Mannsbilder!«, schimpft Gitti. »Zu nichts zu gebrauchen. Alles muss man selbst übernehmen!«

Recht hat sie! Mir geht's genauso. Unten im Loch liegt Huber, zwanzig Zentimeter flacher und völlig außer Gefecht, und mir vor den Füßen schläft Basti mit seligem Lächeln. Was ist heutzutage mit den Helden los? Odysseus, Achill, Gilgamesch, Siegfried, James Bond? Keiner da, wenn frau einen braucht!

»Wie kannst du ihr vertrauen, Sepp?«, rufe ich ihm zu. »Sie hat Anton Drechsler getötet und den hilflosen Bogislav von Ottendorf verhungern lassen. Sie wird auch dich irgendwann umbringen, weil sie alles für sich allein haben will!«

Sepp ist dabei, Bastis bewusstlosen Körper weiter in den Keller hineinzuziehen. Noch ein kleines Stück, und mein Verlobter stürzt in die Tiefe. Möglicherweise auf den armen Huber, das wäre für Basti gut, für Huberchen aber nicht …

»Lass dir nichts einreden, Sepp … Wirf ihn runter …«, kommandiert Gitti.

»Tu es nicht, Sepp. Ich helfe dir, aus der Sache rauszukommen! Du bist kein schlechter Kerl. Das mit Theo Ebelt war ein Unfall. Lass dich nicht zum Mörder machen …«

Sepp bewegt sich nicht mehr, ein paar Steine lösen sich und fallen in den Stollen hinunter, Bastis Füße schweben über dem Loch.

»Du steckst schon viel zu tief drin, Sepp!«, sagt Gitti. »Nun mach schon, auf zwei mehr oder weniger kommt es nicht mehr an.«

Der Sepp starrt zu mir hinüber, er ist unsicher geworden. Du liebe Güte, er ist ja nicht der Hellste, aber er muss doch langsam merken, dass diese Frau nicht ganz bei Trost ist!

»Es ist also wahr«, sage ich leise zu ihr. »Es gab keinen Krankenpfleger. Du hast den alten Mann verschmachten lassen. Aber woher hast du von den seltenen Erden gewusst?«

Sie starrt wütend auf den Sepp, der immer noch nicht tut, was sie von ihm verlangt.

»Der Berthold hat's mir erzählt«, sagt sie. »Da waren ein paar Schulkinder im alten Stollen. Der ist drüben beim Wasserfall zwischen den Felsbrocken. Sie haben ihm Steine gebracht, ganz stolz sind sie gewesen, weil Bergkristalle dabei waren. Aber der Berthold hat das Gestein untersucht und herausgefunden, dass es seltene Erden enthält.«

»Das ist der Lehrer, nicht wahr?«, frage ich, um sie in Erzähllaune zu halten. »Aber warum hat er es nur dir und niemandem sonst erzählt?«

Ich bin schon drauf gefasst, die traurige Geschichte vom plötzlichen Ableben des Herrn Schulmeisters zu hören, womit wir dann beim nächsten Mordfall gewesen wären. Aber sie hat es viel einfacher gelöst.

»Der schweigt wie ein Grab, der Berthold. Weil ich ihm gesagt hab, wenn er auch nur ein Wort davon verrät, dann kommen sie mit den großen Maschinen und zerstören unsere Heimat. Und er ist doch im Heimatverein und will unsere schöne Bergwelt unbedingt erhalten.«

Was für ein hinterhältiges Aas! Jetzt wird mir auch klar, dass der kleine Notizblock nicht Theo Ebelt gehört hat, sondern dass ihn der Herr Schulmeister Berthold Sowieso verloren haben muss. Der Gauner Theo Ebelt hat vermutlich nicht die geringste Ahnung gehabt, welchen Wert diese Hütte hat, die er sich erschwindeln wollte.

»Um den Betrüger war's nicht schade«, redet sie weiter. »Aber der alte Herr – das hat mir schon leidgetan. Hätt ich gewusst, dass er nur eine von diesen Blechmünzen haben wollte – ich hätt ihn am Leben gelassen. Aber so – hab die Schneeschippe genommen, ein Schlag, und aus die Maus. Hat sein Leben doch gelebt, der alte Mann. Ist über achtzig gewesen, wär sowieso bald von selber gestorben …«

So kann man die Sache natürlich auch betrachten.

»Und der Unterkommissar, der Trottel«, fährt sie herzlos fort. »Der hat tatsächlich geglaubt, die Frau Linz hätte den Sigmar angespitzt, den Herrn Drechsler umzubringen!«

Ob Huber das unten im Stollen gehört hat? Ach, der hat ein dickes Fell!

»Hat der Sigmar von all diesen Geschichten überhaupt was gewusst?«

Sie tritt ein Stück weiter in den Kellerraum hinein und stellt die Laterne ab, dann bückt sie sich, um

Basti am Hosenboden zu packen und näher an das Loch zu zerren. »Der Sigmar hat gar nix gewusst«, sagt sie dabei. »Der sollte auch nix wissen. War besser so … Fass endlich mit an, Sepp! Wir müssen die Sache hinter uns bringen …«

Ich schaue den Sepp an, lege all meine weibliche Energie in diesen Blick und erreiche, dass er zögert.

»Du bist kein Mörder, Sepp …«, sage ich eindringlich. »Ich weiß, dass du im Grunde deines Herzens ein ehrlicher Mensch bist.«

»Willst du als armer Mann sterben, nur weil du zu feige bist, deine Chance zu nutzen?«, faucht sie und greift nach seinem Arm.

»Lass mich, du Hexe!«, wehrt er sich. »Ich tu's ja schon!«

Da geschieht etwas Unerwartetes. Jemand kommt die Kellertreppe hinunter, leise, unhörbar, auf weichen Sohlen.

»Meeaau!«

Mein Kater! O Gott, ich habe ihn heute überhaupt noch nicht gefüttert, wenn er keine Maus erwischt hat, ist er jetzt halb verhungert!

»Das Katzentier«, sagt Gitti und macht abwehrende Bewegungen mit den Armen. »Weg hier! Ksch … Ksch …«

Walter verharrt einen Moment auf der Treppe und starrt Gitti prüfend an. Das ist doch die aus der Küche. Die immer den leckeren Schinken geschnitten hat. Er beruhigt sich und geht unbeeindruckt weiter, reibt sich schnurrend an meinen Beinen.

»Scheuch ihn weg«, ruft Gitti dem Sepp zu. »Der bringt Unglück. Die Katz ist eine Ausgeburt Satans. Fort mit ihr …«

Jetzt ist der Wackelkontakt in ihrem Kopf voll in Betrieb. Sie hat die Augen weit aufgerissen vor Entsetzen, stolpert ein Stück zurück und greift einen Besen, der an der Wand hängt.

»Hinaus, du Teufel!«, kreischt sie und schlägt nach Walter. Mein Kater springt erschrocken zur Seite, der nächste Schlag erwischt ihn beinahe.

Da gehen mir auf einmal die Pferde durch. Soll sie uns alle ins Jenseits befördern, die alte Hexe. Aber nicht meinen unschuldigen Kater! Solch eine Tierquälerei werde ich nicht dulden! Mit einem Wutschrei stürze ich mich auf sie, entreiße ihr den Besen, packe die Überraschte bei den Haaren und zerre, kratze, trete, spucke, beiße, fauche, was die Palette hergibt.

»Den dürren Hals dreh ich dir um, wenn du meinen Kater anrührst! Du Teufelin! Du widerliches Hexenaas! Du abartige Mörderin …«

Ein Inferno tut sich um uns auf. Irgendjemand hat die Laterne umgeworfen, sie flackert noch ein wenig, dann geht sie aus. Im Dunklen geht der Kampf weiter. Ich höre Walters zorniges Fauchen, irgendwo schimpft der Sepp, er wolle hier heraus, er habe genug, Steine fallen, Schutt rieselt, jemand versucht, mir ins Ohr zu beißen, ich habe den Besen fest in den Händen und schlage zu, stolpere dabei rückwärts und falle auf etwas Weiches, einen menschlichen Körper. Dann höre ich einen Schrei aus männlicher Kehle und einen dumpfen Aufprall, zugleich wird die Szene von einem Lichtschein erfasst, der von der Tür her kommt.

»Henni? Henni! Bist du da drin?«

Der Strahl einer Taschenlampe irrt zitternd im Raum umher, bescheint Walter von Stolzing, der aufgeplustert wie ein geföhntes Plüschtier mit riesigen grünen Glasmurmelaugen hinten in einer Ecke hockt.

»Claudia! Komm bloß nicht hier rein!«, rufe ich der Freundin zu.

Der Lichtschein wandert weiter. Zeigt zwei am Boden liegende Personen, der eine ist Basti, die andere Gitti. O Schreck – ich habe sie in meinem gerechten Zorn k. o. geschlagen. Mit dem Besen – wie es sich für eine gute Hausfrau gehört. Sepp ist verschwunden – er muss im Dunkeln ins Loch gefallen sein.

»Was treibt ihr denn hier unten, um Gottes willen?«, fragt Claudia mit bebender Stimme.

»Wir … wir feiern Walpurgisnacht …«

Claudia, meine wundervolle, kluge Freundin! Sie ist zwar mit Sutterer und Bogner zum Bahnhof gebracht worden, bekam dort aber Zweifel und kam auf die Idee, Basti anzurufen. Der saß keinesfalls im Zug, wie ich geglaubt hatte, sondern war mit seinem Auto unterwegs ins Hispertal. Hätte ich mir denken können – Basti, der Autofreak nimmt doch nicht die Bahn! Für einen passionierten Autofahrer gibt es kein schlechtes Wetter, sondern nur eine falsche Fahrweise. Claudia hatte unfassbares Glück, weil Basti den Ort Hispertal kurz vor ihrem Anruf passiert hatte. Kavalier, der er ist, drehte er um und sammelte sie auf. Was Claudia ihm dann im Auto erzählte, war dazu angetan, ihm den Angstschweiß auf die Stirn zu treiben und das Gaspedal bis zum Anschlag durchzutreten. Ach ja – die Helden sind noch nicht ausgestorben, sie sind nur etwas ungeschickt. Basti hatte nichts anderes im Sinn, als seine Verlobte zu retten. Wovor auch immer. Im Hotel angekommen, hat er Gitti und Sepp alarmiert, und die beiden haben ihn hinterlistig hinauf zur Kapelle gebracht, um ihn dort verschwinden zu lassen. Claudia ist zurückgeblieben, weil sie die Taschenlampe im Auto gesucht hat. Sie hat ziemlich lange dazu gebraucht, weil sie im Halbdunkel schlecht sehen kann und das gute Stück noch originalverpackt in Bastis Kofferraum lag. Da musste sie erst noch die Batterien einsetzen.

Gemeinsam mit Claudia begutachte ich jetzt das Schlachtfeld, zähle die lebenden und angeschlagenen Opfer und gehe dann erst einmal nach draußen, wo Claudia schon eifrig bemüht ist, per Smartphone die Kantonspolizei zu informieren. Unnötig zu sagen, dass ich sorgfältig die Kellertür verriegele. Weil Walter keine Anstalten macht, den Tatort zu verlassen, muss er eben drinbleiben.

Die Verbindung ist lausig, wie immer, wenn es dringend ist. Dann schlagen wir uns mit dem unverständlichen Schwyzerdütsch des diensthabenden Polizisten herum, radebrechen auf Deutsch, Englisch und Französisch, und als wir das Gespräch endlich beenden, können wir nur hoffen, dass sie uns nicht als volltrunkene alemannische Touristinnen abtun werden.

»Was jetzt?«

»In die Suite von Lauretta Linz!«

»Was willst du denn da?«

»Die Vorhangschnur!«

Ein klarer Kopf und ein gutes Erinnerungsvermögen sind in kritischen Situationen unentbehrlich. Die gedrehte, einstmals goldene Schnur mit der angefressenen Quaste daran eignet sich hervorragend als Fessel.

»Und … wenn sie inzwischen wieder zu sich gekommen ist«, fragt Claudia angstvoll. »Sagtest du nicht, dass sie eine Mörderin ist?«

»Wir sind zu zweit!«, sage ich und schaue sie aufmunternd an.

»Aber ich bin ein Hasenfuß, Henni«, seufzt sie verzagt.

»Das weiß sie doch nicht.«

»Warum warten wir nicht, bis die Polizisten hier sind?«

»Es kann ja sein, dass sie als Erste aufwacht. Dann würde sie sich über den hilflosen Basti hermachen.«

»O Gott! Du hast recht, Henni.«

Wir rollen die Schnur auf, nehmen in der Küche ein scharfes Messer an uns und steigen den Hügel zur Kapelle hinauf. Claudia leuchtet mit der Taschenlampe, ich weiß, dass ich morgen einen gnadenlosen Muskelkater in den Beinen haben werde. Vor der Kellertür bleiben wir stehen und lauschen.

»Da redet jemand«, flüstert Claudia.

»Psst!«

Das ist Basti. Mir fällt ein Stein vom Herzen. Basti, mein Held und Pseudoverlobter, ist wieder bei Bewusstsein.

»Ich hoffe, Sie sind nicht ernsthaft verletzt!«, höre ich ihn sagen.

»Danke, nur ein kleiner Kratzer. Passen Sie auf, dass Sie nicht da hinunterrutschen, junger Mann.«

Das ist Gitti. Die Mörderin. Höchste Zeit, dass wir kommen!

»Sehr freundlich«, sagt Basti. »Was ist denn das für ein Loch?«

»Da ist der Boden eingebrochen«, sagt Gitti. »Stellen Sie sich vor, junger Mann: Direkt unter der heiligen Kapelle wohnt Satan mit seinen Dienern im Höllenpfuhl. Hätten Sie das gedacht?«

»Wirklich erstaunlich!«

Claudia schaut mich an und klappert mit den Augendeckeln.

»Die ist nicht ganz bei Trost, oder?«

»Sagen wir so: Sie hat Ausfälle. Wackelkontakt im Kopf. Verstehst du?«

»Nee …«

Die Taschenlampe in Claudias Hand beleuchtet eine friedliche Szene. Basti sitzt auf dem Boden und betastet vorsichtig seinen Hinterkopf, Gitti kauert nicht weit von ihm, sie hat eine Prellung auf der Stirn, für die vermutlich ich verantwortlich bin. Walter kommt maunzend auf mich zu und streicht mir um die Beine.

»Jetzt nicht, Kater!«

Gitti lässt sich ohne Gegenwehr die Hände auf den Rücken binden, sie dreht sich sogar freiwillig um und bemüht sich, uns bei ihrer Fesselung behilflich zu sein.

»Was macht ihr denn mit der armen Frau?«, regt sich Basti auf.

»Erkläre ich dir später!«

»Manchmal bist du mir richtig unheimlich, Henni!«, meint er und verfolgt unser Tun mit großen Augen.

»Kerchenstein!«, krächzt es aus der Einbruchstelle heraus. »Wie ist die Lage?«

Ich hocke mich so nah wie möglich an das Loch im Boden und leuchte hinunter. Der Strahl der Taschenlampe fällt direkt auf Hubers zerschundenes Gesicht. Er hat es geschafft, sich auf die Füße zu stellen, und schaut zu mir hinauf.

»Lage voll im Griff, Herr Unterkommissar«, melde ich. »Fall gelöst, Mörderin gefasst, ihr Handlanger ist hinunter zu Ihnen geflüchtet. Kantonspolizei informiert.«

Er grinst. Fürchterlich sieht er aus, wegen der Schürfwunde an der linken Seite. Fürchterlich, aber keineswegs höhnisch. Eher anerkennend.

»Der Bursche hockt hier neben mir und zittert wie Espenlaub. Gute Arbeit, Kerchenstein. Was gelernt, wie? Mit kühlem Kopf und klarem Verstand muss ein Mordfall gelöst werden. Nur so funktioniert es.«

»Schon richtig, Herr Unterkommissar …«

Er freut sich, und ich belasse es dabei. Aber wenn ich ehrlich bin, muss ich mir eingestehen, dass mir nur meine überbordende Emotion das Leben gerettet hat. Ich kann es nun einmal nicht ertragen, wenn jemand ein unschuldiges Tier quält.

❄

»Du bist der schlechteste Beifahrer, den ich kenne!«

»Bitte, Henni!«, stöhnt Basti. »Ich meine doch nur, du könntest ein kleines bisschen langsamer fahren. Das Auto ist ganz neu, ich habe es erst seit einer Woche …«

Er hat sich einen Ferrari gekauft, der kleine Angeber. Portofino heißt der hübsche metallicblaue Kilometerfresser, natürlich ein Cabrio und noch dazu ein Zweisitzer.

»Komplett unpraktisch, die Karre!«, knurre ich und beschleunige unbeirrt. Das graue Band der Autobahn verschwindet in beängstigendem Tempo unter dem Kühler des blauen Pofi.

Er schweigt, entsetzt über mein unfachmännisches Urteil. Vorhin hat er mir noch stolz erzählt, der Wagen sei in dreieinhalb Sekunden von null auf hundert.

»Dazu brauche *ich* weniger als eine Sekunde …«, habe ich geantwortet.

»Ach, Henni!«

Keiner kann mir erzählen, dass ein normaler Mensch solch eine Kiste braucht. Sechshundert Pferdestärken – ja will er eine Elefantenherde hinter sich herziehen? Kein vernünftiger Kofferraum für das Gepäck. Kein anständiger Rücksitz für Walters Katzenkorb. Und außerdem stinkt alles nach einem teuren Lederspray, mit dem Basti die Sitze eingesprüht hat. Bäh! Da ist mir doch mein klappriger Corsa lieber. Auch wenn er nicht so schnell ist.

Nun ja – sechshundert Pferdchen unter dem Gaspedal, das ist schon was. Macht richtig Spaß, dem blauen Flitzer mal zu zeigen, wozu er auf der Welt ist. Nur fliegen ist schöner.

»Es ist ja nicht so, dass ich an deinen Fahrkünsten zweifeln würde, Henni …«, nimmt er einen neuen Anlauf, »aber da war eine Geschwindigkeitsbeschränkung. Hundert km/h …«

»Das gilt pro Rad …«

Er trinkt einen Schluck Wasser aus der Plastikflasche.

»Pro Auto, Henni!«

»Meinst du wirklich?«

Ich habe Mitleid und drossele das Tempo sachte, spüre, wie Basti neben mir sich entspannt. Ich darf ihm schließlich nicht zu viel zumuten, meinem mutigen Lebensretter, denn nach seiner Gehirnerschütterung braucht er Ruhe. Vier Tage hat er in Andermatt in der Klinik verbracht, einen davon gemeinsam mit Huber im gleichen Krankenzimmer. Aber Unterkommissar Huber hat sich trotz zwei gebrochener Rippen und etlicher gestauchter Knochen schon nach einem Tag Klinik wieder davongemacht. Gegen den Rat der Ärzte, versteht sich. Hat sich einen Dienstwagen herbeitelefoniert, den Krankenhauskittel in die Ecke gefeuert und sich in seine Klamotten gezwängt. Bewundernswert, dieser Nilpferd-Mann. Basti hat mir »schöne Grüße und frohe Weihnachten« von ihm ausgerichtet. Und dass ich von ihm hören würde. Worauf ich – ehrlich gesagt – keinen gesteigerten Wert lege.

Ein Hoch auf die Kantonspolizei Uri – sie ist tatsächlich noch in der Nacht im Hotel Alpenstern eingetroffen. Die schwierigste Aufgabe, die sie zu bewältigen hatten, war Hubers Befreiung aus dem unterirdischen Schacht. Zum Glück waren sie zu viert gekommen, alles kräftige Schweizer Bergmenschen. Nachdem die Leiter wieder stand, haben drei Beamte von unten geschoben, einer hat oben gezogen, und Huber ist ächzend Stufe um Stufe hinaufgestiegen. Gitti wurde in eine psychiatrische Einrichtung gebracht, man will ihre Schuldfähigkeit prüfen. Sepp hat den Sturz in den Stollen erstaunlich gut weggesteckt, er sitzt zurzeit in Untersuchungshaft. Vermutlich hat Huber es deshalb so eilig gehabt, aus der Klinik rauszukommen. Er will nicht, dass ein anderer die Lorbeeren für die Lösung des Falles einsteckt, deshalb wird er den armen Sepp selbst verhören. Nun ja, er ist ein helles Köpfchen, der Hippo-Huber. Aber ich habe trotzdem das Gefühl, dass er es niemals zum Kriminaloberkommissar schaffen wird. Er hat so etwas an sich, das nicht zu einer Beamtenkarriere passt.

Weil ich meinen Verlobten, der sich immerhin als potenzieller Held erwiesen hat, nicht allein lassen wollte, habe ich mich in Andermatt in einem schweineteuren Quartier eingemietet. Ich kann nur hoffen, dass Lauretta Linz inzwischen mein schwindsüchtiges Konto gefüttert hat, weil ich Basti, der die Rechnung für mich bezahlt hat, die Kohle auf jeden Fall zurückgeben will. Claudia, meine liebe, treue Freundin, ist nach Hause gefahren, sie hat bis Weihnachten noch zwei Konzerte und am ersten und zweiten Feiertag weitere Gigs. Die kann sie auf keinen Fall sausen lassen, hat sie gesagt. Sonst ist sie überall untendurch.

Und weil heute der Heilige Abend ist und Henni eine weichherzige, dumme Nuss, habe ich Basti eingeladen, Weihnachten mit mir gemeinsam auf Kerchenstein zu feiern. Was meinen angeschlagenen Helden in große Begeisterung versetzt hat. Der einzige Wermutstropfen in seinem Glücksbecher ist die traurige Tatsache, dass er auf ärztlichen Rat hin noch nicht Auto fahren soll. Daher sitzt Henni am Steuer des blauen Pofi.

»Wir könnten da drüben im Rasthof kurz einkehren, Henni«, schlägt Basti vor. »Ein kleiner Kaffee wird uns guttun …«

»Später!«, knurre ich. »Wenn wir tanken müssen …«

»Aber ich spüre ein leichtes Hungergefühl …«

»Denk daran, wie eng das Lohengrin-Kostüm sitzt …«

Im ersten Akt trägt er einen silbernen Panzer aus Plastik, der ihm sozusagen auf die Haut geschneidert wurde. Mein Held in der schimmernden Wehr. Natürlich wird er die Rast zum Vorwand nehmen, um sich selbst ans Steuer des geliebten Pofi zu schmuggeln. Aber weil das Luxusautolein sich gerade so gut anfühlt, mag Henni es noch nicht in andere Hände geben.

Ich halte durch bis kurz vor Karlsruhe, dann bin ich fix und fertig und gönne Basti das letzte Stück.

»Weißt du, Henni«, meint er, während er den Wagen auf zweihundert km/h hochschraubt. »Du bist eine grandiose Autofahrerin. Es liegt einfach nur daran, dass ich ein schlechter Beifahrer bin …«

»Da war eine Geschwindigkeitsbeschränkung …«

»Die gilt nicht an Weihnachten …«

Ich mache einfach die Augen zu und nicke ein wenig ein. Die Abenddämmerung sinkt herab, ich schlummere selig, bis der Pofi heftig schlingert und ich mit einem Schlag hellwach bin. Basti hat die Autobahn verlassen, wir fahren durch den heimatlichen Taunus.

»Ist das nicht hübsch?«, sagt Basti lächelnd. »Es liegt Schnee im Taunus. Richtiges Weihnachtswetter.«

»Ich hasse Schnee …«, murmle ich.

Die Lampen neben der Einfahrt zum Kerchensteiner Schlösschen sind angezündet – Oma erwartet uns. Basti steuert sein kostbares Gefährt mit äußerster

Vorsicht durch das mittelalterliche Tor, das nur auf die Breite eines Ochsenfuhrwerks ausgerichtet ist. Der Innenhof ist romantisch verschneit, der Brunnen mit Brettern und einer grünen Decke abgedeckt, damit eine beleuchtete Weihnachtstanne dort stehen kann. Auch alle Vorsprünge und Giebelchen des Schlosses sind mit einer zentimeterdicken Schneeschicht geziert, dazu die beleuchteten bunten Butzenscheiben in den kleinen Fenstern – ein hübsches Bild, das ohne Weiteres als Adventskalender verkauft werden kann. Was Oma auch tut.

Als wir aussteigen, werden oben im Saal die Fenster aufgerissen. Meine liebe Oma erscheint im grünen Festgewand, das Haar dieses Mal adventskranzkerzenrot gefärbt. An ihrer Seite Alessandro Mandrini, der schon ein halbes Jahrhundert lang ihr treuester Verehrer ist. Vermutlich auch ihr Liebhaber – aber das geht mich nichts an, Oma ist in diesem Punkt sehr diskret. Alessandro trägt einen Abendanzug in makellosem Dunkelblau, sein Haar und Schnurrbart strahlen heute silbern wie Christbaumlametta.

»Henni, mein Goldkind!«, ruft Oma uns entgegen. »Endlich, ich dachte schon, ihr hättet einen Unfall gebaut. Ist das dein Verlobter? Willkommen, junger Mann. Vorsicht! Treten Sie nicht auf das Beleuchtungskabel der Weihnachtstanne!«

»Was für ein schöner Wagen!«, hört man Alessandro bewundernd ausrufen.

»Ich weiß nicht. Schaut doch aus wie eine Zuhälterkarre!«

Oma macht eben aus ihrem Herzen keine Mördergrube. Ich lasse Walterchen aus seinem Korb und werfe das Kissen, auf dem er gelegen hat, in die Plastiktüte, die Butzi mir vorsorglich entgegenhält.

»Willkommen auf Kerchenstein, gnädiges Fräulein!«, sagt Butzi und trägt die Tüte eilig hinüber zu den Mülltonnen. Walter streckt sich, betupft den Schnee mit der Pfote, schüttelt sie und springt auf den Brunnenrand, um sich unter dem romantisch beleuchteten Weihnachtsbaum der Körperpflege hinzugeben. Ich fasse den kurzfristig zur Salzsäule erstarrten Basti bei der Hand und ziehe ihn die Wendeltreppe hinauf.

»Hat deine Oma ›Zuhälterkarre‹ gesagt?«, flüstert er mir zu.

»Wie kommst du denn auf so was, Basti? Solch ein Wort würde meine Großmutter niemals in den Mund nehmen …«

Im Saal ist es mollig warm, weil beide Kamine geheizt werden und die Zentralheizung zusätzlich eingeschaltet ist. Neben der Sitzgruppe steht der Weihnachtsbaum, nach alter Tradition mit Lebkuchen und roten Schrumpfäpfelchen geschmückt und selbstverständlich mit echten Wachskerzen bestückt. Es riecht nach Tannengrün und Paulines Weihnachtskeksen, nach dem Punsch, der mit Zimt und Kardamom gewürzt ist, nach Omas Lieblingsparfüm White Linen, das sie sich heute reichlich übergekippt hat, und nach dem Bohnerwachs, mit dem Butzi und Pauline traditionell den Boden vor großen Festen wachsen. Ach, die altbekannte schöne Weihnachtsduftmélange, die mir seit meiner Kindheit vertraut ist!

»Riecht irgendwie nach faulen Birnen hier«, murmelt Basti.

»Wir müssen jetzt die Weihnachtsgeschenke unter den Baum legen«, zische ich ihm zu. »Zu den anderen Paketen.«

Wir haben in Andermatt noch rasch ein paar Sachen eingekauft, die hier bestimmt keiner brauchen kann, und sie hübsch weihnachtlich verpacken lassen. Einen Holzteller mit aufgemalter Alpenlandschaft für Oma, einen Plüschbernhardiner mit Schnapsfässchen für Alessandro, eine getönte Skibrille für Butzi, für Pauline ein Häuschen, in dem die Heidi und der Ziegenpeter das Wetter kundtun. Onkel Rudi bekommt einen Schuhlöffel aus Horn mit dem Emblem von Andermatt darauf, für den Guckes Willi eine Schweizer Kuhglocke und für Li Yang ein echtes Edelweiß, in durchsichtiges Harz eingegossen. Auch Sieglinde und Achmed werden nicht vergessen, beide erhalten je einen wunderschönen bunten Stocknagel mit einem Zwölfender vor Schweizer Berglandschaft.

Ja – auf Kerchenstein wird Weihnachten in alter Tradition gemeinsam mit den Angestellten gefeiert. Alle sind hier im oberen Saal versammelt, stehen oder sitzen um die Tanne herum, neben der sich Päckchen jeglicher Sorte und Farbe stapeln. Sieglinde ist so schwanger, dass man Sorge haben muss, sie könnte jeden Augenblick platzen. Ich muss erfahren, dass Oma in ihrer Freude über den zu erwartenden süßen

Schreihals versprochen hat, das Kinderzimmer samt Grundausstattung zu finanzieren. Auch sonst ist meine liebe Großmutter momentan im Babyrausch.

»Weißt du, Hennilein, ich denke, dass ein Künstler in der Familie keine Schande ist. Heutzutage ist es ja möglich, dass die Ehefrau ihren Nachnamen behält, du bleibst also eine von Kerchenstein. Natürlich muss festgelegt werden, dass eure Kinder ebenfalls diesen Namen tragen werden …«

»Was für Kinder?«

Oma entlässt einen tiefen Seufzer, weil ihre liebe Enkelin mal wieder fürchterlich begriffsstutzig ist.

»Zwei Buben und ein Mädel, denke ich mal. Der junge Mann schaut aus, als sei er durchaus in der Lage, meinen Wünschen in dieser Beziehung nachzukommen …«

»Oma, wir sind nicht einmal verheiratet …«

»Es geht zur Not auch ohne Heirat … die Hauptsache ist, dass ihr endlich loslegt …«

»Lass uns jetzt bitte die Geschenke auspacken, Oma.«

All die Punsch trinkenden und Plätzchen essenden Weihnachtsgäste versammeln sich nun nach altem Brauch um die Tanne, und Oma teilt die Geschenke aus. Wie immer hat sie ihre lieben Angestellten großzügig bedacht, jeder bekommt eine Auswahl der weltbekannten Melisandenprodukte, wobei die Männer eher mit hochprozentigen Erzeugnissen und die Damen mit Gesundheits- und Kosmetikartikeln beglückt werden. Wer sein Geschenk aus Omas Händen empfangen hat, eilt damit zum nächsten Sessel, um dort das Geschenkpapier abzureißen und die Flaschen, Döschen und Schachteln genau zu untersuchen. In einer davon steckt üblicherweise ein kleines Papierröllchen, das jeder liebevoll auseinanderdreht und lächelnd in der Tasche verschwinden lässt. Oma hat mit den Jahren gelernt, Geldscheine so eng zusammenzurollen, dass sie schmal wie Zahnstocher sind.

Für ihre einzige heiß geliebte Enkelin hat Omi die Weihnachtsgaben besonders sorgfältig ausgesucht. Henni bekommt einen handgestrickten Schal aus hellblauer Kuschelwolle mit passender Mütze, dazu warme Fäustlinge und Fußwärmer.

»Etwas klein …«, nörgele ich und stecke den Zeigefinger in einen der winzigen Fäustlinge.

»Größe zweiundsechzig, Henni. Du glaubst nicht, wie klein sie zu Anfang sind …«

»Sehr lieb von dir, Oma …«

Auch Basti wird nicht vergessen, Oma hat ihm ebenfalls eine Auswahl der Melisandenapotheke hübsch weihnachtlich eingepackt, und ich fürchte, sie hat die Schachtel mit den kleinen blauen Pillen der Zauberfee obenaufgelegt.

Schließlich ist nur noch ein großes, in rotes Papier eingepacktes Paket übrig, auf dem eine gewaltige goldfarbene Schleife prangt.

»Ach richtig, junger Mann … Sie wohnen doch in Berlin, nicht wahr? Da wäre es reizend, wenn Sie dieses Geschenk mitnehmen und es bei einem guten Bekannten abliefern könnten.«

»Aber selbstverständlich, gnädige Frau ...«

»Auf keinen Fall!«, rufe ich dazwischen und entreiße das Paket Bastis Händen.

»Aber, Henni!«, stöhnen Oma und Basti gleichzeitig.

»Wenn du dieses Teil mitnimmst, löse ich die Verlobung auf!«

Das hat gesessen. Auf beiden Seiten. Oma seufzt und wendet sich schulterzuckend ab, Basti stellt das Corpus Delicti hastig wieder unter den Baum und wischt sich die Hände am Hosenrand ab.

Das fehlte gerade noch, dass Papa den ahnungslosen Basti als Kurier missbraucht. Soll er seinen illegalen Krempel doch selbst nach Berlin tragen!

Inzwischen sind Pauline und Li Yang schon in die Küche hinuntergelaufen, um dem Festmahl den letzten Schliff zu verpassen. Butzi und Sieglinde machen sich an der Weihnachtstafel zu schaffen – gleich werden der traditionelle Rehrücken mit selbst gesuchten Preiselbeeren und allerlei andere Köstlichkeiten ihren Auftritt haben. Mir läuft das Wasser im Mund zusammen – ach, diese wundervollen, kulinarisch ergiebigen Festtage!

»Da ist auch Post für das gnädige Fräulein gekommen«, sagt Butzi und reicht mir ein Bündel Briefe samt einem kleinen Päckchen. Während die duftenden Speisen an mir vorbeigetragen werden, reiße ich rasch die Briefe auf und überfliege die Zeilen. Ach wie nett – Lauretta Linz schickt mir herzliche Weihnachtsgrüße und fragt an, ob ich und meine Kolleginnen zu Ostern frei wären, da möchte sie ihren eigenen Geburtstag auf einem Weingut an der Mosel feiern. Und ob die Überweisung schon eingegangen sei.

Die gute Gerda Dupré ist ebenso wie ihre Freundin und Lebenspartnerin Dietlinde Zuckerberg wieder wohlauf, sie wünschen ein frohes Fest und bieten Claudia, Cindy und mir an, Ostern mit ihnen im schönen Dornumer Schloss in Ostfriesland zu verbringen. Auch Maria Carrera wünscht frohe Weihnachten, sie lädt uns in ihre Zweitwohnung nach Paris ein, wo sie zu Ostern ihr sechzigjähriges Berufsjubiläum feiern möchte. Leider habe ihr langjähriger Begleiter Axel sie verlassen, um gemeinsam mit Herrn Boris Denisowitsch, genannt Bobo, in Köln eine Wohnung zu beziehen. Des Weiteren habe sie die herzlichsten Grüße von Hansi Krauss auszurichten, der zu Ostern im schönen Bregenz am Bodensee auf mich warte, um mit mir gemeinsam die Ostertage zu verbringen.

Da kann er lange warten, der alte Lustmolch!

»Zu Tisch, meine lieben Gäste!«, ruft Oma und klatscht in die Hände. »Das junge Paar zu meiner Rechten, mein lieber Alessandro sitzt links von mir!«

Wie schön die Weihnachtstafel wieder dekoriert ist! Äpfel und Nüsse, rote Kerzen in den silbernen Leuchtern, der röhrende Hirsch aus Bronze, der in der Mitte thront, trägt Tannenzweige im Geweih!

»Wunderbar!«, seufzt Basti neben mir. »Ich werde mich bei unserer lieben Oma immer sehr wohlfühlen, Schatzi!«

Ich habe gar nicht zugehört, weil ich noch rasch das kleine Päckchen aufreiße. Ein Brieflein und ein in Seidenpapier eingewickelter Gegenstand kommen zutage.

*Kuriose Sache. Inzwischen ist ein echter Erbe aufgetaucht, ein Werner von Ottendorf, der Neffe des alten Bogi, der vor Jahren nach Australien ausgewandert war. Er hat das Erbe nach Besichtigung des Hotels abgelehnt. Aus gutem Grund. Nach genaueren Untersuchungen ist es nämlich nichts mit den seltenen Erden. Der Herr Lehrer hat sich großartig getäuscht.*
*Das Geschenk ist für Ihren Kater. Habe es im Hotel gefunden.*
*Wünsche ein frohes Fest. Bis bald.*
*Armin Huber, Unterkommissar*

Im Seidenpapier ist der rote Gummiball. Die Geheimschrift ist längst dahin, aber vermutlich konnte man sie auf chemischem Weg nachvollziehen.

Hippo-Huber ist meinem Papa auf der Spur!

**Lesen Sie weiter >>**

# LESEPROBE

La Dolce Vita.
Eine Villa voller Geheimnisse.
Und ein ungewöhnlicher Todesfall ...

Wenn es nach ihrer Großmutter ginge, wäre die Pianistin Henriette von Kerchenstein längst standesgemäß verheiratet. Jedes Jahr lädt die alte Dame zu ihrem Geburtstag alle infrage kommenden Junggesellen ein, um ihre geliebte Enkelin Henni endlich zu verkuppeln. Doch diesmal ist auch ein Gesangslehrer zu Gast, der Henni ein weitaus attraktiveres Angebot macht: eine Woche lang in der malerisch gelegenen Villa Mandrini in der Toskana seinen Gesangskurs zu begleiten. Sie ahnt nicht, dass die toskanische Idylle schon bald durch ein Verbrechen getrübt werden wird ...

Es ist jedes Jahr das Gleiche. Sobald die Wetterfahne von Kerchenstein über den Baumwipfeln zu sehen ist, fängt Walter von Stolzing an zu singen.

»Hör auf!«, sage ich streng. »Niemand will deine Monologe hören …«

Aber Walter singt unbeirrt weiter. Ein düsteres Lied aus tiefster Katerbrust. Er sitzt auf dem Rücksitz meines Wagens, die grauen Ohren angelegt, das Maul zum Autodach hinaufgereckt.

»Roooaaahhh!!!«

Tatsächlich ähnelt die schmiedeeiserne Fahne aus der Ferne einem schwanzlosen Dackel. Schlimmer ist, dass sie Töne von sich gibt, wenn der Wind mit ihr spielt. Sie heult und knarrt, quietscht und pfeift. Als Kind fand ich es lustig, aber inzwischen geht es mir auf die Nerven. Weil ich dann immer an den Dachdecker denken muss.

Oma sagt, es sei schon ein Unglück, wenn jemand sein Handwerk nicht versteht. Der arme Kerl hatte sich mit einem Seil an der Wetterfahne gesichert, während er das steile Giebeldach neu deckte. Er ist ausgerutscht, und das Seil flutschte bei dem Ruck von seinem Bauch nach oben um den Hals. Weil er zur Waldseite hing, haben sie ihn erst nach Tagen entdeckt. Das war vor fünf Jahren, kurz nach Omas Geburtstag.

Natürlich hat es wieder die Gerüchteküche angeheizt. Weil ich, Henriette Sophie von Kerchenstein – meine Freunde nennen mich Henni –, ungewöhnliche Todesfälle wie magisch anziehe. Zumindest reden die Leute im Dorf solchen Mist. Oma kann fuchsteufelswild werden, wenn ihr das Geschwätz zu Ohren kommt. Weil damit mein Wert auf dem Heiratsmarkt sinkt, behauptet sie.

»Rrrroooоaaahh!«

»Klappe, Kater!«

Ich trete aufs Gas, der Wagen holpert über die Schlaglöcher, und Walter, der üblicherweise auf einem weichen Kissen auf dem Rücksitz thront, muss sich festkrallen. Vor Ärger hört er auf zu singen. Ach, es ist immer wieder schön, nach Hause zu kommen. Die sanften Hügel des Taunus mit ihren dunklen Wäldern, den gelben und hellgrünen Äckern, den kleinen Dörfchen mit ihren eng zusammengedrängten Fachwerkhäusern – das alles bedeutet für mich Heimat. Hier bin ich aufgewachsen, hier in den Wäldern habe ich mit meinen Freundinnen Verstecken gespielt und

Fallgruben gebuddelt, und auf dem verwinkelten, spinnennetzverhangenen Dachboden von Schloss Kerchenstein haben wir bei Regenwetter die Gespenster erschreckt. Heute, zu Omas Geburtstag, ist selbstverständlich strahlender Sonnenschein, Maienwetter vom Feinsten, Wärme, sanfter Wind, ein leichter Duft nach Waldmeister. Keine Ahnung, wie Oma das jedes Jahr wieder hinbekommt, sie muss Petrus bestochen haben.

Links vom Schlösschen, da wo die Schnapsfabrik steht, schwebt eine silbrige Stinkewolke über den lindgrünen Buchen. Omas »Melisandengeist« wird dort hergestellt, den hat ein Ahnherr mal erfunden und damit den Grundstein für das Kerchensteiner Vermögen gelegt. Das Zeug ist der Allround-Heiler schlechthin, hilft bei Halsweh, Krämpfen und Durchfall, senkt das Fieber, hebt die Potenz und schmeckt noch dazu gar nicht übel.

Walter hat das Singen resigniert eingestellt, dafür fängt jetzt der Motor meines altersschwachen Corsa an zu schnaufen. Gut, dass wir gleich bei der Fabrik sind, da kann der Guckes Willi mal einen Blick unter die Motorhaube werfen.

Die Fabrik besteht aus mehreren Gebäuden, weil über die Jahre immer wieder vergrößert und angebaut wurde. Das älteste Haus ist noch aus Schiefer, die modernen sind einfach nur hässliche, lang gezogene Kästen mit regelmäßigen Fensterlinien und breiten Eingängen. Im Hof, genau vor dem Lieferanteneingang, steht der Guckes Willi, seines Zeichens Firmenchef, erkennbar am grauen Kittel und roten Haarkranz um die Glatze. Vor ihm drei umgefallene Holzkisten und ein ziemlich bedeppert wirkender junger Araber. Oder Afghane. Oder Türke. Auf jeden Fall kein Taunusgewächs. Der arme Kerl steht da mit hängenden Armen und lässt sich vom Guckes Willi zur Sau machen.

Ich fahre in den Hof hinein und halte kühn neben der Unfallstelle.

»Gude …«, rufe ich fröhlich durch das halb heruntergelassene Seitenfenster. Das ist hessisch und eine Abkürzung von »Guten Tag«.

Der Guckes Willi ist keiner, der vor der künftigen Erbin von Kerchenstein einen Bückling machen würde. Noch dazu ist er jetzt wegen der umgefallenen Kisten schlecht drauf.

»Ah, die Henni vom Schloss. War ja klar, dass ausgerechnet Sie jetzt auftauchen!«, raunzt er.

»Wieso? Gab's wieder Tote?«

Er stiert mich einen Moment lang verwirrt an, dann grinst er und deutet mit dem Daumen auf die umgefallenen Kisten.

»26 Stücker. Wenn ich mich nicht verzählt hab. Riechen Sie es nicht?«

Tatsächlich steigt mir ein betäubender Dunst in die Nase. Vergeistigte Schlehen. Melisande pur. Es wird einem ganz schwummerig davon. Kein Wunder, dass der arme Kerl kein Glied mehr rührt. Der ist keinen Schnaps gewöhnt und bereits im Delirium.

»Ach du Jammer …«, sage ich und muss husten. »Da wird sich Oma aber freuen.«

Guckes Willi macht eine eindeutige Handbewegung.

»Den Hals dreht sie mir um. Aber erst, wenn sie mit dem Ahmed fertig ist!«

Der Willi muss immer übertreiben. Oma ist eine Seele von einem Menschen, großzügig, liebenswert, gutherzig. Niemals würde sie einer ausländischen Arbeitskraft zu nahe treten. Dem Guckes Willi wird sie allerdings den Kopf abreißen. Yep.

»Würden Sie trotzdem mal nach dem Motor schauen?«, frage ich mit meinem reizendsten Augenaufschlag. »Er schnauft.«

Willi ist leidenschaftlicher Autobastler, er hat schon so manchem stotternden Motor wieder zu fröhlichem Schnurren verholfen. Auf meine Bitte hin schmunzelt er und wischt sich die Finger am Kittel trocken. Auch Ahmed erwacht aus der Betäubung und lächelt mich an.

»Wir sollten hier eine Autowerkstatt einrichten«, meint der Willi und macht mir ein Zeichen, den Hebel für die Motorhaube zu ziehen. »Solang Ihre Frau Großmutter den Weg nicht in Ordnung bringen lässt, wäre das ein gutes Geschäft!«

Oma liegt seit Menschengedenken mit dem Bürgermeister des Dörfchens quer, weil sie der Meinung ist, die Schlaglöcher seien nicht ihre Sache, sondern Gemeindeeigentum. Trotzdem wäre eine Autowerkstatt keine lohnende Sache – wer fährt schon nach Kerchenstein?

Der Guckes Willi und Ahmed beugen sich einträchtig über den Motor, blinzeln fachmännisch, nicken einander zu, deuten mit den Fingern. Der Guckes Willi verbrennt sich die Hand, weil er an ein heißes Teil fasst.

»Scheiße!«

»Ist Vergaser. Da, schau …«

»Ach, Kappes! Zylinderkopf …«

»Guck mal Ölstand …«

»Voll. Da kannste noch drei Hühner mit frittieren …«

Das alles hört sich nicht gerade fachmännisch an, finde ich. Andererseits ist der Guckes Willi einer, der immer eine Lösung findet. Also habe ich Vertrauen und schaue nach Walter, der sich beleidigt auf seinem Kissen zusammengeringelt hat. Er guckt mich aus glasgrünen Augen mit dem geheimnisvollen Blick aller Katzen an. Durchdringend, unergründlich, von kosmischem Wissen erfüllt. Den Namen »Walter von Stolzing« hat Oma ihm gegeben. Weil er ein Meistersinger ist. Nachts. Im Garten. Wenn Ömchen schlafen will. Wagnertenöre sind penetrant.

»Sind die anderen Geburtstagsgäste schon da?«

Willi ist stets darüber im Bilde, wer drüben im Schloss ein und aus geht, weil er von seinem Bürofenster im Altbau einen guten Blick zum Schlosstor hat.

»Klaro …«

»Alle?«

»Die russische Gräfin mit dem falschen Dutt ist schon gestern gekommen. Mit Sohn.«

Ich werde also Wladimir, den molligen Eroberer, an der Backe haben. Na gut.

»Und heute kam noch die Ludowiga mit dem Prinzen von Preußen. Und der Herr von Hodensack ist auch schon da ...«

»Rodenstock heißt der ...«

»Sag ich doch ...«

»Und dann noch der italienische Baron mit dem rosa Backenbart.«

Conte Mandrini! Wenigstens e i n netter Mensch unter all den adeligen Witzfiguren. Hatte mal was mit Oma vor hundert Jahren oder so. Klein, aber drahtig. Hat sich gut gehalten, das Altertümerchen.

»Und dann noch so ein Gesangsfuzzi mit Tochter ...«

Aha? Ein neuer Bewerber um meine Hand? Gleich mit Anhang? Dafür aber ausnahmsweise nicht adelig?

»Wie heißt der denn?«

Der Guckes Willi legt einen runden Metalldeckel, an dem er herumgewischt hat, auf den Kotflügel und starrt angestrengt hinauf zu den Wipfeln der Buchen.

»Verdammt. Wie hieß der nur? Homes, glaub ich. Nee ... Cotton ... Ach, jetzt weiß ich: Bond. Irgend so ein ausgedienter Agent war's doch ...«

Bond? Das kann eigentlich nur Friedemann Bond sein, der bekannte Gesangspädagoge. Wenn das stimmt, dann ist das Mädel aber ganz bestimmt nicht seine Tochter ...

Guckes Willi träufelt eine klare Flüssigkeit aus

einem Schnapsglas in eine Öffnung der Maschine, verschraubt, nickt zufrieden und weist mich an, den Motor laufen zu lassen. Er hustet, fängt sich aber und schnurrt gleichmäßig.

»Perfekt. Und woran hat's gelegen?«

Die beiden werfen mir deutsche und arabische Fachausdrücke an den Kopf, gestikulieren, behaupten, so ein Auto werde immer komplizierter, das liege an der Elektronik, da brauche man spezielle Geräte und viel Feingefühl.

»Was habt ihr denn da reingegossen?«

»Das war bloß was für die Scheibenwaschanlage. Damit nix einfriert.«

»Riecht irgendwie nach Kirschen. Oder nach Schlehen ...«

Der Motor läuft großartig, fast so gut, wie Walter schnurren kann. Also spare ich mir die Bemerkung, was denn jetzt im Mai noch einfrieren könnte. Der Guckes Willi ist halt einer, der für alles eine Lösung findet.

Schloss Kerchenstein im Hochtaunus ist ein mittelalterlicher Bau mit Türmchen und Spitzgiebelchen, der den Eindruck erweckt, als stamme er geradewegs aus dem Märchenschatz der Brüder Grimm. Romantisch und einsam gelegen, abseits des lästigen Fremdenverkehrs. Zugegeben – Omas Märchenschloss ist momentan nicht im besten Zustand. Das Dach des Westflügels ist eingesunken, und drei der hübschen Frontgiebelchen müssten längst neu gedeckt werden. Um nur die auffälligsten Mängel zu erwähnen. Oma hasst Renovierungsarbeiten, sie ist ein harmoniebedürftiger Mensch und leidet schrecklich, wenn man ihre Möbel verschiebt. Auch sind Dachdecker ihr seit einiger Zeit ein Gräuel. Was ich gut verstehen kann. Trotzdem – oder vielleicht gerade deshalb – besitzt das Schlösschen einen ganz eigenen Charme. Im englischen Tudor-Stil um einen malerischen Innenhof mit

Brunnen errichtet, hat jeder Gebäudeteil seinen eigenen Charakter. Da gibt es dicke Mauern aus heimischem Schiefergestein und ein breites Sandsteinportal mit dem Familienwappen derer von Kerchenstein. Drei Blutstropfen um ein Lindenblatt. Gleich daneben wurde mit schlichtem Fachwerk weitergebaut, was bedeutet, dass der Vorfahre nicht bei Kasse war und die Billigbauweise vorzog. Später hat jemand dort mehrere Fenster mit bleiverglasten, kunstvoll bemalten Scheiben einsetzen lassen und dem Dach die hübschen Giebelchen verpasst. So ein Schloss ist halt was anderes als ein Reihenhaus. Da bauen Generationen dran herum, jeder nach seinem Geschmack und Geldbeutel. Als Opa noch lebte, wurden die Gesindehäuser im Nordflügel ausgebaut, und der Ostflügel, wo die Gästezimmer sind, bekam einen hübschen Altan. Das ist so was wie ein überdachter Balkon, da kann man Betten lüften und bei Nacht heimlich in die Gästezimmer hineinsehen. Oder einsteigen. Je nach Gemütslage und Jahreszeit. Es heißt, Opa habe den neu gebauten Altan weidlich genutzt und sei ein ziemlicher Schürzenjäger gewesen, deshalb hat Oma ihn seinerzeit auch zum Teufel gejagt. Wohin er verschwand und wie Oma es geschafft hat, das Schloss in ihrem Besitz zu halten, habe ich nie erfahren. Aber das ist normal in meiner Familie. Ich weiß auch so gut wie nichts über meinen Vater, angeblich war er Mamas Reitlehrer und verschwand noch vor meiner Geburt. Allerdings hat mir Pauline erzählt, dass es auf Kerchenstein niemals Pferde gegeben hat. Zumindest nicht seit Ende des Zweiten Weltkriegs. Pauline muss es eigentlich wissen, sie ist Hausmädchen auf Kerchenstein, seit ich denken kann. Nun, ob Papa Reitlehrer war oder nicht – er hat sich davongemacht. Was Mama ihm sehr übel nahm. Später hat auch Mama das Weite gesucht, sie zog nach München und tat sich dort mit einem jungen Schauspieler zusammen. Oma schäumte vor Zorn, weil ihre Tochter nicht bereit war, standesgemäß zu heiraten, und stattdessen mit diesem »Abschaum« in wilder Ehe lebte. Noch dazu auf ihre Kosten, denn Mama hatte außer Reiten nicht viel gelernt.

Ich war zu dieser Zeit zwölf und in der Vorpubertät – Mamas Abgang tat mir gar nicht gut. So entwickelte ich eine starke Abneigung gegen das männliche Geschlecht, das in meinen Augen schuld an meiner Verlassenheit war. Der arme Conrad Butzbach, unser Gärtner, war mein erstes Opfer. Ich weiß noch, wie ich im Garten stand und sinnend Butzis Kehrseite betrachtete, als er in gebückter Haltung einen Rosenbusch beschnitt. Es überkam mich einfach – mein Fuß hob sich wie von selbst, und der arme Butzi fand sich im Rosenbusch wieder. Später ließ ich meine negativen Gefühle an Ortwin Gundermann, meinem Klavierlehrer, aus, den hasste ich besonders, weil er immer so schwitzte, wenn er neben mir saß. Ich klappte den Deckel der Tastatur während des F-Dur-Präludiums von Meister Bach blitzschnell herunter, Gundi kam mit Quetschungen davon. Kein Bruch. Nicht einmal ein steifes Handgelenk. Nur ein rhythmischeses Zucken des rechten Mittelfingers blieb zurück. Das Präludium habe ich mir später allein einstudiert – ein großartiges Werk. Wie alle Bach-Präludien und Fugen. Unnachahmlich und ohnegleichen. Der alte Bach hatte es halt drauf.

Oma war stets nachsichtig mit mir. Weil »das Kind« so viel durchmachen musste, wie sie immer sagt. Als ich mit vierzehn endlich die schwache Andeutung eines Busens entwickelte, nahm sie mich beiseite und klärte mich auf. Meine Lebensaufgabe als Adlige von Kerchenstein betreffend, das andere hatte ich schon in der Schule gelernt. Der Fortbestand derer von Kerchenstein ruhe von nun an auf meinen Schultern. Gewiss, über die weibliche Linie – ein männlicher Nachkomme sei ihr selber leider versagt geblieben. Aber eine Verbindung mit einem adeligen Haus sei ungeheuer wichtig, auf keinen Fall dürfe unser Geschlecht in der Bürgerlichkeit oder Schlimmerem versacken. Mit dem Schlimmeren meinte sie natürlich den »Abschaum« in München, der – wie man hörte – bereits mehrfach ausgetauscht worden war. Mama war bemüht, das gemeinsame Durchschnittsalter niedrig zu halten.

Von diesem Tag an tauchten immer wieder seltsame Gestalten auf Kerchenstein auf, die Oma als geeignete Heiratskandidaten für ihre geliebte Enkelin ausersehen hatte. Einer gruseliger als der andere. Mit achtzehn hatte ich die Nase voll und zog zu Mama nach München, um Musik zu studieren. Aber das ist eine andere Geschichte.

Oma ist ein harter Knochen – sie gibt die Hoffnung nicht auf, dass ich meine Herumtingelei als freischaffende Pianistin und Sängerin eines Tages mit dem Job einer Ehefrau und Hervorbringerin adeligen Nachwuchses tauschen werde. Und weil ich sie über alles liebe, tue ich so, als würde ich nicht merken, dass sie mir alljährlich die gleichen Ladenhüter vorsetzt. Es ist schließlich ihr Geburtstag, und sie ist nicht mehr die Jüngste – ich würde sogar vom anderen Ende der Welt anreisen, um mit ihr zu feiern.

Schon vier Uhr – da sind die Gäste bei Kaffee, Kuchen und Tee. Ich quetsche den Corsa durch das Sandsteintor und parke frech im Innenhof gleich neben dem Brunnen. Ich darf das, weil ich die Erbin von Kerchenstein und Omas Liebling bin.

»Aufwachen, Walter. Wir sind da.«

Die Aufforderung ist unnötig, Walter von Stolzing ist bereits auf dem Sprung. Kaum habe ich die Autotür geöffnet, da zischt der graue Kartäuserkaterblitz an mir vorbei. Richtung Küche. Oma ist bodenständig, sie hält nichts von Scones und Petits Fours – bei ihr kommen nur kalorienstarke Sahnetorten auf den Kaffeetisch. Die bereitet Li Yang zu, der chinesische Koch. Unnötig zu erwähnen, dass Li Yang und Kater Walter keine Freunde sind …

Ich wähle ein enges Oberteil mit Ausschnitt und dazu den passenden Minirock. Beides in erotischem Schwarz, da haben die Herren neben dem kulinarischen auch ein optisches Vergnügen. Lackstiefelchen verkneife ich mir – ist sowieso zu warm für die Dinger, besser die hochhackigen Riemchensandalen. Noch rasch die Mähne gebürstet – blond, goldblond, honigblond, mittelblond, aschblond. Irgendwas dazwischen. Egal. Ich schaue in den venezianischen Kristallspiegel, den mir Oma vor zwölf Jahren zum sechzehnten Geburtstag geschenkt hat, und tue einen tiefen Seufzer. Papas braune Augen, Mamas Schmollmund und Omas Stupsnase – wie die sich alle bei mir durchgemendelt haben. Soll ich mich schminken? Ach nein – auf keinen Fall. Minirock und enges Top sind schon unvorsichtig genug. Auf in den Kampf, Henni. Oma zuliebe. Mittendurch und am anderen Ende wieder raus. Möglichst unbeschadet und fahrtauglich.

Ich schaue kurz in den Hof hinunter – auf dem Brunnenrand sitzt Walter von Stolzing mit einem Beutestück im Maul, sieht aus wie ein Fisch. Man hört Li Yangs schrille Stimme, er flucht auf Chinesisch. Wie es scheint, hat Walter das Abendbuffet eröffnet.

Also gehe ich besser nicht über den Hof, sondern durch Omas und Onkel Rudis Zimmer in den Westturm und von dort drei Stufen hinauf zur Hintertür des Wintersaals. Er stammt noch aus den Zeiten, als hier rauschende Feste mit fünfzig bis hundert Gästen gefeiert wurden, daher nimmt sich die Geburtstagsgesellschaft von zwölf Personen hier ziemlich mickrig aus. Immerhin hat man Omas Geburtstagstisch mit üppigem Blumenschmuck unter den Westfenstern aufgebaut, und auf der anderen Seite befindet sich das gut ausgestattete, wenn auch bereits dezimierte Tortenbuffet. Dazwischen steht die lange Tafel, standesgemäß mit weißem Damast bedeckt, man hört das Geklapper der silbernen Kuchengabeln auf dem kobaltblauen Kaffeeservice mit silberfarbigem Dekor. Obgleich ich mich bemühe, so leise wie möglich einzutreten, wenden sich mir sofort alle Augen zu. Fürstin Olga Bereschkowa setzt vorsichtig ihre Brille auf, um die schwarze Perücke nicht zu verschieben, und fügt den Runzeln auf ihrer Stirn noch einige Falten bei. Ihr Sohn, der mollige Wladimir – das heißt so viel wie: Beherrsche die Welt –, glotzt mit heraushängenden Augen auf meine unbedeckten Körperstellen. Auch Franz Christian von Rodenstock, der ewige Junggeselle aus dem schönen Wien, lässt die Kuchengabel sinken und plinkert mit den Augen, um seine Kontaktlinsen in Position zu bringen. Karl-August von Klaffenau setzt die Kaffeetasse ab und sein schönstes Lächeln auf. Er ist immerhin der ansehnlichste und mit seinen achtundzwanzig Jahren auch der jüngste heiratswütige Adelsspross. Dafür ist er meiner Ansicht nach ein notorischer Schwindler, der den Titel »Prinz von Hessen« schlicht erfunden hat, um bei Oma Eindruck zu schinden. Ich grüße huldvoll wie Königin Mutter in die Runde und falle Oma um den Hals.

»Meine geliebte, wunderbare, herzensliebste Großmama. Glückwünsche ohne Zahl zu deinem … sechzigsten Geburtstag.«